Silence de mort

L'édition originale de ce livre a été publiée pour la première fois en 2022
en anglais par Delacorte Press, une filiale de Random House Children's Books,
département de Penguin Random House LLC, sous le titre *Nothing More to Tell.*

92, avenue de France, 75013 Paris
contact@nathan.fr

Loi n° 49-956 du 16 juillet 1949 sur les publications destinées à la jeunesse,
modifiée par la loi n° 2011-525 du 17 mai 2011.

ISBN : 978-2-09-501600-5
Dépôt légal : mars 2025

SILENCE DE MORT

KAREN M. MCMANUS

Traduit de l'anglais (États-Unis) par Anne Delcourt

Nathan

Pour Ro et Allison

CHAPITRE UN

Brynn

— Tu as un crime préféré ?

La fille assise à côté de moi dans le vaste hall d'accueil m'a posé la question sur un ton si enjoué, avec un sourire si lumineux, que je suis persuadée d'avoir mal entendu.

– Un quoi ?

– Un crime préféré, dit-elle, toujours avec le même sourire radieux.

Bon. J'avais bien entendu. Jouons la prudence.

– En règle générale, ou bien… ?

– Dans l'émission.

La nuance d'impatience qui s'est insinuée dans sa voix peut se comprendre, dans la mesure où nous nous trouvons dans les bureaux provisoires d'*Alibi*.

Je me rattrape comme je peux.

– Oui, oui, bien sûr. Pas facile, comme choix. Ils sont tous vraiment…

Comment qualifier ça ?

– … très convaincants.

– Moi, je suis totalement obsédée par l'affaire Story.

Et la voilà lancée. Je suis impressionnée par la profusion de détails qu'elle a retenus, à propos d'un épisode qui remonte à plus d'un an. Je suis visiblement tombée sur une experte, alors que je ne suis qu'une convertie de fraîche date à la branche faits divers du journalisme. En toute franchise, je n'espérais même pas décrocher un entretien pour ce stage. Ma candidature était pour le moins… décalée.

Aux grands maux, etc.

Il y a moins de deux mois, juste après ma rentrée de terminale, ma vie était sur des rails. J'habitais à Chicago, j'étais rédac-chef du journal du lycée et j'avais postulé à Northwestern, la fac de mes rêves. Et *bim*, avalanche de catastrophes. J'ai été virée du journal, collée sur liste d'attente pour la fac et informée par mes parents que mon père était de nouveau muté au siège de sa boîte.

Ce qui voulait dire retourner vivre là où j'avais grandi, à Sturgis, Massachusetts, dans notre vieille maison occupée par mon oncle Nick depuis notre déménagement.

« Ce sera un nouveau départ », a argumenté ma mère, choisissant d'oublier combien j'avais eu hâte de partir quatre ans plus tôt.

Depuis, je m'escrime à dénicher un stage susceptible de pousser Northwestern à se repencher sur ma candidature. Les cinq ou six réponses négatives que j'ai reçues se résument à de brefs courriers types. Personne n'a eu le cran de me dire : *Chère mademoiselle Gallagher, l'article le plus lu de votre journal lorsque vous en étiez rédactrice en chef étant une série de dick pics, vos compétences ne correspondent malheureusement pas au profil recherché.*

Soyons clairs : je n'ai ni pris ni publié ces photos. Je suis juste la loseuse qui a oublié de fermer à clé la porte de la rédaction et de déconnecter l'ordinateur principal. Mais ça revient au même, vu que mon nom figurait en signature au bas de l'article, repris un millier de fois avant d'atterrir sur BuzzFeed sous le titre SCANDALE DANS UN LYCÉE DE CHICAGO : MAUVAISE BLAGUE OU PORNOGRAPHIE ?

Les deux, clairement. Au bout du septième refus poli, j'ai compris que, quand les gens tombent direct sur ce genre de chose en vous googlisant, il ne sert à rien d'essayer de le cacher. Alors j'ai changé mon fusil d'épaule et postulé à *Alibi.*

À côté de moi, la fille continue de parler, puis conclut une analyse étonnamment perspicace de la saga familiale des Story. Elle porte un jean noir, un tee-shirt très graphique et un chouette blouson de motard, et le fait qu'on ait à peu près le même style vestimentaire me rassure.

– Tu étudies où ? me demande-t-elle. Moi, je suis en deuxième année à Emerson en arts médiatiques, option journalisme. Mais je vais peut-être intervertir pour prendre « journalisme » comme matière principale.

– Je suis toujours au lycée.

Elle écarquille les yeux.

– C'est vrai ? Wouah. Je ne savais pas que ce stage était ouvert aux lycéens.

– Moi aussi, ça m'a étonnée.

Alibi ne figurait pas sur la liste des boîtes que j'avais établie avec l'aide de mon conseiller d'orientation ; je suis tombée dessus en surfant sur Boston.com avec Ellie, ma petite sœur (quatorze ans). Avant de me renseigner, je ne savais même pas que Carly Diaz, son animatrice, avait quitté temporairement New York pour Boston afin de s'occuper d'un parent malade. Sans être très connu, *Alibi* est un magazine de faits divers qui commence à faire le buzz. Pour l'instant, l'émission passe sur une petite chaîne du câble, mais il est question qu'elle soit bientôt diffusée par une grosse chaîne nationale.

L'article de Boston.com, intitulé CARLY DIAZ INSTAURE ET BOUSCULE LES RÈGLES, était illustré par une photo de la présentatrice en trench rose vif, mains sur les hanches, au milieu de Newbury Street. Pas vraiment l'allure de quelqu'un qui vous juge pour un déboire médiatique, plutôt du genre de personne qui estime qu'il vaut mieux les assumer.

– Et tu écris pour un journal de lycée ?

C'est ce qui s'appelle remuer le couteau dans la plaie.

– Pas en ce moment.

Elle plisse le front.

– Ah bon ? Mais alors, comment tu... ?

– Brynn Gallagher ? m'appelle la réceptionniste. Carly Diaz va vous recevoir.

La fille d'Emerson écarquille les yeux.

– *Carly ?* Wouah. Je n'aurais pas cru que les entretiens se passaient avec elle !

– Bon, ben y a plus qu'à, dis-je en me levant gauchement.

Tout à coup, la fille d'Emerson et son chapelet de questions me font l'effet d'un port dans la tempête, et je lui souris comme à une vieille amie.

– Souhaite-moi bonne chance.

– Bonne chance ! me lance-t-elle, les pouces en l'air.

Je suis la réceptionniste dans un petit couloir étroit jusqu'à une grande salle de réunion, dont les baies vitrées donnent sur le quartier historique de Back Bay. Mais je n'ai pas trop le temps de profiter de la vue ; Carly Diaz se lève de son siège en bout de table avec un sourire de mille volts.

– Enchantée, Brynn.

Je suis si nerveuse que je me retiens de justesse de répondre : « Y a pas de quoi. »

– Merci, dis-je en agrippant la main qu'elle me tend. Ravie de vous rencontrer.

La première expression qui me vient à l'esprit est « plus grande que nature ». Pourtant, elle serait toute petite sans ses talons de dix centimètres. Elle a des cheveux noirs incroyablement épais et brillants, un maquillage sans défaut, et sa robe est un modèle de simplicité et d'élégance qui me donne envie de virer toute ma penderie par la fenêtre pour repartir de zéro.

– Je t'en prie, assieds-toi, me dit-elle en se calant de nouveau dans son siège. Et sers-toi à boire.

Des verres sont disposés entre nous, autour d'un pichet rempli d'eau à ras bord. Je mets en balance ma petite soif avec le risque non négligeable de déverser tout le contenu sur moi ou, pire, sur l'ordinateur de Carly.

– Merci, ça ira.

Elle croise les mains devant elle, et je ne peux pas ne pas remarquer ses bagues en or, aux lignes sophistiquées. Elle en porte presque à chaque doigt. Ses ongles sont parfaitement limés, vernis de rouge vif mais courts.

– Bien, reprend-elle avec un petit sourire en coin. J'imagine que tu sais pourquoi tu es là.

– Pour un entretien ?

Son sourire s'élargit.

– C'est sûr. On a reçu presque cinq cents candidatures pour ce stage. Surtout d'étudiants de la région, mais il y en a même qui sont prêts à déménager pour travailler chez nous. Pas facile de se démarquer avec une concurrence aussi âpre. (J'ai un léger pincement au cœur.) Mais je dois reconnaître que je n'en ai reçu aucune qui ressemble à la tienne. Lindzi, la productrice qui est tombée dessus, me l'a transmise tout de suite.

Carly appuie sur une touche de son ordinateur, oriente l'écran vers moi et… le voilà. Le mail que je lui ai adressé, comprenant douze mots : `Pas ce que j'ai fait de mieux`, suivi du lien vers l'article de BuzzFeed sur les dick pics, et `Merci de votre attention`.

– Tu as accompli plusieurs choses grâce à ce message, me dit-elle tandis que je rosis. D'abord, tu m'as fait rire. Et carrément m'esclaffer une fois que j'ai cliqué sur le lien. Ensuite, j'ai pris la peine de rechercher des articles que tu avais rédigés, puisque tu n'avais pas jugé utile d'en mettre un seul. J'ai pris un quart d'heure sur une journée bien chargée pour trouver des infos sur toi.

Elle se carre au fond de son fauteuil, les doigts en pyramide sous le menton, et me fixe de ses yeux sombres.

– C'est la première fois que ça m'arrive.

J'ai envie de sourire, mais je ne suis pas vraiment certaine qu'il s'agissait d'un compliment.

– J'espérais que vous seriez sensible à ma franchise. Et, euh, à ma concision.

– Ta stratégie était risquée, mais audacieuse, ce que je respecte. C'était débile de te virer pour ça, à ce propos. Une idée de qui a pu poster ces photos ?

– Je le sais parfaitement, dis-je en croisant les bras sur ma poitrine. Mais il a nié et je n'ai pas de preuves.

Je travaillais sur une histoire de bidouillage de notes impliquant plusieurs membres de l'équipe de basket, qui joue au niveau des championnats d'État. Son capitaine, un abruti du nom de Jason Pruitt, m'a coincée un jour devant mon casier pour me dire les seuls mots qu'il m'ait jamais adressés : « T'en mêle pas. » Mais je ne l'ai pas écouté et les dick pics sont apparues une semaine plus tard, pile après l'entraînement.

– Je suis désolée, me répond Carly. Tu méritais davantage de soutien. D'autant que tu fais de l'excellent travail.

Je me détends et me laisse presque aller à sourire. Cet entretien se déroule bien mieux que prévu. Jusqu'à ce qu'elle ajoute :

– Cela dit, je n'avais pas prévu de recruter une lycéenne.

– L'annonce ne précisait pas qu'il fallait être étudiant.

– C'est un oubli de notre part.

Je baisse les bras, mais seulement quelques secondes. Elle ne m'aurait pas convoquée si elle considérait ce point-là comme rédhibitoire. Je remonte au créneau :

– Je suis prête à travailler deux fois plus que n'importe quel étudiant. Je peux être présente au bureau dès que je ne suis pas en cours, y compris le soir et le week-end. (Vu que je n'ai pas mieux à faire. Mais Carly n'a pas besoin de connaître les détails de ma vie.) Je sais que vous recevez des gens qui ont plus d'expérience que moi, mais je me prépare pour devenir journaliste depuis la quatrième. Je rêve de faire ce métier.

– Et pourquoi ça ?

Parce que c'est la seule chose que je sais faire.

Je viens d'une famille où tout le monde a un talent inné. Mon père est un brillant chercheur, ma mère, illustratrice de livres pour enfants, a déjà reçu plusieurs prix, et Ellie est une petite prodige de la flûte. Et tous savaient ce qu'ils voulaient faire pratiquement en naissant. Moi, j'ai passé mon enfance à m'agiter dans tous les sens pour trouver une activité qui m'intéresse, en redoutant secrètement de devenir un oncle Nick bis. « C'est juste qu'il ne sait pas ce qu'il attend de la vie, soupirait mon père chaque fois que son demi-frère bien plus jeune changeait de matière à la fac. Il a toujours été comme ça. »

Ça semblait être le pire défaut pour un Gallagher, de ne pas savoir ce qu'on désirait. J'adore oncle Nick, mais je ne voulais pas devenir la deuxième glandeuse de la famille. Alors j'ai été soulagée quand, en quatrième, mon prof d'anglais a remarqué mes capacités de rédaction.

« Tu devrais écrire pour le journal du collège », m'a-t-il suggéré. J'ai suivi son conseil et, pour la première fois de ma vie, j'ai découvert une activité que je pratiquais tout naturellement. Et ça continue à me définir depuis. « Un de ces jours, Brynn deviendra présentatrice sur CNN », s'amusent à dire mes parents. Du coup, ça m'a terrifiée de perdre tout ça à la rentrée. De voir un travail auquel j'avais consacré tant d'énergie, et dont j'étais si fière, se changer en grosse blague.

Mais je ne vois pas comment expliquer tout ça en une formule choc.

– Parce que, dans n'importe quel récit, non seulement on peut donner une voix à ceux qui n'en ont pas, mais ça peut faire avancer les choses.

– C'est bien dit, commente poliment Carly.

Néanmoins, pour la première fois depuis mon arrivée, elle a l'air de s'ennuyer un peu. Je rougis. Je lui ai fourni ce qui me semblait être une réponse sans risque, et c'est sans doute une erreur avec quelqu'un comme elle. Ce n'est clairement pas cet aspect-là qu'elle a apprécié dans ma candidature.

– Mais tu es bien consciente que nous ne sommes pas le *New York Times* ? Le journalisme de faits divers est un secteur très spécifique, et si on n'a pas une vraie passion pour ça…

– Oh, mais je l'ai !

Je sais que c'est casse-gueule de l'interrompre, mais je ne peux pas la laisser m'éjecter comme ça. Plus j'en ai appris sur *Alibi*, plus je me suis rendu compte que c'était une super occasion pour moi, qui m'ouvrait bien plus de possibilités que l'ajout d'une ligne dans mon CV.

– C'est un point que je voulais aborder, justement. J'ai de l'expérience dans toutes les missions qui figurent dans votre description de poste : les réseaux sociaux, la relecture, la vérification des informations, tout ça. Je peux vous montrer mon CV et mes références. Mais aussi, si ça vous intéresse, j'ai une idée de sujet.

– Ah bon ?

Je sors de mon sac une pochette en carton dont j'ai soigneusement préparé le contenu.

– Oui ! Un meurtre irrésolu qui a eu lieu dans ma ville.

Carly hausse les sourcils.

– Tu vas me le vendre là, maintenant ? En plein entretien d'embauche ?

Je me fige avant d'avoir fini d'ouvrir la pochette, incapable de déterminer si elle est épatée, amusée ou irritée.

– Oui. Je peux ?

– Je t'en prie, me répond-elle avec une ébauche de sourire. Vas-y.

Amusée, donc. Ça pourrait être pire.

La coupure de presse que je cherche est en haut de la pile. C'est une photo publiée par le *Sturgis Times*, qui porte la légende : « Brynn Gallagher et Noah Talbot, du collège Saint Ambrose, remportent le prix du concours national de rédaction des classes de quatrième. » On m'y voit à treize ans arborant mon plus beau sourire, une médaille de style olympique autour du cou, encadrée par deux autres personnes.

– Oh, tu étais trop mignonne, dit Carly. Félicitations.

– Merci, mais ce n'est pas pour la médaille que j'ai gardé l'article. C'est pour *lui*.

Je pose le doigt sur le beau jeune homme rayonnant qui se tient à côté de moi. Même enfermé dans le cadre bidimensionnel d'une petite photo, il déborde d'énergie.

– C'était mon prof d'anglais, William Larkin. Il venait d'arriver au collège. C'est lui qui m'avait poussée à participer au concours, et à intégrer le journal.

J'entends sa voix dans ma tête comme si c'était hier et ma gorge se noue. « Tu es douée », m'avait-il assuré. Je ne crois pas qu'il réalisait ce que ces paroles représentaient pour moi. Je ne le lui ai jamais dit, et ça restera un regret.

– Il essayait toujours d'inciter ses élèves à atteindre tout leur potentiel. Ou à le découvrir, s'ils n'étaient pas conscients d'en avoir.

Je relève la tête pour vérifier qu'elle m'écoute avant de poursuivre :

– Il est mort deux mois après le jour où cette photo a été prise. Assommé par une pierre. Il a été retrouvé derrière le collège par trois élèves de ma classe. Dont lui.

Cette fois, je désigne le garçon qui arbore la même médaille que moi sur la photo.

CHAPITRE DEUX

Brynn

Les yeux toujours fixés sur la photo, je ménage un silence pour laisser à Carly le temps de digérer ces informations. M. Larkin porte son éternelle cravate jaune citron, dont le côté criard est atténué par le cliché en noir et blanc. Un jour, je lui ai demandé pourquoi il l'aimait autant et il m'a répondu qu'elle lui rappelait sa devise préférée : *Quand la vie te donne des citrons, fais-en du cake au citron.*

« Ce n'est pas ça, le proverbe », avais-je rectifié, avec un petit sursaut d'orgueil à l'idée d'en savoir plus qu'un prof. C'est "fais-en de la citronnade". »

« C'est vrai, mais je déteste la citronnade, m'a-t-il expliqué en haussant les épaules. Et j'adore le cake au citron. »

Carly croise les jambes et approche son ordinateur.

– Et tu dis que l'affaire n'a pas été résolue ?

Cette marque d'intérêt fait accélérer mon rythme cardiaque.

– Globalement, oui.

– En général, la réponse à cette question est soit oui, soit non.

– Eh bien, l'hypothèse est qu'il a été tué par un vagabond. Un gars traînait dans le centre ville depuis quelques semaines et insultait tout le monde. On ne savait pas qui c'était ni ce qui clochait chez lui. Un jour, il a déboulé devant le collège pendant une récré et s'est mis à hurler sur les élèves. M. Larkin a appelé la police, qui a arrêté le type. Il a passé quelques jours en prison, et le prof est mort juste après sa libération.

Je lisse le coin froissé de la coupure de presse.

– Comme le type a disparu, les gens pensent qu'il l'a tué pour se venger avant de s'enfuir.

– C'est une déduction qui se tient. Tu n'y crois pas ?

– Autrefois, ça m'allait.

Quand j'étais en quatrième, cela offrait même une sorte de logique qui m'arrangeait. Au fond, l'idée que cet acte ait été commis par un inconnu de passage avait quelque chose de rassurant. Ça impliquait que le danger avait disparu et qu'il ne venait pas de nous – de ma ville, de mes voisins, des gens que je connaissais depuis toujours. J'ai souvent pensé à la mort de M. Larkin, mais, curieusement, sans jamais y poser un regard de journaliste. Jusqu'à ce que je m'avale d'une traite toute une saison d'*Alibi* pour préparer cet entretien. En regardant Carly démonter méthodiquement des alibis pourris et des théories bancales, je n'ai pas pu m'empêcher de penser : *Personne n'a appliqué cette méthode pour élucider la mort de M. Larkin.*

Et tout à coup, j'ai réalisé que *moi*, je pouvais.

– Mais j'y ai pas mal réfléchi depuis que je suis revenue vivre à Sturgis. Et justement, c'est… comme vous dites, ça se tient un peu trop bien.

– Je suis d'accord.

Carly tape quelques instants sur son clavier, puis déclare :

– Je ne trouve pas grand-chose sur l'affaire. Rien que des articles du journal local et deux ou trois brèves dans le *Boston Globe*. La dernière mention remonte au mois de mai, moins d'un mois après sa mort.

Elle plisse les yeux pour lire :

– « Un petit collège soudé frappé par la mort d'un professeur. » Ils ne parlent même pas d'un meurtre.

Ce « soudé » nous a fait bien ricaner, mes amis et moi. La devise de Saint Ambrose est effectivement *L'union fait la force*. L'établissement allant de la maternelle au lycée, en théorie, les élèves ont tout le temps de s'unir jusqu'aux études supérieures. Mais Saint Ambrose est une école privée assez atypique : les frais s'élèvent à des dizaines de milliers de dollars, alors qu'elle est située dans une zone de Sturgis peu reluisante. Pour échapper aux établissements mal notés, tous les bons élèves du coin y postulent en espérant qu'une bourse financera les frais de scolarité. Mais comme Saint Ambrose n'est pas assez prestigieux pour attirer les élèves les plus brillants, ceux qui paient sont souvent assez médiocres. Ça crée un fossé entre les plus riches et les autres, franchi par bien peu d'élèves du temps où j'y ai étudié.

À l'époque du collège, avant que mon père ait sa grosse promotion qui a entraîné notre déménagement pour Chicago, Ellie et moi, on était boursières. Maintenant, mes parents peuvent payer les frais de scolarité et n'envisageraient jamais de nous envoyer au lycée public de Sturgis. Alors on retourne à Saint Ambrose dans quelques semaines. *L'union fait la force.*

– Oui, dis-je. L'affaire a été très peu médiatisée. Je ne sais pas trop pourquoi.

– Je ne comprends pas non plus, renchérit Carly. Elle inclut tous les ingrédients d'un fait divers croustillant. Le collège privé, le prof jeune et beau dont le cadavre est retrouvé par un trio de gamins de familles riches… Y compris ton ami, là, ajoute-t-elle en tapotant la photo du *Sturgis Times*. Il s'appelle comment, déjà ? Noah Talbot ?

– Tripp. On l'appelle Tripp. Et non, il n'est pas riche.

Et il n'est pas non plus mon ami.

Carly bat des paupières.

– Je suis censée croire qu'on peut s'appeler Tripp Talbot sans être riche ?

– C'est parce que c'est le troisième Noah de sa famille. Le surnom de son père, c'est Junior, alors lui, c'est Tripp[1]. On était boursiers tous les deux.

1. Tripp est un surnom employé par les élites, qui, comme l'explique Brynn, remplace « III », le troisième, lorsqu'un même prénom a été donné aux garçons sur trois générations. Junior est le surnom donné au deuxième.

– Et les deux autres ? me demande Carly en faisant défiler le texte sur son écran. Puisqu'ils étaient mineurs, leurs noms ne sont pas mentionnés.

– Shane Delgado et Charlotte Holbrook.

– Eux aussi, ils étaient boursiers ?

– Loin de là. Shane devait être le plus friqué de tout le collège.

Quand on a établi nos arbres généalogiques au CM1, il nous a raconté que ses parents l'avaient adopté bébé. J'ai essayé d'imaginer ce que ça faisait de passer de la précarité au luxe absolu, mais il était sans doute trop petit pour en avoir conscience.

Quant à Charlotte, j'ai du mal à la décrire. Elle était riche, c'est sûr, et d'une beauté stupéfiante pour une fille de treize ans, mais le plus frappant, c'était sa passion pour Shane, qui ne semblait se rendre compte de rien. Cela dit, ce point me paraît trop intime et je me limite à déclarer :

– Elle était riche aussi.

– Et c'est quoi, le contexte ? Que faisaient-ils dans les bois ce jour-là ?

– Ils ramassaient des feuilles pour un devoir de sciences. Tripp était le binôme de Shane, et Charlotte… bah, Charlotte allait partout où allait Shane.

– Et qui était son binôme à elle ?

– Moi.

Carly écarquille les yeux.

– Et tu n'étais pas avec eux ?

Je secoue la tête.

– Pourquoi ?

– Je n'étais pas disponible.

Mon regard dérive vers la photo et se pose sur le jeune Tripp de treize ans : des jambes et des bras maigres et trop longs, un appareil dentaire et une coupe en brosse trop courte. Quand j'ai su qu'on retournait à Sturgis, la curiosité l'a emporté et je l'ai cherché sur les réseaux sociaux. J'ai eu un choc en voyant combien il s'était métamorphosé. Il est grand, large d'épaules, et il a laissé pousser ses cheveux blonds, qu'il porte artistiquement ébouriffés et qui font ressortir ses yeux bleu vif, son point fort. Fini l'appareil dentaire. Il arbore un large sourire plein d'assurance – présomptueux, même. Sans avoir rien fait pour le mériter, Tripp Talbot est devenu sexy et, pire, il le sait. Raison de plus pour le détester.

– Pourquoi tu n'étais pas disponible ? insiste Carly. Trop de devoirs ?

– J'avais un article à finir.

C'est la vérité ; j'avais toujours un article à finir. Le *Saint Ambrose Sentinel*, le journal du collège, était devenu ma vie et j'y travaillais presque tous les après-midi. Cependant, j'aurais pu trouver le temps de participer à l'excursion de ramassage de feuilles. Mais je n'ai pas essayé parce que je savais que Tripp y serait.

On avait été amis ; pour tout dire, entre la sixième et la quatrième, on était si souvent fourrés chez l'un ou chez l'autre que son père disait en rigolant qu'ils allaient m'adopter. Et mes parents avaient toujours en stock les sucreries préférées de Tripp. On avait instauré une compétition à celui qui aurait les meilleures notes. Jusqu'au jour, très précisément la veille de la mort de M. Larkin, où, en plein cours de gym, Tripp m'a dit bien fort devant tout le monde d'arrêter de le suivre et de lui demander de sortir avec lui. Et quand j'ai ri en croyant à une blague, il m'a reproché de le harceler.

Encore aujourd'hui, je me raidis d'humiliation à ce souvenir, tant c'était horrible de subir les ricanements des autres pendant que le prof essayait de calmer le jeu. Le pire, c'est que je ne comprenais rien au comportement de Tripp. Encore la veille, on avait fait nos devoirs ensemble chez lui et tout allait super bien. Je n'avais rien dit ni fait qu'il aurait pu mal interpréter. Je n'avais jamais flirté avec lui. Ça ne m'avait même pas traversé l'esprit.

Après que Charlotte, Shane et Tripp ont découvert le corps de M. Larkin, leur trio a acquis une espèce d'aura, comme s'ils avaient gagné dix ans ce jour-là dans les bois, et qu'ils savaient des choses que les autres ne pouvaient pas comprendre. Tripp, qui n'était pas particulièrement proche de Shane et de Charlotte, a été absorbé dans leur noyau comme s'il en avait toujours fait partie. Je ne lui ai plus adressé la parole ; il suffisait que je regarde dans sa direction pour que tout le monde lève les yeux au ciel, comme si mon prétendu crush était encore plus ridicule maintenant que Tripp était devenu une petite célébrité. Ça a été un soulagement, deux mois plus tard, quand mon père a eu sa promotion et qu'on a déménagé à Chicago.

Cependant, je ne vois pas l'utilité de fournir tous ces détails à Carly. Admettre qu'on en veut à un garçon qui vous a collé la honte en public est le meilleur moyen de clamer qu'on n'est encore qu'une lycéenne immature.

– C'est quand même dingue que tu aies failli être témoin d'un meurtre, non ? observe Carly, les yeux toujours rivés sur son écran. Je lis ici qu'on n'a pas trouvé d'indices sur la scène de crime, en dehors des empreintes d'un des garçons sur l'arme. C'était Tripp ?

– Non, c'était Shane.

– Et il n'a jamais été soupçonné ?

– Non.

En tout cas pas par moi, et, bien que je n'aie pas revu Shane depuis la quatrième, son implication me paraît peu crédible, encore aujourd'hui. Pas parce qu'il était riche et populaire, mais parce qu'il m'a toujours paru être quelqu'un de super flegmatique et, disons, de pas compliqué.

– Ce n'était qu'un gamin, et il s'entendait bien avec le prof. Il n'avait aucune raison de lui vouloir du mal.

Carly se contente de hocher la tête, comme si elle réservait son jugement sur ce point.

– D'après cet article, votre prof avait enquêté sur un vol qui s'était produit au collège.

– Oui. Quelqu'un avait piqué une enveloppe. Elle contenait l'argent collecté pour un voyage de classe à New York. Il y avait plus de mille dollars.

Ça s'était passé à la fin du mois de mars, et j'étais assez excitée d'avoir un vrai scoop à raconter, pour une fois.

Le collège avait demandé à Larkin de mener une enquête interne et je l'interviewais presque tous les jours.

– Après la mort de M. Larkin, nos casiers ont été fouillés et l'enveloppe a été retrouvée dans celui de Charlotte.

– La Charlotte des bois ? s'exclame Carly d'un ton un peu incrédule. Voyons si j'ai bien tout saisi. L'un des témoins laisse ses empreintes sur l'arme du crime, une autre a piqué l'argent que le prof essayait de retrouver, et… et quoi ? Ils s'en tirent blancs comme neige ?

J'acquiesce d'un hochement de tête et elle croise les bras.

– Je vais te dire un truc. Ça ne se serait pas passé du tout de la même manière s'il s'était agi d'Afro-Américains.

– Je sais.

Je n'y avais pas songé à l'époque, mais ça m'a frappée quand j'ai réfléchi à l'affaire en bingeant les épisodes d'*Alibi* : Tripp, Charlotte et Shane étaient toujours désignés comme des « gamins ». Ils n'ont jamais été mis sur le gril, on n'a jamais mis en doute leur parole ni vérifié leurs faits et gestes, alors que personne ne pouvait corroborer leur version.

– Charlotte a juré qu'elle ne savait pas comment cette enveloppe était arrivée là.

J'avais espéré pouvoir l'interviewer à ce sujet, mais je n'en ai jamais trouvé l'occasion. Les activités périscolaires ont été mises sur pause pendant plusieurs semaines à cause des événements et, quand elles ont repris, le proviseur, M. Griswell, m'a informée que je ne pouvais plus parler du vol dans le journal.

« On a tous besoin de se réparer », a-t-il justifié.

J'étais trop sous le choc de la mort de M. Larkin pour discuter.

– D'accord, dit Carly en faisant pivoter lentement son fauteuil de bureau. Eh bien, félicitations, Brynn Gallagher, tu as officiellement captivé mon attention.

Je manque de bondir sur ma chaise.

– Ça veut dire que vous allez parler de l'affaire Larkin ?

Elle lève aussitôt la main dans un geste défensif.

– Holà, une minute. Ce genre de décision ne se prend pas juste sur la base de... ça.

Elle désigne ma pochette et je rougis, prise en flagrant délit de naïveté et d'ignorance. Elle semble s'en apercevoir et poursuit d'un ton adouci :

– Mais je trouve que tu as un bon instinct. C'est tout à fait le genre d'affaire sur laquelle on pourrait se pencher. Sans compter que tes articles sont pros et que tu ne te laisses pas abattre par quelques dick pics. Alors, pour moi, c'est bon. Après tout, pourquoi pas ?

Elle se tait dans l'attente de ma réaction.

– Pourquoi pas quoi ?

Elle arrête de faire tourner son fauteuil.

– Je suis en train de te donner le poste.

– Vraiment ? fais-je d'une voix aiguë.

– Vraiment.

Soudain, l'adrénaline envahit mes veines – ainsi qu'une sacrée dose de soulagement. C'est la première bonne nouvelle que je reçois depuis longtemps, et le premier signe que, peut-être, je n'ai pas totalement flingué mon avenir. Carly jette un coup d'œil sur un calendrier fixé sur le tableau de réunion, où le mois de décembre est tellement rempli qu'il est illisible de là où je me tiens.

– Tu as cours actuellement, ou c'est les vacances ?

– Non, non. Enfin, ce n'est pas encore les vacances, mais comme on a déménagé la semaine dernière, mes parents ont pensé que je pouvais attendre janvier pour commencer les cours ici.

– Parfait. Si tu venais à 10 heures demain pour qu'on organise ton intégration ?

Je me borne à hocher la tête, parce que je ne suis pas sûre que je réussirais à retrouver ma voix normale.

– Et ce serait super si tu pouvais mettre noir sur blanc ce qu'on s'est dit à propos du meurtre de ton prof. Je demanderai à l'un de nos producteurs de lire tout ça quand il aura le temps. On n'a rien à perdre. Va savoir (Carly se lève en refermant son ordinateur, signe qu'elle en a fini avec moi pour aujourd'hui), on pourrait peut-être en tirer une histoire.

CHAPITRE TROIS

Tripp

Je pose le formulaire de demande de bourse sur le comptoir de la Ruche à Miel que je viens de nettoyer, et relis la phrase qui figure en haut de la page. *La bourse Kendrick reviendra à l'élève de terminale le plus polyvalent du lycée, désigné par les administrateurs de Saint Ambrose.* J'inspecte la suite, mais « polyvalent » n'est pas davantage défini – rien sur les notes, la situation financière ou les expériences professionnelles.

– C'est une perte de temps, dis-je dans le vide.

Bon, il y a bien Al, le chien de la proprio, un samoyède au pelage ridiculement soyeux, qui remue la queue en réponse.

– Pas de quoi te réjouir. Nous, on ne se réjouit pas.

Il bave, cette fois. L'air parfaitement réjoui.

Je pousse un soupir de frustration tandis que la patronne de la boulangerie, Regina, sort de la cuisine avec un plateau de fourrés à la confiture. Ils n'ont pas grand-chose à voir avec leur version industrielle, à part la forme, les dimensions et les vermicelles en sucre. Regina prépare une base de gâteau à la vanille ornée d'un glaçage au cream cheese, garni de sa recette secrète à la confiture, que je mangerais par kilos si elle me laissait faire.

– Pourquoi on ne se réjouit pas ? me demande-t-elle en posant le plateau à côté de la caisse.

Al se précipite au son de sa voix, avant de s'asseoir en frémissant d'impatience devant les friandises. Qu'il n'obtient jamais. J'aimerais bien avoir son optimisme dans la vie.

Je me lève de mon tabouret pour aider Regina à disposer les gâteaux dans la vitrine. Comme on a pris de l'avance, on a encore un peu de temps avant que les gens commencent à affluer à 16 h 30. Je ne suis pas le seul à Sturgis à craquer pour ces gâteaux.

– Cette bourse Kendrick est une arnaque, dis-je.

Elle rajuste le foulard qui couvre ses courtes boucles quand elle pâtisse, puis recule pour me laisser de la place devant la vitrine de présentation.

– Qu'est-ce qui te fait penser ça ?

L'odeur fruitée et acidulée des gâteaux me fait saliver.

– Ils la donnent à l'élève de terminale le plus « polyvalent », dis-je en traçant des guillemets dans l'air, avant de sortir des gants en latex de sous le comptoir. Mais comme ils ne détaillent pas ce que ça signifie, Grizz est libre de la filer à qui il veut. Du coup, c'est mort, vu qu'il me déteste. C'est même pas la peine que j'essaie.

Regina s'appuie sur le comptoir.

– Tu sais ce qui me plaît le plus chez toi, Tripp ?

– Ma passion pour le pesage précis des ingrédients ?

– Ton attitude proactive.

Je me marre, malgré mon humeur grincheuse.

– Je fais un constat, c'est tout.

– Vas-y, parle, continue, reprend-elle. Évacue toute cette négativité. Ensuite, remplis cette demande, poste-la, et tu verras bien !

Je lui réponds par une grimace, pour cacher le fait que j'aime assez quand elle me parle comme une mère. Bon, pas comme la mienne. La dernière carte de Lisa Marie Talbot, qui remonte à sept mois, venait du casino de Las Vegas où elle bosse, et disait « Poker face » !

– Ouais, ouais. Je vais m'en occuper. Un de ces jours.

Puis je me force à m'arrêter de grommeler, pour ne pas ressasser des jérémiades que Regina a déjà entendues.

Mais elle n'a pas besoin que je parle pour savoir ce que je pense. En changeant le rouleau de la caisse enregistreuse, elle ajoute :

– Et ma proposition tient toujours.

Chaque fois que je me plains que les aides financières pour la fac ne me suffiront sans doute pas à couvrir le logement et la nourriture, elle me rappelle que son mari et elle ont une chambre d'ami, maintenant qu'ils n'ont plus que deux de leurs fils à la maison.

– Je sais que ça reste Sturgis, mais si tu as besoin de changer d'air, tu n'as qu'un mot à dire.

Shane m'a fait le même genre de proposition : « Hé, mec, on n'aura qu'à prendre l'appart de mes parents à Boston après le lycée. » Mais quand, le prenant au pied de la lettre, je lui ai demandé à quel moment on pouvait emménager, il s'est souvenu qu'il était déjà loué. « Il y a celui de Madrid qui est libre », m'a-t-il signalé. Comme si l'Espagne et le Massachusetts étaient équivalents pour quelqu'un qui n'a même pas de passeport.

Passons. Ce n'est pas comme si j'avais envie de vivre en coloc avec Shane. Habiter chez Regina… pourquoi pas. Après des années seul avec mon père, tu m'étonnes que j'ai besoin de changer d'air. Mais j'avais espéré que ce serait aussi l'occasion de changer de ville.

Quand j'ai entendu parler de la bourse Kendrick, j'ai cru que j'avais mes chances. C'est nouveau, financé par un riche donateur – un ancien élève –, et ça se monte à vingt-cinq mille dollars par *an* ! Pendant quatre ans. Ça couvrirait les frais de certaines facs publiques en totalité, ou un gros pourcentage du coût de l'université du Massachusetts, où je rêve d'aller. J'ai dit au conseiller d'orientation que j'étais motivé par son programme généraliste, qui me « donnerait le temps de creuser plusieurs pistes en fonction de mes centres d'intérêt et de mes aspirations ». Mais ma vraie raison, sans grand rapport avec des considérations académiques, serait plutôt : *parce que c'est assez grand et assez loin d'ici pour que j'aie des chances de commencer à sentir que je suis quelqu'un d'autre.*

– Pourquoi est-ce que M. Griswell ne t'aimerait pas ? me demande Regina en contournant Al pour épousseter la vitrine.

Comme tous ses enfants sont allés à Saint Ambrose, elle sait que Grizz est le surnom qu'on donne au proviseur, et elle reste impliquée dans l'association de parents d'élèves. La moitié du temps, elle en sait plus que moi sur ce qui se passe au lycée.

– À cause des étagères.

– Oh, n'importe quoi, réplique-t-elle, les poings sur les hanches. Il ne peut pas t'en vouloir à cause d'un différend avec ton père qui remonte à des années.

– Je sais que si.

À une époque, mon père exécutait parfois des travaux de menuiserie à Saint Ambrose. Lorsque j'étais en quatrième, Grizz lui a commandé des étagères intégrées pour son bureau. Mais quand mon père lui a donné la facture à la fin, Grizz a déclaré qu'il n'avait jamais accepté le devis et qu'il ne paierait que soixante-quinze pour cent de la somme. Au bout de quelques jours de discussion, lorsqu'il est devenu clair que Grizz ne céderait pas, mon père est passé à l'action. Il est allé au collège pendant le week-end, il a démonté toute la structure et il a repeint de sorte qu'il n'y ait plus aucune trace de son intervention. À part le mot qu'il a laissé à Grizz : *J'ai changé d'avis, je ne prends plus le boulot.*

Il est comme ça, mon père : c'est monsieur Nounours, mais si on franchit la ligne, c'est comme si on appuyait sur un bouton. Grizz a eu de la chance de s'en tirer à ce compte-là. Sauf qu'il n'a pas vu les choses sous cet angle. Ça l'a mis super en colère. Et le fils de Junior Talbot peut toujours courir pour qu'il lui file une bourse d'études de cent mille dollars.

– Bon, d'accord, me répond Regina, admettons que M. Griswell ne soit pas ton plus grand fan. Ce n'est pas le seul décisionnaire. L'avis de Mme Kelso compte aussi. Peut-être même davantage. Et, euh, voyons…

Elle se tapote le menton avec l'air de celle qui se perd dans ses pensées.

– Ce n'est pas elle qui est passée te demander un service il y a quelques jours ? Un service que tu as bêtement refusé de lui rendre ?

– Non.

– Oh, allez, Tripp.

– Je ne le ferai pas.

– Tu vas dire non à des études gratuites ?

– Je dis non à ce comité. C'est trop chelou.

Regina croise les bras, et j'argumente :

– Ce serait carrément bizarre de participer à la création d'un jardin commémoratif pour quelqu'un que j'ai… Quelqu'un que j'ai trouvé mort.

J'ai passé des années à essayer d'oublier ce jour-là dans les bois, bien que ce ne soit pas pour les raisons que Regina doit imaginer. Mais je ne peux pas lui reprocher de croire que le comité pour le jardin commémoratif Larkin est un projet louable et pas un putain de cauchemar.

– Ça n'a rien de chelou, proteste-t-elle. C'est une marque de respect, qui a une vraie utilité. Et peut-être un geste réparateur.

Elle adoucit sa voix autant qu'elle en est capable, ce qui, chez Regina, ne mène pas très loin. Néanmoins, on applaudit l'effort.

– Toi aussi, tu mérites de te réparer, Tripp.

Je ne réponds pas, parce que j'ai l'impression d'avoir du ciment plein la gorge. Je sais encaisser, mais entendre Regina m'expliquer tout ce que je mériterais alors qu'elle sait que dalle sur ce que j'ai fait, ça, ça devient trop pour moi.

– En plus, tu sais très bien que Mme Kelso a besoin de bras. Ça implique du travail physique, et les gars de Saint Ambrose ne se bousculent pas au portillon pour jouer les bénévoles.

Elle se poste derrière le comptoir et me pointe du doigt.

– Alors arrête de geindre et vas-y, ou je vire tes fesses molles de ma boulangerie.

– Tu bluffes, dis-je, sans certitude.

Je détesterais perdre ce boulot. Regina paie mieux que n'importe qui à Sturgis, et la Ruche à Miel est un peu ma deuxième maison. Avec l'avantage d'être plus propre et de sentir bien meilleur que la première.

La sonnerie de la porte tinte et une demi-douzaine de garçons déboulent dans la boutique en se poussant et en rigolant, vêtus de maillots de foot rayés jaune et bleu sous leurs doudounes. Si la session d'automne de crosse est terminée, l'entraînement en salle bat son plein.

– Ça roule, T. ? me lance Shane d'une voix tonitruante.

Il pose son sac par terre à côté d'une des grandes tables près de la vitrine et gratifie ma boss de son sourire le plus charmeur.

– Salut, Regina ! On va prendre tous les fourrés, s'il te plaît.

– Vous en aurez deux chacun, et c'est mon dernier mot, réplique-t-elle en secouant la tête. Je ne veux pas me retrouver à court avant d'avoir servi mes clients réguliers.

Alors que la bande s'équipe en serviettes et en boissons, Shane porte une main à sa poitrine, comme si son cœur était touché à mort, et repousse une mèche de cheveux bruns de ses yeux. Mon père l'appelle « Ronaldo », comme le joueur de foot portugais, avec qui il lui trouve une ressemblance.

– Quoi ? Après tout ce temps, on n'est pas considérés comme des fidèles ?

– Deux chacun, répète Regina, avec un léger sourire en coin.

Shane a beau se tenir à carreau en présence de Regina, elle semble toujours tiraillée entre l'amusement et l'irritation avec lui.

– Un jour, soupire-t-il en s'affalant sur une chaise, un jour mémorable, j'aurai droit à tous les gâteaux que je veux et ma vie sera parfaite.

– Elle l'est déjà assez comme ça, dis-je.

Il fait le geste de me chasser avec un grand sourire, tandis que Regina vient me tirer par la manche.

– J'ai des muffins à enfourner. Tu peux emmener Al dans l'arrière-boutique ?

En principe, les chiens ne sont pas autorisés dans la boulangerie. Alors, même si tout le monde s'en fout à Sturgis, y compris les clients flics de Regina, il va dans la réserve dès que quelqu'un arrive.

– Oui, chef, dis-je avec un salut militaire.

J'appâte Al avec la promesse d'un cookie, qui marche à tous les coups, et lui donne une gamelle d'eau comme prix de consolation. Puis je vais encaisser une commande géante sur tout un paquet de cartes bancaires différentes.

Aussitôt après, alors que tout le groupe est installé, la sonnerie de la porte retentit de nouveau.

– Fini, la récré, Shaney, marmonne un des joueurs de crosse. V'là ta femme.

Le sourire de Shane s'efface une seconde, avant qu'il ne lance :

– Salut, ma belle. Tu veux un gâteau ?

– Non, lui répond Charlotte après l'avoir embrassé.

Elle prend tout son temps pour enlever son manteau, un truc noir plein de boutons et de bretelles qu'elle drape artistiquement sur le dossier d'une chaise vide.

– Noir avec du miel ? dis-je quand elle s'approche.

Elle appuie une hanche contre la vitrine.

– Tu me connais bien.

– Tu es au courant que ce n'est pas une association très classique ? Depuis presque deux ans que je travaille ici, je n'ai jamais vu personne d'autre mettre du miel dans son café.

Elle ébauche un sourire.

– J'aime bien me distinguer.

Elle n'a pas d'efforts à faire pour ça. Charlotte est le genre de fille qui s'entend dire : « Tu devrais faire mannequin » depuis sa naissance. Jamais un moment de gêne dans la vie de Charlotte Holbrook. Tout chez elle sort de l'ordinaire. Quand Regina m'a demandé de lui décrire la petite amie de Shane, j'ai dit : « Jolie, avec des cheveux bruns et des yeux bleus, un peu plus grande que toi. » Puis Charlotte est entrée et Regina a secoué la tête.

« Jolie, a-t-elle marmonné. Si cette fille est jolie, l'Everest est une colline. »

Pendant que je lui prépare son café, elle me demande :

– T'es allé sur l'intranet aujourd'hui ?

– Non. C'est les vacances.

– Je sais, mais ils ont mis la composition des classes en ligne. Alors je suis allée voir avec qui j'allais passer mon dernier semestre.

Comme je me contente de grogner, j'ai droit à une petite tape sur le bras.

– Figure-toi qu'il y a des gens qui s'intéressent à ce genre de chose. Et devine sur quel nom je suis tombée ?

– Lequel ? demandé-je docilement en versant du miel liquide dans son mug.

– Brynn Gallagher.

Comme elle tourne les yeux vers la table de Shane, en train d'éclater d'un rire sonore, elle ne voit pas que je manque de lâcher le flacon. Elle a sans doute oublié que j'ai été ami avec Brynn ; depuis que je connais Charlotte, on a parlé d'elle exactement zéro fois.

– Quoi ?

– Brynn Gallagher, répète Charlotte.

Elle ramène son attention sur moi et fronce les sourcils.

– Tu en as trop mis.

Ah, merde. Surcharge de miel dans le café de Charlotte. Pas la peine d'essayer de la convaincre de boire ce sirop. Je balance le tout pour recommencer.

– Désolé. Tu as bien dit Brynn Gallagher ?

– Oui, deux fois, me répond-elle tout en surveillant de près ma nouvelle tentative.

– Trop bizarre, pour quelqu'un qui n'habite plus ici.

J'ai visé l'attitude détachée. Pas la peine qu'elle se demande pourquoi je suis soudain incapable d'effectuer les tâches les plus simples.

– Elle est peut-être revenue.

– Je ne lui souhaite pas. Tiens.

Je lui tends un café parfait.

– Merci, Tripp.

Elle s'éloigne sans payer, sachant que je vais mettre sa boisson sur le compte de Shane. Elle regagne la table des garçons et reste debout avec un sourire d'attente, jusqu'à ce qu'un des voisins immédiats de Shane se lève pour lui céder sa place.

Elle ne lui laisse pas d'air, jamais. Ça marche comme ça depuis qu'ils se sont mis ensemble à la fin de la quatrième. Au début, lui aussi restait collé à elle, mais ces derniers temps, il me semble distinguer des signes que ça commence à lui peser. Comme maintenant, où je vois sa bouche se crisper quand elle s'assoit à côté de lui. Mais presque aussitôt, il se détend en lui adressant un sourire de bienvenue et je me demande si je n'ai pas rêvé.

Ce n'est pas moi qui vais lui poser la question. Shane, Charlotte et moi, on est potes depuis presque quatre ans, mais c'est une amitié superficielle. On parle du lycée, de TikTok, de sport ou du sujet préféré de Charlotte, à savoir Shane-et-Charlotte. Et puis il y a la liste, beaucoup plus longue, des choses dont on ne parle pas, notamment la règle tacite qu'on respecte depuis la quatrième.

On ne parle jamais, jamais de ce qui s'est passé ce jour-là dans les bois.

Tripp

Il y a quatre ans

J'attends Shane Delgado dans le bois de bouleaux qui se trouve derrière Saint Ambrose. La musique à fond dans mes écouteurs, je regarde mon haleine former des petits nuages dans l'air. On est mercredi, un peu avant à la mi-avril, par une de ces journées anormalement froides qui ressemblent à une extension de l'hiver. Les arbres n'ont pas encore totalement reverdi et je ne suis pas convaincu que le moment soit idéal pour « créer une collection de feuilles qui illustrent la diversité des espèces de la région », pour reprendre les termes de Mme Singh. Mais OK. Personne ne m'a demandé mon avis.

Dans mon gros classeur à anneaux, disproportionné pour un projet de vingt-quatre pages, les pochettes en plastique sont déjà remplies de feuilles que j'ai ramassées ce matin dans mon jardin.

Shane fait partie de ces élèves de Saint Ambrose qui se laissent vivre parce qu'il n'a pas besoin de stresser à propos d'une bourse. Ni à propos de quoi que ce soit d'autre. Il est même tellement zen qu'il n'hésite pas à s'accorder des petites siestes dans le vestiaire de notre classe. Ça fait marrer les profs, ce qui n'arriverait jamais si c'était moi qui m'endormais quand ça me chante.

Je sais que c'est idiot d'être jaloux de quelqu'un comme Shane, mais aujourd'hui, je ne peux pas m'en empêcher. Aujourd'hui, j'aimerais bien être lui – ou n'importe qui d'autre que moi, à vrai dire.

CHAPITRE QUATRE

Tripp

Quand j'ai été interrogé après le meurtre de M. Larkin, je n'étais jamais entré dans un poste de police. Nous avions appelé nos parents en panique – enfin, ceux de Shane, même s'ils travaillent à Boston, parce qu'on savait d'instinct que mon père n'était pas de taille à gérer la situation. Les Delgado ont prévenu les flics et on s'est tous retrouvés sur le parking de Saint Ambrose, à partir duquel on a guidé les enquêteurs. Tout s'est déroulé dans un brouillard, si irréel que je n'ai presque aucun souvenir avant notre arrivée au poste.

Quand mon père a débarqué, on m'a séparé de Shane et de Charlotte pour me conduire dans une petite pièce. Déjà à ce moment-là, j'ai compris qu'ils voulaient vérifier que nos versions concordaient. J'ai chassé l'image de M. Larkin et répondu de mon mieux aux questions du lieutenant Patz. À l'époque, je lui aurais donné dans les quarante ans, comme mon père, parce que tous les adultes me semblaient avoir cet âge-là. Surtout ceux qui commençaient à se dégarnir. J'ai su plus tard qu'il n'en avait que vingt-cinq, le même âge que M. Larkin.

« Que faisais-tu dans les bois, Tripp ?

– On devait ramasser des feuilles pour un devoir de sciences. On doit identifier douze espèces et coller les feuilles dans nos classeurs. »

J'avais apporté le mien au poste. Quelqu'un me l'avait pris à mon arrivée avant de me le rendre une demi-heure plus tard.

« Pourquoi étais-tu avec Shane et Charlotte ?

– Shane est mon binôme et Charlotte, c'est sa copine.

– Et pourquoi ils n'avaient pas de classeur comme toi ? »

Parce qu'ils savaient que je me taperais tout le boulot et qu'ils n'avaient pas besoin de s'embêter. Mais je l'ai bouclée : à Saint Ambrose, les boursiers sont censés être reconnaissants, et pas amers. Alors j'ai dit qu'ils avaient oublié de les prendre.

« Et le binôme de Charlotte ? »

Décidément, il n'y avait pas moyen de me débarrasser de Brynn Gallagher. Même absente, elle était encore dans mes pattes.

« Je ne sais pas. »

Le lieutenant n'a pas insisté.

« Est-ce que vous avez été séparés ? Est-ce que vous vous êtes perdus de vue à un moment ou à un autre ? »

Même avant de se barrer, ma mère me parlait rarement comme le fait un parent. Lisa Marie laissait les fondamentaux comme le brossage de dents ou la préparation du petit déjeuner à mon père. Mais, de temps en temps, elle aimait bien divaguer en ma présence sur des questionnements qu'elle trouvait intéressants. Elle donnait plus l'impression de se parler à elle-même qu'à moi, mais je n'en buvais pas moins ses paroles. Plus d'une fois, elle a dit : « On vivrait mieux dans ce monde si les gens savaient se taire. Ils parlent tous trop, tout le temps. Quand on leur pose une question bête, ils te racontent leur vie. Qu'est-ce qu'on en a à faire ? On leur demande juste de répondre par oui ou par non ! Même ça, que ce soit oui ou non, on s'en fiche ! »

« Non, ai-je dit en frottant le cal que j'ai sur le pouce.

– Même pas pendant une ou deux minutes ?

– Non.

– Raconte-moi comment vous êtes tombés sur M. Larkin. »

Là-dessus, il ne fallait pas que je me rate ; j'ai pris quelques secondes pour ordonner mes pensées.

« On n'était pas loin de Shelton Park, vous savez, là où les gens vont pour observer les oiseaux. Il y avait une branche énorme par terre, comme si elle avait été frappée par la foudre. Charlotte a dit qu'on n'avait qu'à prendre des feuilles dessus, alors on s'est approchés, et c'est là qu'on a vu quelque chose de blanc derrière la branche. C'était une basket.

– Tu l'as compris tout de suite ?

– Non, au début, j'ai cru que c'était un truc jeté par quelqu'un. Comme un sac en plastique. Mais après, on s'est avancés…

– Jusqu'où ?

– Je ne sais pas. Assez pour voir que c'était une basket.

– D'accord. Et ensuite ?

– Ensuite, on a vu M. Larkin. »

On a passé beaucoup de temps là-dessus. Peut-être des heures. Le lieutenant Patz m'a bombardé de questions. Est-ce qu'on avait vu tout de suite qu'il était mort ? Est-ce qu'on l'avait touché ? Est-ce qu'on avait vu ou entendu quelqu'un ?

« Il y avait une pierre à côté de lui. Une grosse pierre avec une arête tranchante et… il y avait du sang dessus.

– Comment tu as su que c'était du sang ?

– Ben, c'était rouge et… c'était liquide.

– Tu l'as touchée ?

– Shane l'a prise. Il l'a retournée dans ses mains et il s'est mis du sang partout. Même sur son pantalon.

– Tu penses que c'était une bonne idée de la ramasser ? »

J'ai fixé longuement quatre griffures profondes sur le bois de la table, en me racontant qu'elles avaient été faites par un démon. Une créature que la police de Sturgis avait essayé de garder captive et qui s'était échappée.

« Je ne sais pas. Je crois que je n'y ai pas réfléchi.

– As-tu quelque chose à ajouter, Tripp ?

– Non. Il n'y a rien d'autre à dire. »

Quand ça s'est enfin arrêté, le lieutenant m'a remercié et m'a laissé rentrer chez moi. Mon père a entendu dire plus tard qu'on avait tenu exactement le même discours tous les trois. Tout le monde nous plaignait, à cause du traumatisme que ça devait être d'avoir trouvé le cadavre de notre prof, et les voisins venaient nous déposer des tartes et des gratins. Ils ne s'étaient pas donné cette peine quatre ans plus tôt, quand ma mère s'était envolée. Sans doute que ce n'est pas une tragédie quand les gens choisissent de partir.

Puis, moins d'une semaine plus tard, la police m'a reconvoqué.

« Tripp, tu es au courant que de l'argent a été volé récemment dans ton collège ? »

Bien sûr que j'étais au courant. L'argent avait disparu fin mars et ça avait provoqué un scandale à Saint Ambrose. Brynn ne parlait pratiquement plus que de ça depuis des semaines dans le *Sentinel.*

« Ouais. C'était pour le voyage des quatrièmes à New York.

– Tu sais combien il y avait ?

– Non. Mais sûrement beaucoup. Maintenant, les boursiers ne peuvent plus y aller, alors plus personne n'y va.

– Et tu savais que M. Larkin était chargé d'enquêter sur le vol ?

– Ben ouais.

– Tripp, je vais te révéler des informations qu'on vient d'apprendre. Cet argent a été retrouvé dans le casier de Charlotte Holbrook vendredi dernier, à l'occasion d'une fouille de routine au collège. Qu'est-ce que tu aurais à en dire ? »

J'aurais pu lui dire que cette fouille était tout sauf de la routine. Les élèves n'avaient jamais été fouillés à Saint

Ambrose, encore moins par la police. Mais ce fric avait disparu depuis deux semaines et Grizz était sur les dents. Il lui fallait un coupable.

À mon avis, il aurait préféré que ce coupable soit quelqu'un d'autre que Charlotte, et j'étais presque sûr qu'elle n'aurait pas d'ennuis. Mais Patz n'avait pas besoin de moi pour comprendre ça.

« Je dirais que ça me surprend.

– Qu'est-ce qui te surprend ?

– Qu'on l'ait retrouvé là. C'est Charlotte qui l'a volé ? »

Le lieutenant Patz n'appréciait pas que je me mette à poser les questions. En tout cas, il y répondait rarement.

« Charlotte et toi, vous êtes amis ?

– Non. »

On ne l'était pas, alors.

« Et Shane Delgado, c'est ton ami ?

– Non plus. »

Même chose.

Je ne me souviens pas de toutes les autres questions, mais à un moment ou à un autre, subrepticement, le lieutenant a resserré la conversation sur moi.

« On a pas mal parlé avec tes camarades de classe, Tripp. Tu as l'air d'être apprécié. Mais certains nous ont dit que tu n'étais pas toujours sympa.

– Ah ouais ? Qui ça ? »

J'ai pris un air détaché, comme si je ne voyais pas du tout qui ça pouvait être, mais j'étais prêt à parier qu'il s'agissait de Brynn. Mon père, qui paraissait somnoler depuis un bon moment, s'est brusquement animé et s'est penché en avant, les coudes sur la table.

« Et alors ? s'est-il exclamé. On a le droit de ne pas s'entendre avec tout le monde, c'est pas un crime.

– Absolument, monsieur Talbot. J'essaie juste de me faire une idée de la personnalité de Tripp.

– C'est un chouette gamin, gentil et sérieux, qui fait ce qu'il peut pour vous aider. »

J'aurais dû lui être reconnaissant d'avoir dit ça, mais sur le coup, je voulais juste qu'il se taise et qu'on s'en aille le plus vite possible.

* * *

Il est plus de 18 heures quand je quitte le boulot. J'envoie un message à mon père en sortant.

`Ça se présente comment, le repas ?`

`Ça se présente pas`, me répond-il. `Pas eu le temps de faire de courses aujourd'hui.`

`Tu veux que je passe chez le chinois ?`

`Ce serait super. Je te rembourse.`

Et il finira par le faire.

J'appelle le Palais d'or pour passer notre commande habituelle : riz sauté aux crevettes et bœuf au brocoli, de loin les meilleurs plats du menu. Leur cuistot a la manie de tremper tous les aliments protéinés dans de la pâte à frire et de les cramer dans l'huile. Il y a deux ans, les parents de Shane nous ont invités en groupe à Chinatown pour manger des dim sum, et j'ai goûté de la vraie bouffe chinoise pour la première fois de ma vie. Ce jour-là, j'ai dû engloutir mon poids rien qu'en raviolis tellement c'était bon. Depuis, j'ai du mal avec le Palais d'or, mais c'est pratique, pas cher et au bout de la rue.

Je passe devant la quincaillerie Ricci et je m'arrête chez Mo, le coiffeur, au moment où la porte s'entrouvre. Comme la personne n'arrive pas à la pousser en entier, je tire sur la poignée.

– Bonjour, monsieur Solomon, dis-je face à un petit bonhomme aux cheveux blancs qui me regarde avec des yeux larmoyants.

– Pardon ? Oh, bonjour, Noah. Je ne t'avais pas reconnu. C'est fou ce que vous avez tous grandi. Mon Dieu, vous êtes presque des adultes.

M. Solomon, l'ancien gardien de Saint Ambrose, qui a pris sa retraite, n'a jamais été un grand fan des surnoms.

– C'est comme ça, dis-je d'un ton enjoué que je n'emploie jamais.

Je ne sais pas pourquoi, les personnes âgées me font toujours cet effet-là. En particulier M. Solomon, qui plane un peu, ces derniers temps. Il serre une boîte à pêche rouge dans sa main gauche, mais je le connais trop bien pour lui demander s'il va pêcher. Ça fait un moment que cette mallette lui sert de coffre-fort. Je le vois en sortir des billets froissés chaque fois que je le croise à l'épicerie ou à la pharmacie. Ça me rend triste, et je me surprends à engager la conversation.

– Et votre jardin, ça se présente bien ?

Question idiote au mois de janvier, mais son visage s'illumine.

– Il n'est pas dans sa meilleure forme, mais j'ai apporté quelques améliorations.

M. Solomon habite entre Sturgis et Stafford, la ville voisine beaucoup plus bourge où vit Shane. Quand j'étais petit, je m'imaginais que la maison de M. Solomon était un portail pour une autre dimension, parce que son jardin avait quelque chose de magique qui ne semblait pas avoir sa place en Nouvelle-Angleterre. Une jungle de plantes grimpantes, d'arbres fruitiers et de fleurs grosses comme ma tête.

– Tu devrais passer un de ces jours pour voir les changements. Je nous ferais du thé.

– Ce serait super, dis-je, en espérant qu'il sait comme moi que ça n'arrivera pas. Bon, faut que j'y aille, monsieur Solomon. Je vais chercher le repas pour ce soir. Ça va ? Vous tenez la porte ?

Je ne l'ai pas lâchée, parce qu'il n'a pas bougé. Son visage parcheminé se rembrunit.

– Tu es dans le passage, grommelle-t-il.

Il faut croire que la minute de nostalgie est terminée.

– Désolé, dis-je en m'écartant.

Il me jette un regard en coin et sort d'un pas traînant. Je sais bien que c'est juste un vieux bonhomme, mais c'est le genre de chose – ne pas pouvoir faire deux mètres en ville sans avoir l'impression d'être jugé – qui me donne tellement envie de partir d'ici.

Arrivé au Palais d'or bien avant que ma commande soit prête, je paie et je m'installe sur le banc dans l'entrée, sans faire attention à l'homme assis à côté, jusqu'à ce qu'il déclare :

– Hé, mais c'est Tripp Talbot que voilà !

J'ai déjà épuisé toute ma sociabilité dans ma conversation avec M. Solomon et mon humeur s'assombrit avant même que je voie à qui j'ai affaire.

– Oh, bonjour, lieutenant.

Il est emmitouflé dans une grosse parka, une écharpe et un bonnet à l'emblème des Patriots. Bien que le bonnet lui couvre le crâne, j'ai croisé le lieutenant assez souvent pour savoir qu'il a réglé le problème de son front dégarni en se rasant la tête.

– Tu passes prendre le repas du soir ?

« Non, j'ai un faible pour ce banc », ai-je envie de répondre. Mais je ne suis pas crétin à ce point.

– Ouais. Vous aussi ?

– Ma femme adore.

– Cool.

Je me demande fugitivement si j'étais au courant que Patz était marié, avant de décider que je m'en fous et de replonger dans mon portable. Mais avant que j'aie pu me mettre sur un jeu pour m'occuper, il ajoute :

– J'ai appris que le lycée créait un jardin du souvenir en hommage à M. Larkin.

Je hoche la tête sans me mouiller, et il reprend après un silence :

– Je repense à cette affaire, quelquefois. Figure-toi que vous êtes les premiers témoins que j'ai interrogés dans une enquête pour meurtre.

Les premiers et probablement les derniers. Ce ne sont pas les délinquants qui manquent à Sturgis, mais il n'y a plus jamais eu de meurtre après celui-là. Cette fois encore, je me rabats sur un « Ah ouais ? » poli.

– Ce n'est pas évident d'interroger des ados, déclare-t-il.

Je ne vois pas ce qu'il attend de moi. Que je m'excuse parce que je n'avais que treize ans à l'époque ?

– Le dernier que j'ai interrogé avait été témoin d'un cambriolage et il n'arrêtait pas de changer de version. Il affirmait une chose, puis autre chose... Il oubliait des trucs, ou il n'en parlait pas parce qu'il pensait que ça n'avait pas d'importance...

Au Palais d'or, il y a un chauffage d'appoint qui rend l'entrée étouffante. Je repousse mes cheveux de mon front avant de répondre :

– Pas génial, comme témoin, apparemment.

Le lieutenant doit avoir un coup de chaud aussi, parce qu'il enlève son bonnet qu'il malaxe à deux mains.

– Bah, l'expérience m'a appris que c'est courant chez les ados. Leur mémoire est encore en développement. Sans compter qu'ils sont plus influençables, et donc moins fiables. Ce n'était pas ton cas, cela dit. Tu es toujours resté très cohérent dans tes déclarations.

– J'ai une bonne mémoire.

Je jette un coup d'œil vers la fille qui tient la caisse. Ils en mettent, du temps, avec les commandes.

– Shane et Charlotte ont eu de la chance que tu sois là, ajoute le lieutenant Patz. Dans les bois, je veux dire. Les choses auraient peut-être tourné autrement s'ils avaient été seuls quand ils ont trouvé le corps. Même s'il s'agit d'ados, quand l'un d'eux a laissé des empreintes et qu'on retrouve des objets volés dans les affaires de l'autre… on est bien obligés de creuser.

– La commande de M. Patz est prête ! lance la fille.

Comme il ne réagit pas, je précise :

– C'est pour vous.

Mais il continue à faire semblant qu'il n'a rien entendu. Ses yeux restent fixés sur le mur en face de nous et il plisse le front, l'air perdu dans ses pensées. J'y croirais presque, si je ne surprenais pas son regard en train de dériver vers mon reflet dans la vitrine.

– Mais ce n'était pas tes amis, si ? J'ai interrogé toute la classe et tout le monde a dit la même chose, y compris ceux qui ne t'aimaient pas.

Connasse de Brynn.

– Ton binôme avec Shane ne marchait pas si bien que ça, et Charlotte et toi, vous vous adressiez à peine la parole. Tu n'avais aucune raison de mentir pour eux.

– Exactement, dis-je en me frottant le pouce nerveusement. Pourquoi j'aurais fait ça ?

Je savais que ce jardin du souvenir n'allait réussir qu'à créer des embrouilles, et ça n'aura pas mis longtemps. Je ne peux même pas venir acheter de la pseudo bouffe chinoise dégueu tranquille.

– La commande de M. Patz est prête ! répète la fille.

– Oui, c'est moi ! répond le lieutenant.

Il se décide à se lever et je relâche enfin les épaules, croyant qu'on en a terminé. Mais il me décoche un dernier regard inquisiteur.

– C'est la question qui me tient éveillé la nuit. Pourquoi ?

Puis il remet son bonnet et va prendre sa commande sur le comptoir.

– Bonne soirée, Tripp. Et bon appétit.

CHAPITRE CINQ

Brynn

— Alors, notre effervescence matinale ne t'a pas trop manqué ? dis-je à oncle Nick le mardi 2 janvier en franchissant l'obstacle de ses jambes pour atteindre la cafetière.

Il bâille et frotte sa barbe de trois jours, qu'il n'a pas encore pu raser parce que Ellie squatte la salle de bains. Ça fait presque un mois qu'on est revenus à Sturgis mais, comme c'est la rentrée aujourd'hui, c'est la première fois qu'on se lève tous en même temps.

– Non, me répond Nick. Vous vous êtes multipliés pendant la nuit ou quoi ? Je jurerais que vous étiez deux filles quand je suis monté me coucher hier soir, et au moins quatre qui se battaient pour prendre ma salle de bains ce matin.

– *Notre* salle de bains, dis-je en versant les dernières gouttes de café dans ma tasse.

Alors que je me tourne vers le frigo, la main d'oncle Nick m'arrête dans mon élan.

– Rassure-moi, tu n'allais pas finir le café sans en refaire ? me demande-t-il sur un ton qui se voudrait impérieux.

Puis il remonte ses lunettes à grosse monture noire sur son nez pour ajouter :

– Il y a des règles dans cette maison.

Je le contourne pour piocher la crème liquide dans le frigo.

– Tes règles ne sont pas les miennes, oncle vénéré.

– Dans ce cas, mon café n'est pas ton café, nièce adorée. Rends-le-moi.

– Oups, trop tard, fais-je en ajoutant une généreuse dose de crème dans mon mug, que je brandis sous son nez. Ce café n'est plus sans lactose.

– Tu es une petite terreur.

Je lui tire la langue avant de monter finir de me préparer dans ma chambre.

Oncle Nick n'a que sept ans de plus que moi et nos rapports sont plus ceux d'un frère et d'une sœur que d'un oncle et de sa nièce. Il était encore étudiant quand mon grand-père et sa deuxième femme (sa mère à lui) se sont installés au Costa Rica pour leur retraite, et qu'il est venu vivre chez nous. Un an plus tard, on a déménagé à Chicago, et comme mes parents préféraient garder la maison de Sturgis au cas où, ils lui ont proposé d'y rester.

Ce qu'il a fait, et ça s'est globalement bien passé, à part que mon père a consacré beaucoup d'heures au téléphone avec Nick à débattre de questions d'entretien de la maison et de cursus universitaire. Mon oncle est incapable de choisir sa matière principale. Il a essayé le codage informatique, le cinéma et les sciences politiques, avant de décrocher un diplôme de comptable, qui ne lui a jamais servi parce qu'il s'avère qu'il déteste la compta. Maintenant, il suit un master en pédagogie, ce qui lui va comme un gant, je trouve (il a donné des cours de soutien à Saint Ambrose dans ses premières années de fac), mais mon père continue à lui mettre la pression.

« Quand vas-tu te décider à gagner ta vie ? » lui a-t-il demandé pas plus tard que la semaine dernière.

J'adore mon père, mais, quand il s'y met, il peut vraiment être cassant, limite cruel. Il ne se rend pas compte combien c'est déprimant de le voir dénigrer quelqu'un parce qu'il n'a pas encore programmé toute sa vie à vingt-quatre ans.

Oncle Nick nous supporte tant bien que mal, mais il ne devrait pas tarder à déménager. J'avais oublié combien la maison était froide et remplie de courants d'air en hiver. Les placards sont minuscules et l'installation électrique n'est pas adaptée aux besoins du XXIe siècle. Chaque fois que j'entre dans ma chambre, j'ai peur de découvrir que la multiprise que j'ai branchée sur la prise principale a encore fait sauter un fusible.

Mais aujourd'hui, tout va bien. Mon ordi portable, posé sur mon bureau, affiche toujours le site de Saint Ambrose. Après m'être connectée hier pour vérifier mon emploi du temps, j'ai scrollé des vieilles photos de l'année scolaire 2017-2018, celle où M. Larkin y a enseigné. Après sa mort, la police a interrogé tout le personnel, ce qui était logique – il se trouvait dans sa salle de classe la dernière fois qu'il avait été vu, et il était mort dans les bois juste derrière le collège. Même oncle Nick, qui n'était qu'un petit assistant pédagogique insignifiant, a dû témoigner. Mais personne ne s'est demandé sérieusement si M. Larkin avait pu avoir un problème avec un collègue, pas plus qu'on n'a jamais vraiment suspecté Shane, Charlotte ou Tripp.

Sur une photo, M. Griswell, le proviseur, désigne une bannière du lycée qui proclame notre devise.

– *L'union fait la force*, murmuré-je. S'ils le disent…

– S'ils disent quoi ?

Ellie entre dans ma chambre, une serviette en turban autour de la tête. Mais la réponse ne doit pas l'intéresser plus que ça parce qu'elle enchaîne déjà sur la question suivante :

– T'aurais pas un tee-shirt blanc, par hasard ? J'avais oublié que les chemises du lycée étaient aussi transparentes. Mon seul soutif propre est noir, et ces gens ne méritent pas de le voir.

Je me lève pour fouiller dans mes tiroirs.

– Tu m'as l'air aussi enthousiaste que moi, dis-je en lui lançant un tee-shirt.

– Au moins, toi, tu n'en as que pour cinq mois. Je dois encore tenir *des années*.

– Papa sera peut-être muté de nouveau.

Ellie soupire.

– L'espoir fait vivre.

Mon portable vibre et je le repêche sur mon lit en bataille. J'ai un nouveau message. *Prête pour le premier jour ? C'est cool que tu sois revenue !*

Je réponds par un cœur, avec un bref sentiment de soulagement. La plupart de mes amies de Saint Ambrose sont parties, mais Mason Rafferty et Nadia Anim y vont toujours. Quand on a pris un café ensemble la semaine dernière, ça roulait tout seul et on s'est bien marrés. Pile ce qu'il me faut pour tenir le coup jusqu'à la fin de l'année.

Ellie a raison, je n'en ai que pour cinq mois. Mais cinq mois, c'est une éternité quand votre vie sociale se résume à une sœur de quatorze ans. En plus, tous mes amis de Chicago commencent déjà à saturer les réseaux sociaux de commentaires nostalgiques : *Dernières vacances de Noël ! Bientôt le début de la dernière saison pour l'équipe de base-ball ! Prêts pour le dernier week-end MLK*[1] *à Four Lakes ? N'oubliez pas de vous inscrire pour le voyage de terminale !* Pour Izzy, Jackson, Olivia, Sanjay et Quentin, la vie continue comme si de rien n'était. On ne dirait jamais que j'ai été arrachée à notre groupe de six soi-disant inséparables.

Je sais que je ne dois pas leur en vouloir. Ce n'est pas leur faute si j'ai dû déménager, et je ne me suis jamais attendue à ce qu'ils s'habillent en noir et se mettent à

1. *MLK Day*, la journée de Martin Luther King, est un jour férié américain célébré le troisième lundi de janvier, en hommage à sa lutte pour la paix et contre la ségrégation raciale.

boycotter tous les événements du lycée. Mais franchement, ça les tuerait de m'envoyer un petit `Tu nous manques !` de temps en temps ? Surtout Quentin, qui m'avait proposé qu'on aille boire un verre juste avant que mon père nous informe de sa mutation, et qui a rétropédalé dès qu'il a su que je partais.

« Les relations à distance, quel sens ça a ? »

Pas faux. Mais on a trouvé mieux comme boosteur d'ego.

Alors que j'enfile mon uniforme, mon bracelet à breloques s'accroche sur la jupe en polyester. Il était à ma mère quand elle était lycéenne, et j'aime bien le côté hétéroclite des amulettes : un colibri, une tête de mort, un trèfle à quatre feuilles, une étoile et un bonhomme de neige.

Je grommelle en lissant le fil que le bracelet a tiré.

– Jamais vu des uniformes aussi cheap.

– Ni aussi moches, complète Ellie. T'imagines, si tu avais dû aller à ton entretien à *Alibi* juste après les cours ? Un coup d'œil sur ce truc cauchemardesque et ils t'auraient renvoyée chez toi.

– Exact, confirmé-je en prenant ma veste sur la colonne du lit.

Ellie allume le sèche-cheveux et braille pour couvrir le vrombissement de l'appareil :

– Tu vas dire à ceux de ta classe que tu les espionnes pour ton stage ?

– Je n'espionne personne, dis-je avec un dernier regard critique sur mon image dans le miroir. J'observe.

Ma sœur et moi, on est toutes les deux plus petites qu'on ne le voudrait, avec des taches de rousseur et d'épais cheveux auburn qu'on est obligées de lisser pour les rendre gérables. On pourrait presque passer pour des jumelles à part pour les yeux ; bruns pour elle, comme ceux de ma mère, et verts pour moi. Dans l'immédiat, les miens sont également cernés de mascara, et je me penche pour essuyer le surplus.

Je recycle l'argument que j'ai employé sur mes parents, enchantés que j'aie décroché ce stage jusqu'à ce que je leur annonce que j'avais branché Carly sur un article à propos de M. Larkin.

« Nous aussi, on tient à ce que tu profites de toutes les occasions qui se présentent, Brynn, m'a dit ma mère. Surtout après le… enfin, tu vois. (Les dick pics restent un sujet sensible chez les Gallagher.) Mais tu dois considérer les répercussions potentielles. Si ton idée débouche réellement sur une émission consacrée à M. Larkin, ça pourrait être très perturbant pour le lycée. Et pour toi.

– Je suis *déjà* perturbée. »

Le déménagement a été facile pour mes parents ; mon père a réalisé toute sa carrière dans la même boîte de biotechnologie et n'a même pas eu à changer de collègues. Quant à ma mère, elle fait ses illustrations à la maison. Leurs vieux amis habitent ici, ainsi qu'une bonne partie de la famille. Ils ne se sont pas fait virer, ni mettre sur liste d'attente pour la fac, ni massacrer sur BuzzFeed.

« De toute façon, Carly n'a pas dit oui. C'est tout juste si elle a accepté d'y réfléchir. »

Ils ont fini par me donner leur bénédiction, mais seulement après que j'ai promis de « faire preuve de déontologie dans ce que je choisirais de divulguer », comme a dit mon père. Il parlait du magazine, bien sûr. En ce qui concerne les élèves de Saint Ambrose, des quasi inconnus que je cesserai de voir dans cinq mois, je n'ai rien à partager avec eux.

– J'en déduis que la réponse à ma question est non, conclut Ellie. Tu ne vas rien dire à personne ?

Elle entortille ses cheveux encore humides dans un chignon brouillon. Pas le temps de fignoler.

– Bonne déduction.

– En soum soum, j'adore, dit-elle avec un grand sourire.

CHAPITRE SIX

Brynn

Le lycée n'a pas changé. C'est toujours le même îlot de bâtiments en brique rouge parés de colonnes blanches, entouré de jardins soigneusement entretenus et d'une grille en fer forgé qui l'isole des petites maisons délabrées du quartier. Je me gare dans l'une des dernières places de parking libres derrière le bâtiment principal. S'il y avait un classement des voitures des lycéens, ma Volkswagen se situerait exactement au milieu. Ellie et moi sommes environnées d'un vaste échantillon qui va de la BMW flambant neuve au tas de ferraille si rouillé que les autocollants ne tiendraient plus dessus.

Un petit groupe de garçons fument au pied d'un escalier de service.

– Tu vas peut-être te trouver un mec sexy, me chuchote Ellie. Histoire de le clamer sur les réseaux sociaux et de montrer à Quentin ce qu'il a raté.

– Super, dis-je platement. J'ai trop hâte de plonger dans la marée de datings de Saint Ambrose. Et toi, tu vas te chercher une copine ?

– Moi, je n'ai rien à prouver, me rappelle-t-elle. J'étais la largueuse, pas la larguée.

Contrairement au reste du groupe, qui nous ignore, un garçon relève la tête pour nous suivre des yeux. Il est grand, plutôt bien foutu, avec les cheveux très courts et la mâchoire bleuie par une ombre de barbe.

– Mate les nouvelles, dit-il avec une bourrade à son voisin.

Puis il me désigne d'un coup de menton.

– Ça va, ma belle ? T'es dans quel camp, toi ? Prolo ou gratin ?

Je ne m'attendais tellement pas à celle-là que je m'arrête, un pied sur la première marche.

Il me détaille de façon si appuyée que je me félicite d'avoir mis un manteau.

– Je ne sais pas de quoi tu parles, dis-je.

– Gratin, tranche l'un des autres tandis que je me mets à monter.

Tout le groupe rigole.

– Je rêve, marmonné-je en ouvrant la porte en haut de l'escalier.

– Je trouve qu'il a l'air plutôt sympa, me dit Ellie. Je détecte un certain potentiel.

Au milieu de l'agitation générale, on se présente à l'accueil pour récupérer notre emploi du temps et les clés de nos casiers. On a droit aux indications pour se rendre à l'auditorium, bien qu'on connaisse les lieux par cœur.

– Bienvenue à Saint Ambrose, nous dit une femme que je n'ai jamais vue, et qui n'a clairement pas lu la ligne « A déjà fréquenté l'établissement » inscrite dans nos dossiers.

– On se sépare pour aller mettre nos affaires dans nos casiers ou on va au rassemblement du matin avec nos manteaux ?

On est entraînées par le flux, une marée de vestes bleu marine à boutons dorés dont la poche de poitrine gauche porte la devise du lycée : *L'union fait la force.*

– On garde nos manteaux, décide Ellie en s'accrochant à mon bras dans un rare accès de vulnérabilité.

Je repère des visages familiers sur le chemin, mais c'est comme si je regardais les gens à travers du verre déformant. Ils ont tous changé juste assez pour être déjà loin quand leur nom me revient enfin. Ça me désarçonne, jusqu'à ce qu'on tourne à l'angle d'un couloir et que je manque de foncer dans quelqu'un d'immédiatement reconnaissable.

– Ah, fait Charlotte Holbrook en pilant. Te voilà.

– Me voilà ? dis-je, perplexe.

Elle est toujours aussi éblouissante, avec ses yeux bleu clair, son teint diaphane et ses pommettes hautes. À la place de la chemise blanche réglementaire de Saint Ambrose, la sienne a un col orné de dentelle qui s'accorde avec le serre-tête en perles et en cristal glissé dans ses cheveux châtains brillants. Tout chez Charlotte Holbrook est conçu pour donner aux pauvres mortels ordinaires la conscience aiguë de leur physique médiocre, de leur gaucherie et de leur manque d'élégance.

– Brynn Gallagher, énonce Charlotte, comme si j'avais besoin d'être présentée à moi-même. J'ai vu ton nom sur la liste des élèves et je me suis demandé si c'était bien toi. Mais oui, puisque te voilà.

Elle nous gratifie d'un sourire pincé et ajoute :

– Bon retour.

Puis elle s'en va, dans ce qui paraît être la mauvaise direction, jusqu'à ce que je la voie jeter les bras au cou d'un brun. Je ne le distingue pas assez bien pour garantir qu'il s'agit de Shane Delgado. Mais si c'est lui, Charlotte a fini par avoir ce qu'elle voulait.

– Imagine que tu doives te balader partout avec ce visage-là ! me chuchote Ellie tandis qu'on entre dans l'auditorium. Comment tu pourrais espérer faire avancer quoi que ce soit dans une journée ?

– Brynn ! lance une voix.

En me retournant, je vois Mason Rafferty qui me fait signe, assis au deuxième rang. Il mesure toujours une tête de plus que les autres garçons de la classe – une taille extravagante, disait-il autrefois –, il a des cheveux bruns bouclés plutôt longs et les dents du bonheur. Il ajoute en mettant les mains en cornet autour de sa bouche pour couvrir le bourdonnement général :

– On t'a gardé une place !

Je repère Nadia à côté de lui, avec sa coupe au carré bien nette, et je les rejoins, heureuse de me sentir intégrée.

– Il y a une place pour Ellie ?

– Bien sûr, me répond Mason en prenant un manteau qui était posé à cheval sur les deux sièges voisins. Salut, Eleanor. Ça fait plaisir de te voir. Tu t'éclates toujours à la flûte ?

– « S'éclater à la flûte » n'est peut-être pas l'expression consacrée, mais oui, oui.

Ils se regardent en souriant, tout contents. Mason et Ellie se sont toujours bien entendus ; la solidarité entre queers, disait ma sœur quand je parlais de lui à Chicago. Elle avait dix ans quand on est partis de Sturgis, et pas encore une conscience très claire de ses préférences amoureuses, mais elle a toujours été plus proche de Mason que de tous mes autres amis.

Pendant qu'ils bavardent, je m'installe à côté de Nadia.

– Alors, ça te fait quoi d'être revenue ? me demande-t-elle avec son léger accent britannique. Tu trouves que c'est resté comme au bon vieux temps ?

Elle est née en Angleterre est n'est arrivée ici qu'à l'âge de dix ans pour vivre chez son oncle et sa tante, après la mort de ses parents dans un accident de voiture. Elle habite dans une superbe maison coloniale restaurée à Stafford, mais je ne suis pas sûre qu'elle s'y soit jamais sentie tout à fait chez elle.

– Pas vraiment, dis-je en réponse à sa question. À ce propos, c'est quoi, cette histoire de prolos ?

– Quel boulot ? demande-t-elle, déroutée.

Mason se déplace pour s'asseoir entre Ellie et moi et étend ses longues jambes devant lui en posant son manteau sur ses genoux.

– Les *prolos*. Quand on est arrivées tout à l'heure, des garçons nous ont demandé si on faisait partie de... (je plisse le front) des prolos ou du gratin.

– Ah, dit Nadia en levant les yeux au ciel. Je vois que tu as déjà été sensibilisée à notre problème d'aggravation de fracture sociale.

Ellie se penche vers Mason :

– Les gens se classent vraiment dans ces termes-là ?

– La plupart, non, répond Nadia. Mais Saint Ambrose s'est pas mal... radicalisé par certains côtés ces dernières années. Comme les critères d'admission se sont assouplis, il y a beaucoup plus d'élèves au lycée qui viennent du coin et qui ne sont plus aussi « scolaires » qu'avant. Et il y a quelques tensions entre eux et les élèves plus friqués.

– Le fameux « gratin » ? dis-je. Et vous, vous êtes quoi ?

La famille de Nadia est relativement aisée, mais certainement pas riche, et Mason habite à quelques rues de chez moi à Sturgis. Cent pour cent boursier.

– Nous, on est neutres, comme les Suisses, reprend Nadia. Et on trouve ça débile. Mais va l'expliquer à Colin Jeffries et sa clique.

Ses yeux dérivent par-dessus mon épaule. En me retournant, je vois le gars qui nous a interpellées tout à l'heure se frayer un passage dans la mêlée pour gagner le fond de la salle.

– Ça casserait son image de victime maltraitée par la classe dirigeante.

– La classe dirigeante ?

Nadia penche la tête vers l'entrée.

– En voilà les trois premiers représentants, justement.

À vrai dire, je sais déjà qui je vais voir : Charlotte, bien sûr, aussi majestueuse qu'une reine, le bras fermement arrimé à celui du beau mec qui l'accompagne, et qui est effectivement Shane Delgado. À sa gauche, un autre beau mec, large d'épaules et blond comme les blés, que j'aurais pris pour un autre enfant gâté des beaux quartiers si je n'avais pas passé des après-midi entiers chez lui, dans un décor figé dans les années soixante-dix.

– Tripp Talbot fait partie du gratin ? Son père a gagné au loto ? dis-je, avant de me rendre compte qu'en le reconnaissant, j'admets l'avoir traqué sur Internet.

Mason prend un air entendu.

– Il en fait partie par association. Ça n'a pas de sens, mais c'est comme ça que fonctionne la logique des prolos.

– Bonjour l'ambiance. Ça promet, dis-je en m'affalant sur mon siège.

Le proviseur est en train de prendre place derrière le pupitre sur l'estrade. Il y a un chevalet couvert d'un drap sur sa gauche et un verre d'eau devant lui, dont il boit une longue gorgée.

– Les gens l'appellent toujours Grizz ? demande Ellie.

– Toujours, confirme Mason.

Les cheveux du proviseur ont viré au gris franc, mais pour le reste, il est fidèle à lui-même : tiré à quatre épingles, avec un pull sans manches sous sa veste de costume, trapu mais imposant, et, comme toujours, légèrement hâlé.

– Content de vous revoir tous, commence-t-il en se penchant pour que sa voix couvre toute la salle, qui s'est tue. J'espère que les vacances de Noël vous ont permis de vous reposer et vous ont donné de l'énergie pour affronter ce nouveau semestre. Nous sommes enchantés de vous retrouver, car, comme vous le savez, *l'union fait la force*.

Je cesse de l'écouter pour regarder autour de moi et enregistrer les détails familiers et les nouveautés ; les poutres du plafond sont décorées de nouvelles bannières de championnat bleu et jaune, les rideaux gris qui encadraient le podium ont été remplacés par des tentures en velours bleu marine du plus bel effet, et les sièges ont dû être retapissés récemment. Je reconnais certains visages.

Katie Christo, avec qui j'étais assez copine jusqu'à ce qu'elle se mette à m'appeler « Trippstalkeuse » après la crise de Tripp en plein gymnase ; Martina Zielinski, une élève modèle qui doit être sur les starting-blocks pour le titre de major de promo, et Pavan Deshpande, le premier garçon que j'ai embrassé, en cinquième, derrière le bâtiment des sciences.

– Et enfin, dernier point…

Le volume des murmures dans la salle a augmenté à mesure que l'impatience a gagné les lycéens et Grizz vient de hausser le ton.

– Cette année est celle d'un triste anniversaire pour notre établissement. Voilà bientôt quatre ans que notre professeur William Larkin est décédé, en laissant un riche héritage de réussite et de dévouement à l'égard de ses élèves. Mme Kelso, notre proviseure adjointe, préside un comité chargé de créer un jardin du souvenir qui sera ouvert au cours du printemps, et je ne peux qu'inciter ceux qui ont des disponibilités à se porter volontaires pour s'y investir.

Je me redresse sur mon siège. Un comité ? Mais oui ! La voilà, l'occasion rêvée d'obtenir des infos sur M. Larkin sans éveiller les soupçons.

Ellie se penche de nouveau vers moi.

– Tu as des disponibilités, toi, non ? me chuchote-t-elle. Je suis sûre que oui.

– Tais-toi, sifflé-je, tandis que Mason se tourne vers moi, intrigué.

Grizz poursuit en désignant le chevalet :

– D'ici là, fidèles à notre tradition de rendre hommage à nos enseignants les plus éminents, nous avons commandé un portrait de M. Larkin qui trouvera sa place dans le couloir de l'administration. Je suis fier de dévoiler ce portrait aujourd'hui devant vous.

Il retire le drap avec un geste ample, puis recule vivement tandis que la salle se remplit d'un mélange sonore d'exclamations étouffées, de huées et de murmures déroutés.

– Il se passe quoi, là ? demande Nadia. Qu'est-ce que ça dit ?

J'ai toujours eu une meilleure vue qu'elle.

– « Connard », dis-je en fixant les lettres gribouillées en rouge vif sur le visage de M. Larkin et sur sa cravate jaune citron.

– C'est pas vrai, souffle Nadia. Mais qui peut faire un truc pareil ?

Grizz s'efforce de calmer l'assistance en nous assurant que le coupable de cet acte honteux sera identifié et puni. Mason a pâli, comme si l'incident le rendait physiquement malade, et ça me rappelle combien il admirait M. Larkin.

Ellie regarde Grizz replacer le drap sur le tableau.

– Quel retour chaleureux à Saint Ambrose, hein ? commente-t-elle en tirant sur une mèche de cheveux échappée de son chignon. Population : psychopathes.

CHAPITRE SEPT

Tripp

Le mercredi, je me réveille à 6 heures du matin avec la migraine. Je ne demande qu'à me rendormir, mais je me force à repousser ma couette et à sortir du lit. La seule chose que je déteste plus que courir, c'est la façon dont je me sens quand j'ai la flemme de le faire.

Je m'habille à l'arrache, je récupère mon portable sur le chargeur et je tâtonne rapidement sur ma commode à la recherche de mes écouteurs, sans succès. Ils ne sont pas non plus par terre ni sur mon bureau. Je prends mes baskets et je file au salon. L'épaisse moquette verte étouffe le bruit de mes pas. Notre maison est un duplex que mon père a hérité de ses parents, et n'a pratiquement connu aucun changement depuis les années soixante-dix. L'une des dernières choses que ma mère ait faites avant de disparaître a été d'arracher le papier peint et de peindre toutes les pièces dans des couleurs différentes, aux tons de pierres précieuses.

Je la vois encore au milieu de la salle à manger qu'elle venait de finir, pinceau à la main, en train de fixer les murs d'un regard accusateur, comme s'ils avaient trahi une promesse.

« Ça n'arrange rien », a-t-elle déclaré.

Déjà alors, j'ai compris qu'elle ne parlait pas de la déco.

Elle n'est pas restée assez longtemps pour arracher la moquette. Ce n'est pas plus mal. Elle est moche, mais c'est un bon isolant, ce qui compte quand on ne peut pas monter le chauffage au-dessus de dix-huit degrés. Je me dirige mollement vers la cuisine, en bâillant à m'en décrocher la mâchoire. L'odeur amère du café brûlé flotte jusqu'à mes narines, ce qui n'est pas logique, vu que je suis le seul à être debout dans cette…

– Salut, dit une voix.

De surprise, je laisse tomber mon portable, qui atterrit à l'endroit le plus sensible de mon gros doigt de pied. La douleur irradie dans tout mon orteil. Je foudroie mon père du regard en sautillant jusque dans la pièce.

– Purée, p'pa ! Tu m'as collé une crise cardiaque ! Qu'est-ce que tu fais debout ?

Il porte un tee-shirt offert par un de ses copains, qui clame *Au top avant 18 ans*. Au moins, ça prouve qu'il a le sens de l'autodérision. Mon père était un peu une star du foot quand il avait mon âge ; assez bon pour avoir droit à deux ou trois plaques honorifiques au lycée, mais pas assez pour être recruté ensuite dans une équipe universitaire.

Il ébouriffe ses épais cheveux grisonnants avant de prendre une gorgée de café.

– Euh, j'habite ici, figure-toi.

À cet instant, je repère le fil emmêlé de mes écouteurs sur la table, enfouis sous un bric-à-brac argenté – le porte-clés de mon père, bien trop volumineux parce qu'il est bourré d'espèces de petits disques qu'il appelle ses « médaillons porte-bonheur ». Je les aimais bien quand j'étais petit, un peu parce que leur tintement avait quelque chose de réconfortant et un peu parce que je croyais encore à la chance, en ce temps-là. Maintenant, j'évite de les regarder tandis que je récupère mes écouteurs.

– Qu'est-ce que tu fais debout ?

Mon père est agent de sécurité de nuit à l'hôpital de Sturgis et rentre à peu près une heure avant que je me lève. Il dort une bonne partie de la journée et je le vois rarement avant le dîner.

– Je travaille à Bricostop en fin de matinée, me répond-il en bâillant. Ça ne vaut pas le coup d'aller me coucher.

– Tu enquilles ? Mais pourquoi ?

Il fait parfois des heures au magasin de bricolage, mais plutôt le week-end, précisément pour éviter ce scénario.

– Je dois changer la transmission de la voiture, soupire-t-il.

Voilà comment ça se passe chez les Talbot. Mon père travaille dur, mais ses boulots ne paient pas lourd et n'offrent aucune stabilité. Il a perdu son emploi je ne sais combien de fois. D'un côté, il faut reconnaître qu'il s'accroche et finit toujours par dénicher un truc avant la catastrophe. De l'autre, ce serait sympa de ne pas avoir à décider tous les mois quelles factures on peut payer.

Mais on n'en parle jamais. Il y a beaucoup de choses dont on ne parle pas chez moi.

– Faut que je file, dis-je en fichant mes écouteurs dans mes oreilles. À plus.

La réponse de mon père est noyée par ma playlist. Je remonte la capuche de mon sweat tandis que Rage Against the Machine me propulse dehors.

Mes pieds me portent d'eux-mêmes sur mon parcours de running habituel : huit cents mètres dans ma rue, puis à gauche après le lycée pour prendre Main Street, dont la partie nord est l'endroit le plus sympa de la ville. C'est plein de vieilles maisons victoriennes qui en jettent, même celles dont la peinture est écaillée au dernier degré. Une fois dans Main Street, j'accélère progressivement jusqu'au bout de la rue. Je suis au max, maintenant, au rythme le plus rapide que je puisse maintenir sur la durée. Mes bras et mes jambes fonctionnent sans à-coups, en parfaite coordination, et l'endorphine qui se répand dans mes veines m'envahit d'une sensation de bien-être.

C'est pour cela que je cours : parce que ce sont les seuls moments où j'éprouve cette sensation.

À cette heure-ci, presque tous les commerces du quartier sont encore fermés, même la Ruche à Miel. Les rues sont calmes, quasi désertes ; je n'enregistre qu'une voiture en bordure de mon champ de vision, alors que je m'approche du passage piéton. Comme le feu est au rouge, je ne ralentis pas, mais le type derrière le volant est un con et accélère pour me griller la politesse.

– Connard, marmonné-je en stoppant net sur le trottoir.

Puis je me fige en distinguant la tête de la personne au volant. La voiture passe à fond de train et je cligne des paupières lorsque mes yeux tombent sur la plaque d'immatriculation. La voiture est une banale berline grise que je ne connais pas, avec une plaque du New Jersey.

J'y crois pas…

Me remettant en route, je tourne dans Prospect Hill. Mon cœur bat plus vite et je dois forcer pour garder le même rythme en montée. Mes poumons commencent à me brûler. La musique cogne dans mes oreilles, me pousse en avant alors que tout en moi me demande de ralentir, jusqu'à ce qu'elle soit interrompue par la sonnerie d'alerte d'un message.

Je ne devrais pas me laisser déconcentrer maintenant, au moment le plus dur du parcours. Mais l'éclair de ce visage familier dans la voiture m'incite à sortir mon portable, parce que personne ne m'envoie jamais de message aussi tôt le matin. Je m'arrête, le souffle court, et me prépare psychologiquement. Mais ce n'est pas ce que je craignais. En fait, c'est pire.

Le message vient d'un expéditeur inconnu et se limite à un mot.

`Assassin.`

CHAPITRE HUIT

Tripp

— Qui peut faire une chose pareille ? s'indigne Charlotte au déjeuner en brandissant son portable comme un indice incriminant. Comment osent-ils ? C'est obscène !

– C'est juste une blague débile, dit Shane. Tout le monde est à cran à cause de l'histoire du tableau.

Il s'adosse à sa chaise et passe un bras autour de ses épaules, mais, exceptionnellement, Charlotte est trop remontée pour se coller à lui.

– Ben il faudrait savoir, réplique-t-elle d'un ton crispé. Ils détestent qui ? Nous, ou le prof ? Ils ne peuvent pas l'attaquer d'un côté et nous traiter d'assassins de l'autre !

– Arrête de chercher une logique, dis-je, en tâchant de prendre un ton aussi détaché que Shane.

Si elle savait combien ce message m'a fait flipper, elle vrillerait encore plus. De mon côté, je me suis un peu détendu – du moins, disons que je me suis senti moins ciblé – quand j'ai su qu'ils en avaient reçu un aussi.

Charlotte balance son téléphone sur la table et croise les bras d'un air furieux.

– Je déteste être accusée à tort. Ça fait remonter de mauvais souvenirs.

Shane et moi, on la regarde sans comprendre.

– Hou hou ! L'argent pour le voyage de classe, ça vous dit quelque chose ? Je suis passée pour une voleuse !

– Personne n'y a jamais cru sérieusement, lui assure Shane.

Comme elle paraît décidée à argumenter, je me dépêche de changer le sujet.

– Je me demande comment celui qui a envoyé ça a eu nos numéros.

– Bah, répond Shane avec un haussement d'épaules. Dans l'annuaire du lycée ? Ça ne doit pas être très compliqué.

– Ça voudrait dire que c'est quelqu'un d'ici, déduit Charlotte en balayant la cafète d'un regard soupçonneux. Un prolo, à tous les coups.

– Oh, allez, Charlotte, dis-je, tu ne vas pas tomber dans ce panneau.

Ce mot me met mal à l'aise, ne serait-ce que parce que j'habite à deux pâtés de maisons de chez Colin Jeffries, le gars qui a lancé le débat. Si quelqu'un à Saint Ambrose entre dans la catégorie des prolos, c'est bien moi. Shane et Charlotte l'oublient toujours, peut-être parce qu'ils ne sont jamais venus chez moi. Même quand ils passent me prendre pour sortir, on se donne rendez-vous au lycée.

Ça s'est mis en place comme ça en quatrième, quand je n'étais encore qu'un petit con qui n'assumait pas son adresse, et c'est resté.

Je sais, c'est étrange. Mais pas autant que le fait qu'ils ne se soient jamais posé de question.

– Bon, on parle d'autre chose, murmure Shane en voyant notre table se remplir.

Abby Liu pose son plateau à côté du mien et commence à s'asseoir, avant de se redresser avec un soupir.

– Ah non, je n'ai pas pris de boisson. Quelqu'un veut que je lui rapporte un truc ?

– Tu peux me prendre une pomme ? lui demande Charlotte en repérant celle d'Abby sur son plateau. La mienne est abîmée.

Elle m'a l'air impeccable, à moi, mais c'est le côté princesse au petit pois de Charlotte – toujours à souligner des défauts que personne d'autre ne remarque.

– Ça marche, dit Abby en rejetant sa queue-de-cheval dans son dos. Et toi, Tripp ?

– Ça va, merci.

Charlotte la regarde s'éloigner avant de se tourner vers moi avec un sourire entendu.

– Elle te kiffe.

Je ricane.

– Tu dis ça de toutes les filles.

– Qu'est-ce que j'y peux si elles te kiffent toutes ?

Le « sauf moi » est implicite. Au moins, pour le moment, le message anonyme semble oublié.

– Et tu as besoin d'une petite amie ! Ça fait bien trop longtemps que tu es célib.

– Personne n'a *besoin* d'une petite amie, objecte Shane, ce qui lui vaut un regard noir de la sienne. Enfin, je veux dire, laisse-le vivre sa vie, mon cœur. Tripp est un grand garçon, il sait très bien se débrouiller tout seul.

– Ne fais pas ton homme des cavernes, s'offusque Charlotte en inspectant les tables environnantes. Aloors... Brynn Gallagher est devenue plutôt jolie, non ?

Je ne suis pas son regard. C'est drôle, Charlotte est la fille la plus sexy du lycée, mais j'aurais du mal à dire pourquoi, parce que, même si elle est parfaite, il n'y a rien chez elle qui frappe en particulier. Alors que tout est frappant chez Brynn : ses yeux verts, ses taches de rousseur, ses cheveux cuivrés. Mais il ne me paraît pas recommandé de remarquer tout ça, et je ne réagis pas à la petite phrase de Charlotte.

– Tiens, voilà Abby avec ta pomme.

Charlotte arbore un grand sourire en prenant la pomme rouge et brillante des mains d'Abby. Puis elle la pose délicatement à côté de la première et son sourire s'efface.

– Celle-là aussi est abîmée. Enfin, merci quand même.

Je ne distingue pas précisément ce que grommelle Shane entre ses dents, mais ça ressemble à « Putain, jamais contente ».

* * *

Quelques heures plus tard, je me trouve dans la serre de Saint Ambrose, en retrait du petit groupe de quasi inconnus qui attend Mme Kelso. J'ai trop peur que Regina me vire pour de vrai si je ne m'inscris pas à ce foutu comité du jardin du souvenir.

Comme je n'ai personne à qui parler, je m'occupe en scrollant sur mon portable. Allez savoir pourquoi, je n'ai toujours pas effacé le message de ce matin ; peut-être parce que j'espère vaguement y découvrir je ne sais quel indice sur l'identité de l'expéditeur, ce qui est idiot, avec un numéro masqué. Mais avant que j'aie eu le temps de l'effacer, un autre message s'affiche, d'un numéro connu, mais pas bienvenu.

Lisa Marie : `Toujours accro au running dès l'aube, Trey ?`

Je ferme les yeux un instant. C'est toujours « Trey », comme si ma mère avait besoin de me donner un surnom rien qu'à elle, et le fait que je déteste celui-là n'est que la cerise sur le gâteau. La personne au volant de la berline grise qui a grillé le feu sous mon nez ce matin n'était pas un mirage. De mieux en mieux, cette journée.

Un deuxième message me pousse à baisser de nouveau les yeux sur l'écran.

`Tu veux qu'on prenne un café après tes cours ? J'ai vu une boulangerie sympa sur Main Street.`

Je manque de taper `Celle où je bosse, tu veux dire ?`, avant de me raviser. Je ne vais pas demander à ma mère de se souvenir que j'ai un boulot. Et je ne vais pas me sentir obligé de lui répondre à la seconde juste parce qu'elle a décidé de débarquer de nulle part au lieu de me prévenir comme quelqu'un de normal. Lisa Marie trouve ce genre de comportement sympa, et se prend pour celle qui apporte une touche de couleur exaltante dans la vie terne et grise qu'elle a laissée derrière elle.

Mais je pense que c'est des conneries, et j'en ai marre de jouer à ses petits jeux.

– Bonjour ! Bonjour ! Désolée pour le retard !

Mme Kelso arrive en compagnie d'autres personnes, tout agitée, les bras chargés de dossiers.

– Je suis ravie que vous soyez aussi nombreux. J'ai hâte de travailler avec vous tous sur un projet aussi important.

Ouvrant l'une des chemises, elle en sort une pile de feuilles agrafées et les tend au jeune le plus proche.

– Peux-tu faire passer la pile, s'il te plaît ? C'est un résumé de la façon dont j'envisage le projet. Mais toute remarque est la bienvenue.

Ses yeux se posent sur moi et son visage s'illumine. Je suis l'un de ses chouchous, sans avoir rien accompli pour mériter cela.

– Tripp, tu as pu venir ! Je suis contente que tu aies décidé de te joindre à nous !

Je baisse le nez pour prendre mon dossier et je passe la pile au suivant sans regarder personne. J'ai eu ma dose de coups d'œil inquisiteurs depuis que je suis entré dans cette serre. Mais OK, ça se comprend. C'est quand même moi qui ai retrouvé le corps de M. Larkin.

– Il me semble qu'on devrait procéder par étapes, reprend Mme Kelso. D'abord l'organisation générale. On doit décider quoi mettre dans ce jardin, à la fois en termes de végétaux et de symboles commémoratifs, comme un banc ou une plaque. Il va falloir budgéter tout cela… Ensuite…

Il fait chaud dans cette serre, et j'ouvre ma parka. Il y a trop de plantes ici. Je n'aime pas ça. Je ne supporte plus tellement d'être entouré de verdure depuis le fameux jour dans les bois.

Non. N'y pense pas.

D'habitude, ça fonctionne. Quand le souvenir remonte, j'arrive à l'enfouir. Mais cette fois-ci, peut-être à cause de toute cette végétation et de la chaleur étouffante, ça ne marche pas. Pendant quelques secondes, tout s'efface autour de moi et je ne vois plus que des arbres aux troncs noueux et aux branches tortueuses qui partent dans tous les sens, qui masquent le soleil et qui me cernent. Quelqu'un hurle, ça m'empêche de penser, et il *faut* que je pense.

– Tripp ?

Je cligne des paupières jusqu'à ce que ma vision s'éclaircisse. Mme Kelso me dévisage, ce qui signifie que tous les autres doivent en faire autant.

– Tu m'as entendue ? Tu serais d'accord pour diriger ce sous-comité ?

Merde ? Quel sous-comité ? Dans quoi je suis allé me fourrer ? Je devrais admettre une fois pour toutes que c'est Martina Zielinski qui va décrocher la bourse Kendrick. Comme ça, je pourrais partir de cet enfer vert et ne plus jamais y revenir. Reste Regina, qui déciderait soit de me virer, soit de me tuer. Voire les deux.

– Ouais, d'accord, marmonné-je en me concentrant sur mes papiers.

Les mots dansent devant mes yeux, illisibles.

– Parfait ! dit Mme Kelso. Ta coprésidente et toi, vous allez former une super équipe.

Coprésidente ? Mme Kelso sourit à la personne qui se tient à ma gauche, celle à qui j'ai passé la pile de feuilles sans la regarder. Je me tourne enfin vers elle, et me retrouve en train de fixer les yeux vert intense de Brynn Gallagher.

– Salut, collègue, me dit-elle.

CHAPITRE NEUF

Brynn

— Brynn, j'ai une colle pour toi. Combien de meurtres Patty LaRusso a-t-elle commis ?

– Euh…

Je lève le nez de mon tableau Excel pour me tourner vers Lindzi Bell, l'une des productrices associées d'*Alibi*, qui se tient dans l'embrasure de la porte.

– Elle a été impliquée dans trois meurtres, dis-je, mais l'un d'eux a été considéré comme un accident. Techniquement, ça en laisse deux.

C'est ma troisième semaine dans l'émission et, jusqu'ici, mon emploi du temps semble être « aussi souvent que tu peux venir », selon les termes de Lindzi, ma tutrice de stage. Je passe presque tout mon temps dans ce qu'elle appelle la Mine – une pièce sans fenêtre meublée d'une longue table, à laquelle une douzaine d'assistants sont assis devant leurs ordinateurs et remplissent des missions comme dresser le catalogue des serial killeuses.

Lindzi remonte les manches de son cache-cœur moulant en secouant la tête, ce qui fait rebondir ses boucles blond-roux. Elle a la trentaine, un visage criblé de taches de rousseur et porte des robes qui lui donnent l'air de sortir d'un cours de yoga de luxe. De ceux dans lesquels on arbore ses plus beaux bijoux.

– On va l'effacer, décrète-t-elle. Deux, ça ne suffit pas pour figurer dans la liste.

– Quelle glandeuse, cette Patty, marmonne mon voisin Gideon, un grand maigre à la dégaine de hipster, tandis que je supprime docilement le nom de Patti LaRusso du tableau Excel.

Lindzi ajoute sans se préoccuper de lui :

– Je voulais aussi te parler de la table ronde qui se tient tout à l'heure chez mademoiselle Rose.

À mon arrivée, je ne comprenais qu'une petite moitié de ce que disait Lindzi, à cause de sa grosse tendance à parler dans le jargon abrégé d'*Alibi*. Mais je commence à le maîtriser un peu mieux. Je sais que les tables rondes sont des réunions au cours desquelles les producteurs font le point sur les sujets en cours, et que toutes les salles de conférence portent des noms de personnages du Cluedo. « Si possible, évite d'organiser des réunions chez le colonel Moutarde, m'a conseillé Gideon le premier jour. La table est toujours collante. On ne sait pas pourquoi. »

– Oui ? dis-je, tout excitée, en me tournant vivement vers Lindzi.

Cette table ronde signifie beaucoup pour moi. J'ai remis à Lindzi mon résumé sur M. Larkin dès mon arrivée, et elle est revenue me voir quelques jours plus tard pour me rendre mon dossier annoté.

« Ça me plaît, m'a-t-elle déclaré. Il y a un truc à creuser. » J'en ai éprouvé un réel élan de fierté. Puis, la semaine dernière, elle m'a proposé de présenter le sujet lors de la prochaine réunion.

« Sérieusement ? ai-je lâché après avoir ravalé ma salive. *Alibi* va couvrir l'histoire de M. Larkin ?

– Ce n'est pas ce que veut dire "présenter", a-t-elle rectifié gentiment. Ne t'emballe pas trop vite. C'est juste une occasion d'alimenter l'idée de départ.

– Tu es certaine de vouloir que je le fasse ? » ai-je demandé.

Je me suis mordu la langue aussitôt. Je devais me montrer sûre de moi, et non hésitante.

« Pourquoi pas ? C'est ton idée ! » Puis elle m'a fait un clin d'œil. « Par ailleurs, pour être honnête, il n'y aura pas beaucoup de monde à cette table ronde et l'ordre du jour est un peu maigrichon. Il y a pas mal de gens en déplacement ou en congés. Vois ça comme une sorte de galop d'essai en petit comité. »

Là, Lindzi croise les bras en s'adossant au chambranle.

– Finalement, ça va être beaucoup plus formel que prévu. Ramon d'Arturo y sera.

Tous les assistants murmurent « Ooooh » en chœur tandis que je bats des paupières.

– C'est qui, Ramon d'Arturo ?

– Un nouveau cadre arrivé de chez ABC il y a quelques mois. Son boulot est de nous faire décrocher un contrat avec une grosse chaîne. (Lindzi baisse la voix.) Ramon et Carly s'accrochent pas mal. Il ne parle que de « développer la marque », et il a une vision plutôt à l'ancienne. Et aussi, il adore mettre le doigt sur les points faibles d'un sujet. Alors ce n'est peut-être pas le moment idéal pour présenter l'affaire William Larkin.

– Hein ? Si, si, pas de problème, dis-je, dépitée à l'idée que tout mon travail de préparation puisse être perdu. Ça ne me dérange pas. Gérer les critiques, ça fait partie du boulot, non ?

Mais Lindzi a l'air d'hésiter.

– D'un boulot, peut-être, mais pas d'un stage. Si on t'a proposé de participer à cette table ronde au départ, c'était juste parce que…

Elle se tait devant mon expression, qui doit entrer dans la catégorie « déconfite ».

– Parce que tu pensais qu'il n'y aurait personne pour m'écouter ?

– Je t'assure, c'est pour ton bien, justifie-t-elle. Personnellement, j'ai horreur de présenter un projet devant Ramon, alors que je fais ce boulot depuis cinq ans.

– Je veux quand même le faire, dis-je d'un ton déterminé, même si je n'en suis pas si sûre que ça.

– Bon, on demandera à Carly ce qu'elle en pense.

Puis Lindzi disparaît et fait signe à quelqu'un dans le couloir dans un tintement de bracelets.

Gideon pousse un soupir morne.

– Ça a été un plaisir de te connaître, Brynn.

– Quoi ? Sérieusement, qu'est-ce que je risque ? Je vais juste soumettre une idée.

– Oh douce enfant de l'été, il ne s'agit plus de « soumettre » lorsqu'on est face à Ramon. Je peux te garantir que, si William Larkin figure à l'ordre du jour, Ramon en sait déjà plus sur l'affaire que tu n'en sauras jamais.

– Je ne vois pas comment. C'était mon prof.

– Comme je te le disais, j'ai été heureux de te connaître.

– Je ne t'entends plus.

Je replonge dans mon tableau Excel sur les serial killeuses en essayant de me persuader que ces paroles ne m'ont pas du tout stressée.

Et j'avance sur mon boulot jusqu'à 16 h 26, heure à laquelle je me dirige chez mademoiselle Rose. Il y a dix fauteuils en cuir autour de la table, occupés principalement par des producteurs comme Lindzi. C'est déjà une réunion bien plus importante que le « petit comité informel » qu'elle évoquait. Elle me regarde en tapotant le fauteuil vide à côté d'elle, et mon estomac achève de se nouer.

– Carly a dit : « Go », me chuchote-t-elle quand je la rejoins.

– Super, fais-je, la gorge sèche.

Trop tard pour reculer.

Alors que je m'assois, Carly entre dans la pièce, en grande conversation avec un homme de haute taille aux cheveux poivre et sel qui porte des lunettes à monture métallique. Ma première impression est qu'ils sont de la même trempe. On voit tout de suite que c'est le genre d'homme qui impose naturellement son autorité à un groupe. Carly me sourit avant de s'asseoir en bout de table. Le type s'installe à côté d'elle en lissant sa cravate.

Les murmures cessent.

– Bonjour, tout le monde, lance Carly. Ramon est venu de New York exprès pour assister à la table ronde de cette semaine, merci de l'accueillir chaleureusement. (Le type incline la tête sous un chœur de salutations et des applaudissements épars.) Je suis impatiente d'avoir vos réactions, comme toujours, sur des concepts qui me semblent très prometteurs.

Ses yeux balaient la pièce avant de se poser sur moi.

– La plupart d'entre vous connaissent déjà Brynn, notre stagiaire, qui va soumettre une idée de sujet à notre attention. Je précise qu'elle a un rapport personnel avec cette affaire, ayant été autrefois l'élève de la victime. Brynn, veux-tu commencer en nous présentant le dossier William Larkin ?

Gloups. Bon, après tout, autant se jeter à l'eau tout de suite.

– Bien sûr.

Ramon me glisse un coup d'œil par-dessus ses lunettes tandis que j'ouvre mon ordinateur.

– On laisse les stagiaires soumettre des sujets, maintenant ? demande-t-il d'une voix de basse vibrante.

Je déglutis tandis que Carly répond :

– Nous avons un fonctionnement horizontal, Ramon. Les idées peuvent venir de n'importe où. Personnellement, je soutiens à fond ce principe. Je t'en prie, Brynn.

– D'accord.

Manque de chance, ma voix tremble bien plus qu'il y a dix secondes. *On se détend. Il te suffit de faire exactement comme pendant ta répétition d'hier.*

– J'ai pensé que nous pourrions commencer par laisser M. Larkin se présenter lui-même.

Je tape sur une touche et une vidéo s'anime sur l'écran mural. Mon ancien prof apparaît devant nous, en chemise blanche ornée de son habituelle cravate jaune citron. Il est assis dans sa salle de classe et sourit à la personne qui tient la caméra.

« J'ai beaucoup aimé travailler à la Eliot School, déclare-t-il en repoussant une mèche qui lui tombe sur les yeux. Mais Saint Ambrose est un collège vraiment à part. J'adore la façon dont cet établissement s'attache à offrir un enseignement de qualité exceptionnelle à des élèves venant de tous les horizons. »

Je mets la vidéo sur pause pour expliquer :

– William Larkin a enregistré cette vidéo en mars 2018 pour Sturgis Live, la chaîne du câble de la municipalité. Un mois plus tard, le 12 avril, il a été retrouvé mort, frappé à la tête, dans les bois derrière le collège.

J'appuie sur une autre touche et un montage de photos emplit l'écran : son portrait tiré de l'annuaire des professeurs, notre photo de classe de quatrième et plusieurs clichés pris sur le vif – le prof qui aide M. Solomon à porter un sac d'engrais dans la serre, qui sert du chili con carne à la fête de fin d'année, et qui tient un stand à la fête du livre annuelle.

– C'était un professeur très apprécié de tous ses élèves, et un...

– Une non-entité, m'interrompt Ramon d'Arturo.

Quelques personnes se raidissent et je rougis violemment. Mes mains se portent instinctivement sur mon bracelet et tirent sur les breloques.

– Pardon ?

– Ramon, intervient sèchement Carly. Brynn était en train de parler.

– Veuillez m'excuser pour cette interruption, réplique-t-il, mais il faut bien aborder une question essentielle.

Il se lève, saisit un feutre sur le rebord du tableau blanc et écrit *QUI ÇA INTÉRESSE ?* en majuscules géantes sur le portrait de M. Larkin.

J'en reste bouche bée.

– Brynn était en train de nous le dire, lui signale Carly.

– Elle était en train de nous expliquer que c'était un bon prof. Tant mieux. Mais en principe, lorsqu'on creuse une histoire de ce genre, il y a une famille en deuil en attente de réponses. Des parents qui ont des souvenirs d'enfance à partager. Une fiancée ou un compagnon qui a perdu l'amour de sa vie. Des frères et sœurs pointant un doigt accusateur sur des gens qu'ils n'ont jamais aimés. William Larkin ? (Ramon hausse les épaules.) Son corps a été identifié par son colocataire. Les journaux locaux ont interviewé ses collègues, pas un seul membre de sa famille. Parce que, apparemment, il n'en avait pas.

– Euh, quoi ? fais-je.

Ramon fronce les sourcils.

– Vous l'ignoriez ?

– Je...

De nouveau, les mots me manquent.

– Votre prof a-t-il évoqué une seule fois sa famille en cours ? Ou un ami proche ? Une petite amie, peut-être ?

– Euh...

Je fouille mes souvenirs sous le poids de tous les regards. Ça a dû arriver, forcément, mais... je ne retrouve pas un seul exemple. Quand M. Larkin nous parlait, c'était toujours de nous, et je ne me suis jamais posé de questions. Je partais du principe que c'était son boulot de s'intéresser avant tout à ses élèves. Je n'ai même pas pensé à sa famille ni à ses amis en préparant ma présentation, ce qui me frappe maintenant comme une erreur de débutante.

Lindzi avait raison. J'aurais dû faire machine arrière quand elle me l'a proposé.

– Non, avoué-je. Jamais.

– Ça ne m'étonne pas, reprend Ramon. La police n'en a pas trouvé, et personne ne s'est manifesté. C'est la direction de Saint Ambrose qui s'est chargée d'organiser les funérailles. Comme je le disais, cet homme était une non-entité.

Je ne sais pas ce qui me choque le plus : que Ramon ait mis moins de cinq minutes à exposer mon amateurisme et mon incapacité à effectuer les recherches de base, ou qu'il s'obstine à traiter M. Larkin de non-entité. Je voudrais défendre mon prof, ou peut-être me défendre, moi, mais Carly est plus rapide.

– Et ça, c'est un sujet, non ? demande-t-elle. Pourquoi un homme jeune, beau et intelligent, apprécié par ses collègues et par ses élèves, est-il aussi seul ?

– Ce n'est pas notre problème, dit Ramon. *Alibi* a besoin de fournir des éléments personnels de la vie de la victime pour capter l'intérêt des auditeurs, ou il nous faudrait mettre en œuvre bien trop de moyens rien que pour gratter la surface. Je préconise de laisser tomber.

Je tressaille, parce qu'il y a quelque chose d'horrible à entendre cette phrase en regardant le visage souriant de M. Larkin sur l'écran. Un peu comme si on le tuait une seconde fois.

– On pourrait au moins y réfléchir, Ramon, insiste Carly. Il y a les gamins qui étaient impliqués. Ils ont à peine été interrogés, et le fait que certains aient des parents riches et influents n'y est sans doute pas pour rien…

– Autre chose, la coupe Ramon.

Ses boutons de manchette lancent des éclairs dorés tandis qu'il lisse sa cravate et, bien que je n'aie jamais joué au poker, je visualise aussitôt l'image d'un type qui s'apprête à abattre une main gagnante.

– L'une de mes sources à Vegas me dit que Gunnar Fox est déjà sur le coup.

Tout le monde réagit comme s'il venait de vider le contenu d'une poubelle sur la table. Les visages se tordent, les narines se dilatent et il y a plus d'une expression dégoûtée. Tandis que plusieurs apartés s'enclenchent, je m'empresse de taper ce nom sur Google. Les résultats ne se font pas attendre. Il s'agit d'un ex-commentateur sportif de Las Vegas qui a été viré pour harcèlement sexuel et qui vient de lancer une émission de faits divers baptisée *Le crime ne paie pas*, diffusée sur YouTube et sur sa page Facebook. En gros, une imitation d'*Alibi* dénuée de crédibilité et présentée par un animateur immonde.

– Selon ma source, il prétend avoir mis la main sur un scoop, ajoute Ramon. Mais peu importe, au fond. L'idée, c'est que, si vous y allez, vous allez devoir vous bagarrer avec ce porc pour décrocher des interviews. Vous allez vous salir et il va adorer ça. Il y a trop d'histoires valables pour que vous gâchiez vos talents sur celle-ci.

Ses yeux papillonnent sur moi. S'il cherchait à me donner le sentiment que je suis une nullité, c'est parfaitement réussi.

Carly le dévisage un long moment, mais se contente de lui répondre :

– C'est noté. Passons à la suite. Tucker, peux-tu nous parler de l'affaire d'Echo Ridge ?

Tandis que je me tasse sur mon siège, Lindzi griffonne frénétiquement sur son bloc-notes et le pousse devant moi. NE TE PRENDS PAS LA TÊTE, a-t-elle écrit. IL EST COMME ÇA AVEC TOUT LE MONDE.

Je lui réponds par un pâle sourire avant d'essayer de me concentrer sur la suite de la réunion. Elle a raison. Toutes les autres propositions se font démolir, même si elles prennent moins cher que la mienne. À la fin de la table ronde, je me dépêche de ramasser mes affaires, pressée de regagner la sécurité relative de la Mine, quitte à y être accueillie par un « Je t'avais prévenue » de Gideon.

– Brynn !

La voix de Carly m'arrête dans mon élan. Quand je me tourne vers elle, elle me dit, les yeux sur son téléphone :

– Désolée, je dois répondre, mais j'aimerais bien te voir trois minutes avec Lindzi, chez le colonel Moutarde. Je vous y rejoins tout de suite.

– Oh non, pas le colonel Moutarde, geint Lindzi.

Je la suis dans le couloir, totalement abattue. Carly n'avait pas l'air contente. Au lieu de l'impressionner, j'ai juste réussi à la mettre dans une situation gênante, et je viens sans doute de flinguer ma chance de réhabilitation journalistique.

– Je suis virée, hein ? dis-je dès que Lindzi a refermé la porte derrière nous.

– Quoi ?

Elle me regarde d'un air dérouté en posant son ordi sur la chaise à côté d'elle, et lève la main dans un geste dissuasif quand je m'apprête à mettre le mien sur la table.

– Ne fais pas ça, ça va coller.

– Mais il n'y a pas moyen de nettoyer ce truc ? fais-je, momentanément distraite, en calant mes affaires sur mes genoux.

Lindzi lâche un gros soupir.

– On a essayé, crois-moi.

La porte s'ouvre à la volée et mon rythme cardiaque s'emballe devant l'expression de Carly. Elle a l'air furieuse et je me prépare à l'entendre m'annoncer mon licenciement. Elle ferme la porte, s'y adosse en croisant les bras et crache :

– Ce connard va devoir apprendre qui commande, ici.

CHAPITRE DIX

Brynn

— Quoi ? dis-je, tandis que Lindzi échoue lamentablement à réprimer un sourire de triomphe.

Carly se met à arpenter la pièce sur ses talons de dix kilomètres.

– Qu'est-ce qui lui donne le droit d'interrompre les gens de ma boîte au milieu d'une présentation ? gronde-t-elle. De m'interrompre, *moi* ! Et de remettre en cause mon jugement, comme si j'étais une gamine qui a besoin de conseils, et pas celle qui a monté cette émission toute seule à partir de rien !

– Bien dit, approuve Lindzi à mi-voix.

Le soulagement m'envahit dès que je comprends que la colère de Carly n'était pas dirigée contre moi.

– Vous n'êtes pas d'accord avec ce que Ramon a dit sur Larkin ?

– Je ne suis pas arrivée où j'en suis en me laissant dicter ma stratégie par des technocrates, me réplique-t-elle.

Elle s'affale sur une chaise, relâche bruyamment son souffle et attend de s'être calmée pour poursuivre :

– Bon. On va reprendre ce dossier depuis le début. Lindzi, je veux que tu contactes la police de Sturgis pour voir quels éléments elle est prête à divulguer.

Je réussis de justesse à ne pas bondir de ma chaise.

– Oui, chef, dit Lindzi en tapant sur son ordinateur.

– Et lance un appel à témoignages sur le site Internet. Indique le nom de Larkin, sa photo, la date de sa mort et l'âge qu'il avait, et l'adresse mail de la hotline.

Lindzi lève le nez de son ordinateur, les sourcils froncés.

– Mais si on parle de Larkin sur le site, Ramon va savoir que…

L'expression de Carly l'arrête dans son élan.

– Qu'on creuse une histoire ? demande celle-ci froidement. Ce qui est la raison d'être de cette boîte et qui permet à tout le monde ici d'avoir un travail, y compris lui ? Ben tant mieux.

– Absolument, commente Lindzi en ramenant les yeux sur son ordi.

Je les regarde l'une après l'autre, incrédule. Deux jeunes journalistes brillantes, reconnues et admirées, accordent leur attention à l'affaire Larkin sur la base d'une simple suggestion de ma part. Bon, et aussi parce qu'un type que Carly déteste vient de me descendre au lance-flammes, mais concentrons-nous sur le positif.

– Et moi, je peux me charger de quoi ?

Carly plisse le front.

– Tu pourrais peut-être chercher un peu du côté des trois jeunes qui l'ont retrouvé ? Voir ce qu'ils font de leurs vies, eux et leurs familles, ce genre de chose…

Je hoche la tête en repensant à la réunion du comité dans la serre. Je ne m'attendais pas à tomber sur Tripp Talbot, et j'ai passé les dix premières minutes à pester intérieurement parce qu'il avait pu m'ignorer avant que j'aie l'occasion de le faire. Puis Mme Kelso nous a mis en binôme, et ça valait le coup rien que pour sa tête. Mais apparemment, il va y avoir d'autres avantages à me retrouver flanquée de mon ennemi juré d'autrefois.

– Ça roule, dis-je.

* * *

Ce soir-là, je suis incapable de trouver le sommeil, toujours boostée par l'adrénaline. Après de vagues tentatives, j'ai renoncé à dormir aux alentours de 11 heures et repris mon téléphone. Google s'est avéré une mine de renseignements sur les parents de Shane et de Charlotte. De toute évidence, la vie des Delgado et des Holbrook consiste principalement à gagner toujours plus d'argent.

L'entreprise de M. Holbrook est une société de capital-risque surtout connue pour financer une appli de dating à succès. Les Delgado sont associés dans une boîte de promotion immobilière, et inondent la région de communiqués de presse hebdomadaires. J'ai déjà surfé sur les articles de ces deux dernières années et commencé à me pencher sur ce qu'ils faisaient l'année de la mort de M. Larkin.

DELGADO IMMOBILIER RÉALISE UNE VENTE DE PORTEFEUILLE DE HUIT ACTIFS DANS LE NEW HAMPSHIRE, DELGADO IMMOBILIER LANCE UN PROJET IMMOBILIER RÉVOLUTIONNAIRE À USAGE MIXTE, DELGADO IMMOBILIER ANNONCE UNE ANNÉE RECORD POUR LES CONTRIBUTIONS CARITATIVES...

Je copie certains liens sur un fichier que j'ai intitulé *Recherche Larkin*, ma procédure habituelle pour les dossiers sur lesquels je travaille : rassembler sur un même document tous les détails que je déniche et chercher ce qui peut les relier. Qu'est-ce qui se répète ? Qu'est-ce qui jure avec le reste ? Mais déjà, le dossier Larkin est différent, presque anarchique, et ça me rappelle ce qu'a dit Carly lors de notre première rencontre : « Tu es bien consciente que nous ne sommes pas le *New York Times* ? Le journalisme de faits divers est un secteur très spécifique, et si on n'a pas une vraie passion pour ça... »

Je ne l'ai pas laissée finir, mais je crois que je comprends ce qu'elle a voulu dire. Il faut de la passion, parce que les crimes – les meurtres en particulier – viennent de la partie la plus sombre et la plus enfouie du cœur humain. Il est presque impossible d'y réfléchir très longtemps si on n'est pas prêt à tout pour obtenir des réponses.

Je commence à avoir mal à la tête. *C'est l'heure de dormir*, me dis-je. Mais je vais d'abord sur les réseaux sociaux voir ce que racontent mes amis de Chicago. Izzy a posté une nouvelle photo de son chien sur TikTok, et je réponds par un émoji avec des cœurs à la place des yeux. Le dernier post Insta d'Olivia est un chouette selfie qui reçoit des paquets de compliments. Alors que je m'apprête à ajouter le mien, je découvre un chapelet d'émojis de feu envoyés par ce crétin de Jason Pruitt en personne. Je clique sur la seule réponse suscitée par son intervention, signée d'Olivia en personne : *Dégage*.

– Merci pour la solidarité, frangine, dis-je avec un élan de gratitude pour mon amie.

Je clique sur la page de Jason et sens la colère monter devant une photo de lui où il fait tourner un ballon sur un doigt. Une fois qu'*Alibi* aura résolu l'affaire Larkin, Izzy et Olivia veilleront à ce que tout le monde dans mon vieux lycée sache que j'étais chargée du dossier, et se rende compte à quel point ils m'avaient mal jugée.

On frappe un léger coup à ma porte et je jette un œil sur mon réveil. Presque 2 heures du matin. Je ne connais qu'une personne chez nous susceptible de rôder encore à cette heure-là.

– Entre, dis-je.

Oncle Nick entrouvre ma porte. Il n'a pas ses lunettes et, sans elles, son visage a quelque chose d'inachevé.

– Il me semblait bien avoir entendu du bruit. Tu n'arrives pas à dormir ?

– Je fais des recherches, dis-je en fermant Instagram pour qu'il ne voie pas que je traîne sur la page de Jason. Dis, quand tu travaillais à Saint Ambrose, tu as déjà entendu M. Larkin parler de sa famille ? Ou, je ne sais pas, d'une petite amie ?

– Euh… Non, ça ne me dit rien. Pourquoi ? Où est l'urgence ? Je croyais qu'*Alibi* avait mis l'histoire de Will en stand-by.

– Il y a un regain d'intérêt pour le sujet.

J'espère que cette réponse lui suffira, parce que je n'ai aucune envie de lui raconter le fiasco Ramon d'Arturo.

– Ah bon ? s'étonne oncle Nick. Tes parents sont au courant ?

– Pas encore. On n'est pas sûrs que ça se concrétise. Mais bon. (Le petit air narquois de Jason Pruitt flotte dans un coin de ma tête.) J'essaie de bien faire mon boulot. Et de soigner mon image, tant que j'y suis.

– Sinon, tu pourrais briefer ta boss sur ce qui s'est passé à Carlton. C'était juste à côté. Enfin, deux villes à côté.

Comme je le fixe sans comprendre, il reprend :

– Ah, c'est vrai. Vous n'étiez pas encore revenus de Chicago. Ça a été un gros scandale. Trois ados qui séchaient les cours ont découvert le corps de quelqu'un de leur classe. Comme dans *La Folle Journée de Ferris Bueller*, mais avec un meurtre.

Il soupire devant mon air toujours aussi perdu.

– Tu devrais regarder ce film, un jour. Au moins, regarder de quoi ça parle.

– D'accord. Mais tu n'as rien à me dire sur M. Larkin, alors ? Ni sur Tripp ? Vous n'avez jamais discuté de l'effet que ça lui a fait de tomber sur le corps de son prof dans les bois comme ça ?

Je n'ai jamais pu en parler moi-même avec Tripp, puisqu'on s'était brouillés la veille.

– Non. Mais je suis sûr qu'il a été horrifié. Et traumatisé. Lui et les deux autres, d'ailleurs.

Oncle Nick s'appuie à l'embrasure de la porte.

– Écoute, je sais que tu es excitée par tout ça, mais… n'oublie pas ce que ton père t'a dit, d'accord ?

– C'est-à-dire ?

– La déontologie, Brynn. Veille à choisir ce que tu vas divulguer.

– Tu écoutes ce qu'il dit, maintenant ?

– Presque jamais, et regarde où ça m'a mené : je vis toujours avec lui à vingt-quatre ans. Alors… ne commets pas les mêmes erreurs que moi, OK ?

Il bâille et se gratte le menton.

– Et dors. Moi aussi, j'en ai besoin.

– OK. Bonne nuit, dis-je en agitant la main tandis qu'il referme la porte.

Puis je reprends mon téléphone pour retourner sur le site de Delgado Immobilier, qui affiche toujours le communiqué de presse à propos des contributions caritatives. Je le survole jusqu'à tomber sur une citation du père de Shane. *Delgado Immobilier est fier de soutenir les entreprises locales en leur versant plus de 10 millions de dollars de contributions caritatives. La liste de ces contributions figure dans le rapport annuel de la société.*

Je clique sur les derniers mots, qui ouvrent un document pdf. Alors que je m'apprête à le fermer, parce que ce genre de fichier est illisible sur un téléphone, mes yeux tombent sur un nom connu : *Établissement scolaire Saint Ambrose.*

La société du père de Shane a versé à l'école un million de dollars l'année de la mort de Larkin. Je me promets de vérifier s'il avait déjà fait ce type de don avant. Puis je balaie la liste machinalement, et je manque de m'étrangler.

Fondation de la police de Sturgis : 250 000 dollars.

Tripp
Il y a quatre ans

Shane est le plus nul des binômes. Il a oublié son classeur, en même temps que toutes les instructions de Mme Singh, et il a l'air de croire qu'il pourra mener cette sortie de collecte de feuilles sans problème.

– Pas par là, décrète-t-il quand je m'engage dans un petit chemin qui file sur la droite. Plutôt par là.

– Pourquoi ?

– On a intérêt à aller du côté du brasero. Il y a un creux plus loin dans les bois, vers Shelton Park, où les lycéens allument des feux de camp, quelquefois.

– Mais pour quoi faire ? Il n'y a que des pins, là-bas.

Il esquive mon regard.

– J'ai dit à une personne que je la retrouverais sur place.

– Qui ça ?

– Charlotte.

Je lâche un grognement. Il n'y a que Shane Delgado pour changer un projet de sciences en rencard.

– Ouais, ben amuse-toi bien. Moi, je pars par là.

– Non ! s'exclame-t-il, un peu trop vite.

En me retournant, je suis étonné de voir qu'il serait presque nerveux.

– Je n'ai pas envie d'y aller tout seul.

– Pourquoi ?

Je suis sûr que n'importe quel autre mec de notre classe sauterait sur l'occasion de se retrouver seul dans les bois avec Charlotte Holbrook.

Un muscle tressaille dans la mâchoire de Shane.

– Parce qu'avec Charlotte... c'est pas de tout repos. Tu sais, ces filles qui voudraient presque que tu sois leur chose, quoi. Eh ben, elle est comme ça.

J'ai du mal à me mettre à sa place. Les filles ne veulent pas que je sois leur chose. Leur regard passe à travers moi. Sauf Brynn, mais elle me regarde comme si j'étais son frère, c'est encore pire. Ou plutôt elle me regardait, jusqu'à ce que je lui colle la honte hier en cours de gym. Elle ne l'a pas fait une seule fois aujourd'hui. Vu que c'est exactement ce que je voulais, pas la peine de geindre.

– Je ne suis pas là pour tenir la chandelle, dis-je à Shane.

Puis je mets mes écouteurs, j'enclenche la musique sur mon téléphone pour noyer toute tentative de protestation et je continue sur le petit chemin qui part à droite. En m'éloignant le plus possible du brasero.

CHAPITRE ONZE

Tripp

Tu ne peux pas m'ignorer indéfiniment, Trey. On parie ? Je laisse mon téléphone près de la caisse de la boulangerie et je reprends mon balai.

Ça fait plus de vingt-quatre heures que j'ai vu Lisa Marie sillonner les rues de la ville en voiture et je ne sais toujours pas ce qu'elle trafique ici. Je suppose qu'elle loge chez Valerie, sa copine de lycée, vu que c'est là qu'elle atterrit quand elle passe en coup de vent à Sturgis. Mais je ne lui ai pas demandé. Je n'ai pas répondu à un seul de ses messages. Et je ne vois pas pourquoi je le ferais.

À part, peut-être, pour m'épargner le genre de bombardement que je suis en train de subir. Mon téléphone vibre sans arrêt, jusqu'à ce que Regina, qui rédige derrière le comptoir les panonceaux pour les gâteaux du jour, s'éclaircisse la gorge.

– Je pensais que tes amis étaient assez malins pour éviter de te déranger pendant le travail, me dit-elle d'un air faussement sévère.

– Ce n'est pas mes amis, dis-je en posant le balai contre le mur à côté d'un Al endormi.

Je reprends mon portable pour le mettre en mode silencieux et je fais défiler les messages de ma mère.

`On pourrait dîner vendredi soir au Shooter ?`

`J'adore ce resto.`

`Je t'invite.`

`J'y serai à 6 heures.`

– Pour ça, je te fais confiance, dis-je à voix haute.

Le Shooter est plus un tripot qu'un resto, et Lisa Marie n'est pas du genre à manquer une happy hour.

Regina pose son feutre.

– Je connais ce ton-là. Qu'est-ce qui se passe avec ta mère ?

– Tu parles de Lisa Marie ? Elle est là, et elle veut qu'on dîne ensemble.

– Ben c'est sympa !

– Il n'y a rien de sympa là-dedans.

– Et qu'en dit Junior ?

– Pas grand-chose.

Quand j'ai dit à mon père que Lisa Marie était à Sturgis, il s'est contenté de pincer les lèvres, comme si elle ne méritait pas d'autre commentaire.

– Je sais que tu en as bavé, Tripp, me dit Regina, avec une douceur qui me hérisse, parce qu'elle signifie que je lui fais pitié. Mais cette fois, ce sera peut-être différent.

Quand ma mère est partie, elle a procédé par étapes. Elle a commencé par passer le week-end chez Valerie, avant de s'installer dans un motel sur la Route 6. Au bout d'une semaine, j'ai décidé d'y aller à vélo pour la persuader de revenir à la maison. C'était un bel après-midi d'octobre, frais et ensoleillé, et je me souviens de m'être senti soulagé en pédalant sur la voie étroite qui servait de piste cyclable. Il suffisait que je promette d'être plus gentil et tout s'arrangerait.

Mais dès qu'elle m'a ouvert, tous mes espoirs se sont envolés. Même à contre-jour dans le maigre éclairage de sa chambre, elle avait quelque chose de changé. Elle avait les cheveux relevés et elle était plus maquillée que d'habitude, mais il n'y avait pas que cela. Les rides autour de sa bouche étaient lissées, son regard était plus clair, ses épaules plus droites.

Elle avait l'air *heureuse*. Comme si nous quitter était ce qu'elle avait fait de mieux dans sa vie.

Mais je m'étais fixé une mission, et j'irais jusqu'au bout. Lisa Marie m'a écouté lui expliquer tout ce que je ferais différemment quand elle serait revenue. Puis elle m'a emmené au distributeur et m'a laissé choisir ce que je voulais – un Coca et un paquet de chips –, avant qu'on retourne s'installer dans sa chambre, allongés chacun sur un des lits simples.

« Il faut que je t'explique, Trey, m'a-t-elle déclaré. Franchement, j'ai fait le tour de cette histoire de maternité. »

Je n'ai pas su quoi répondre à ça. Comment pouvait-elle avoir « fait le tour » ? Comme j'avais trop peur pour poser la question, je me suis rabattu sur : « Mais tu es une bonne mère. » J'ai voulu ouvrir mon paquet de chips, mais, dans ma nervosité, j'ai appuyé trop fort et je les ai écrasées.

J'ai vite caché le paquet dans mon dos, avec le sentiment que ça allait me porter malheur d'avoir cassé quelque chose qu'elle m'avait donné avant d'avoir pu en profiter.

« On sait tous les deux que ce n'est pas vrai, a-t-elle dit.

– Mais, m'man, moi, je veux que tu reviennes à la maison. »

Je l'appelais encore maman, à l'époque. Notre relation n'est passée à la phase « Lisa Marie » que quelques années plus tard.

« Je ne reviendrai pas, m'a-t-elle répondu, avec une certitude qui m'a glacé. Écoute, Trey, tu dois comprendre une chose. (Elle a lâché un long soupir.) Je n'ai jamais décidé d'être mère. J'ai toujours senti que je n'étais pas faite pour ça, mais Junior désirait tellement avoir un enfant que j'ai accepté d'essayer. »

« Essayer ». Comme si j'étais un parfum de glace un peu bizarre.

« J'ai fait ce que j'ai pu, mais ce truc qui se répète tous les jours, c'est vraiment pas pour moi. J'en ai assez. »

Huit ans plus tard, je n'arrive toujours pas à croire qu'elle ait balancé ça à un gamin de neuf ans. De tout ce que ma mère m'a infligé au fil des années, le pire a peut-être été la sincérité.

La sonnerie de la porte retentit et Al lève la tête. Une fille entre, vêtue d'un manteau gris. L'électricité statique hérisse ses cheveux auburn quand elle retire son bonnet et ma gorge se noue. C'est Brynn. Après la réunion à la serre avec Mme Kelso, elle a proposé qu'on se revoie pour discuter du plan du jardin, mais je n'avais pas réalisé qu'elle voulait dire *aujourd'hui*.

– Qui est cette magnifique peluche ? demande-t-elle en tendant la main vers Al.

Il jette un coup d'œil à Regina – Al est trop bien dressé pour s'approcher de clients, même amicaux, sans autorisation –, puis bondit sur ses pattes dès que sa maîtresse hoche la tête. Il trotte jusqu'à Brynn et s'appuie contre elle de tout son poids en remuant la queue. Je m'étonne presque qu'elle ne perde pas l'équilibre ; elle est toujours aussi frêle qu'en quatrième. « Une brindille, disait mon père. Avec une grande bouche. » Ça pourrait laisser croire qu'il ne l'appréciait pas, ce qui est faux.

– Salut, toi, roucoule-t-elle en lui grattant le cou énergiquement, comme si elle savait que c'est son point faible. Mais tu es magnifique ! Mais oui !

– C'est Al, le chien de la patronne, dis-je d'un ton réservé. Écoute, je sais que tu voulais qu'on parle des trucs du jardin, mais je travaille, là...

Puis Brynn voit Regina qui nous observe, penchée sur le comptoir.

– Bonjour ! C'est vous, la patronne ? J'adore votre chien.

– C'est moi, oui. Et il t'adore aussi. Mais il n'y a pas de quoi s'en vanter, il aime tout le monde.

Brynn rit et Regina nous regarde tour à tour comme si elle attendait que je fasse les présentations. Comme je ne me décide pas, elle demande :

– Tu es au lycée avec Tripp ?

– Ouais. On était ensemble au collège. Après, ma famille est partie de Sturgis, mais on vient juste de revenir habiter ici.

Elle balaie des yeux le carrelage métro, les tables en bois clair, les jolies appliques et les illustrations de pâtisseries sous verre aux murs.

– C'est nouveau, ici, non ? Enfin, ça remonte à moins de quatre ans ? C'est superbe.

– On a ouvert il y a deux ans, confirme Regina. Puisque le tombeur de Saint Ambrose ici présent (petit regard de ma boss dans ma direction) semble avoir oublié la politesse, je vais poser la question moi-même : comment tu t'appelles, ma belle ?

Brynn s'approche de la caisse, Al sur les talons, et serre la main que lui tend Regina.

– Brynn Gallagher.

– Regina. Enchantée, Brynn. Qu'est-ce qui t'amène ? Tu veux un café ?

– Non, merci. Enfin, j'adorerais, mais je venais parler à Tripp du projet de jardin du souvenir…

– Sauf que je travaille, là, répété-je en reprenant le balai. On devra voir ça une autre fois.

Trop tard. Déjà, le visage de Regina s'illumine et elle me jette un rapide regard approbateur.

– Tu as dit « jardin du souvenir » ? Celui en hommage à M. Larkin ?

– Oui, confirme Brynn. Vous êtes au courant ?

Regina contourne la caisse pour me retirer le balai des mains.

– Oh, parfaitement. Ce sol est propre, Tripp. Fais une pause et va discuter du projet avec la demoiselle. Qu'est-ce que tu veux comme café, Brynn ? Cadeau de la maison.

– C'est vrai ? C'est très gentil, merci. Un latte, ce serait super.

Tandis que Regina allume la machine à café, Brynn se dirige vers une table haute près de la vitrine et se hisse sur un tabouret. Elle retire son manteau d'un coup d'épaules, sort un carnet et un stylo de son sac et se tourne vers moi, qui n'ai toujours pas bougé.

– Ah, c'est pas vrai, soupire-t-elle en levant les yeux au ciel. Tu pourrais descendre de ton piédestal pour venir t'asseoir dix minutes ? C'est pas comme si je te demandais d'être mon *mec*.

Génial. Exactement ce que je rêvais d'entendre. Quand je m'installe à côté d'elle, elle s'est déjà remise à fouiller dans son sac dont elle extrait son portable.

– Je me disais qu'on pourrait prévoir un mélange de plantes annuelles et vivaces, m'informe-t-elle. Et des plantes qui fleurissent à des périodes différentes, avec quelques conifères. Comme ça, il y aurait toujours du vert, même en hiver. Merci, ajoute-t-elle tandis que Regina lui apporte son latte.

– Ce que tu voudras, dis-je entre mes dents.

Puis, face à un regard sévère de ma patronne :

– Je veux dire, oui, oui. Ça me paraît très bien.

– Et on pourrait choisir certains végétaux pour leur signification, suggère Brynn, la tête penchée sur son carnet. Comme des myosotis parce qu'ils symbolisent le souvenir. Et des tulipes jaunes, pour l'amitié. Ou du romarin, qui représente l'éternité. Qu'est-ce qu'il y aurait d'autre ?

Elle me fixe d'un air interrogateur en sirotant son latte.

– Je n'y connais rien aux plantes, dis-je.

– Je ne passe pas non plus mon temps à jardiner, réplique-t-elle. C'est pour ça qu'on a inventé Google. Et les spécialistes. M. Solomon est toujours le gardien de Saint Ambrose ?

– Non, il a pris sa retraite. Le nouveau n'est là qu'à mi-temps, et c'est un peu un connard. Mais tu peux demander à M. Solomon, cela dit, ajouté-je en repensant à ma rencontre avec lui deux jours plus tôt. Il adore parler de ces trucs.

– *Je* peux lui demander ? Parce que je suis un sous-comité à moi toute seule ?

Je me retiens de soupirer.

– *On* peut lui demander. D'ailleurs, il vient de me proposer de passer chez lui, et…

– Super. Tu as son numéro ?

– Non. On n'est pas intimes. Je le croise juste de temps en temps dans le centre ville.

– Je le demanderai à Mme Kelso, dit Brynn en le notant.

Puis elle bat la mesure sur la table avec son stylo et me fixe de ses yeux déstabilisants.

– Et toi, comment tu vas, Tripp ? Quoi de neuf ?

– Pas grand-chose.

Elle continue à battre la mesure quelques secondes avant de reprendre :

– En principe, c'est le moment de notre échange civilisé où tu me demandes comment *moi*, je vais.

Je me retiens de sourire juste à temps. Je n'ai aucune intention d'encourager une relation cordiale entre nous.

– Et toi, comment tu vas, Brynn ?

– Très bien.

Si elle n'arrête pas avec ce stylo, je vais le lui arracher des mains et le balancer derrière le comptoir.

– Enfin, ça se passait très bien jusqu'au jour où j'ai dû quitter mon lycée pour venir finir ma terminale ici au milieu d'inconnus.

– Tu connais presque tout le monde.

Elle se décide enfin à poser son maudit stylo.

– Ça, c'était avant. Je ne t'aurais pas reconnu si quelqu'un ne m'avait pas dit qui tu étais. Tu as vachement changé.

– Ça arrive, entre treize et dix-sept ans.

– Presque dix-huit. C'est bien le mois prochain, ton anniversaire ?

Je hoche la tête. La date de mon anniversaire n'est pas difficile à retenir ; c'est le 29 février, ce qui implique que je ne peux le fêter le vrai jour qu'une fois tous les quatre ans. La dernière année bissextile où Brynn était là, elle m'a offert un mug nomade qui disait *Être mon ami est le seul cadeau qu'il te faut.* J'ai perdu le couvercle il y a longtemps, mais je m'en sers encore comme pot à crayons.

Elle prend une gorgée de café, repose sa tasse.

– Ça te fait bizarre, de participer à ce projet de jardin du souvenir ?

– Non.

J'ai répondu assez sèchement pour véhiculer le message que je ne compte pas aborder d'autres sujets que le choix des plantes, mais elle reste sur sa lancée.

– Ça a dû être horrible de découvrir le corps de M. Larkin. On n'en a jamais parlé.

Et pour cause. J'ai fait ce qu'il fallait il y a quatre ans pour qu'on ne se reparle jamais. Mais elle ne semble plus perturbée que je l'aie humiliée en cours de gym. Elle paraît même presque s'en amuser.

– Je n'en parle jamais, dis-je.

– Même pas à Shane et Charlotte ?

Surtout pas à Shane et Charlotte.

Je me contente d'un haussement d'épaules, et elle poursuit :

– J'avoue que ça m'a étonnée de vous voir devenir aussi inséparables. Shane fait toujours la sieste dans le vestiaire de la classe ?

– Non. N'importe quoi. On est presque adultes, maintenant.

Mais l'honnêteté m'oblige à ajouter :

– Les bancs sont devenus trop petits pour lui en troisième.

Elle éclate de rire, manque de recracher son café, et je lui tends une serviette en me marrant. L'espace d'une seconde, c'est presque comme quand on était amis et qu'on rigolait en faisant nos devoirs sur la table de sa cuisine. Puis elle s'essuie la bouche et demande :

– Du coup, tu fais partie du gratin ?

Mon sourire s'efface.

– Pitié. Tu ne vas pas t'y mettre, toi aussi.

– Je répète juste ce que j'entends. Les choses ont beaucoup changé à Saint Ambrose depuis le collège.

– Ils acceptent n'importe qui, maintenant.

Puis, wouah, je me rends compte à quel point cette phrase me donne l'air d'un con.

Brynn a un petit sourire amusé.

– À part ça, tu n'es pas du gratin.

– La question ne se pose même pas, grondé-je.

Clairement. Ou je ne serais pas là à jouer au mec sympa avec Brynn en parlant tulipes dans le maigre espoir de décrocher une bourse.

Nos deux téléphones vibrent en même temps. `J'organise une fête samedi`, m'a écrit Charlotte. `Ta présence est à la fois souhaitée et requise.`

J'envoie un pouce levé et elle ajoute : `J'invite Brynn.`

Et merde. Je tape : `Fais pas ça.` Elle me renvoie un point d'interrogation et j'explique : `Elle est trop chiante.`

Elle répond : `Trop tard` avec l'émoji du haussement d'épaules.

Je regarde Brynn, qui brandit son portable.

– Alors comme ça, Charlotte organise une fête ?

– Ouais, mais je peux pas y aller, dis-je en frottant le cal que j'ai sur le pouce.

– Moi non plus. Mais c'était sympa de sa part de m'inviter.

Brynn finit son café et se tourne vers le comptoir. Regina a disparu dans l'arrière-boutique avec Al.

– Tu pourras dire au revoir à Regina pour moi ? me demande Brynn. Il faut que j'y aille, je dois passer prendre Ellie à son cours de flûte.

– Ça marche.

– Je te tiens au courant pour M. Solomon, ajoute-t-elle en rangeant ses affaires.

Elle met son sac en bandoulière, fait disparaître ses cheveux troublants sous son bonnet et ajoute :

– Une dernière chose.

Elle se penche jusqu'à ce que sa bouche ne soit plus qu'à quelques centimètres de mon oreille et me chatouille en disant :

– Tu ne sais pas mentir, Tripp Talbot. Tu n'as jamais su.

CHAPITRE DOUZE

Brynn

« C'est le seul cours où vous êtes non seulement autorisés, mais incités à vous servir de vos téléphones », nous a annoncé M. Forrest vendredi après-midi, au début de mon cours optionnel de technologie des médias.

Du coup, bien sûr, toutes les têtes sont déjà penchées sur leurs écrans pendant qu'il nous parle des plateformes émergentes. Mais si les autres sont comme moi, ils ne vont pas arrêter de se laisser distraire par celles qui ont déjà pignon sur rue.

Je suis sur la page Instagram de Charlotte, à laquelle j'ai accès maintenant qu'elle a accepté ma demande de suivi. Je surfe dessus pour voir à quoi ressemble une fête chez Charlotte Holbrook. Parce qu'il va de soi que j'y vais, même si j'ai prétendu le contraire à Tripp. *On doit creuser*, dixit Carly.

J'ai consulté les dix derniers rapports annuels de Delgado Immobilier, et l'année de la mort de M. Larkin est la seule où ils ont fait une donation à la Fondation de la police de Sturgis. J'ai envoyé l'info à Lindzi, qui m'a répondu : `Intéressant ! Je vais essayer de trouver la date exacte de ce don.` Je n'ai eu pas de nouvelles depuis.

Les technologies de l'information sont mon unique cours en commun avec Shane et Charlotte, et je glisse un coup d'œil sur le petit noyau qu'ils forment avec Tripp, Abby Liu et deux autres que je ne connais pas. Je suis assise à l'opposé de la salle, bloquée dans un coin à côté de Colin Jeffries. Il a dû s'asperger avec la moitié de sa bouteille d'eau de Cologne, ce qui ne suffit pas à couvrir l'odeur de clope qui imprègne ses vêtements, et il n'arrête pas de taper nerveusement du pied par terre, bien trop près de moi. Ça m'apprendra à arriver en cours à la dernière minute, quand toutes les places sont déjà prises.

– Bien, voilà ce que nous allons faire, déclare M. Forrest.

Il se tourne vers le tableau numérique pour écrire *Nike*, *Apple* et *Purina* dans une colonne et *TikTok*, *YouTube* et *Instagram* dans une autre.

– Mettez-vous en binômes et choisissez une entreprise et une plateforme. Ensuite, trouvez une vidéo promotionnelle réalisée par l'entreprise en question et analysez ce qui vous plaît et vous déplaît dedans.

Mes yeux dérivent vers le coin du gratin – je ne peux pas m'empêcher de les appeler comme ça, je trouve que ça sonne bien – où Charlotte s'entortille comme une liane autour de Shane, tandis qu'Abby regarde Tripp avec un sourire plein d'espoir.

Tripp, qui m'a menti comme un arracheur de dents hier en déclarant qu'il ne pouvait pas aller à la soirée de Charlotte. Je le sais parce qu'il se frotte le pouce et l'index dès qu'il ment, même si je ne suis pas sûre que quelqu'un d'autre s'en soit rendu compte. Il le faisait déjà quand il était petit. S'il avait eu un ballon de volley entre les mains au moment où il m'a hurlé dessus il y a quatre ans dans le gymnase, je n'aurais jamais pu déterminer s'il croyait ou pas ce qu'il racontait.

C'est un savoir qui peut se révéler très utile. En quatrième, j'ai pris pour argent comptant toutes les déclarations de Tripp, Shane et Charlotte à propos de la mort de M. Larkin. J'en voulais à mort à Tripp, bien sûr, mais pas au point d'envisager qu'il puisse mentir sur quelque chose d'aussi grave. Mais Carly et Lindzi commencent à déteindre sur moi, et voilà que je remets tout en question.

Qu'est-ce que tu sais, Tripp ? Et qu'est-ce que tu as fait ? pensé-je tandis qu'il répond au coup d'œil d'Abby en levant le pouce et qu'elle sourit de plus belle.

– Allez, tout le monde en binôme, nous presse le prof.

Mason aussi a pris l'option technologies des médias, mais il est assis à plusieurs rangées de moi. Quand j'arrive enfin à choper son regard, il me répond par un haussement d'épaules désolé tout en rapprochant sa chaise de celle de Pavan Deshpande. Qui aurait *également* fait un bon binôme, parce qu'il est sympa et, d'après mes souvenirs, qu'il embrassait super bien pour un petit de cinquième. Il savait rester léger, sans déraper vers le patin.

– Tu veux qu'on se mette ensemble ? gronde une voix sur ma droite.

Au secours. C'est Colin Jeffries, le prolo d'origine. Je ne devrais pas appeler quelqu'un comme ça mais, après tout, c'est le nom qu'ils se donnent. Je détourne rapidement les yeux à la recherche d'une porte de sortie, mais tout le monde est déjà casé.

– OK, dis-je en réprimant un soupir. T'as une préférence pour l'entreprise, ou... ?

– Je m'en fous, dit Colin.

Ça commence fort.

– Bon, je choisis Purina, à cause des chiens. Et pour la plateforme...

– YouTube.

S'il me coupe encore une fois, je le laisse en plan et je vais m'incruster entre Mason et Pavan. Je me fiche des consignes.

– Très bien, dis-je entre mes dents.

Je profite du moment de silence qui suit pendant qu'on garde chacun le nez sur notre portable, et je me détends avec une vidéo de chiot. Mais il faut que Colin gâche cet instant en déclarant :

– Tu devrais mettre des jupes plus courtes.

Je sais déjà avant d'ouvrir la bouche que je vais regretter d'avoir tenu tête à Colin, mais...

– Pardon ?

– Ben ouais.

Son regard s'attarde sur mes genoux et me donne la chair de poule.

– Il y a des filles ici qui remontent leurs jupes pour les raccourcir. Tu devrais faire comme elles.

– De quoi je me mêle ? dis-je d'un ton glacial. Si j'avais besoin de tes putain de conseils de mode, je te l'aurais demandé.

– Réaction typique de petite conne du gratin.

– Tu colles beaucoup d'étiquettes, pour quelqu'un d'aussi insultant. C'est peut-être juste que ces gens que tu appelles le *gratin* n'ont pas envie de te parler.

– Ouais, ouais, c'est ça, grogne Colin en se replongeant dans son téléphone.

Qu'il aille se faire voir. Au moment où je prends mon sac pour aller rejoindre Mason et Pavan, le prof lance :

– Alors, des commentaires ?

Il arrête d'arpenter les allées pour regagner son bureau et désigne un ordinateur posé sur sa table.

– N'hésitez pas à venir connecter vos téléphones au tableau numérique pour nous montrer ce qui a retenu votre attention, même si votre analyse n'est pas encore achevée.

Un chœur de « non » résonne dans la salle, parce qu'on vient à peine de commencer. Jusqu'à ce que Colin lance en se levant :

– Ouais, m'sieur ! Y a un truc qui a retenu mon attention !

– Qu'est-ce que tu fous ? dis-je. On n'a même pas discuté entre nous.

– T'inquiète, me réplique-t-il d'un ton narquois, tout en me reluquant d'un air qui me donne envie de me récurer à l'eau de Javel. Je gère !

Alors que je détourne les yeux avec dégoût, je surprends Tripp qui nous observe depuis l'autre bout de la salle, le front plissé. Il murmure à Abby quelque chose qui la pousse à me regarder à son tour.

Mes yeux lui lancent des éclairs, même si lui ne me regarde plus. Crétin de Tripp. Comme si j'avais choisi mon binôme !

Colin connecte son téléphone au câble qui pend de l'ordinateur du prof et le tableau se remplit de vidéos YouTube.

– OK, Colin, super, dit le prof. Mais ça ne ressemble pas à…

Colin tape sur une touche de son smartphone et une musique tonitruante nous fait tous sursauter. Un visage d'homme s'anime : menton fendu d'une fossette, nez large, yeux trop rapprochés d'un gris d'acier et une épaisse masse de cheveux, bizarrement bruns pour quelqu'un d'aussi ridé. J'ai déjà vu cette tête-là, et il n'y a pas longtemps, me dis-je à l'instant où l'homme déclare : « Je suis Gunnar Fox, et vous regardez *Le crime ne paie pas,* la seule émission de faits divers qui parle sans tabou de ce que ça signifie *réellement* de ne pas payer pour ses crimes. »

Le prof fronce les sourcils.

– C'est hors sujet.

– Ça vient, dit Colin.

La caméra zoome arrière pour montrer Gunnar Fox qui plie bizarrement les jambes pour donner l'impression que le sol est en pente.

« Cette saison, je lance une nouvelle série d'investigation intitulée *Ados et assassins*, à propos de jeunes qui gravitent autour d'affaires de meurtres et qui ne sont peut-être pas aussi innocents qu'il y paraît. Nous commençons cette semaine par la mort d'un professeur de collège du Massachusetts, dont l'un des élèves, âgé de treize ans, a laissé ses empreintes sur l'arme du crime. (Gunnar fixe la caméra et ménage un silence.) Il s'en est tiré libre comme l'air. »

Puis, sous mes yeux stupéfaits, le visage de Shane surgit sur l'écran. Ça ressemble à une photo de l'annuaire du lycée : veste bleue, cravate rayée et sourire plein d'assurance, comme celui qu'il arbore dans la vraie vie.

La vraie vie. Qui, comme je me force à me le rappeler, continue ici même. À peine à cinq mètres de moi, Shane fixe le tableau blanc d'un air ahuri, tandis que Colin lâche sournoisement :

– Quelqu'un peut m'expliquer pourquoi on laisse des assassins se promener en liberté dans ce lycée ?

Des images se succèdent : un cordon de sécurité de la police, le tracé d'un corps à la craie par terre, et un campus arboré en brique rouge qui n'est pas réellement Saint Ambrose. Ceux qui ont pris ces photos ne se sont pas foulés, et les moyens techniques sont médiocres, en prime. Pendant une seconde, il n'y a pas un bruit dans la salle, puis tout le monde se met à parler en même temps.

– Mais c'est *quoi*, ton problème ? crie Charlotte d'une voix aiguë qui couvre la cacophonie. Éteins ça !

– Bon Dieu, Colin…

M. Forrest fait un pas vers l'ordinateur, mais Tripp est plus rapide que lui. Je ne l'ai même pas vu se lever mais, tout à coup, il a rejoint Colin, lui arrache son téléphone des mains et le déconnecte d'un geste sec.

– T'es qu'un connard, siffle-t-il tandis que les images disparaissent de l'écran.

– Rends-moi mon portable ! ordonne Colin.

Comme il se jette en avant pour le récupérer, Tripp bondit en arrière et Colin, entraîné par son élan, se cogne le genou contre le pied d'une table. Le visage déformé par la rage, il lève le bras et l'abat sur Tripp, mais manque largement son coup.

– Arrêtez, tous les deux !

En voulant sortir de derrière son bureau, M. Forrest se prend les pieds dans un enchevêtrement de câbles, tire sur la gauche pour se dégager, puis sur la droite, ne réussit qu'à s'entortiller davantage et manque de se casser la figure.

– La violence est interdite ! crie-t-il en sautillant sur un pied dans le but de se libérer.

– Joli coup droit, ricane Tripp, qui lève le téléphone de Colin hors de sa portée. Tu veux réessayer ?

Presque toute la classe est maintenant debout et forme un demi-cercle autour des deux garçons – tout le monde sauf Shane, qui reste pétrifié sur sa chaise.

– Si je fais ça, je te défonce, riposte Colin dans une nouvelle tentative pour reprendre son portable. Toi aussi, t'étais dans les bois. Toi et…

Il se tourne vers Charlotte, et Tripp se déplace pour rester en face de lui.

– Regarde-moi, Colin. Ou ce portable risque de m'échapper des mains pendant que tu es occupé ailleurs.

Il retire la coque du téléphone et la jette par terre, avant de lancer l'appareil en l'air et de le rattraper d'une main.

– T'as pas intérêt, assassin, gronde Colin. Vous êtes rien que des tarés psychopathes du gratin, tous les trois. Vous croyez que vous pouvez tuer un prof et vous en tirer comme ça.

– Va te faire foutre, dit Tripp, le poing crispé.

Il le fusille du regard. Soudain, son visage n'est plus qu'un masque de dureté et la colère le rend presque méconnaissable. Pendant un instant – une fraction de seconde –, je l'imagine capable de perdre le contrôle et de commettre quelque chose de terrible.

Au lieu de me freiner, ce sentiment me propulse hors de ma chaise. Je me fraie un passage entre les autres avec une seule pensée : *Arrête-le avant qu'il ne fasse quelque chose d'irréparable.*

– Tripp, arrête ! lance Abby. Ou tu vas te faire virer ! Il n'en vaut pas la peine !

Elle a les bras fermement repliés autour de Charlotte, qui fixe Colin comme si elle espérait que ça pouvait le réduire en cendres.

– Du sang ! braille quelqu'un.

Un petit groupe entonne après lui :

– Du-sang ! Du-sang ! Du-sang !

Mason disparaît dans le couloir, sans doute pour aller chercher de l'aide, parce que le prof est totalement dépassé.

– Tout le monde assis ! Et tout de suite ! hurle-t-il à pleins poumons.

Il débranche un câble rageusement dans une tentative désespérée de se libérer. Un chœur de gémissements emplit la salle, une fille se met à crier, et Tripp et Colin se font face en se balançant d'un pied sur l'autre, prêts à s'écharper.

Je m'approche de Tripp et je tends la main pour l'attraper par la manche. Mais je ne saisis que du vide, parce que Shane vient de surgir derrière lui et le tire en arrière. Colin se jette en avant avec un cri enragé pour frapper de nouveau. Quand je me tourne vers lui, il est en déséquilibre, et bien trop proche.

Puis tout le côté gauche de ma tête explose de douleur, et je tombe.

* * *

– Réexplique-moi ça, comme si tu parlais à un petit de cinq ans, me demande oncle Nick une heure plus tard, après être passé me récupérer à l'infirmerie.

Il a dû prendre une VTC pour venir signer mon autorisation de sortie, avant de me ramener dans ma Volkswagen. L'infirmière n'acceptait de me laisser partir qu'en présence d'un membre de la famille qui soit majeur, et oncle Nick était de loin le meilleur choix. L'administration le connaît, depuis qu'il a travaillé ici comme assistant pédagogique, et il a un emploi du temps flexible.

– Pourquoi je ne suis pas censé dire à tes parents que tu t'es pris un coup de poing, déjà ?

– Parce que ça les ferait flipper, répond Ellie, assise à l'arrière.

– Pas une raison suffisante, objecte oncle Nick. Elle pourrait avoir une commotion cérébrale.

– L'infirmière a dit que non, rappelé-je. Et je n'ai pas perdu connaissance.

Bon, sa formulation exacte était : « Tu ne présentes pas de symptômes pour l'instant, mais ils n'apparaissent pas toujours immédiatement. Il faudra que tu voies un médecin. » Je ne suis pas loin.

Tout à l'heure, j'ai voulu me relever dès que j'ai heurté le sol, mais le prof, qui avait enfin réussi à se dépêtrer de ses câbles, m'en a empêchée. J'ai eu beau lui assurer que je pouvais aller seule à l'infirmerie, il a demandé à un collègue de surveiller la classe pour m'y accompagner avec l'aide de Mason. J'ai juste mal à la tête et un hématome sur la tempe, que je peux masquer avec mes cheveux ; rien de très grave.

– Bon sang, grommelle oncle Nick en pilant à un feu rouge. Mais qu'est-ce qui s'est passé dans ce lycée ? Ce n'était pas comme ça, avant.

– Il s'est passé Gunnar Fox. « Un charognard véreux sans aucune crédibilité professionnelle. »

Je cite Lindzi mot à mot.

– Et ça ne te fait pas réfléchir ? Rouvrir les vieilles blessures à propos de Will, ça met les gens à cran. Tu devrais peut-être conseiller à *Alibi* de lever le pied sur ce dossier.

– Tu ne peux pas comparer *Alibi* avec *Le crime ne paie pas* !

– Ça, c'est à tes parents d'en juger.

Ellie lâche un claquement de langue déçu.

– On croirait entendre papa, oncle Nick, dit-elle.

– Ma nièce s'est pris un coup de poing dans la *figure*, réplique-t-il lentement.

Ma sœur se penche entre nos deux sièges.

– Tu veux qu'on reparle de l'incident du vase, oncle Nick ?

– Pitié, Ellie. J'avais seize ans.

– Et moi six, précise-t-elle. N'empêche que c'est moi qui me suis dénoncée quand tu as cassé le vase préféré de maman parce que tu t'étais soûlé au barbecue d'anniversaire de papa.

– Je n'aurais jamais dû te laisser faire. C'était totalement irresponsable de ma part. Et regarde où ça m'a mené : à couvrir deux ados !

– Ne me mêle pas à ça, réplique ma sœur en se carrant au fond de son siège. Je suis une observatrice et une consultante occasionnelle, dans ce psychodrame. Pas une participante.

– Alors, tu vas me couvrir, oncle Nick ? dis-je d'un ton implorant.

S'ensuit un long silence. Je soupçonne que Nick oppose l'argument du petit ange perché sur son épaule comme quoi son frère a le droit d'être mis au courant, au murmure du diable qui lui souffle que mon père peut vraiment être un emmerdeur moralisateur quand il s'y met.

– Bon, mais seulement si tu me laisses t'emmener aux urgences pour qu'ils examinent ta tête, déclare-t-il enfin. Interdiction de conduire d'ici là.

– Merci, oncle Nick ! T'es le meilleur. Je t'adore.

Je lui ferais bien un câlin, mais je préfère lui prouver ma maturité en évitant de l'envoyer dans le fossé.

– Oui, je suis une chiffe molle, marmonne-t-il. Mais jure-moi que tu vas garder tes distances avec les personnes impliquées dans cette affaire.

Je jure, les doigts mentalement croisés dans mon dos, avant de répondre à un texto inquiet de Charlotte.

Je vais bien ! J'ai hâte qu'on soit demain soir !

Mais ne dis pas à Tripp que je viens. Je veux lui réserver la surprise.

CHAPITRE TREIZE

Tripp

— Ton père a dit de commencer sans lui, précise Mme Delgado à son fils. Il est sur FaceTime avec Edward. Il n'en a pas pour longtemps.

C'est une femme brune très élégante, à laquelle Shane ressemble tellement qu'on a du mal à croire qu'il a été adopté. Elle s'assoit au bout de l'imposante table de la salle à manger où nous avons déjà pris place. Je suis venu dîner chez eux au lieu de me rendre au rendez-vous avec ma mère au Shooter, et j'ai mis mon portable sur silencieux pour ne pas entendre tomber ses textos indignés.

J'ignore qui est Edward, mais je parie pour un avocat. Les Delgado en ont au moins une douzaine. Ça fait partie du quotidien quand on possède l'une des plus grosses boîtes de promotion immobilière de Boston.

– Nous voilà rassurés, marmonne Shane en posant sa serviette sur ses genoux. C'est pas comme si Internet était illimité.

Nos assiettes sont garnies de poulet rôti, de haricots verts et d'une espèce de céréale floconneuse, cuisinés par le chef personnel de la famille. De tous les avantages que l'argent peut offrir, se faire servir chaque jour des repas aussi bons et beaux que celui-ci sans lever le petit doigt est le premier à mes yeux.

Mme Delgado pose la main sur celle de son fils.

– Au moins, ce journaliste n'a pas donné ton nom.

Il se borne à hausser les épaules. Sa mère se tourne vers moi.

– Merci d'être intervenu, Tripp. Tu as toujours été un ami précieux pour Shane.

Je baisse les yeux pour enfouir ma fourchette dans… je ne sais pas, du couscous, peut-être ?

– Bah, ce n'était rien. C'est moi qui devrais le remercier. Je me serais sûrement fait renvoyer s'il ne m'avait pas retenu.

J'ai mis une bonne heure à réaliser que j'avais failli flinguer mon avenir à cause de ce connard de Colin Jeffries. Et pas juste la bourse Kendrick mais aussi celle qui me permet de finir le lycée. Après douze ans dans cette foutue école, je me serais retrouvé avec un pauvre diplôme du lycée public de Sturgis. En admettant qu'ils m'aient pris. Au moins, maintenant que Colin nous a pointés du doigt tous les trois en plein cours, je sais qui nous a envoyé les textos anonymes.

Mme Delgado pince les lèvres, encore un tic que Shane partage avec elle. C'est généralement le seul indice qui révèle qu'ils sont en colère.

– Marco et moi, on n'aurait jamais laissé cela se produire, me répond-elle, avec toute l'assurance de quelqu'un qui a l'habitude d'obtenir ce qu'elle veut. Mais nous allons tout faire pour que Colin Jeffries soit exclu du lycée. Il n'aurait jamais dû être admis à Saint Ambrose, d'ailleurs.

Elle boit une gorgée de vin avant d'ajouter :

– Et comment va cette fille ? La pauvre ! Brianne, c'est bien cela ?

Mme Delgado s'intéresse rarement aux élèves de Saint Ambrose autres que les amis de son fils. De ce point de vue, Charlotte et elle se ressemblent beaucoup.

Shane ne prend pas la peine de rectifier.

– D'après Charlotte, ça va.

– Tu devrais quand même prendre de ses nouvelles, insiste doucement sa mère.

Bien qu'elle s'adresse à Shane, je ressens la brûlure de la honte. C'est moi qui devrais prendre des nouvelles de Brynn ; c'est moi que ce coup visait. Mais je fais l'autruche parce que lui envoyer un message reviendrait à entrouvrir une porte que je dois laisser fermée. Je déteste la façon dont elle me déstabilise.

– D'accord, dit Shane.

– Je voulais dire maintenant, précise sa mère en coupant un haricot vert. Je pense qu'on peut passer outre l'interdiction du téléphone à table, pour une fois, si c'est pour te permettre de te conduire en gentleman.

– Très bien, soupire Shane. Mais je n'ai pas son numéro. Je dois le demander à Charlotte.

Il sort son portable de sa poche et ça achève de me décider ; je ne peux pas être le seul à ne pas prendre de nouvelles de Brynn. Alors je saisis mon téléphone à mon tour et je vais sur la liste des contacts, sans m'occuper de la montagne de messages de Lisa Marie. *Brynn Gallagher* y est toujours, mais il est très possible qu'elle m'ait effacé depuis des années. Au cas où, je précise : `Salut, c'est Tripp. Désolé pour ce qui s'est passé. J'espère que tu vas bien.`

Voilà. Fait. Devoir de politesse accompli.

M. Delgado nous rejoint à ce moment-là, sa chevelure argentée luisant sous le lustre. Il a au moins vingt ans de plus que sa femme, mais garde une forme olympique incroyable pour ses soixante ans. Je joue de temps en temps au squash avec lui au country club dont font partie les Delgado, et il ne se fatigue jamais.

– Excuse-moi, Laura, dit-il à sa femme en posant un baiser sur sa joue. Je ne pensais pas que ce serait aussi long.

– Tout va bien ?

– Edward va déposer une plainte pour diffamation contre ce journaliste louche de Las Vegas, répond M. Delgado en s'asseyant à côté de son fils. Il devrait nous ficher la paix.

J'ai toujours trouvé touchant que, malgré les dimensions totalement disproportionnées de leur table pour une famille de trois, ils ne s'installent pas à dix mètres les uns des autres.

Mme Delgado a l'air d'avoir d'autres questions sur le bout de la langue, mais se borne à demander :

– Et la vidéo a été retirée ?

– Ça ne va pas tarder.

Ses narines se dilatent, et je devine combien c'est frustrant pour lui de ne pas pouvoir régler le problème sur-le-champ à l'aide d'un bon vieux chèque.

Mon portable vibre dans ma poche, et je sais que c'est Brynn. Comme ce serait grossier de ne pas lui répondre dans ces circonstances, j'enfreins de nouveau la règle d'interdiction de portable des Delgado pour lire mes messages. C'est bien elle. Elle m'a envoyé une photo où elle grimace en retenant ses cheveux pour exposer l'hématome impressionnant qui lui bleuit la tempe. `Ça aurait dû être toi`, a-t-elle écrit en légende.

Je ne sais pas si je dois rire ou me sentir mal. L'hématome n'a rien de drôle, clairement, mais sa grimace l'est, et elle est assez en forme pour faire l'idiote. `Désolé`, dis-je en réponse.

`Tu veux te faire pardonner ?`

C'est un piège ou je ne m'y connais pas.

`Comment ?`

`J'ai parlé à M. Solomon et il me propose de passer chez lui demain à 2 heures. Tu peux venir ?`

Mes muscles se détendent. Ce n'est pas comme ça que j'aurais rêvé d'occuper mon samedi, mais ça aurait pu être largement pire.

`Ça marche.`

CHAPITRE QUATORZE

Tripp

– J'ai peut-être exagéré un peu, me dit Brynn le lendemain quand je monte dans sa Volkswagen.

Cette voiture est si propre qu'on pourrait la croire neuve, s'il n'y manquait pas l'odeur caractéristique des voitures fraîchement sorties de l'usine. La place du passager doit être occupée d'ordinaire par une personne bien plus petite que moi – sans doute Ellie – parce que je dois reculer le siège à fond. Je me tourne pour prendre la ceinture.

– À propos de quoi ?

– Ben, je n'ai pas vraiment parlé à M. Solomon. Je lui ai laissé un message.

Je suspends mon geste.

– Tu lui as laissé un… Attends, tu veux dire qu'il ne sait pas qu'on vient ? On va se pointer comme ça ?

Brynn recule dans mon allée et un voyant rouge se met à clignoter sur le tableau de bord, doublé d'un signal sonore.

– Il faut que tu mettes ta ceinture, dit-elle posément. Et oui, c'est ce que je voulais dire.

– On ne peut pas y aller comme ça.

– Pourquoi ? Tu as dit qu'il t'avait proposé de passer chez lui. En plus, rien ne dit qu'il consulte ses messages.

Je boucle ma ceinture pour faire taire le bip, qui me tape sur les nerfs, alors que je préférerais carrément descendre de cette voiture.

– Déjà, on ne va pas débouler chez lui sans prévenir. Et, franchement, pour quelqu'un qui m'a traité de menteur, tu as un rapport assez désinvolte avec la vérité.

– Je ne t'ai pas traité de menteur, objecte-t-elle. J'ai dit que tu ne savais pas mentir.

Exact. Et ça me travaille depuis. Pourquoi m'a-t-elle dit ça ? C'était peut-être juste une façon de m'énerver, ce qui a toujours l'air de l'amuser. Au fond, je ne peux pas le lui reprocher, et je ne me risquerai pas à lui poser la question. Je me contente de grommeler :

– Si j'avais su, je serais pas venu.

– Tu me dois un service. J'ai pris un coup de poing à ta place.

Elle ajuste son bonnet. Elle le porte trop bas pour que je puisse voir si son bleu s'est arrangé. Cela dit, elle paraît en pleine forme, avec ses joues rosies par le froid et ses yeux brillants.

Que je remarque à titre d'observation purement médicale, pour m'assurer que je ne me fais pas conduire par quelqu'un d'à moitié assommé ; et pour aucune autre raison.

– Tu n'étais pas censée te trouver là, dis-je.

Je me rends compte aussitôt qu'il faut être le pire des connards pour reprocher à quelqu'un de s'être pris un pain à votre place. En plus, je me rappelle avoir senti sa main sur ma manche juste avant que Shane ne me tire en arrière. Elle était là pour m'empêcher de faire une bêtise monstre.

– Désolé. Ce n'est pas ce que je voulais dire. Je suis juste…

Déstabilisé. Tu me déstabilises, Brynn. Depuis toujours.

– Pas de problème, dit-elle en balayant mes excuses d'une main. C'est du passé. Et je sais que j'y vais au forcing avec M. Solomon, mais j'aimerais bien arriver à la réunion de lundi avec quelque chose de constructif. La semaine a été rude pour Mme Kelso.

– Ah bon ? Pourquoi ?

– Ben, d'abord il y a eu le portrait de M. Larkin, qui l'a bien retournée. C'est elle qui était chargée de le faire réaliser, et elle s'en veut de ne pas l'avoir entreposé à l'abri. Il traînait dans les coulisses de l'auditorium, où n'importe qui avait accès. Mais surtout, quand je l'ai appelée hier pour avoir le numéro de M. Solomon, elle m'a dit que quelqu'un avait foutu en l'air tous les flyers qu'elle avait commandés pour le jardin du souvenir.

– Ils ont été jetés ?

– Non. Quelqu'un a gribouillé le visage de M. Larkin sur chaque exemplaire jusqu'au dernier. Et quand je dis « gribouillé », apparemment, on s'est plutôt… acharné dessus au feutre rouge.

– Ah merde.

Je me tais un instant, le temps de digérer l'info.

– Quelqu'un en voulait vraiment au prof, hein ?

– Mme Kelso pense que c'est elle qui est visée.

– Sérieux ?

J'ai du mal à concevoir ça ; Mme Kelso, c'est un peu comme la grand-mère gâteau de tout le monde. Même les prolos autoproclamés la laissent tranquille.

– Qu'est-ce qui lui fait croire ça ?

– À mon avis, elle a juste du mal à imaginer que quelqu'un puisse détester M. Larkin à ce point.

Brynn tourne dans Spruce Road, la longue rue sinueuse où habite M. Solomon. La plupart des jeunes de Sturgis connaissent son adresse parce que sa maison est adossée au stade de foot et qu'on passait toujours devant pour aller s'acheter une glace après l'entraînement.

– Surtout quatre ans après sa mort. Tu aurais une explication, toi ?

Je n'aime pas la façon dont elle me demande ça : comme s'il devait exister une réponse sordide que j'étais le seul à connaître.

– Nan, dis-je sèchement avant de tourner la tête vers la vitre.

On roule en silence jusqu'à ce qu'on arrive devant une boîte à lettres ornée du numéro trente-neuf.

– On y est, annonce Brynn.

Tandis qu'elle tourne dans l'allée privée en terre battue, je remonte le pare-soleil en m'attendant à voir le petit pavillon parfaitement entretenu que j'ai connu. Mais ce n'est pas ce qui apparaît devant nous. Le jardin est encombré de débris et d'outils et d'une immense bâche bleue à moitié couverte de givre. Les pots alignés sur les rebords des fenêtres et les deux grandes jardinières au pied du perron sont remplies de plantes mortes.

– Euh, on est sûrs qu'il habite toujours là ? demande Brynn en s'arrêtant à côté d'un vieux pick-up noir rouillé.

– *On* est sûrs de rien du tout. C'est ton plan.

Elle se mord la lèvre, d'un air assez inquiet pour que je me radoucisse.

– Mais oui, il habite toujours là. C'est sa voiture.

– Bon. Quand faut y aller, faut y aller.

On descend de voiture et on gagne le perron en enjambant des briques éparses qui semblent traîner là depuis un moment. Brynn appuie sur la sonnette en plastique jauni et un carillon retentit bruyamment. Après avoir attendu une minute en silence, elle sonne de nouveau. Cette fois, on entend un bruit de métal qui s'entrechoque, mais personne ne vient.

Brynn met la main en visière pour regarder à travers les vitres poussiéreuses qui encadrent la porte.

– Monsieur Solomon ? C'est Brynn Gallagher, de Saint Ambrose. Vous êtes là ?

– Si c'est le cas, il n'a pas envie de te parler. Allez, viens, on s'en va.

– Attends encore un peu. Je suis presque sûre d'avoir entendu du bruit. On devrait peut-être essayer par la porte de derrière.

Puis, sans attendre ma réponse, elle redescend les marches et contourne la maison. Je me décide à la suivre après une hésitation.

L'arrière est pire que le devant, rempli de vieilles brouettes et de jardinières, empilées si haut les unes sur les autres qu'elles menacent de tomber. L'espace, qui était ouvert quand on était gamins, est maintenant cerné par une barrière. Brynn se bat avec le loquet, le front plissé. J'allonge le pas.

– Qu'est-ce que tu fais ? On n'a pas le droit d'entrer.

– C'est le seul moyen d'atteindre la porte du fond, me répond-elle sans relever la tête. Mais je ne comprends pas comment marche ce truc.

J'avais oublié qu'elle était nulle pour tout ce qui réclame du sens pratique.

– Tu soulèves et tu tires, dis-je en joignant le geste à la parole. Mais je ne crois pas que…

Un cliquetis résonne depuis la maison. Brynn m'agrippe la main et serre à me faire mal. Elle est totalement figée, les yeux fixés droit devant nous. En suivant son regard, le mien tombe sur le canon d'un fusil de chasse.

– Oh, merde.

Mon cœur fait un bond de panique dans ma poitrine. J'ai la bouche sèche. Je n'avais jamais vu d'arme de ma vie, à part derrière une vitrine dans un musée. Même à six mètres, celle-ci paraît grosse comme un canon et parfaitement mortelle. Une demi-douzaine de pensées se bousculent dans ma tête. Je manquerai à Regina et Al. Je n'ai pas vu ma mère depuis deux ans. Je n'aurai pas réussi à partir de Sturgis, finalement. Je n'ai rien réparé de ce que j'ai fait de mal, et je ne me suis jamais excusé pour…

– Brynn, dis-je d'une voix rauque. Je suis désolé.

– À propos de quoi ? me demande-t-elle en serrant ma main encore plus fort. Tu savais que ça allait se passer comme ça ?

– Non, c'est seulement que…

Je cherche comment finir ma phrase. Les secondes passent, sans autre bruit que celui de notre respiration, et ma vision s'élargit pour intégrer l'image de l'homme qui se trouve en face de nous. Il est petit avec les cheveux blancs et porte une chemise de bûcheron trop grande pour lui. Bien qu'il ait le visage à moitié caché derrière le canon de son fusil, je l'identifie et les battements de mon cœur s'apaisent.

Je ne me serais jamais attendu à voir M. Solomon viser quelqu'un avec un fusil et la situation est assez inédite, mais je suis à peu près sûr qu'il ne tirera pas.

– Monsieur Solomon ! crié-je. C'est Tri… C'est Noah Talbot. Vous m'avez proposé de passer, vous vous souvenez ?

– Sales voleurs ! Vous croyez que vous pouvez venir piquer ce qui m'appartient ?

– Non, pas du tout !

Sans même m'en rendre compte, j'ai levé la main qui ne tient pas celle de Brynn, comme un employé de banque dans un braquage.

– On voulait juste vous parler !

– Rien qu'une bande de voleurs et d'intrus, gronde-t-il.

Puis, enfin, mes paroles semblent faire mouche et il abaisse son arme de quelques centimètres.

– Euh… Noah ? C'est toi ??

– Oui, monsieur Solomon ! Vous pourriez poser votre fusil ?

Il se tourne vers Brynn sans prendre en compte ma demande.

– Et elle, c'est qui ?

– Brynn Gallagher, monsieur Solomon, lui répond-elle. J'allais à Saint Ambrose. Vous vous souvenez ?

– Non.

Mais il se décide à baisser son arme, et Brynn et moi relâchons notre souffle.

– Pourquoi vous essayez de vous introduire dans mon jardin ?

– Bonne question, Brynn, pourquoi ? dis-je entre mes dents.

Elle me foudroie du regard avant de lui lancer :

– On voulait justement vous parler de jardinage, monsieur Solomon.

Elle balaie du regard les ruines de ce qui faisait autrefois la joie et la fierté du vieil homme.

– Le lycée va créer un jardin du souvenir pour M. Larkin. Tripp et moi – enfin, Noah et moi on doit s'occuper des plantations, mais on ne sait pas quoi choisir. On ne sait pas ce qui convient pour ce genre de cas.

M. Solomon se contente de la dévisager sans bouger un muscle et Brynn me glisse un regard impuissant. Je ne sais pas comment elle pensait que ça allait se passer, mais elle n'avait certainement pas prévu de devoir crier des questions à un type armé par-dessus une barrière.

– Alors on s'est dit qu'on allait vous demander, reprend-elle.

Ce n'est pas une vraie question, mais son intonation monte à la fin de la phrase.

– J'ai du travail, réplique M. Solomon.

– Je comprends. On aurait… J'aurais dû vous appeler avant. Enfin, j'ai appelé, mais… passons. On peut peut-être revenir un autre jour ?

– Vous pouvez, dit M. Solomon en s'adoucissant enfin. Je suis toujours content de voir des gamins de Saint Ambrose. Mais je vous parlerai pas de vos foutus jardins.

– Ah bon ? s'étonne Brynn. Vous, euh, vous n'aimez plus les jardins ?

– Oh, si, si.

Brynn me regarde d'un air désorienté.

– Il perd la boule, articulé-je sans bruit.

Tout à coup, elle s'aperçoit qu'elle me tient la main et la lâche comme si elle s'était brûlée, et ça m'énerve de ne pas avoir eu le réflexe de la lâcher moi-même.

– Je ne me suis peut-être pas bien expliquée, reprend Brynn à l'adresse de M. Solomon. Notre jardin sera un jardin du souvenir, en hommage à M. Larkin, pour célébrer…

– Je sais ce qu'est un jardin du souvenir, la coupe-t-il. Mais ça ne m'intéresse pas de vous aider pour celui-là.

Puis il glisse son fusil sous son bras et se retourne vers la porte en me lançant par-dessus son épaule :

– Prends soin de toi, Noah. On se voit à la Ruche à Miel !

– C'est quoi, ce cirque ? murmure Brynn, avant de demander à M. Solomon : Pourquoi pas celui-là ?

Il est arrivé à sa porte et je me dis qu'il ne va pas réagir. Mais au lieu de tourner la poignée, il s'arrête, une main sur la balustrade, et pivote à demi la tête vers nous.

– Parce que ce salopard n'a eu que ce qu'il méritait.

Puis il rentre chez lui et claque la porte.

CHAPITRE QUINZE

Brynn

— Il a dit *quoi* ? demande Nadia.

On joue au ping-pong dans mon sous-sol le samedi soir, elle et moi contre Mason et Ellie.

Ma sœur s'accorde un break dans ses exercices de flûte, tandis que Nadia, Mason et moi, on joue pour passer le temps, parce qu'on ne sait pas exactement à quelle heure on est censés aller chez Charlotte – elle n'a pas pris la peine de me le préciser, mais, *a priori*, ça ne commence pas à 8 heures du soir.

– « Ce salopard n'a eu que ce qu'il méritait. »

Je plonge pour rattraper la balle qu'Ellie renvoie sur Nadia, qui continue à me fixer bouche bée. La balle part dans le décor. À quelques mètres de nous, oncle Nick, à quatre pattes, passe en revue la vieille collection de vinyles de mes parents parce que lui aussi va à une fête, sur le thème des années quatre-vingt. Il se penche, récupère la balle dans un coin et me la relance.

– Tu es certaine qu'il parlait de Will ? me demande-t-il.

– Je ne vois pas qui ça aurait pu être d'autre.

Je donne la balle à Mason pour qu'il serve, mais il la prend d'un air absent.

– Il était peut-être un peu à côté de la plaque. Tu as bien dit qu'il ne t'avait pas reconnue ?

– C'est vrai, et il n'a pas reconnu Tripp tout de suite non plus. Mais après, ça allait beaucoup mieux. Jusqu'à ce qu'il… qu'il dise ça.

– C'est horrible, dit Nadia. Pauvre M. Larkin. D'abord le portrait, et maintenant, ça ! Toute la semaine a été une insulte à sa mémoire.

Ellie frappe pensivement sa raquette sur sa paume.

– Ça ne vous paraît pas envisageable que vous ne l'ayez pas connu aussi bien que vous le croyiez ? Peut-être qu'il n'était pas toujours super génial.

Je lui jette un regard de mise en garde. À part oncle Nick, elle est la seule à être au courant pour mon stage et à connaître le commentaire de Ramon d'Arturo comme quoi le prof était une non-entité. Elle s'approche d'un peu trop près d'éléments que je ne compte pas divulguer.

– Je le connaissais très bien, affirmé-je. Et tout le monde l'adorait à Saint Ambrose. Y compris M. Solomon.

Oncle Nick, toujours accroupi, a déniché un album de Blondie.

– Ne le mets pas non plus sur un piédestal, Brynn. Il était humain, comme nous tous, avec les défauts que ça comporte. Il était aussi capable de rendre les gens dingues.

– Qu'est-ce que ça veut dire ?

– Ben tu vois, quoi.

Oncle Nick fouine dans la pile de disques, dont il finit par extraire un album de Simple Minds.

– Yesss ! Bingo. Don't, don't, don't, don't, don't you forget about me.

– Quel gros geek… dit Ellie.

Je m'éclaircis la gorge.

– Ben non, je ne vois pas.

Vu la façon dont il me regarde, il a visiblement perdu le fil de notre conversation.

– Ça veut dire quoi, que M. Larkin pouvait rendre les gens dingues ?

– Il pouvait s'énerver. Partir en vrille. Pas avec les élèves, ajoute Nick en me voyant hausser les sourcils. Mais avec les parents, ça lui arrivait. Je l'entendais de temps en temps, quand je donnais des cours de soutien en fin de journée. Ça pouvait tourner à l'engueulade.

– Ah bon ? Avec qui ? demande Nadia.

– Le plus souvent, je ne savais pas. Et je ne voulais pas m'en mêler, ça ne me regardait pas. Mais j'ai vu plusieurs fois Laura Delgado sortir de sa salle dans tous ses états.

– La mère de Shane ?

Je ne la connais pas bien, mais je l'ai toujours vue souriante et d'un calme imperturbable.

– Je n'aurais pas cru qu'elle était du genre à s'énerver, dis-je.

– Oh, elle, elle ne s'énervait pas, rectifie oncle Nick. Mais elle était bouleversée. Will avait le don de pousser les gens à bout. Et peut-être que tout ce battage médiatique ravive de vieilles blessures.

Soudain, il semble réaliser ce qu'il vient de dire – « tout ce battage médiatique » inclut un éventuel traitement de l'affaire par *Alibi* –, et il s'empresse d'ajouter :

– Ou bien M. Solomon était dans un de ses mauvais jours. Ça craint de vieillir, à ce qu'on m'a dit.

Puis il se lève, en grimaçant lorsqu'une de ses articulations craque, et Ellie a un sourire narquois.

– On s'est fait mal au dos, papi Nick ?

– Toi, va jouer du Mozart, réplique-t-il. Bon, moi, j'y vais. Et vous ?

Je jette un coup d'œil sur l'horloge murale ; il est à peine 20 h 30.

– Je crois qu'il est encore trop tôt.

– Vous avez désigné votre chauffeur ? demande-t-il, sur le ton semi-sévère qu'il croit être celui de mon père.

Nadia reprend la balle dans la main de Mason pour la faire rebondir sur sa raquette et déclare :

– C'est moi. Toujours.

– Tu dis ça comme si on allait à des fêtes tous les week-ends, dit Mason. C'est notre première de *l'année.*

– On n'est que le 8 janvier.

– J'incluais le Nouvel An.

– Ben t'as tort. Nouvelle année, nouvelle vie sociale.

* * *

Il se peut que, à force d'avoir voulu paraître trop occupés et importants pour arriver tôt, on ait débarqué à la fête avec deux heures de retard.

– Mais c'est une vraie rave, en fait, observe Mason tandis que l'énorme maison de Charlotte apparaît au bout de l'allée de huit cents mètres de long.

La façade est tout en baies vitrées, et l'ensemble, de style contemporain, a l'air plein à craquer de gens qui parlent, qui boivent ou qui dansent.

– On ne te laissera pas entrer si tu prononces ce mot, le prévient Nadia. Bon, je crois que je n'ai pas intérêt à aller plus loin. Les voitures ont l'air de se bloquer les unes les autres, je n'ai pas envie de rester coincée. Je vais me garer là, dans l'herbe.

Des voitures sont garées de chaque côté de l'allée et Nadia range son break Subaru derrière la dernière.

Assise à l'arrière, je me penche pour donner un coup de poing dans les épaules respectives de Nadia et de Mason.

– Bon. Allons voir à quoi ressemble une fête chez le gratin.

– Seulement si tu arrêtes de les appeler comme ça, me dit Nadia.

– Et toi, arrête de fliquer notre vocabulaire, lui rétorque Mason.

On parcourt le reste de l'allée à pied en slalomant entre les voitures, bien trop collées les unes aux autres. Une fois devant la maison, on s'arrête pour scruter la façade. C'est Nadia qui se lance en demandant :

– Elle est où, la porte ?

Bonne question, parce que toute la façade a l'aspect d'une fenêtre géante. Jusqu'à ce qu'un garçon se précipite vers l'un des panneaux vitrés et le pousse vers l'extérieur. Il a juste le temps de nous croiser avant de tomber à genoux pour vomir dans un buisson. La musique s'échappe par la porte ouverte.

– Merci pour le coup de main, lui lance Mason, qui vient de repérer une mince tige argentée servant de poignée sur le battant.

– On ne devrait pas l'aider ? s'inquiète Nadia en jetant un œil par-dessus son épaule.

Je plisse le nez.

– À quoi faire ?

À cet instant, le garçon se relève. Il n'a pas lâché son gobelet, qu'il agite dans notre direction en regagnant la baie vitrée d'un pas vacillant.

– Çui-là, c'était çui d'trop, nous informe-t-il en mangeant ses mots.

Puis il disparaît à l'intérieur.

– Voilà un début qui promet, dit Mason.

La première chose que je remarque en me fondant dans la masse est qu'on n'est pas assez sapés. Enfin, Nadia et moi. Les garçons sont en jean et baskets, mais presque toutes les filles portent des robes de soirée courtes. Quelques-unes ont des talons hauts mais la plupart sont pieds nus. Elles ont dû se débarrasser des leurs.

– Abby ! lance Nadia.

En me retournant, je repère Abby Liu, vêtue d'une petite robe rouge, qui s'évente adossée à un mur.

– Tu es super classe ! reprend Nadia. On était censés s'habiller ?

D'autres pourraient se moquer de notre côté « invités de seconde zone », mais Abby lui répond avec un sourire amical :

– Oh, non, non, on est juste une petite bande à avoir fait ça pour s'amuser. On n'a pas si souvent l'occasion. J'allais me chercher un verre, vous voulez quelque chose ?

– Oui, répond Mason avec enthousiasme. Avec grand plaisir.

– Le bar est dans la cuisine. Venez.

Je donne une petite tape sur le bras de Nadia.

– Je vous rejoins, je vais aux toilettes.

Après avoir erré un petit moment dans la foule, je repère des filles qui font la queue dans un couloir, ce qui ne peut signifier qu'une chose. Je me mets au bout de la file avec un soupir, en enviant la vie de ceux qui n'ont qu'à sortir et trouver un arbre. Le temps que je gagne enfin la cuisine, Nadia et Mason ont disparu.

En revanche, Charlotte y est. Elle porte une robe chatoyante couleur bronze et ses cheveux sont plaqués d'un côté par une barrette ornée de bijoux. Munie d'une louche, elle transvase une boisson rouge d'un saladier en cristal dans des gobelets. Elle me fait signe d'entrer.

– Un verre de punch ?

– Merci, dis-je en prenant le gobelet qu'elle me tend. C'est vraiment génial, chez toi.

– Oh.

Elle balaie du regard la cuisine – deux fois plus grande que la mienne et pourvue du *nec plus ultra* de l'équipement ménager – comme si elle n'y avait jamais songé.

– Oui, c'est pas mal.

Je laisse échapper un ricanement et elle a un petit sourire.

– Ce n'est pas ce que je voulais dire. C'est juste que j'aimerais bien habiter plus près du lycée. Je suis jalouse de ceux qui ont le temps de repasser chez eux à midi.

Je ne suis jamais « repassée chez moi à midi » de toute ma vie. Mais comme Charlotte a été sympa avec moi toute la semaine, je fais un effort.

– Bah, si un jour tu en as marre, tu peux toujours venir chez moi.

– Chez toi ?

L'idée paraît la dérouter, comme s'il ne lui était jamais venu à l'esprit que je continue à exister quand elle ne me voit pas. Puis elle retrouve son masque d'hôtesse parfaite et dit :

– Merci, c'est adorable.

Eeet... fin de la discussion.

– Tripp est là ?

– Oui, me répond Charlotte en se remettant à verser son punch. Mais je n'irais pas le voir ce soir, si j'étais toi. Il est dans un de ses mauvais jours.

– Ah bon ? Qu'est-ce qui se passe ?

Elle pose un œil critique sur la rangée de gobelets bien alignés devant elle. Ils m'ont tous l'air de contenir exactement la même quantité de boisson, mais elle remet un peu de punch dans deux d'entre eux. Puis, les sourcils froncés, elle en vide un dans le saladier en cristal.

– Ah, ce n'est pas facile.

– Quoi donc ?

Ses petites phrases fumeuses commencent à m'excéder.

Elle semble s'en apercevoir et se décide enfin à me regarder en face.

– De voir ce qu'on a vu il y a quatre ans. Ça ne disparaît jamais.

– Oh. Bien sûr, je comprends, dis-je, prise de court par sa franchise et un peu honteuse de lui avoir forcé la main.

Parfois, je me laisse tellement partir en mode journaliste investigatrice que j'en oublie que j'ai affaire à des personnes en chair et en os. Je prends une longue gorgée de punch, pas tout à fait assez sucré pour masquer combien il est fort.

– Chacun de nous affronte ça comme il peut, reprend Charlotte. Tripp a tendance à boire trop quand il ne se sent pas bien. (Son expression se durcit.) Par exemple, quand un vieux gardien sénile devient totalement enragé.

– Ah, il t'a raconté pour M. Solomon.

– Oui. Et je lui ai dit que c'était une super mauvaise idée de devenir membre de ce comité. (Elle m'adresse un regard appuyé, comme si c'était moi qui l'avais recruté.) Bourse ou pas bourse.

– Quelle bourse ?

– J'ai oublié le nom.

Évidemment. Qu'est-ce qu'elle pourrait y connaître sur les bourses en habitant dans une baraque pareille ?

– Mais comme l'une des conditions est d'effectuer un travail bénévole…

Elle est interrompue par une volée de filles qui s'abat en piqué sur les gobelets de punch.

– Une à la fois, s'il vous plaît, les rabroue-t-elle.

Je profite de l'occasion pour m'esquiver.

En jetant un coup d'œil sur mon portable, je vois que j'ai reçu un message de Mason. GORFF EST LA JE L'ZIMER, ce dont je déduis que 1) Mason, un poids plume, ne tient pas l'alcool, et 2) il est tombé sur Geoff, son crush du moment. Puis je repère le pull rose de Nadia dans un groupe et je décide que mes amis se débrouillent très bien sans moi.

Je fais le tour des pièces. Une salle au très haut plafond voûté, dont un mur arbore un écran de télé géant, semble être le repaire des gros buveurs. Mais si Tripp traverse une mauvaise passe, il a dû s'isoler. Bien que je ne connaisse pas très bien le Tripp de dix-sept ans, je sais où je trouverais mon copain du collège. Alors je sors en frissonnant (parce que j'ai laissé mon manteau sur une pile quelque part), et je scrute les groupes bien plus petits dispersés dans le vaste jardin de Charlotte.

Il y a une piscine recouverte d'une bâche, une fontaine et un cabanon tellement briqué qu'on pourrait presque y habiter. La propriété est entourée par une grille en fer forgé jalonnée de piliers en pierre tous identiques, à part le plus éloigné, qui est renflé à son sommet. À mesure que je m'approche, l'irrégularité se mue en une silhouette. Tripp est assis sur l'étroit chapiteau, les pieds dans le vide, la main repliée sur une bouteille de whisky largement entamée.

Je m'arrête au pied du pilier.

– Comment t'es arrivé là-haut ?

À la manière dont il bat lentement des paupières en me regardant, je suis presque sûre qu'il ne m'a pas vue arriver.

– En escaladant la colonne.

Il n'a pas son manteau et sa chemise est à moitié sortie de son pantalon. Ses cheveux blonds décoiffés paraissent argentés sous le clair de lune, et ses traits sont aussi fins et ciselés que ceux d'une statue dans la pénombre. *Il est beau*, me dis-je, avant de repousser cette pensée pour la remplacer par un descriptif plus adapté aux circonstances. *Et totalement bourré.*

– Charlotte dit que tu passes une sale soirée.

Tripp boit une longue gorgée de whisky qui ne laisse plus qu'un fond dans la bouteille.

– Charlotte se trompe. Je passe une *super* soirée.

– Tu t'es demandé comment tu allais descendre de là ?

Il hausse les épaules avec indifférence.

– Je sauterai.

– Tu es à plus de deux mètres cinquante du sol.

– Et comme je mesure un mètre quatre-vingts... ça me laisse juste, euh... soixante-dix centimètres à sauter.

– Ça ne marche pas comme ça.

Il achève de vider la bouteille et la pointe sur moi.

– T’es super fun dans une fête, Gallagher. Je l’aurais parié.

– J’essaie seulement de…

Puis j’étouffe un cri et mon cœur bondit dans ma poitrine tandis qu’il se jette du haut du pilier. Pendant une seconde, le souffle coupé, je m’attends à l’horrible bruit sourd qui ne peut que s’ensuivre, mais il retombe sur ses pieds presque sans vaciller, et sans même lâcher sa bouteille. Il la pose par terre avant de s’incliner profondément, et le fait qu’il ne perde toujours pas l’équilibre me fait sortir de mes gonds.

– Crétin !

Je lui balance un coup de poing dans l’épaule, ce qui doit être plus douloureux pour moi que pour lui parce qu’il est dur comme du roc. Je secoue la main en lui jetant un regard noir.

– Tu m’as fait peur !

Il repousse ses cheveux de ses yeux.

– Pourquoi ?

– Tu aurais pu te casser une jambe ! Ou même pire ! Et après…

– Non. Je veux dire : qu’est-ce que ça peut te faire ?

Il s’est approché assez pour me toucher. Comme il me dépasse de vingt bons centimètres, ça m’oblige à me tordre le cou pour le regarder. Je ne réponds pas tout de suite – allez savoir pourquoi, je suis à court de mots –, et il ajoute :

– Tu ne peux pas me blairer.

– Ce n'est pas vrai, dis-je par réflexe, parce que c'est ce qu'on dit à quelqu'un de bourré qui manifeste des tendances autodestructrices.

Ce n'est qu'ensuite que je me rends compte que je suis sincère.

– Ça devrait, pourtant.

Je scrute son visage. Il a l'air triste et fatigué, sans trace de la colère brute qui m'avait frappée quand il a failli cogner Colin Jeffries. *Ce n'était pas lui*, me dis-je, avant de me demander : *Au fond, qu'est-ce que j'en sais ?* Aurait-il pu me lâcher aussi facilement si on avait vraiment été amis ? Mais la petite remarque de Charlotte tout à l'heure sur la bourse flotte dans un coin de ma tête et me rappelle combien Tripp, malgré son calme apparent, a toujours eu et continue à avoir une vie de famille en équilibre instable.

Je ne sais plus ce que je fais là, tout à coup. Enfin, si – je suis en reconnaissance pour *Alibi* –, mais ça ne me paraît plus très défendable. Il n'est pas question que je répète cette conversation à Carly. Je ne peux pas lui jeter le mal-être de Tripp en pâture comme si c'était une accroche de plus. En attendant, je me pose une question pour mon compte personnel.

– Pourquoi tu m'as présenté des excuses ?

Il plisse le front.

– Hein ?

– Tout à l'heure, chez M. Solomon. Tu m'as dit que tu étais désolé.

– Ah oui. Exact. J'ai dit ça.

– Pourquoi ?

– Pour ce que je t'ai dit en quatrième en cours de gym. C'était un mensonge. Ce que tu sais déjà, évidemment.

Il parle d'un ton très calme, et je pourrais presque le croire sobre si je n'avais pas eu la preuve du contraire. Il ajoute après un petit rire amer :

– C'est vrai que je ne sais pas mentir.

– Dans ce cas, pourquoi tu as dit ça ?

– Parce que.

Sa pomme d'Adam monte et descend, deux fois, et il baisse les yeux.

– J'avais besoin que tu me détestes.

– Pourquoi ? Parce que, *toi*, brusquement, tu avais décidé de me détester à ce moment-là ?

Il relève les yeux pour me regarder en face.

– Non, Brynn, je ne te détestais pas. Pas plus que je te déteste maintenant. Loin de là, conclut-il en articulant lentement et distinctement, comme pour être sûr qu'il va bien se faire comprendre.

– T. !

J'ai sursauté. C'est Shane, qui arrive derrière moi d'un air décidé, un grand sourire aux lèvres.

– Hé, mec, tu crois pas qu'il est temps de nous rejoindre à l'intérieur ?

Je recule, gênée qu'il nous surprenne aussi près l'un de l'autre. Shane me salue d'un bref signe de tête.

– Ça va, Brynn ? T'inquiète, je vais gérer.

– Gérer quoi ?

Il ramasse la bouteille vide entre deux doigts, tandis que son autre main s'enroule autour du bras de Tripp.

– Tripp est dans un de ses mauvais jours, me répond-il, en utilisant la même expression que Charlotte. Il ne faut pas prendre trop au sérieux ce qu'il dit dans ces moments-là.

– On bavardait, c'est tout.

Je me sens curieusement sur la défensive. J'essaie de croiser le regard de Tripp, mais il a de nouveau baissé le nez.

– Ouais, ouais, pas de problème, fait Shane. Mais c'est plus l'heure de bavarder, OK ?

Et il repart en entraînant Tripp sans même attendre ma réaction.

CHAPITRE SEIZE

Tripp

Ma mère a fini par m'avoir à l'usure, mais quand même pas au point que j'arrive à l'heure.

Je rejoins Lisa Marie au Shooter le dimanche soir avec précisément quinze minutes de retard, en ayant passé un marché avec moi-même : si elle n'est pas là – et elle ne le sera pas, vu qu'elle n'est jamais à l'heure –, je repars. Mon texto est déjà rédigé dans ma tête : *Désolé, pas pu attendre. On se voit la prochaine fois que tu passes.* Puis je rentrerai chez moi et je filerai au lit, parce que j'ai encore la tête comme une enclume après la soirée d'hier chez Charlotte.

Dont je n'ai que de vagues souvenirs, à part le moment où j'ai failli dire à Brynn… quoi ? Trop ? Tout ? Heureusement, Shane a débarqué juste à temps.

Je savais bien que je n'aurais pas dû envoyer de message à Brynn. Ce moment de faiblesse après le coup de poing que lui a balancé Colin ne m'attire que des ennuis.

Tout ça pour dire que c'est déjà ça d'avoir une ligne de conduite bien définie en ce qui concerne ma mère. Du coup, je fais la gueule quand l'hôtesse d'accueil me mène à un box dans lequel Lisa Marie doit être installée depuis quelque temps, si j'en juge par la canette de bière presque vide posée devant elle.

– T'étais coincé au boulot ? me demande-t-elle tandis que je me glisse sur la banquette en vinyle rouge écaillé.

Le Shooter est l'un de ces bars qui n'arrêtent pas de changer de propriétaire. Au début, c'était Chez Eddie, puis Le Comptoir du Centre, et ensuite le mal nommé Paradise Lounge, mais jamais personne ne s'est fatigué à le rénover. Ça a toujours été l'adresse préférée de ma mère, et ça reste Chez Eddie pour moi parce qu'on y venait tous les samedis quand j'étais petit.

– Ouais, dis-je en prenant le menu.

Si je peux appeler « être coincé au boulot » l'action de remplir mon formulaire de demande pour la bourse Kendrick en me faisant asticoter par Regina. Elle m'a donné un timbre et a planté là ses clients pour m'escorter jusqu'au bout de la rue et s'assurer que je le postais bien.

« Pense positif, m'a-t-elle enjoint quand j'ai glissé l'enveloppe dans la boîte.

– Je peux te garantir positivement que je l'aurai pas. »

Regina m'a tapoté le bras en soupirant.

« Allez, on y croit. »

Une serveuse se présente.

– Vous buvez quelque chose ?

– Juste de l'eau.

Lisa Marie lève les yeux au ciel.

– Prends un Coca. Savoure la vie, un peu.

– Je préfère l'eau.

– Vous savez ce que vous voulez manger ou je vous laisse réfléchir une minute ? demande la serveuse.

– Plusieurs minutes, dis-je.

Je ne sais même pas si je reste dîner.

– T'es sûr ? Je meurs de faim, moi, gémit Lisa Marie.

Comme je ne réponds pas, elle demande :

– C'est possible d'avoir du pain ?

– Je vous apporte ça tout de suite, dit la serveuse avant de repartir.

– Je prends le burger, m'informe Lisa Marie en poussant mon pied du bout du sien.

Je repose le menu sans l'ouvrir, je me cale contre le dossier de la banquette et je fixe ma mère dans les yeux. Je sais que ça la rend nerveuse ; ma mère a toujours détesté les contacts visuels prolongés. Elle n'a pas tellement changé depuis la dernière fois que je l'ai vue, il y a deux ans – on se ressemble trop à mon goût –, si ce n'est que le blond de ses cheveux a éclairci et que ses dents sont d'un blanc étincelant. Ah, et elle a peut-être la bouche plus pulpeuse, aussi. Possible.

– Comment va Junior ?

– *Papa* va très bien.

Ça m'agace qu'elle ne dise jamais « ton père », comme si cette dénomination était aussi inappropriée pour lui que celle de mère pour elle.

– Et le lycée, ça se passe bien ?

Non. Elle ne va pas jouer à ça.

– On est là pour quoi ?

Lisa Marie finit son verre et jette un coup d'œil par la vitre.

– Toujours pas un grand fan du bavardage, hein ?

– Nan.

Si j'ai l'air calme, ce n'est qu'une apparence. Je suis tendu non-stop en présence de ma mère, occupé à me demander quel aspect sa forme personnelle de dysfonctionnement va revêtir cette fois-ci.

La serveuse revient avec mon verre d'eau et une corbeille de petits pains avec du beurre.

– Je vais en reprendre une, s'il vous plaît, lui dit Lisa Marie en montrant sa bière.

Puis elle attrape un petit pain, l'ouvre en deux et étale toute une mini-plaquette de beurre sur l'une des moitiés.

– Alors comme ça, en ce moment, tu envoies des candidatures aux facs.

– *J'ai* envoyé. C'est fait.

– Et tu auras les réponses quand ? questionne-t-elle avant de mordre une grosse bouchée de pain.

Je dépiaute une paille lentement.

– Dans quelques mois.

Elle se tait le temps de mâcher et d'avaler.

– Et pour l'argent, tu fais comment ?

Elle essuie une trace de beurre sur ses lèvres avec sa serviette.

– Ça reste à définir.

– Tu as besoin d'aide ?

– Évidemment.

Je ne vois pas pourquoi elle me fait perdre mon temps avec ça alors que je l'ai harcelée pendant des mois pour qu'elle remplisse ces foutus formulaires de demande de bourse des facs. Elle a fini par se décider, et je n'en ai jamais attendu davantage de sa part.

– C'est pour ça que je suis là.

J'ai comme un tiraillement dans la poitrine, et il me faut quelques secondes pour comprendre ce que je viens d'éprouver : une petite étincelle d'espoir, en présence de ma mère. Je l'étouffe aussitôt. Je n'ai pas confiance.

– Pour m'aider ? À quoi faire ?

Elle lève les yeux au ciel, comme si la réponse allait de soi.

– À payer la fac.

La serveuse revient à ce moment-là avec sa bière, et nous demande :

– Vous avez choisi ?

– Oh, oui ! Je ne peux plus attendre, dit ma mère avant de commander son burger.

– La même chose pour moi.

Ma voix ressemble à un grondement sourd, parce que ma gorge est un peu nouée, tout à coup. Saloperie d'espoir.

Après le départ de la serveuse, Lisa Marie croise les mains sur la table et m'adresse un grand sourire trop blanc. Alors que je vais en esquisser un à mon tour, elle reprend :

– Je veux te parler d'une chance inespérée qui vient de se présenter.

Mon nœud dans la gorge disparaît aussitôt. Cette phrase ressemble plus à une pub qu'à une proposition sérieuse d'assumer une partie de mes frais d'études.

– Vraiment, dis-je.

– Tu sais, je rencontre des gens super intéressants au casino. Quelquefois, on parle, et pas juste du jeu auquel ils sont en train de jouer.

Oh merde. Elle a un nouveau mec et elle veut me le présenter ? Même s'il est riche et généreux, je ne suis pas sûr d'être prêt à encaisser ça.

– D'accord.

– Et donc, le mois dernier, j'ai fait la connaissance d'un type (je ferme les yeux quelques secondes, jusqu'à ce qu'elle finisse sa phrase) et figure-toi qu'il connaît Sturgis.

J'ai des picotements dans la nuque, maintenant.

– Ah bon ? Pourquoi ?

– Eh bien, c'est un journaliste de faits divers et…

Je n'ai pas besoin d'entendre la suite.

– Gunnar Fox, dis-je d'une voix atone.

J'aurais dû établir le rapprochement à la minute où M. Delgado l'a appelé un « journaliste louche de Las Vegas ». C'est une grande ville, mais ma mère possède l'espèce d'énergie négative qui attire immanquablement les types de cet acabit.

– Tu le connais ? me demande-t-elle, surprise.

– J'ai vu l'épisode de merde qu'il a réalisé sur Shane. *Ados et assassins* ? La classe.

– Gunnar essaie de révolutionner le genre du fait divers en se démarquant des vieux programmes poussiéreux et super léchés qui dominent le marché, dit ma mère, comme un pantin dont Gunnar Fox tirerait les ficelles. Les chaînes diffusent toutes les mêmes trucs ronronnants et prévisibles, maintenant. Il n'y a pas de punch, là-dedans, tu vois.

– Peut-être parce que c'est des magazines de faits divers. Qui parlent de gens qui sont morts.

Lisa Marie agite une main, comme pour balayer la négativité qui me masque l'image d'ensemble.

– Il a une vision.

Je prends un petit pain, histoire d'avoir un truc à déchiqueter.

– Du coup, c'est moi, le prochain ado assassin ? C'est ça, l'idée ? Et j'ai le privilège d'être informé à l'avance contrairement à Shane ? Cool. Au moins, ça me laissera le temps de prévoir ce que je ferai le jour où je dois me faire massacrer sur YouTube.

– Ne raconte pas n'importe quoi, riposte Lisa Marie. La version de ce Delgado n'a jamais tenu la route, il était temps que quelqu'un lui demande des comptes. Toi, ce n'est pas pareil. J'ai expliqué à Gunnar que mon fils n'aurait pas protégé ce genre de petite brute s'il n'avait pas été menacé.

Je la fixe sans en croire mes oreilles.

– Pardon ? Je n'ai jamais dit ça, ni à toi, ni à personne d'autre. C'est *faux*. Tu te mets à inventer des conneries, maintenant ?

– Tu ne l'as pas dit parce que tu avais peur, me répond-elle gravement. J'ai fini par le comprendre. Mais tu n'as plus rien à craindre, Trey. Il y a des gens autour de toi pour te protéger. Tu vas enfin pouvoir raconter ta version.

– Putain.

J'enfourne une bouchée de pain trop grosse. Pendant quelques secondes, je fantasme que je vais m'étouffer et que ça l'obligera à se taire. Mais je peux toujours rêver. Il en faudrait plus pour l'arrêter.

– C'est là que la bonne occasion se présente. Gunnar connaît la valeur de ton histoire et il est prêt à te payer. Dix mille dollars pour être l'invité de son émission. Dix mille dollars ! Et ce n'est qu'une première offre. Je parie qu'on pourrait obtenir plus. T'imagines ?

Très bien, oui. Presque de quoi couvrir une année logé et nourri sur le campus de l'université du Massachusetts, et il serait toujours temps de m'inquiéter de la suite une fois que j'aurais quitté Sturgis. Ça ne m'empêche pas de répondre dès que j'ai fini d'avaler :

– Non.

– Comment ça, non ?

Je déchiquette mon pain en morceaux de plus en plus petits.

– Je ne mentirai pas à la télé. Et si jamais ça devait m'arriver, ce ne serait certainement pas pour ton pote Gunnar.

– Oh, allez, Trey. Tu n'as même pas pris le temps d'y réfléchir…

– Pas besoin. La réponse est non.

– Si tu ne racontes pas ta version de l'histoire, il le fera.

Je me fige, un bout de pain à demi déchiré entre les doigts.

– C'est une menace ?

– Mais non, enfin. Mais tu n'as pas envie de garder le contrôle de ta propre histoire ? Gunnar pense que ça ferait une émission géniale. D'ailleurs, il n'est pas le seul à préparer un dossier sur l'affaire Larkin. (Lisa Marie boit une gorgée de bière.) Il a entendu dire qu'*Alibi* voulait la couvrir aussi. Tu connais ? C'est l'émission dont l'animatrice vient de s'installer à Boston. Ils choisissent toujours un angle d'approche, et tu veux que je te dise ? (Elle me vise avec le boulot de sa canette.) S'ils ne t'ont pas encore contacté comme témoin, ça veut dire que l'angle d'approche, c'est toi.

Puis elle prend sa voix la plus persuasive.

– Et, chéri, je ne t'ai pas dit le meilleur.

Je manque de rire. Elle m'appelle « chéri », maintenant ?

– On va le faire ensemble.

La serveuse arrive avec les burgers et nous demande si on veut du ketchup et des boissons, mais je suis incapable de parler parce que mon cerveau ne répond plus. Puis il se remet lentement en marche, comme un écran envahi peu à peu par des lignes de données, et tout s'explique. La présence de ma mère, sa préoccupation soudaine pour la suite de mes études, et sa nouvelle tête, prête à se faire filmer.

– Gunnar Fox t'a proposé du fric à toi aussi, hein ? dis-je après le départ de la serveuse. La même somme. Non, je parie pour la moitié. Mais sans moi, c'est cuit. Je me trompe ?

Son air fuyant est une réponse en soi, même avant qu'elle déclare :

– Gunnar est aussi très intéressé par ce que je peux apporter.

– Ce que tu peux *apporter* ? Tu peux préciser ? Tu n'habitais plus ici depuis des années quand c'est arrivé.

– J'étais de passage. Je me souviens de l'atmosphère. C'était super tendu.

Je la dévisage.

– Tu n'étais pas de passage. Tu étais à Las Vegas, comme toujours.

– J'étais revenue pour le concert de printemps de Saint Ambrose, tu te souviens ?

Mais oui, le concert de printemps, où la participation est obligatoire pour chaque élève même si on n'a jamais chanté une note de sa vie. Ça a toujours lieu fin mars, qui n'est pas réellement printanier en Nouvelle-Angleterre.

– Tu étais revenue pour l'anniversaire de Valerie. Le hasard a fait que le concert avait lieu le week-end suivant, et M. Larkin est mort quinze jours plus tard.

– Je logeais encore chez Valerie.

Elle a quand même la décence de rougir légèrement, parce qu'elle avait fait tout un foin comme quoi elle devait repartir tout de suite après le concert.

– Je ne me sentais pas très bien au moment de reprendre l'avion, alors je suis restée un peu.

– Pendant deux semaines ? Sans prévenir personne ?

– J'avais la grippe. Je ne voulais pas que tu l'attrapes.

Mais quelle menteuse ! Je ne sais pas ce qui est le pire, qu'elle ait parcouru tout ce chemin dans le but de me prostituer à la télé ou que j'aie pu croire, ne serait-ce qu'une minute, qu'elle était venue pour moi.

En glissant ma demande de bourse dans la boîte à lettres tout à l'heure, j'ai pensé : « Je serais prêt à faire n'importe quoi pour l'avoir et ne plus être dans ce trou l'an prochain. » Il s'avère que ce n'est pas le cas. Je préférerais vivre dans la chambre d'ami de Regina jusqu'à la fin de mes jours que donner des milliers de dollars à une femme qui m'a abandonné sans se retourner il y a huit ans.

Je repousse les miettes de mon petit pain pulvérisé pour prendre mon burger.

– Salue Gunnar de ma part, et dis-lui qu'il aille se faire foutre, dis-je en quittant le box, avant de croquer une énorme bouchée.

– Noah Daniel Talbot ! Tu ne réalises pas ce à quoi tu renonces ! Reviens t'asseoir et ayons une conversation d'adultes, pour une fois ! lance Lisa Marie dans mon dos.

Elle se décide enfin à employer mon vrai nom – et en entier, s'il vous plaît – mais c'est trop peu, et beaucoup trop tard. Sans m'arrêter, je lui fais au revoir par-dessus mon épaule avec la main qui tient le burger.

CHAPITRE DIX-SEPT

Brynn

— J'avoue que c'est un rebondissement intéressant, dit Carly.

On est mercredi après-midi et je l'ai retrouvée avec Lindzi dans l'une des petites salles de réunion, chez madame Pervenche, ma préférée parce qu'elle offre des fauteuils moelleux. Je viens d'achever de les briefer sur tous les événements qui se sont déroulés à Sturgis depuis la table ronde de la honte. Enfin, presque tous.

– Lequel ? dis-je.

Parce que, même si j'ai gardé pour moi ma conversation avec un Tripp ivre mort, on a abordé pas mal de péripéties, entre l'incident avec Colin Jeffries, la vidéo de Gunnar Fox, le portrait vandalisé de M. Larkin, les tags sur les flyers de Mme Kelso et la visite chez M. Solomon.

– « Ce salopard n'a eu que ce qu'il méritait », cite Carly pensivement en tapotant son bloc-notes avec son stylo.

Puis elle m'adresse un sourire en coin.

– Cela dit, le reste de tes infos ne manque pas de surprises. Tu es sûre que ça va, toi ?

– Oui, oui.

J'ai un peu hésité à lui raconter que Colin m'avait frappée, et qu'on m'avait visée avec un fusil, parce que, si je ne me trompe pas, ce genre de truc incite plutôt les supérieurs hiérarchiques à vous reléguer derrière un bureau jusqu'à la fin de vos jours. Mais Carly et Lindzi ont pris la chose comme si ça faisait partie de la routine. Ce que c'est sans doute pour elles.

Carly se cale dans son fauteuil et joint les doigts en pyramide sous son menton.

– Bien. Et tu dis que M. Solomon n'avait jamais tenu ce genre de discours ?

– Pas à ma connaissance. Mais d'après Tripp, il est un peu sénile, il s'est peut-être mélangé les pinceaux.

– C'est une possibilité, admet Carly, dont les yeux se mettent à briller. Tu n'envisages pas qu'il ait pu faire le coup, quand même ?

– Quel coup ?

Je mets quelques secondes à comprendre.

– Tuer M. Larkin ? Jamais de la vie !

– C'est un peu hâtif comme réaction. Pourquoi pas ?

– Parce que c'est un vieux bonhomme adorable !

– Qui t'a visé avec un fusil, souligne Carly.

– Il nous a pris pour des intrus.

– Oui, enfin, c'est assez disproportionné comme réaction.

– En plus, il n'aurait jamais pu. M. Solomon était déjà vieux et frêle il y a quatre ans.

– Ça ne réclamait pas tant de force que ça, à vrai dire, intervient Lindzi. L'arme du crime était moins lourde qu'on pourrait le croire.

Je cligne des paupières.

– Ah bon ? Comment tu le sais ?

– La police de Sturgis nous a transmis des photos du dossier hier. Désolée, ajoute-t-elle devant mon air stupéfait. J'aurais dû te le dire quand tu es arrivée tout à l'heure, mais avec tous tes scoops, j'ai oublié. Tiens, regarde.

Elle tape sur quelques touches de son ordinateur et tourne l'écran vers moi. Et, avant que j'aie eu le temps de m'y préparer, elle est là. La pierre aux arêtes tranchantes, tachée de sang, qui a tué M. Larkin. La première chose qui me frappe est que Lindzi a raison : elle est bien plus petite que je ne l'imaginais. Je voyais une sorte de petit rocher, le genre de truc auquel on ne survit pas si on le reçoit sur la tête. Or, elle fait le double de ma main, pas plus.

– Ils n'ont pas trouvé d'autres empreintes que celles de Shane, reprend Lindzi. Ça veut dire que le tueur devait porter des gants. Pas très étonnant dans la mesure où la température ne dépassait pas cinq degrés ce jour-là.

Elle agrandit la photo et suit du doigt les contours de la pierre.

– William Larkin a été frappé à l'arrière du crâne, presque sur la nuque. Un peu comme le coup du lapin à la boxe, qui a été interdit justement parce qu'il est super dangereux.

Tout en écoutant Lindzi, je dois ravaler plusieurs fois la bile qui menace de remonter dans ma gorge.

– Le meurtrier le savait peut-être, comme ça a pu être un coup de chance. Enfin, de malchance pour William, qui soit ignorait qu'il y avait quelqu'un derrière lui, soit était en train de s'éloigner. Dans les deux cas, le coup n'a pas été porté en situation de légitime défense.

– Lindzi, dit Carly d'un ton réprobateur. Tu ne peux pas te lancer dans ce genre de monologue sans prévenir. Brynn est verdâtre, maintenant.

Lindzi grimace d'un air coupable devant mon expression.

– Désolée. Je m'emballe, quelquefois.

– C'est pas grave.

Néanmoins, comme j'aimerais autant arrêter de regarder cette pierre, je demande ce qu'on a d'autre. Avant de regretter ma question à l'idée que Lindzi pourrait me montrer des photos du cadavre.

Mais elle se contente d'afficher la photo d'une fine chaîne en argent.

– La police n'a pas voulu tout rendre public, mais il y a ça. William Larkin la portait quand il est mort. Plus exactement, il semble qu'elle se soit brisée quand il a été frappé. Elle se trouvait à l'intérieur de sa chemise.

– Ah bon ? Je ne l'avais jamais vue. Je n'aurais pas pensé que c'était le genre de gars à porter des bijoux.

Je me penche pour l'examiner. Sur le bureau de l'ordinateur de Lindzi, il y a une vignette représentant un homme, trop petite pour que je l'identifie.

– C'est qui ?

– Votre proviseur, me dit-elle en agrandissant ce qui se révèle être un article du *Sturgis Time*.

Le cliché a été pris dans le bureau de Grizz, qui brandit avec un sourire radieux une grosse enveloppe turquoise couverte d'autocollants. L'OPÉRATION LAVAGE DE VOITURES BOOSTE LA COLLECTE DE FONDS DE SAINT AMBROSE, annonce le titre.

– Avec la mystérieuse enveloppe remplie d'argent, ajoute Lindzi. Quand il a été volé, le fric du voyage scolaire était dans une petite enveloppe à l'en-tête du lycée, qui se trouvait elle-même dans l'enveloppe turquoise avec la liste des donateurs, dans un tiroir du bureau. (Elle a un petit sourire ironique.) Pas super prudent, surtout après la parution de cette photo dans la presse. Bref, la police a retrouvé la petite enveloppe dans le casier de Charlotte Holbrook, mais pas la grande turquoise.

Je fronce les sourcils.

– Je l'ai déjà vue.

– L'article ?

– Non, l'enveloppe.

– Au lycée, peut-être ? suggère Lindzi.

– Je n'ai pas l'impression. Enfin, peut-être, mais… elle me paraît sortie de son contexte.

– Comment ça ? réagit vivement Carly, comme si ma réponse avait un caractère vital.

Alors je me sens bête, parce que je suis incapable de m'expliquer.

– Je ne sais pas. Ça me fait peut-être cet effet parce que je n'avais pas compris ce qu'elle contenait.

– Eh bien elle s'est volatilisée, dit Carly pensivement, en continuant à tambouriner sur le bureau avec son stylo. Contrairement à l'argent de la petite enveloppe qu'on a retrouvée dans le casier de Charlotte. Elle a bien prétendu qu'elle ne savait pas comment elle était arrivée là ?

– Ouais.

– Et tu l'as crue ?

– Ben… oui, dis-je en essayant de retrouver mon cerveau d'ado de treize ans. Comme tout le monde. Déjà, elle n'avait pas besoin de cet argent. Mais même si elle avait eu des tendances cleptomanes, je ne vois pas pourquoi elle aurait gardé l'enveloppe dans son casier. Elle avait été volée deux semaines avant la mort de M. Larkin, Charlotte aurait largement eu le temps de la déplacer.

– Ça lui a créé des ennuis ?

– Non. Grizz – M. Griswell – est allé jusqu'à m'interdire d'en parler dans le journal du collège. Il a dit qu'on avait tous besoin de panser nos blessures.

Ça fait ricaner Carly, tandis que Lindzi me demande :

– C'est quoi, déjà, la chronologie ? L'enveloppe a été retrouvée le lendemain de la mort de Larkin ?

– Deux jours après.

– Comment quelqu'un pouvait-il avoir accès au code du cadenas de Charlotte ?

– Pas besoin. Il suffisait de glisser l'enveloppe à l'intérieur. Il y a de grandes fentes sur les portes des casiers. On avait l'habitude de se déposer des messages comme ça.

C'est même devenu un problème pour moi après l'incident du cours de gym, quand Katie Christo s'est mise à me laisser des mots dans lesquels elle se foutait de mon soi-disant crush sur Tripp. Une fois, elle a écrit *Trippstalkeuse*, avec un portrait de moi en style dessin animé où je regardais Tripp avec des cœurs à la place des yeux.

Tripp qui m'a évitée toute la semaine au lycée et qui n'a pas répondu à un seul des messages où je prends de ses nouvelles. Tripp qui ne s'est pas frotté le pouce une seule fois samedi à la fête, signe qu'il ne mentait pas.

« *J'avais besoin que tu me détestes.*

– *Pourquoi ? Parce que,* toi, *brusquement, tu avais décidé de me détester à ce moment-là ?*

– *Non, Brynn, je ne te détestais pas. Pas plus que je te déteste maintenant. Loin de là.* »

– Si ce n'était pas Charlotte, qui ça pouvait être ? me demande Carly. Et pourquoi lui faire porter le chapeau ?

– Hein ?

Je bats des paupières, avant de me secouer pour revenir dans le présent. *On se concentre, Brynn.*

– Euh, franchement, je ne vois pas.

– Lindzi, dit Carly, quand on arrivera au stade des interviews, ce serait intéressant de se repencher sur les hypothèses de la police à propos de ce vol. Et de voir si elle établit un lien avec le meurtre.

Lindzi hoche la tête, les yeux sur son téléphone.

– Écoutez ça, voilà un autre truc intéressant. Je viens de recevoir une info du service de communications de la Fondation de la police de Sturgis. La donation de Delgado Immobilier a été effectuée le 30 avril 2018. Un mois après le vol et dix-huit jours après la mort de Larkin.

– Quelle coïncidence, commente Carly. Et c'est la seule fois où il y en a eu une ?

– Ouaip, confirme Lindzi.

Carly plisse les yeux.

– Ces ados en savent plus qu'ils ne le disent.

J'ai un pincement au cœur. Au fond, je sais qu'elle a raison, et, l'espace d'une seconde, je sais aussi que je n'ai pas envie de découvrir la vérité. Une partie de moi se cramponne à l'image de héros de mes camarades de quatrième en train de mener la police jusqu'au corps de M. Larkin pour que justice lui soit rendue. Sauf qu'elle ne l'a jamais été.

– On a reçu des infos au sujet de M. Larkin sur le site d'*Alibi* ?

– Comme on a eu des petits problèmes techniques, on a pu accéder à la rubrique qui le concerne seulement hier, me répond Lindzi. Rien que des bricoles sans intérêt pour l'instant, ce qui est classique. Quand ça aura tourné huit ou dix jours, on commencera sans doute à recevoir des données plus qualitatives.

– Bon, dit Carly en consultant sa montre. Cette discussion a été très constructive, mais il faut que je vous laisse. Je dois aller me battre contre Ramon au téléphone…

– À propos de Larkin ?

Elle a un rire amer.

– À propos de tout ! Écoute, Brynn, je te remercie pour tous les éléments que tu nous as apportés, mais, s'il te plaît, tiens-toi à distance de Richard Solomon. Ce que tu nous as raconté ne me rassure pas du tout.

Je hoche la tête. Lindzi ajoute après son départ :

– Tu peux rester travailler dans cette salle, si tu veux. Personne ne l'a réservée aujourd'hui, et vous êtes un peu les uns sur les autres dans la Mine.

– Merci.

– Je t'envoie le fichier des photos, dit-elle en calant son ordinateur sur sa poitrine. Je te promets que la pierre est ce qu'il y a de plus gore dedans.

Je passe ma dernière heure à peaufiner la liste des serial killeuses. La table ronde sur ce sujet-là a lieu la semaine prochaine et Lindzi s'agite dessus comme sur un exam de fin d'année, pour ne pas se laisser prendre en défaut en cas de nouvelle visite surprise de Ramon. Il est plus de 17 heures quand je prends mon téléphone pour lire mes messages.

Mon groupe de discussion avec Izzy et Olivia n'est pas super actif ces derniers temps, mais il survit. Je leur réponds en premier, exposant mon point de vue sur le dernier psychodrame amoureux d'Izzy (*Mais si, sa mère t'aime bien. Elle fait toujours cette tête-là.*) et sur la question bisannuelle d'Olivia sur l'option d'une coupe avec frange (*NON*). J'ai reçu un paquet de notifications de Mason, qui, après avoir passé presque toute la soirée de samedi avec Geoff, suranalyse chaque syllabe de ce qu'ils se sont dit. Nadia veut qu'on révise ensemble notre prochain DS de maths, et Ellie m'a envoyé un clip d'elle où elle joue « Despacito » à la flûte, tellement génial que la seule réponse possible est un chapelet de mains qui applaudissent.

Pas de nouvelles de Tripp.

Le retour à Sturgis ne se passe pas aussi mal que je le craignais, si ce n'est que Tripp Talbot reste une épine dans mon pied, autant qu'à la fin de la quatrième. Quand on se parle, il m'énerve. Quand on ne se parle pas, c'est pire.

Avant de partir, je vais sur l'intranet d'*Alibi* pour ouvrir le dossier de William Larkin. Lindzi a tenu parole ; elle m'a fourni l'accès à un sous-dossier intitulé Photos/Vidéos. Après avoir pris l'ensemble en photo sur mon téléphone, je clique sur la vidéo de Sturgis Live que j'ai diffusée lors de ma brève heure de gloire à la table ronde. « J'ai beaucoup aimé travailler à la Eliot School. Mais Saint Ambrose est un collège vraiment à part », dit M. Larkin à l'écran.

Je mets sur pause pour chercher *Eliot School* sur Google. L'adresse Internet me mène à la photo aérienne d'un établissement en brique rouge à Providence, Rhode Island, entouré d'arbres au feuillage automnal flamboyant. Cliquant sur *Qui sommes-nous ?*, je lis la déclaration de mission et la rubrique *Coup d'œil* avant de me pencher sur la bio du principal, qui commence ainsi : *Jonathan Bartley-Reed est le principal de la Eliot School depuis le 1er juillet 2013.*

J'appelle le numéro indiqué en bas de la page. À 17 heures passées, je ne m'attends pas à joindre quelqu'un, mais une voix de femme me dit après la deuxième sonnerie :

« Bureau de Jonathan Bartley-Reed, bonjour. »

– Oh, bonjour, dis-je, un peu prise de court. Puis-je parler à Jonathan Bartley-Reed ?

– Je regrette, il est absent. Puis-je prendre un message ?

– Oui, merci. Pouvez-vous lui dire que Brynn Gallagher, de… (Je dois dire quoi, que je travaille pour *Alibi* ? Non, mauvaise idée.) du lycée Saint Ambrose à Sturgis, dans le Massachusetts, souhaite lui parler ?

– Tout à fait, madame Gallagher. C'est à quel sujet ?

– Un ancien employé.

– Très bien. Vous me donnez votre numéro ?

Quand elle l'a noté, elle ajoute :

– Je lui demanderai de vous recontacter le plus tôt possible. Très bonne soirée.

– Merci, vous aussi.

Après avoir raccroché, je fixe la vidéo mise sur pause sur mon ordinateur. On y voit M. Larkin avec une fesse sur son bureau, sa position préférée quand il me tenait ses petits discours d'encouragement en quatrième. « Quand la vie te donne des citrons, fais-en du cake au citron. »

– Je fais ce que je peux, dis-je tout haut.

CHAPITRE DIX-HUIT

Tripp

Charlotte fixe son téléphone d'un air outré.

– Cette histoire était censée être réglée. C'est bon, Colin a fait son petit numéro. À quoi ça rime de continuer à nous harceler ?

– Tu es sûre que c'est lui ? dis-je en effaçant sur mon portable le dernier message qui me traite d'assassin, moi aussi. Ce serait un peu risqué, dans le contexte.

Sanctionné par un renvoi temporaire, Colin est actuellement chez lui, où il attend ce qui, de l'avis général, sera sans doute une décision d'expulsion pure et simple.

J'aurais pu être dans le même cas, au lieu de passer mon heure de perm du jeudi à la bibliothèque, et je remercie Shane mentalement. Notre amitié est peut-être moins superficielle que je le pensais, en fin de compte ; c'est la deuxième fois cette semaine qu'il me sauve la mise.

Je n'ai qu'un souvenir flou du moment où il m'a ramené dans le salon de Charlotte samedi. Mais je me rappelle très bien qu'elle m'a traîné dans sa chambre et a insisté pour que je m'allonge sur son canapé, malgré mes protestations à cause de mon pantalon couvert de boue. Ça, ça m'inquiétait.

« C'est pas grave, m'a-t-elle rétorqué, avec une nonchalance tout à fait inhabituelle. Je m'occuperai de ça demain. On s'en fiche, d'un peu de boue, entre amis. »

Shane, qui ne peut pas se douter des pensées vers lesquelles j'ai dérivé, hausse les épaules.

– Oui, enfin, si Colin avait un cerveau en état de marche, ça se saurait.

Le front plissé, Charlotte joue avec le coin d'un livre de cours ouvert qu'elle n'a pas regardé depuis son arrivée.

– Je n'aime pas du tout ça. Je n'arrête pas d'aller voir sur cette chaîne pourrie s'ils ont sorti quelque chose de neuf.

– Quelle chaîne ?

– Tu sais bien, me répond-elle avec une grimace. Celle du type de la Fox.

Shane glisse un bras sur le dossier de Charlotte.

– Je te l'ai dit, mon ange, mon père s'est occupé de ça. Gunnar Fox croule sous une avalanche de procès.

Le ton est désinvolte, typiquement delgadien, mais quelque chose dans son expression me dit que Gunnar Fox le déstabilise plus qu'il ne veut l'admettre. Ce n'est pas la première fissure que je remarque dans son aura de golden boy ces temps-ci, et ça me stresse. Si Shane n'arrive pas à encaisser la pression de ce regain d'intérêt pour M. Larkin, quelles chances a-t-on d'y parvenir, Charlotte et moi ?

Elle remue nerveusement sur sa chaise et je me demande si elle pense la même chose que moi.

– Mais ta mère a dit quoi, Tripp ? me questionne-t-elle. Qu'*Alibi* aussi préparait un sujet ? Eux, ils la jouent réglo.

– Ouais. Mais la moitié du temps, Lisa Marie raconte n'importe quoi. Il y a de bonnes chances pour qu'elle l'ait inventé.

– Dans quel but ? me demande Charlotte.

– Pour me persuader de lui dire oui.

– C'est un fonctionnement super toxique.

Je ricane.

– Si un jour tu rencontres ma mère, tu mesureras à quel point c'est un euphémisme.

– Mais tu ne vas pas la faire, si ?

– Faire quoi ?

– L'interview, clarifie-t-elle. Gunnar Fox essaie de se servir de toi. Je suis sûre qu'il te balancerait toutes sortes d'horreurs une fois qu'il t'aurait collé devant une caméra.

Si elle savait ! Je ne leur ai pas raconté le reste de ce qu'elle m'a dit : « La version de ce Delgado n'a jamais tenu la route, il était temps que quelqu'un lui demande des comptes. Toi, ce n'est pas pareil. J'ai expliqué à Gunnar que mon fils n'aurait pas protégé ce genre de petite brute s'il n'avait pas été menacé. » Ils n'ont pas besoin d'entendre ça.

– Évidemment qu'il ne la fera pas, répond Shane à ma place.

– Tant mieux.

Charlotte soupire de soulagement, comme si l'affirmation de Shane la dispensait d'attendre la mienne. Je ressens une pointe d'irritation à l'idée que tout, apparemment, paraît se décider sans qu'on me demande mon avis. D'accord, même pour un pont d'or, je ne parlerais pas à Gunnar Fox. Mais je me demande parfois de quoi ma vie aurait l'air si je ne passais pas mes journées à Saint Ambrose flanqué du roi et de la reine du lycée. Je suis quoi, moi, là-dedans ? Leur bouffon ? Ou une espèce de chevalier dont la seule raison d'être est de veiller à ce qu'il ne leur arrive rien ?

Sans doute ni l'un ni l'autre, mais je tombe à court de métaphores royales.

– D'ailleurs, Tripp, j'ai changé d'avis au sujet de Brynn Gallagher, déclare Charlotte en tournant une page de son livre. Elle ne me plaît pas pour toi.

Ça m'arrange qu'on parle d'autre chose, bien que je ne sois pas sûr que ce sujet-ci vaille mieux que le précédent.

– Pardon, t'as dit quoi ? Elle ne te *plaît pas* pour moi ?

– Je ne veux pas que tu sortes avec elle, m'explique Charlotte, comme si j'étais un gamin aux compétences intellectuelles un peu limitées.

– Ce n'était pas à mon programme.

À moins que si ?

– Tant mieux, réplique-t-elle, toujours du même petit ton satisfait qui commence à m'agacer.

– Qu'est-ce que tu lui reproches ?

– Je lui avais dit de te laisser tranquille samedi soir et elle a fait exactement l'inverse.

Ça, c'est du Brynn tout craché.

– T'es pas sa boss, Charlotte. Rien ne l'oblige à t'obéir.

– Il n'y a pas que ça. Je suis allée voir sur Google. Tu sais qu'elle a écrit des articles sur *les érections* pour le journal de son lycée à Chicago ?

J'éclate de rire, persuadé que c'est une blague. Mais j'oubliais ; Charlotte ne blague jamais.

– Qu'est-ce que tu racontes ?

– Je t'assure ! À vrai dire, c'était surtout un photomontage. Regarde.

Elle me montre son téléphone et j'ai un mouvement de recul.

– Charlotte, je ne vais pas regarder un paquet de…

– Il y a juste l'article de BuzzFeed. Les images sont floutées.

Prenant le portable, je me remets à rire.

– Enfin, Charlotte, Brynn n'a jamais écrit ça. Ce truc est un canular.

– Il y a sa signature.

Charlotte, la grande enfonceuse de portes ouvertes.

– Oui, tout l'intérêt est là pour l'abruti qui a fait ça.

Mais on ne peut pas expliquer le principe de l'humour à Charlotte. Même l'humour le plus lourd. Elle ne capte jamais.

– N'empêche que Charlotte a raison, intervient Shane en lui rendant son téléphone. Cette fille n'en vaut pas la peine.

Je m'apprête à protester – *Et comment tu sais ce qu'elle vaut, toi ?* –, mais j'en ai marre, tout à coup, d'argumenter avec ces deux-là. J'en ai marre d'eux tout court. Alors, quand je repère un éclair de cheveux auburn entre les rayonnages sur ma gauche, je n'ai pas d'hésitation.

– Je reviens.

Je me lève et je m'éloigne d'un pas un peu trop sautillant, pile vers la personne que Shane et Charlotte me demandent d'éviter.

Hissée sur la pointe des pieds, Brynn essaie en vain d'attraper un livre sur l'étagère du haut. Elle met les poings sur les hanches avec un soupir d'exaspération et cherche des yeux un tabouret, avant de me voir adossé au rayonnage au bout de l'allée.

– Quel livre tu veux ?

– *Middlemarch.*

Je prends le livre et le lui passe.

– Merci. Et je suis contente de voir que tes mains ont recommencé à fonctionner.

Comme je hausse les sourcils sans comprendre, elle précise :

– Je pensais que tu te les étais cassées, vu que tu ne réponds à aucun de mes textos.

– Désolé. J'étais occupé.

– Oh, je comprends. Moi pareil. Impossible d'envoyer des messages à qui que ce soit parce que je n'ai pas trouvé dix secondes depuis cinq jours.

Je croise les bras en m'appuyant de nouveau au rayonnage.

– Donc, tu es en train de me dire que tu comptes les jours depuis la dernière fois qu'on s'est parlé.

Elle rosit légèrement.

– Non, je dis que la politesse élémentaire ne prend pas tant de temps que ça et que tu devrais essayer.

– Merci du conseil. Je te promets d'y penser. Dès que j'aurai fini de découvrir comment ton talent de journaliste a pris corps dans le journal de ton ancien lycée. Et quand je dis corps, je pèse mes mots.

– Ah, je vois. Super, fait-elle en levant les yeux au ciel. Ravie que tu sois tombé sur ces dick pics, l'apogée de ma carrière journalistique. J'espère que tu as trouvé mon analyse de fond éclairante.

– Très instructive.

Elle lâche un petit rire.

– Ai-je besoin de préciser que je n'ai pas personnellement posté ces photos ?

– Je suis cruellement déçu.

Elle sourit en glissant une mèche de cheveux derrière son oreille.

– Bon, si tu avais répondu ne serait-ce qu'à l'un de mes messages, j'aurais pu te dire que j'avais rendez-vous avec Wade Drury demain après les cours. Le nouveau gardien du lycée, précise-t-elle devant mon air perplexe.

– Je sais qui c'est, mais pourquoi ? Je t'ai dit que c'était un crétin.

– Ben, honnêtement, M. Solomon ne nous a pas beaucoup aidés. Wade aura peut-être quelques idées pour le jardin du souvenir.

Elle remonte la bandoulière de son sac sur son épaule et conclut :

– Tu es le bienvenu si tu veux venir. Si jamais il sort un fusil, ce ne sera pas pareil si tu n'es pas là.

– Je m'en voudrais de manquer ça, dis-je, un peu étonné de me rendre compte que c'est vrai.

– Rendez-vous à 15 heures à la serre. À demain !

Elle se retourne pour partir et je lance dans son dos :

– Ça veut dire que je suis pardonné ? Tu ne me détestes pas d'être nul comme textoteur ?

Elle s'arrête et me jette un regard par-dessus son épaule, un petit sourire sur les lèvres.

– Je ne te déteste pas. Loin de là.

CHAPITRE DIX-NEUF

Brynn

— Amuse-toi bien, dis-je à Ellie au milieu d'un bâillement quand on pousse la porte du lycée le vendredi matin.

Elle a répétition d'orchestre tôt ce matin, ce qui m'a forcée à me lever à 6 h 30 au lieu de 7 pour l'amener. Cette demi-heure de sommeil me manque déjà.

– C'est mal parti, me répond-elle en balançant l'étui de sa flûte au bout de son bras. Les violonistes sont presque tous des débutants et on croirait entendre des chats à l'agonie.

Puis, quand on arrive devant l'auditorium :

– Tu veux venir nous écouter ?

– Après la façon dont tu me l'as vendu ? Non merci. Je vais à la bibliothèque.

Je peux profiter de ma demi-heure de battement pour relire mes notes sur M. Larkin.

La bibliothèque a toujours été mon endroit préféré du lycée. Elle est perchée au dernier étage du bâtiment principal, et peinte dans un blanc lumineux qui ne semble jamais se ternir. La paroi qui donne sur l'extérieur est entièrement vitrée et le soleil inonde le coin lecture, dont les meubles scarifiés ont pris des tons de miel. Comme la salle est contiguë à la salle de rédaction du *Saint Ambrose Sentinel*, quand j'étais en quatrième, j'écrivais tantôt dans l'une tantôt dans l'autre.

Alors que je m'attends à trouver les lieux déserts, la première chose que je vois en entrant est que ma place habituelle est déjà prise. Par Charlotte Holbrook, occupée à écrire dans un cahier, le front plissé par la concentration.

Je m'arrête sur le seuil, hésitant sur la marche à suivre. J'ai bien remarqué le sale regard qu'elle m'a jeté hier quand je parlais à Tripp, et je suis prête à parier qu'elle m'en veut d'être allée le trouver samedi soir après qu'elle m'a dit de ne pas le faire. Mais elle me voit, et je ne veux pas avoir l'air de m'enfuir à cause d'elle…

Je tâche d'improviser un sourire détaché tout en m'asseyant au bout de sa table.

– Salut. Ça va ?

Elle pince les lèvres et daigne me répondre d'un petit hochement de tête. Visiblement, notre bref épisode de camaraderie a déjà pris fin. Note à moi-même : Charlotte n'aime pas qu'on lui désobéisse.

Je sors le dossier Larkin et on travaille en se taisant jusqu'à ce que mon téléphone sonne, ce qui me vaut un coup d'œil réprobateur même si ce ne sont pas les horaires où le silence est de rigueur. Je lui retourne son regard en me disant : *Et alors ? J'ai le droit de parler, si ça me chante.* Et je prends l'appel sans vraiment réaliser que le préfixe du numéro est celui de Providence.

– Allô, Brynn à l'appareil.

Une voix de baryton veloutée m'emplit l'oreille.

« Brynn, ici Jonathan Bartley-Reed, le principal de la Eliot School. Vous souhaitiez me parler. »

– Oh, bonjour, dis-je, un peu nerveuse. Merci beaucoup de me rappeler.

Je n'aurais pas dû décrocher. J'ai des questions à lui poser sur le passage de M. Larkin à la Eliot School et l'endroit n'est pas idéal, avec Charlotte qui m'observe de son œil de faucon acerbe.

« Désolé d'avoir un peu tardé, mais je suis débordé depuis le retour des vacances, m'informe-t-il avec un rire grave. En quoi puis-je vous aider ? »

– Euh…

Je n'ai qu'à aller dans le couloir, me dis-je, en me levant si vite que je me cogne la rotule contre la table. J'étouffe un cri de douleur et me laisse retomber sur ma chaise en me tenant le genou, sous le regard narquois de Charlotte.

« Tout va bien ? » s'inquiète Jonathan Bartley-Reed d'un ton plein de sollicitude.

– Oui, je… Désolée, je me suis cognée. Ce n'est pas grave. Je désirais vous parler d'un professeur qui a enseigné chez vous. Plus exactement, de…

Charlotte continue à me fixer, ce qui m'ôte toute capacité de penser.

– De ses fleurs préférées.

« Pardon ? »

– Nous créons un jardin du souvenir en hommage à William Larkin à Saint Ambrose et…

« Excusez-moi. Vous êtes une élève ? »

– Oui, mais…

« D'accord, me coupe de nouveau Bartley-Reed, en basculant sur un ton condescendant. C'est toujours un plaisir de parler avec les élèves, mais je crains de ne pas être le bon interlocuteur en ce qui concerne les projets scolaires. Je transmets votre nom à l'un des anciens collègues de William qui vous rappellera. Passez une bonne journée. »

Et il raccroche.

– Merci beaucoup, dis-je dans le vide, parce qu'il ne manquerait plus que Charlotte sache que je viens de me faire envoyer bouler. Oui, oui… tout à fait. (Je laisse passer quelques secondes.) Je vous remercie infiniment pour votre aide… Pardon ?… Oh, oui, bien sûr, je serais ravie de rappeler à ce moment-là… Pour moi aussi, ça a été un plaisir.

Je finis par raccrocher.

Charlotte n'a pas l'air d'y croire une seconde.

– Ben dis donc, ça s'est beaucoup mieux passé à la fin, hein ?

Je commence à perdre mon calme, mais je prends sur moi.

– Tu as un problème avec moi, Charlotte ?

– Oui, réplique-t-elle, avec plus de sincérité que je n'en attendais de sa part. Je pense que tu devrais laisser Tripp tranquille.

– Je ne suis pas sûre de voir en quoi ça te regarde.

– C'est mon ami.

– Le mien aussi, dis-je, sans en être cent pour cent certaine.

– Ce n'est pas le moment pour lui de se compliquer les choses avec une relation.

– Une relation ? Je n'envisage pas d'avoir une relation avec Tripp !

Je ne suis pas cent pour cent certaine de ça non plus. Je devrais, pourtant, si on pense à tout ce que j'ignore sur ce qu'il a fait il y a quatre ans. N'empêche que je le revois, appuyé au rayonnage de la bibliothèque, qui me charrie avec des petites rides d'amusement au coin des yeux. Sa veste était bien repassée, mais la cravate un peu de travers. J'ai même dû me retenir de la redresser, ou peut-être de l'attraper pour attirer Tripp à moi. Je n'ai pas encore décidé laquelle des deux options aurait été la plus intelligente.

Charlotte lève les yeux au ciel comme si elle lisait dans mes pensées.

– Si tu n'es pas capable d'être sincère, cette discussion ne sert à rien.

Cette phrase semble mettre un terme à la conversation, mais ses yeux, rivés sur les miens, me défient.

– Tu ne me connais même pas, dis-je.

– Je connais Tripp, réplique-t-elle en rejetant ses cheveux en arrière. Et je sais comment fonctionnent les mecs.

Cette fois, c'est moi qui lève les yeux au ciel.

– Je m'en veux de devoir t'annoncer ça, Charlotte, mais ce n'est pas en ayant le même amoureux depuis la quatrième que tu peux prétendre être une experte en la matière.

Brusquement, je suis en colère et déstabilisée d'être piégée dans une discussion avec quelqu'un qui me juge et qui me rabaisse, et l'irritation me rend mordante.

– À vrai dire, ça ferait même de toi une planquée. Tu n'es peut-être pas la mieux placée pour donner des conseils alors que tu ne sais pas faire un pas sans Shane.

À peine ai-je fini ma phrase que je regrette mes paroles. Je ne peux pas demander à Charlotte de se mêler de ce qui la regarde au sujet de Tripp et, l'instant d'après, mettre Shane sur le tapis. Mais, avant que j'aie eu le temps de m'excuser, elle se lève, vient s'asseoir sur la table à côté de ma pile de livres et me demande sans que son beau visage trahisse la moindre émotion :

– Tu sais ce qu'on ressent quand tous les garçons te traitent comme une espèce de trophée ?

– Euh…

J'hésite, ne sachant pas si sa question attend une vraie réponse, mais le silence s'étire jusqu'à ce qu'il me faille admettre :

– Non.

– La toute première fois que j'ai été amoureuse d'un garçon, il m'a dit que j'avais l'air d'une princesse de conte de fées. Mais il n'a jamais essayé de me parler. Il ne faisait que me regarder, comme si j'étais une sorte d'*objet*. Ça a toujours été comme ça. Ou pire, parce que cette fascination peut parfois devenir vraiment cheloue. Je devais avoir onze ans quand les garçons ont commencé à me siffler.

– C'est vrai ? dis-je. C'est ignoble !

– Oui. C'est déshumanisant. Mais avec Shane, c'est différent. Au début, c'est tout juste s'il savait que j'existais. C'est moi qui ai dû lui courir après.

Elle glousse presque, les yeux brillants de gratitude.

– Ça me fait du bien ; ça, et qu'il m'ait traitée – et me traite toujours – comme une vraie personne. Alors, si, en sortant avec lui, je vis comme une planquée, tu sais quoi ? Super, j'achète !

Faute de savoir ce qui a suscité cette rafale de confidences ni ce que je suis censée répondre, je marche sur des œufs.

– Je suis désolée que les mecs soient aussi… horribles, quelquefois. Et je n'aurais pas dû parler de ta relation avec Shane. Ça ne me regarde pas. Écoute, je voudrais vraiment que toi et moi, on… (*C'est quoi, le bon terme ?*) on arrive à s'entendre.

– On s'entendra très bien tant que tu laisseras mes mecs tranquilles.

Ses mecs ?

– Au pluriel ? bredouillé-je. Je croyais qu'on parlait de Shane.

– Tripp compte pour moi. Et il n'est pas aussi solide qu'il en a l'air. Il a besoin qu'on le protège.

Malgré le côté totalement surréaliste de cette discussion, je suis soulagée d'apprendre que Tripp ne l'a jamais draguée. Mais qui l'a désignée, elle, pour le protéger ? Quoi qu'il en soit, cet échange ne mène nulle part.

– Compris, dis-je en remuant mes papiers. Désolée, mais j'ai plein de boulot, et…

– Qu'est-ce que tu fais avec ça ?

Son regard s'est posé sur un portrait tagué de M. Larkin qui traîne dans mes dossiers.

– Oh, euh… c'était sur un panneau d'affichage dans le couloir et j'ai trouvé ça moche de le laisser, dis-je en refermant mon cahier à la hâte, de peur qu'elle ne repère quelque chose en lien avec *Alibi*. Je ne comprends pas qu'on puisse faire un truc pareil.

– Ah non ?

Je cligne des paupières.

– Toi oui ?

Puis je repense à ce qu'elle vient de me confier et ma gorge se noue.

– Ne me dis pas que M. Larkin te traitait comme… Est-ce qu'il… ?

– Non, non, répond-elle fermement. Pas du tout.

Elle retourne à sa place et ramasse ses livres, et je soupire de soulagement jusqu'à ce qu'elle ajoute :

– Il n'y a pas qu'une seule façon d'être quelqu'un d'horrible.

– Hein ?

Mais Charlotte est déjà en train de sortir.

En fixant la cravate jaune citron de M. Larkin, visible sous les grands coups de feutre rouge qui lacèrent l'affichette du comité, je repense à ce que j'ai vu et entendu ces derniers jours.

« *C'était une non-entité.* » « *Ce salopard n'a eu que ce qu'il méritait.* » « *Il n'y a pas qu'une seule façon d'être quelqu'un d'horrible.* » Et je me demande, avec un pincement au cœur, si j'ai vraiment su un jour qui était mon prof préféré.

Tripp

Il y a quatre ans

La musique qui braille dans mes écouteurs noie mes pensées tourmentées tandis que je regarde autour de moi, perdu. Moi qui croyais connaître ce bois, après avoir quitté Shane, je me suis engagé sur ce chemin plus loin que je le fais d'habitude, et il a cessé d'être un vrai chemin depuis un certain temps. Ce serait le moment de me renseigner auprès de quelqu'un qui possède un meilleur sens de l'orientation que moi.

Mais il n'y a personne dans ce bois.

Je ne peux pas envoyer de message à Shane ; même si j'avais son numéro, ce qui n'est pas le cas, il n'y a pas de réception ici.

– Tout va bien, dis-je entre mes dents.

Mais ma voix est engloutie par la musique, et ça m'angoisse tout à coup d'être coupé des sons qui m'entourent.

Je mets ma playlist sur pause, j'enlève mes écouteurs, et je perçois le pépiement des oiseaux, les bruissements et les frottements des branches dans les arbres.

Je cherche le soleil des yeux, parce qu'il devrait bientôt descendre à l'horizon derrière le collège. La voûte des arbres est dense au-dessus de ma tête, mais il me semble – j'en suis même sûr – qu'elle est plus clairsemée sur ma gauche.

Alors je prends cette direction et, au bout de quelques minutes, j'arrive au pied d'une pente bien plus raide que le chemin que j'ai suivi jusque-là. Je sais où je suis, maintenant : sur la crête proche de Shelton Park, l'endroit le plus élevé du bois. Je me suis encore plus éloigné de ma route que je ne l'imaginais, et je suis bien plus près que je ne l'aurais voulu du brasero où Shane et Charlotte ont rendez-vous. Mais au moins, je me situe. J'avais raison depuis le début : le collège se trouve sur ma gauche.

Je m'apprête à suivre le soleil quand j'entends un bruissement, au niveau du sol cette fois, et le craquement d'une brindille.

Puis le hurlement.

CHAPITRE VINGT

Tripp

De loin, en voyant la fille campée devant le panneau d'affichage vendredi après-midi dans le couloir, je dirais que c'est Brynn : même taille, même couleur de cheveux, même posture avec les mains sur les hanches et la tête un peu penchée sur le côté. Puis elle se retourne et l'illusion disparaît : Ellie Gallagher ne ressemble en rien à Brynn. C'est fou à quel point les yeux modifient un visage.

– Ça va, Ellie ?

– Salut, Tripp.

Elle se tourne de nouveau vers le panneau et tapote deux feuilles l'une après l'autre.

– Voir ceux-là côte à côte, ça me donne une idée.

« Ceux-là » désigne une affichette de M. Larkin vandalisée et un flyer pour le bal d'hiver sur le thème « Moi en mieux », orné d'un paysage urbain étoilé, éclairé au néon.

– Ah bon ?

J'ai du mal à voir le rapport.

– Oui, oui. Tu crois que ça gênerait quelqu'un si je les prenais ?

Puis, sans attendre ma réponse, elle les détache délicatement du panneau et les glisse dans son sac à dos.

– Bon, ben à plus ! me lance-t-elle en agitant gaiement la main avant de filer.

Je la suis des yeux avec un mélange de perplexité et d'approbation. Ellie a toujours été une petite fille un peu étrange, et c'est rassurant de constater qu'elle n'a pas changé.

– Tu es censé avoir rendez-vous avec moi à la serre à cette minute, dit une voix derrière moi.

Cette fois, c'est la vraie Brynn, avec ses yeux verts et tout le toutim.

– Je ne te le fais pas dire, répliqué-je. T'es en retard. Je commence à penser que tu ne t'impliques pas autant que moi dans ce comité.

– *Personne* ne s'implique autant que toi dans ce comité, dit-elle en m'emboîtant le pas vers la sortie. Je voulais t'en parler, justement. Ça vire à l'obsession chez toi.

Je ris, étonné par le sentiment de légèreté que je ressens toujours en présence de Brynn. Je n'avais pas éprouvé ça depuis… la quatrième, sans doute. On croise Abby Liu, qui a un petit sourire triste en nous voyant, et je suis saisi d'un remords. Lui aurais-je donné de faux espoirs ? Je ne crois pas, mais c'est dur de savoir comment les autres interprètent les choses. Je chasse cette pensée pour répondre à Brynn :

– Ça n'a rien d'obsessionnel d'envoyer à sa coprésidente sept cents photos de fougères. À ce propos, tu m'as indiqué ton choix ?

Elle glousse et je prends mon téléphone pour poursuivre la plaisanterie, mais un vrai message m'y attend.

Lisa Marie : `Cette petite merde de Shane Delgado crée des ennuis à Gunnar.`

Mon sourire s'efface, et Brynn s'en aperçoit.

– Tout va bien ?

J'envoie `Parfait` à Lisa Marie et je réponds :

– Ça ira mieux quand ma mère sera repartie à Las Vegas.

Brynn resserre son écharpe autour de son cou avant de sortir. Le mois de janvier a été anormalement doux, mais il y a du vent aujourd'hui. Elle me jette un coup d'œil.

– Elle est à Sturgis ?

– Ouais, dis-je sans m'étendre.

Un poids familier s'abat sur mes épaules. Lisa Marie a le don de me casser le moral.

– Et, euh… (Brynn fourre les mains dans ses poches d'un air hésitant) comment ça se passe avec elle ?

– Mieux que jamais. Tu sais, la vidéo pourrie que Colin nous a montrée ?

– Je ne risque pas de l'oublier.

– Figure-toi que Lisa Marie connaît le connard qui l'a réalisée et qu'il essaie de m'acheter pour que je participe à son émission. J'ai refusé, bien sûr. Mais comme elle pourrait aussi en tirer du fric, elle ne lâche pas l'affaire.

– C'est pas vrai, dit Brynn, choquée. C'est ignoble ! Je suis désolée.

Je regrette aussitôt de m'être confié à elle. Je ne supporte pas la pitié, encore moins venant de Brynn.

– Bah, c'est comme ça. M. Larkin a le vent en poupe, ces temps-ci. Lisa Marie m'a dit qu'une autre émission de faits divers préparait peut-être un sujet sur lui. *Alibi*, je crois. Tu connais ?

Brynn enfonce ses mains plus profondément dans ses poches.

– Hmm. Ouais.

– Du coup, ce jardin du souvenir a intérêt à être prêt pour le prime time.

Je n'ai pas pu chasser l'amertume de ma voix.

Quatre ans. Quatre ans à faire le dos rond, à bosser dur en m'échinant à tout faire comme il faut – quoi que ça puisse être – pour réparer un acte isolé, mais terrible. Moi qui me voyais à *un pas* de quitter Sturgis, je commence à me dire que cet espoir m'a juste été envoyé par l'univers dans le but de se foutre de moi, de me punir en me faisant pousser un rocher jusqu'en haut de la colline pour mieux m'écraser dessous.

Je ne peux pas m'enfuir. Je passerai le reste de ma vie dans ce bois derrière Saint Ambrose, à prendre une décision que j'étais bien trop jeune pour affronter, et le pire est peut-être que je ne sais pas si mon choix serait différent aujourd'hui.

– Tripp ? me dit Brynn en me touchant le bras. On n'est pas obligés de s'occuper du jardin maintenant.

– Si, si, allons-y, dis-je sur un ton strident que je n'arrive pas à contrôler. Occupons-nous-en, de ce putain de *jardin*.

Et je frappe dans mes mains comme un crétin. C'est vrai, quoi, autant faire fuir tout le monde.

– Ça, c'est bien dit, lâche une voix traînante devant nous.

Je me rends compte qu'on est arrivés à la serre à l'instant où je me retrouve face à Wade Drury, affublé d'une combinaison de ski bien qu'il ne neige pas et d'une casquette élimée qui nous enjoint de *Vivre libre ou mourir.* Il crache par terre, et ma colère s'évanouit. Ce type est un abruti, et si je m'y mets aussi, en toute logique, Brynn va se retrouver en infériorité numérique.

Il lève un doigt à sa casquette dans un salut ironique.

– Cette petite demoiselle doit être Beth.

– C'est Brynn, dit Brynn en pinçant les lèvres.

– Bon Dieu, les noms de ces mômes, sort Wade avec un petit ricanement. Pourquoi pas Bentley, tant que tes parents y étaient ? Ou BM, tiens.

– Pardon, quoi ? demande Brynn en me glissant un regard éberlué.

– J'ai essayé de te prévenir.

Wade frappe dans ses mains, un peu comme je viens de le faire.

– Alors, c'est quoi, l'idée ? On fait un petit jardin pour un type mort et on n'aime pas trop aller sur Google ? Trop de boulot pour deux mômes riches, alors autant prendre sur le temps de ce brave Wade ?

Brynn bat des paupières avant de se tourner de nouveau vers moi.

– Wouah, murmure-t-elle. Je ne pensais pas avoir à admettre ça trente secondes après le début de ce rendez-vous, mais… t'avais raison, Tripp.

– Bon speech, Wade, dis-je.

Puis je repars en tirant Brynn par le bras.

– Bon, déclare-t-elle, la consultation du spécialiste, je crois que ça ne va pas le faire.

– Non. Tu sais quoi ?

Tout à coup, je me sens tenu de me rattraper pour la manière dont je me suis comporté sur le chemin. Rien de tel qu'une confrontation avec les Wade Drury de ce monde pour nous rappeler qu'on n'a pas encore touché le fond, et qu'on n'en a aucune envie. Et je ne peux pas me permettre de faire fuir la seule personne en dehors de ma boss de cinquante ans qui puisse m'apporter quelques miettes de bonheur.

– On devrait retourner voir M. Solomon. Il sera plus disposé à nous recevoir, cette fois-ci, et je pense qu'on peut l'amadouer. Pas besoin de lui parler de M. Larkin. Il suffit de le brancher plantes et on nous dira tout ce qu'on voudra savoir.

– Quoi, *maintenant* ? me demande Brynn.

– Non, je dois être à la Ruche dans une demi-heure. Demain ?

Elle se mord la lèvre.

– Je ne suis pas censée y retourner.

– Qui a décidé ça ? Tes parents ?

– Euh… ouais.

Elle a un air un peu… fuyant, je dirais, mais avant que j’aie pu creuser, elle se redresse pour déclarer :

– Bon, oublie, c’est pas grave. D’accord.

CHAPITRE VINGT ET UN

Brynn

C'est drôle tout ce qu'on peut apprendre sur soi-même dans un nouvel environnement. Par exemple, je n'aurais jamais cru qu'on pouvait gagner en pouvoir d'attraction en portant des cartons, avant d'observer Tripp à la Ruche à Miel samedi après-midi.

Tandis que Tripp disparaît dans la réserve de Regina avec le dernier carton d'approvisionnement déposé à l'entrée par le livreur, Mason me tapote la mâchoire.

– Ferme la bouche, me souffle-t-il. Toute cette bave, ça me dégoûte de mon croissant.

Mes joues chauffent alors que Nadia souligne :

– Enfin, à la décharge de Brynn, t'as vu ses biceps ?

– Oui, oui, moi aussi, j'ai apprécié le spectacle, avoue Mason entre deux gorgées de café. Mais en silence, avec dignité et subtilité. Brynn aurait quelques leçons à en tirer.

– Tais-toi, dis-je avant d'engloutir une grosse bouchée de fourré à la confiture. À propos de dignité, Mason, comment va Gorff ?

Ses oreilles rougissent et Nadia se marre. Les textos exaltés et décousus de Mason le soir de la fête chez Charlotte sont devenus notre sujet préféré pour le chambrer. Quelquefois, je m'amuse à lui en envoyer des captures d'écran rien que pour le plaisir de voir ses oreilles tourner à l'écarlate.

– SKSKSKKS GORFF MMME STAKEKE, déclame Nadia, citant le plus classique. Qu'est-ce que tu voulais dire par là, Mason ? Il t'a cloué avec un pieu ? Il te prend pour un vampire ?

Je me caresse le menton pensivement.

– Ou alors il te poursuit ? C'était un appel à l'aide ?

– Ou peut-être qu'il t'a proposé un steak ? suggère Nadia.

– OK, OK, vous êtes à mourir de rire, toutes les deux, grommelle-t-il d'un ton acide. Et vous êtes officiellement désinvitées de mon cercle de danse quand j'irai au bal d'hiver avec *Geoff*.

– Ton cercle de danse ?

– Il y aura des lumières noires, mon vrai moyen d'expression artistique.

Il se livre à un petit shimmy sur sa chaise avant de finir son café.

– C'est bête que vous ratiez ça.

– Ça me semble impossible à rater, dis-je.

– Ah, à ce propos, Brynn, déclare Nadia en rougissant à son tour, ce qui ne lui arrive pratiquement jamais.

Je pensais inviter Pavan, mais je voulais te demander d'abord. Ça t'ennuierait ?

– Pavan Deshpande ? dis-je, étonnée. Pourquoi ça m'ennuierait ?

– Ben, vous vous êtes embrassés. L'inviter au bal n'enfreint pas le code des relations entre filles ?

– On s'est embrassés en *cinquième*. Donc, non. Mais c'est sympa d'avoir pensé à demander.

– Tu vas inviter l'Étalon des Cartons ? me questionne Mason tandis que Tripp ressort de la réserve.

– Chut.

Je songe que j'ai raté une occasion hier et mon estomac se noue. Quand Tripp a mentionné *Alibi*, j'aurais dû lui dire que j'y faisais un stage. Mais vu l'état d'esprit dans lequel il était à cause de sa mère, je n'ai pas osé, et ensuite, c'était trop tard.

Soudain, je me rends compte que je ne l'ai pas signalé non plus à Mason et Nadia. Je n'ai pas cherché à le leur cacher, je n'ai juste pas eu le réflexe de leur en parler au début. Peut-être parce que je n'imaginais pas qu'on deviendrait plus que des potes de cafète. Maintenant qu'on est amis, il faut que je leur dise, d'autant plus que Carly est partie à fond dans la recherche d'infos sur M. Larkin. Un jour ou l'autre, quelqu'un à Saint Ambrose découvrira qu'on parle de lui sur le site d'*Alibi*, la nouvelle se répandra comme une traînée de poudre et je serai grillée.

Mais alors que je prends une grande inspiration pour me lancer, Tripp surgit à notre table. Il sent le sucré et il est toujours en tee-shirt, sa chemise à carreaux sur les épaules. J'en perds ma concentration.

– Prête ? me demande-t-il.

On a prévu d'aller chez M. Solomon après son boulot.

– Brynn, toujours ! répond Mason.

Et voilà, j'ai encore laissé passer l'occasion. Cela dit, il vaudrait sans doute mieux que je parle d'*Alibi* à Tripp avant d'informer les autres.

– Allons-y, dis-je en prenant mon manteau.

Je lui dirai dans la voiture.

* * *

Je ne lui ai pas dit dans la voiture.

J'allais le faire, sérieux. Mais oncle Nick m'a appelée du Vermont, où il s'offre un week-end de ski avec ses copains de fac grâce au forfait familial. Il n'est jamais fichu de retenir le code d'activation.

Je ronchonne.

– Je te l'ai envoyé par message avant ton départ.

« Je sais, mais je l'ai effacé. Je l'ai plus. »

– Je conduis, là, je ne peux pas te le donner tout de suite. Regarde dans ta boîte mail, je suis sûre de te l'avoir envoyé dans les trois derniers mois.

« Ce serait quoi, l'objet ? »

– Je rêve, oncle Nick. Essaie « code d'activation ».

Le temps qu'il mette la main dessus, je me gare à côté du pick-up de M. Solomon.

« Tu me sauves la vie, ma nièce bien-aimée », me déclare oncle Nick avant de raccrocher.

– Désolée, dis-je à Tripp en mettant au point mort. Mon oncle n'est pas super organisé.

– Pas de problème. Au fait, avant qu'on descende de voiture, je voulais te dire un truc.

Il se tourne vers moi avec un petit sourire et je réalise qu'on est assis tout près l'un de l'autre, si près que, si je le voulais, je pourrais repousser la mèche de cheveux qui menace de lui tomber devant les yeux.

On ne rougit pas, Brynn.

– À propos de quoi ?

Cool et détachée, comme toujours.

– On s'en tient à la porte d'entrée, aujourd'hui.

Ah. OK. À quoi je m'attendais ?

– Bonne remarque, dis-je en sortant de la voiture.

J'envisage une seconde de lui parler d'*Alibi* sur le chemin de la porte, mais le trajet est trop court. Sans compter que je commence à stresser à la perspective de revoir M. Solomon. Je me demande si je vais retrouver le gentil bonhomme que j'ai connu à Saint Ambrose, ou le type qui a pété un plomb et nous a tenus en joue au bout d'une carabine.

– On n'a qu'à se contenter de sonner jusqu'à ce que…

Je pile en haut des marches. Tripp me rentre dedans et pose une main sur ma hanche pour nous retenir de trébucher.

– C'est ouvert, on dirait.

– Euh, ouais, confirme-t-il, les yeux sur l'interstice qui sépare la porte du chambranle.

Il la pousse doucement.

– Monsieur Solomon ? C'est Tr – C'est Noah Talbot. Vous êtes là ?

Il n'y a pas de réponse, et pas un bruit dans la maison.

– Il est peut-être derrière, dans le jardin ? suggère Tripp.

– Je vais voir.

Je contourne la maison en courant, sans m'approcher de la barrière, mais il n'y a pas de M. Solomon en vue. Alors je rejoins Tripp, qui a poussé la porte de quelques centimètres supplémentaires.

– Il n'est pas dehors, signalé-je.

– Bon… On devrait peut-être entrer pour être sûrs qu'il va bien et le prévenir qu'il a laissé sa porte ouverte. Je ne pense pas que ce soit volontaire.

– Sans doute pas, non. Mais tu crois que c'est une bonne idée ? Il était déjà super en pétard quand on a juste essayé d'ouvrir sa barrière.

– On va s'annoncer, dit Tripp en ouvrant franchement la porte. Monsieur Solomon ! C'est Noah et Brynn ! La porte est ouverte. On entre, d'accord ?

Le silence qui accueille cette déclaration hérisse mes cheveux sur ma nuque. Quelque chose ne va pas. Je jette un coup d'œil sur le pick-up de M. Solomon au cas où il serait derrière le volant, prêt à partir, et où ça nous aurait échappé. Mais le véhicule est vide, ainsi que le couloir sombre dans lequel nous avançons. Le sol est recouvert d'une moquette usée jusqu'à la trame et une paire de boots est posée de travers sur une étagère à chaussures calée contre le mur. Il y a de la poussière dans l'air et j'éternue avant de crier :

– Monsieur Solomon, vous êtes là ?

– On devrait aller voir à l'étage, dit Tripp.

Je me tourne vers le salon.

– Ouais. On pourrait…

Puis tout se fige – mes paroles, mes pas, mon cœur. Le bout d'un pied en chaussette dépasse de derrière un fauteuil.

– Oh non.

Tripp s'immobilise à ma voix.

– Quoi ?

Avance, m'ordonné-je, les yeux rivés sur le pied immobile. *Un pas après l'autre*. Mais mes jambes refusent de m'obéir. Dans ma tête, j'ai repris le même ton qu'avec Ellie quand, petite, elle avait fait un cauchemar : une voix chantante et apaisante. *Tu peux ouvrir les yeux. Je suis là. Tout va bien.*

– Tout va bien, murmuré-je. Tout va bien.

Enfin, j'arrive à bouger. Je ne sais pas bien à qui je parle mais, plus je m'approche, plus il est clair que c'est faux, à tous points de vue. Je me concentre sur cette chaussette avec la précision d'un rayon laser et, une fois dans le salon, je remarque un trou dans le talon. Curieusement, c'est ce détail qui pousse un sanglot étouffé hors de ma gorge, avant même que mes yeux n'enregistrent la scène dans son ensemble : M. Solomon est allongé, inerte, le cou plié à un angle horriblement anormal, la tête dans une mare de sang.

– Monsieur Solomon, dis-je en tombant à genoux à côté de lui. Vous… Vous m'entendez ?

Il est évident que non ; ses yeux éteints montrent clairement qu'il ne peut plus entendre personne. Mais je ne peux pas m'empêcher de bredouiller sans m'arrêter :

– Je vais demander de l'aide. J'appelle tout de suite. Vous êtes tombé ? Monsieur Solomon, vous êtes tombé ?

Il gît devant la cheminée, dont le coin est également taché de sang. Je fouille dans ma poche, mais je n'ai pas mon téléphone. Il est dans mon sac. Où est mon sac ? J'ai dû le lâcher en cours de route. En me retournant, je le repère par terre à quelques mètres. Je me penche pour l'attraper, et je vois Tripp.

Il est tout raide, blanc comme un linge, les yeux presque aussi éteints que ceux de M. Solomon.

– Qu'est-ce que tu as fait ? demande-t-il d'une voix rauque.

– Quoi ? Je… Pourquoi tu dis ça ?

Je ne comprends pas sa question ; on ne s'est pas quittés une seconde et il est clair que je n'ai rien fait qui ait pu causer cette situation. Est-ce à M. Solomon qu'il demande ça ? Il ne me répond pas, et je n'ai pas le temps d'attendre. J'attrape la courroie de mon sac pour le tirer jusqu'à moi.

– On doit appeler à l'aide. Il y a peut-être encore quelque chose à faire…

Tripp tombe à genoux, les yeux rivés sur M. Solomon, mais sans paraître le voir vraiment.

– Il faut que je réfléchisse, dit-il en passant la main dans ses cheveux.

– Tripp, je…

Je n'y comprends rien. Il est évident qu'il ne va pas bien, mais M. Solomon encore moins, et c'est lui, ma priorité. Je finis par mettre la main sur mon portable, que j'ai du mal à tenir tellement mes mains tremblent.

– J'appelle le 911.

Est-ce que je cherche surtout à rassurer Tripp ou moi-même, rien n'est moins clair.

– Arrête de hurler, me dit Tripp, qui s'est pris la tête entre les mains. Je n'arrive pas à penser quand tu hurles comme ça.

– Je ne hurle pas, dis-je, au bord des larmes. J'essaie de me servir de mon putain de téléphone.

Je finis par réussir à appeler les secours. Au bout de quelques secondes, une femme me demande d'un ton posé :

« Ici le 911. Quelle est la raison de votre appel ? »

– Quelqu'un est blessé, dis-je d'une voix étranglée.

Je regarde tour à tour Tripp et M. Solomon. L'un, à genoux, se balance en marmonnant pour lui-même, et l'autre est totalement inerte. Je donnerais cher pour pouvoir les aider tous les deux, mais j'en suis incapable. Je ne sais pas comment.

Je ne sais pas comment aider qui que ce soit.

CHAPITRE VINGT-DEUX

Tripp

Des murs blancs, des lumières vives, et une forte odeur d'ammoniaque.

– Les constantes sont bonnes, dit une voix.

On tire sur mon œil et la lumière m'aveugle, maintenant.

– Les pupilles sont normales. Il n'y a pas de problème sur le plan physiologique, je penche pour un stress post-traumatique.

– Pas étonnant, intervient une autre voix. C'est le pire cas de répétition qu'on puisse imaginer.

Une main me presse l'épaule.

– Tripp, ça va aller, je te le promets. Mais on a du mal à joindre ton père. On peut appeler quelqu'un d'autre ?

Je ne sais pas de quoi ils parlent, ni pourquoi ils veulent contacter mon père. Mais j'ai la réponse à leur question.

– Personne. Il n'y a personne d'autre.

* * *

Deux heures plus tard, je suis assis avec Regina dans le poste de police de Sturgis. J'ai suffisamment retrouvé mes esprits pour savoir que Brynn l'a appelée et qu'elle a fermé la boulangerie pour venir.

« Tu n'avais pas besoin de faire ça, lui ai-je dit. J'aurais dû leur demander d'appeler Lisa Marie. »

Elle m'a tapoté la main, ce qui, chez Regina, revient à me sauter au cou.

« Non. Pas pour ce genre de chose. »

Elle qui me pousse toujours à donner une chance à ma mère, elle n'a pas réussi à suggérer une grille de lecture positive pour son projet d'interview avec Gunnar Fox.

Elle est venue me chercher à l'hôpital, où on m'a emmené avec le corps de M. Solomon parce que, à ce que j'ai compris, j'avais pété un plomb en le découvrant. Je ne m'en souviens pas. Je ne me souviens plus de rien après que Brynn a posé la main sur la rampe de l'escalier et dit : « Oh non. »

Regina dit que c'est bien mieux comme ça.

En revanche, je ne vais pas être d'une grande aide pour notre ami le lieutenant Patz, qui est en train de s'asseoir en face de nous avec une expression qu'on pourrait presque prendre pour de la compassion.

– Tu tiens le choc ?

– Ça va, dis-je par réflexe.

– Tu n'as pas besoin de répondre tout de suite à mes questions. Ça peut attendre que tu te sentes mieux, ou que ton père puisse venir.

– Il dort. Il ne va pas se lever avant plusieurs heures. Mais c'est bon, je peux vous parler maintenant. Je n'ai pas envie de devoir revenir.

Patz se tourne vers Regina.

– Vous pensez qu'il est en état de me répondre ?

Elle me tapote de nouveau la main.

– Il dit que oui. Mais que vient faire la police dans cette histoire, Steven ? Je pensais que le pauvre Dick s'était cogné la tête en tombant.

« Le pauvre Dick. » M. Solomon, le type qui cultivait des fleurs géantes et qui disait bonjour depuis son jardin à tous ceux qui rentraient du foot. Théoriquement, je sais qu'il est mort, mais je n'ai toujours pas assimilé l'information. Ça ne paraît pas réel.

– En effet, dit le lieutenant. Mais on ne peut pas encore exclure la thèse du cambriolage. On n'a pas retrouvé sa boîte à pêche rouge. Vous voyez laquelle ?

Regina hoche la tête. M. Solomon l'a payée plus d'une fois en sortant l'argent de cette boîte.

– Ça peut être lié ou non. Le temps d'en savoir plus, on considère la maison comme une scène de crime. On a parlé à Brynn Gallagher, qui s'est montrée très coopérative, et je crois qu'on a autant d'informations qu'on peut l'espérer. Tout ce que Tripp pourra ajouter sera juste la cerise sur le gâteau.

Je n'ai pas revu Brynn depuis notre départ de la maison. Je sais qu'elle était présente à l'hôpital, mais je ne m'en souviens pas. Je me sens mal, tout à coup, en imaginant dans quel état elle m'a vu. Quelle classe de s'effondrer au moment le plus critique, Talbot.

Mais il n'y a pas que la honte qui me donne la nausée. Il y a aussi le fait d'ignorer ce que j'ai pu dire à ce moment-là. *Qu'est-ce que j'ai dit ?*

– Je ne sais pas ce que j'ai dit, déclaré-je tout à trac en croisant le regard de Patz.

Il prend un stylo avec bien trop de hâte.

– À propos de quoi ?

Non, je ne peux pas lui demander ça. Qu'est-ce qui m'est passé par la tête ?

– Je ne sais pas ce que j'ai *vu*. Je n'arrive pas à me souvenir.

– Oui, c'est ce que nous a expliqué le médecin qui t'a examiné. Ta mémoire peut revenir, mais il n'y a pas de raison de forcer le processus, en particulier aujourd'hui. On va juste s'intéresser à votre arrivée sur place, d'accord ? Tu as peut-être remarqué quelque chose qui a échappé à Brynn.

Je fais de mon mieux, mais je vois à la mine résignée du lieutenant que je ne lui apprends rien d'utile. Au bout d'un moment, il ne prend même plus de notes et se contente de hocher la tête pour ponctuer mon blabla.

– D'accord, dit-il enfin en fermant son bloc-notes d'un geste énergique. La bonne nouvelle, c'est que Brynn

Gallagher a l'œil pour les détails. Ça doit être pratique pour une étudiante en journalisme.

– Ex-étudiante en journalisme.

– Elle suit un stage, en tout cas.

– Quel stage ?

Je glisse un coup d'œil à Regina, qui ne semble pas plus au courant que moi.

– À *Alibi*, répond le lieutenant. Vous voyez, l'émission de faits divers ? Elle nous a tout expliqué. C'est drôle, on est justement en communication avec l'une des productrices à propos de…

Il se tait, et fronce les sourcils devant mon expression.

– Tu ne le savais pas ?

– Non, dis-je en crispant les poings de toutes mes forces sur mes genoux. Je ne le savais pas.

CHAPITRE VINGT-TROIS

Brynn

J'ai vraiment déconné tous azimuts.

Avec mes parents, qui sont verts parce que je ne leur ai dit ni que je m'étais pris un coup de poing, ni que j'avais été visée avec un fusil. Comme j'ai dû parler de tout cela à la police, il a bien fallu que je les mette au courant. Avec oncle Nick, qui subit leur colère pour avoir gardé mon secret. Avec Carly, qui m'avait bien demandé de ne pas retourner chez M. Solomon et qui s'est pris un savon de la part de Ramon d'Arturo pour avoir, comme il dit, « risqué de se laisser embarquer par une gamine dans un enfer médiatique ». Avec Nadia et Mason, vexés que je ne leur aie pas parlé de mon stage.

Et avec Tripp, je suppose. Mais je ne suis sûre de rien parce qu'il n'a répondu à aucun de mes messages. Je suis passée à la Ruche à Miel ce matin, mais Regina était toute seule, et elle a secoué la tête en me voyant approcher.

« Tripp n'est pas là, ma belle. »

Al a remué la queue mais sans se lever, comme si je l'avais déçu, lui aussi.

« Il va bien ?

– Physiquement, ça va.

– Et pour le reste ?

– Il te le dira lui-même », a-t-elle répliqué, gentiment mais fermement.

La seule personne qui ne me déteste pas étant Ellie, c'est elle qui me tient compagnie dans ma chambre pendant que mes parents sont au téléphone avec Carly, pour discuter de si et comment je pourrais continuer à travailler à *Alibi*. Ellie a apporté son vieux coffret de magie, comme quand elle avait dix ans, et farfouille dedans tandis que je reste allongée sur mon lit, les yeux au plafond.

– L'avantage, dit-elle, c'est que ça fait passer les dick pics au second plan.

– Mais ça tombe trop tôt, grommelé-je en me tournant sur le côté pour regarder par la fenêtre.

Alors que je m'attends à une autre remarque désinvolte de ma sœur, parce que c'est sa tactique quand elle veut remonter le moral de quelqu'un, elle lâche un petit soupir.

– Ouais, je sais. C'est normal de déprimer pour l'instant. Moi, je déprime. Pauvre M. Solomon.

Ma gorge se serre encore plus fort et des larmes me piquent les yeux.

– Il avait un trou dans sa chaussette.

Cette fois, les larmes jaillissent. Je ne pourrais pas dire pourquoi ce petit détail en particulier me rend si triste mais, chaque fois que j'y pense, ma poitrine se serre douloureusement. Ellie me prend dans ses bras tandis que je me recroqueville en position fœtale, en pleurant si fort que j'ai mal partout.

– Au moins, il a eu une longue vie ! renifle ma sœur en me caressant les cheveux. Et une chouette vie. Je crois qu'il était heureux. C'est peut-être même mieux qu'il soit mort avant de perdre complètement la boule et de ne plus pouvoir vivre dans sa maison. À mon avis, il n'aurait jamais voulu partir de chez lui.

– Mais il a peut-être eu peur, à la fin... dis-je d'un ton étranglé. Et il est mort tout seul et...

Je sanglote de plus belle. Ça fait vingt-quatre heures qu'on l'a découvert et je ne peux pas m'arrêter de pleurer plus de deux heures d'affilée. Maintenant, je comprends ce que Tripp a dû ressentir dans les bois il y a quatre ans.

– Il n'était pas tout seul, rectifie Ellie. Tu étais là.

Ce qu'elle dit est assez absurde, parce que M. Solomon était déjà inconscient quand on est arrivés. Mais je lui ai tenu la main pendant qu'on attendait les secours, l'autre bras tendu pour toucher le genou de Tripp, la seule partie de son corps que je pouvais atteindre dans cette position. C'était ridicule, mais je ne pouvais priver aucun des deux de contact physique.

Je me redresse, je m'essuie les joues et je prends deux grandes inspirations saccadées.

– J'ai complètement merdé. C'est toi qui avais raison, Ellie. J'aurais dû dire aux gens dès le début que j'enquêtais sur l'affaire Larkin pour *Alibi*.

Elle fait la grimace.

– Je serais ravie de m'attribuer ce mérite, mais je ne me souviens pas de t'avoir dit ça. Il me semble plutôt que je me suis rendue complice de tous tes méfaits en parfaite connaissance de cause.

Elle hausse les épaules et repousse une mèche de mon front.

– T'inquiète. Les gens ont juste besoin d'un peu de temps.

– Espérons.

Je prends mon téléphone sur ma table de chevet. Le dernier message que j'ai reçu vient de Nadia, en réponse à la succession d'excuses de ma part : `J'avoue que j'ai du mal à comprendre pourquoi tu nous as caché un truc comme ça.`

Je n'ai pas de bonne réponse à lui offrir. Qu'est-ce que je pourrais dire ? `Je n'avais pas prévu de me réinvestir dans notre amitié. J'ai eu tort !` Je suis revenue à Sturgis sur la défensive, en considérant ces cinq mois qui m'attendaient à Saint Ambrose comme un passage obligé avant de pouvoir attaquer autre chose. Je n'avais pas réalisé à quel point ce sentiment avait influencé mes relations avec les gens, jusqu'à ce que je me retrouve dans ma chambre avec ma sœur pour unique compagnie.

– Tripp refuse toujours de me parler.

– Je crois que tu vas devoir être patiente avec lui, dit Ellie. Après le coup que sa mère lui a fait, il doit avoir l'impression que c'est le plan à la Gunnar Fox qui recommence.

Elle doit voir que je me décompose, parce qu'elle ajoute aussitôt :

– Je ne dis pas que c'est le cas. Juste qu'il se *peut* qu'il le voie comme ça. (Elle tire sur un fil qui dépasse de ma taie d'oreiller.) En attendant, ce n'est pas forcément mal de prendre un peu de distance avec lui. Si la mort de M. Larkin recouvre autre chose que ce qu'on pensait, Tripp était au centre de l'histoire, non ? Et il faut admettre qu'il a réagi bizarrement chez M. Solomon. Je sais qu'il a subi un traumatisme, tout ça, mais il a bien dit : « Qu'est-ce que tu as fait » ?

– Ouais. Et il m'a demandé d'arrêter de hurler alors que je ne criais pas. C'est comme s'il avait cru qu'il voyait M. Larkin au lieu de M. Solomon.

– Qu'est-ce qu'il t'a dit, déjà, à la fête ? questionne Ellie en s'étalant à plat ventre sur mon lit. « J'avais besoin que tu me détestes » ?

– Ouais. Mais c'était à propos de ce qui s'était passé en cours de gym, juste avant la mort de M. Larkin.

– Hmm. OK. Alors, c'est quoi, ta théorie ?

– Sur quoi ? Ce qui est arrivé à M. Solomon, ou à M. Larkin ?

– Au choix. Ou les deux.

– Je n'en ai pas encore. Je n'ai pas fini de rassembler les infos.

Ellie lève les yeux au ciel.

– Un peu maigre, comme excuse. Tu devrais essayer de fonctionner plus comme cette fille, là, Ellery.

Il y a quelques jours, Ellie m'a surprise en train de regarder sur YouTube une interview d'Ellery Corcoran, la fille qui a contribué à résoudre les meurtres d'Echo Ridge. L'un des producteurs d'*Alibi* voudrait les couvrir. Carly trouve que c'est du réchauffé, mais j'étais assez intriguée pour avoir envie de me renseigner.

« J'ai d'abord soupçonné le petit ami de la victime, parce que c'est un classique, expliquait Ellery sur la vidéo au moment où Ellie est arrivée. Puis j'ai envisagé que ça puisse être l'ex de ma mère. Deux de ses ex, plus exactement. Ou mon voisin, ou la sœur de ma copine, ou deux gars du lycée… »

« Wouah, elle ne laisse rien au hasard, elle, a commenté ma sœur.

– Ouais, elle ratisse large. »

Mais au fond, elle m'a plu. Elle vibrait de cette flamme dont Carly avait parlé le jour de mon entretien : la passion. Alors que je suis là, à collecter des fragments de données sans en tirer la moindre conclusion valable. Le journalisme de faits divers est différent de tout ce que je connaissais ; les enjeux paraissent terriblement lourds. Et j'ai un peu peur de ce que je risque de découvrir – sur M. Larkin, sur Tripp, ou sur quelqu'un d'autre qui ne serait pas encore apparu sur mon radar.

– J'y bosse, dis-je simplement à Ellie.

– En tout cas, tu dois avouer que Tripp réagit de manière cheloue.

Je ne peux pas le nier. Je le sais depuis le début – et notre rapprochement n'a pas modifié mon impression –, mais je ne peux pas m'empêcher de froncer les sourcils, et Ellie a un sourire narquois.

– Désolée de trouver que ton petit ami est chelou.

En guise de réponse, je lui balance un oreiller qui atterrit sur son coffret de magie.

– Qu'est-ce que tu fabriques avec ce truc, d'ailleurs ? Tu retombes en enfance ?

Ses yeux s'illuminent.

– Non, non, c'est pour un projet.

– Quel projet ?

– Je te dirai pas, chantonne-t-elle. Je dois me débrouiller toute seule sur ce dossier-là.

– Ah bon ? Qu'est-ce que…

Mon portable sonne à cet instant et je saute dessus en espérant que c'est Tripp, ou Nadia, ou Mason. Mais c'est un numéro de Providence. Je suis tentée de ne pas décrocher, mais ça peut être quelqu'un de la Eliot School et la curiosité l'emporte.

– Allô ?

« Brynn, bonjour, je m'appelle Paul Goldstein, je suis prof d'anglais à la Eliot School à Providence. M. Bartley-Reed, le principal, m'a donné votre numéro. J'espère que ça ne vous dérange pas que je vous contacte un week-end ? »

– Non, non, pas du tout, dis-je en rampant à reculons pour m'adosser à ma tête de lit. Merci de m'appeler.

« C'est qui ? » articule Ellie, et je lui fais signe de se taire.

« Je vous en prie. Si j'ai bien compris, vous participez à la création d'un jardin du souvenir pour Will Larkin ? Et vous cherchez des infos pour… (il s'interrompt, comme s'il relisait une note) les fleurs ? »

– Euh, oui et non.

Après ce qui vient de se passer, les fleurs sont le dernier de mes soucis.

– Enfin, si vous pouvez nous en indiquer qui lui plaisaient, ça nous aiderait, mais j'espérais surtout que vous pourriez nous parler un peu de lui, du collègue qu'il était, ce genre de chose.

« Pas de problème. »

Paul Goldstein semble relever de la même catégorie de prof que M. Larkin, prêt à suivre gaillardement les élèves pour peu qu'ils aient l'esprit d'initiative.

« Eh bien, pour commencer, Will était un super prof. Il connaissait les classiques sur le bout des doigts, mais il adorait aussi faire découvrir les auteurs modernes à ses élèves. »

Paul Goldstein continue un moment à me décrire les méthodes d'enseignement de M. Larkin, et je ne peux pas m'empêcher de me rappeler ce qu'a dit Ramon d'Arturo : « C'était une non-entité. » Goldstein est super sympa et partage ses souvenirs, mais il ne m'apprend rien.

– Ça m'est très utile, merci beaucoup, dis-je quand il s'arrête pour reprendre son souffle. J'ai adoré l'avoir comme prof, et ce que vous dites me touche beaucoup. Mais je me demandais, qu'est-ce qui l'intéressait en dehors des cours ? En tant qu'élèves, on ne connaissait pas cette facette de lui.

« Là-dessus, franchement, je ne pourrais pas vous répondre. Will était plutôt réservé. Il venait au collège à vélo, je sais que c'était un cycliste enthousiaste. »

Je me pince la racine du nez. Un cycliste enthousiaste. Fascinant. Je vois d'ici Ramon d'Arturo s'endormir sur sa chaise.

– Il lui arrivait de parler de sa famille ?

« Non, pas que je sache. »

Je sens le découragement m'envahir.

« Enfin, c'est arrivé une fois. »

– C'est vrai ?

Ellie, qui suit la conversation depuis le début, se réveille en voyant mon expression.

« Oui, reprend Goldstein avec un petit rire, à une soirée entre profs. Le genre de circonstances dans lesquelles les gens se lâchent un peu, au bout de quelques verres. S'il vous plaît, ne dites pas que j'ai dit ça ! »

– Promis !

« C'était quelques semaines avant son départ pour Saint Ambrose. Je lui ai demandé ce qui l'avait attiré là-bas, parce que, bon… Enfin, je ne voudrais pas dire du mal de Saint Ambrose ni de Sturgis, mais avouons que ce n'est pas tout à fait un environnement qui… »

– C'est un trou, dis-je, en espérant que mon ton ne laisse pas percevoir mon impatience. Allez-y, vous pouvez le dire. On est au courant.

« Non, non, se défend Goldstein en riant de nouveau. Simplement, la Eliot School représente une occasion en or pour un prof du privé, et ça m'intriguait qu'on puisse choisir de quitter un poste aussi recherché aussi tôt dans sa carrière. Alors je lui ai posé la question. »

– Et il vous a répondu quoi ?

« Bah, au début, il m'a sorti les banalités habituelles, sur l'intérêt d'un cadre éducatif progressiste, la mixité sociale, etc. Et puis quelqu'un a payé une nouvelle tournée – ça non plus, ne le dites pas. Je ne voudrais pas faire passer les profs d'Eliot pour une bande d'alcoolos. C'est là qu'il m'a demandé : “Tu veux connaître la vraie raison pour laquelle je vais travailler à Saint Ambrose, Paul ?” »

– C'était quoi, la vraie raison ? dis-je tandis qu'Ellie se mord les jointures pour signaler qu'elle va craquer.

« Il a dit : “Pour être dans le même collège que mon frère.” »

CHAPITRE VINGT-QUATRE

Tripp

Mardi matin, après le long week-end, je me lève tôt pour aller courir, comme tous les jours. De retour chez moi, je me douche, je prends mon petit déjeuner, je me brosse les dents et je m'habille sur pilote automatique pour partir au lycée. Chemise boutonnée, cravate nouée, veste bleu marine en place sur les épaules. La seule différence avec les jours ordinaires est que je remplis une flasque avec le Jim Beam de mon père avant de sortir et que je prends la direction opposée à celle de Saint Ambrose.

Je ne peux pas affronter le lycée. Alors j'appelle la vie scolaire en imitant la voix de mon père pour dire que je suis malade. Ça n'étonnera personne. Tout le monde sait ce qui s'est passé samedi chez M. Solomon ; mon portable déborde de messages de gens à qui je ne veux pas parler.

Y compris Brynn. *Surtout* Brynn.

À qui je refuse de penser, définitivement. Et elle a osé me reprocher de ne pas savoir mentir ? Il n'y a pas pire menteuse qu'elle, qui épie tout le lycée pour *Alibi* ! J'espère bien qu'elle va passer une journée pourrie à devoir se justifier. Je regretterais presque de ne pas y être pour voir ça.

Mais quand même pas au point d'y aller.

Je ne sais pas trop où je vais, et le fait d'avoir éclusé la moitié du Jim Beam avant le premier kilomètre n'aide pas beaucoup.

– Ralentis, me dis-je après avoir trébuché sur un nid-de-poule.

Sérieux, c'est de la faute de la municipalité, qui laisse tomber en ruine ce trou miteux connu sous le nom de Sturgis. Cela dit, c'est pas une mauvaise idée de marcher sur le trottoir plutôt qu'au milieu de la route. C'est là que je le vois : le porche voûté du cimetière. Où M. Solomon arrivera dans quelques jours et où M. Larkin repose depuis quatre ans, même s'il n'est pas d'ici.

Je ne m'étais jamais demandé jusqu'à aujourd'hui pourquoi il n'a pas été enterré ailleurs.

Je sais où est sa tombe, à peu près. Je dois tournicoter un peu, parce que je ne viens pas non plus tous les jours. Peut-être deux fois par an ? Je n'apporte pas de fleurs. Je viens juste me camper devant la sépulture, comme maintenant, et je lis l'inscription sur la pierre : *À des mers infréquentées, à des rivages inconnus.* C'est du Shakespeare, nous a signalé Mme Kelso à la cérémonie. Je crois que c'est elle qui a choisi la citation.

Puis je dis ce que je dis toujours :

– Je suis désolé.

Normalement, je ne fais pas descendre ça avec du whisky. Mais normalement, quand je viens, je n'ai pas découvert un cadavre trois jours plus tôt. Alors… il faut savoir faire des exceptions. Je poursuis :

– Je crois que je suis maudit.

Tiens, c'est nouveau, ça.

Le vent se lève et rabat mes cheveux dans mes yeux. Je n'ai pas mis de manteau, pour la simple raison que je n'en avais pas envie, et je devrais avoir froid, mais non. Je suis juste engourdi.

– Je ne sais pas quand ça a commencé, dis-je à la pierre tombale de M. Larkin. Peut-être avec vous, ou peut-être avant. Quand Lisa Marie est partie. Ou quand deux personnes qui n'auraient jamais dû se mettre ensemble ont fait un enfant qu'elles ne désiraient pas.

Je m'assois lourdement dans l'herbe. Le sol est froid et dur sous mes fesses, tout bosselé de mottes de terre à demi gelées, et ma flasque bascule comme une quille dès que je la pose. Une chance que j'aie pensé à la reboucher. Je reprends le cours de mes plaintes :

– En plus, c'est pas juste. Mon père me désirait, lui. Sauf qu'il a pas su s'y prendre une fois que j'ai été là.

À tous les coups, mon père n'a jamais été aussi reconnaissant que nos emplois du temps nous permettent seulement de nous croiser ce week-end-ci. Il n'a pas arrêté de s'excuser de ne pas s'être réveillé pendant mon épisode hôpital-slash-poste de police, mais j'ai vu qu'il était soulagé, lui aussi. Presque autant que moi.

« Ça va mieux ? m'a-t-il demandé quand on s'est enfin retrouvés samedi soir. T'as besoin de quelque chose ? De parler, ou bien... ?

– Ça va très bien. »

Rien n'a jamais été aussi faux, mais mon père s'est contenté de hocher la tête.

« Regina était sans doute la bonne personne pour ce genre de situation. »

Il a raison. Et ça m'a fait peur, parce que je deviendrai quoi quand je n'aurai plus Regina ? Ça arrivera forcément, parce que la vie est ainsi faite.

– Mélodramatique, dis-je à la tombe de M. Larkin. Moi, hein, pas vous. Vous n'êtes pas mélodramatique. Vous êtes juste...

Mort. Encore. Toujours.

Je me relève tant bien que mal en serrant ma flasque dans une main, nauséeux et pressé d'être ailleurs. Mais où ? Je suis cerné par la pierre grise et les branches nues. Puis mon œil est arrêté par une tache de couleur : une maison bleu vif qui m'est familière, devant laquelle je passais autrefois à vélo quand ma mère venait à Sturgis, dans l'espoir qu'elle me verrait et me proposerait d'entrer. La maison de Valerie, où Lisa Marie loge en ce moment.

Lisa Marie. Au moins, elle, elle ne cache pas son jeu quand elle participe à une émission sur mon prof mort, contrairement à certains.

Ça me paraît une super bonne idée, brusquement, d'aller voir ma mère. Ce qui devrait être un indice que je suis bien plus bourré que je le croyais. Le deuxième indice est que, une fois devant la porte, je n'arrive pas à trouver la sonnette. Alors je tourne la poignée, et, comme la porte s'ouvre, j'entre.

Je ne sais pas grand-chose sur Valerie, si ce n'était qu'elle est allée au lycée avec ma mère, qu'elle est divorcée sans enfants et qu'elle travaille chez Mo Coiffure. Elle a toujours été sympa avec moi, et m'appelle « mon chou » quand on se croise. Je me demande parfois si ce n'est pas parce qu'elle a oublié mon nom, mais c'est toujours mieux que « Trey ».

La maison est un duplex, comme la mienne, mais en bien plus cool. Il y a des affiches aux murs, plein de coussins colorés et une moquette plutôt récente. Et puis c'est calme ; le seul bruit que j'entends est celui d'une douche. Assis sur le canapé moelleux, je suis en train de me demander si c'est ma mère ou Valerie qui se prépare là-haut, quand je repère un iPhone à coque fleurie sur la table basse. Celui de Lisa Marie. Il y a un petit téléphone à clapet à côté.

À moins que Valerie ne soit une adepte de la technologie vintage, je parierais pour un appareil prépayé.

– Qu'est-ce que tu mijotes ? dis-je entre mes dents en prenant d'abord l'iPhone.

L'écran s'illumine et un message s'affiche :

Gunnar : `Top. On peut essayer les larmes ?`

La dernière fois que Lisa Marie est venue à Sturgis, elle a fait tout un sketch pour prendre une photo de moi pendant qu'on était au resto. « Pour avoir toujours un petit bout de toi avec moi », à l'en croire. Elle en était à sa troisième bière, et n'a pas dû changer ses réglages depuis, parce que le portable se déverrouille dès que je l'incline vers moi. Le message de Gunnar n'est que le dernier d'un long échange. Il répond à une vidéo qu'elle lui a envoyée la veille, et que j'active. Lisa Marie apparaît sur l'écran, assise sur ce même canapé, vêtue d'un chemisier à fleurs très chaste, une expression affligée sur le visage.

« Déjà quand il était tout petit, je sentais bien que Noah n'était pas comme les autres enfants. J'ai toujours eu très peur de ses colères. C'est pour ça que je suis partie. Quand j'ai appris pour son professeur, j'ai tout de suite pensé : "Alors, ça y est ? Ce que je redoutais depuis tout ce temps a fini par arriver ?" »

Je mets la vidéo sur pause. « Noah n'était pas comme les autres enfants. » C'est ça, la vérité ? Que je suis cette personne et que je refuse de le voir ? Ça colle, en tout cas. Si les catastrophes se succèdent, ce ne serait pas parce que je suis maudit mais parce que c'est *moi*, la malédiction ? Ma propre mère le pense.

J'essaie de relancer la vidéo, mais mon doigt dérape et je retombe sur les messages avec Gunnar. Il y en a un paquet, trop pour que je lise tout, et j'en prends plusieurs quelque part au milieu.

Lisa Marie : `Il refuse. J'ai tout essayé.`

Gunnar : `J'ai besoin de ce truc, Lee.`

Gunnar : *J'ai besoin de coincer Shane Delgado avant que l'avocat de son père me coince moi.*

Gunnar : *Ma boîte risque de mettre la clé sous la porte sinon.*

Gunnar : *Ce môme est un psychopathe, je le sais. Mais il est intouchable, un vrai petit prince.*

Lisa Marie : *Je ne comprends pas ce que tu attends de moi.*

Lisa Marie : *J'ai fait le maximum.*

Lisa Marie : *Mon gamin n'est qu'un petit con buté.*

Gunnar : *Et si on changeait d'angle d'attaque ?*

Lisa Marie : *???*

Gunnar : *On les mouille tous les trois.*

Gunnar : *Le témoin n'est plus Noah, mais toi.*

Gunnar : *Lui, c'est de la mauvaise graine qui s'est trouvé un acolyte avec Delgado, et tu ne peux plus le couvrir.*

Gunnar : *Je te paie ce que je pensais le payer.*

J'ai un goût de bile dans la bouche. Les mots se mettent à danser devant mes yeux, mais avant, j'ai eu le temps d'effectuer une capture d'écran et de me l'envoyer en plus de la vidéo. Puis je prends le prépayé. Pas de mot de passe, et juste une poignée de messages sortants. Tous constitués d'un seul mot : *Assassin*.

Deux d'entre eux me sont adressés. Comme je ne connais pas par cœur les numéros de Shane et de Charlotte, je vérifie sur mon portable, et ça colle. L'auteur de ces textos n'est pas Colin Jeffries, mais ma mère.

Je suis tellement absorbé dans ma lecture que je n'entends pas la douche s'arrêter de couler, ni grand-chose d'autre, jusqu'à ce qu'une voix indignée me demande :

– Qu'est-ce que tu fous ici ?

C'est Lisa Marie dans un peignoir en pilou bleu, la tête enveloppée d'une serviette blanche, qui me fixe d'un air aussi furieux qu'incrédule.

– Tu es *entré par effraction* chez Valerie ?

– Non. C'était ouvert.

J'ai la voix pâteuse et du mal à articuler et j'essaie de parler plus lentement, bien qu'à mon avis, ça n'aide pas beaucoup.

– Mais je suis entré par effraction dans tes portables.

– Rends-les-moi !

Elle se jette sur moi et me les arrache des mains. Je n'oppose pas de résistance, ayant déjà ce dont j'ai besoin. Enfin, à peu de chose près.

– Il y a un truc que je comprends pas. Remarque, j'ai un peu bu, ça doit exaspérer le problème. C'est pas le bon mot, mais bref. T'es prête à me faire passer pour un assassin pour de la thune, ça j'ai pigé. Ce qui m'échappe, c'est pourquoi tu nous as envoyé ces messages alors que je t'avais pas encore dit non. Et comment t'as eu les numéros de Shane et Charlotte.

– T'es *totalement* ivre, ma parole, dit Lisa Marie en plissant les yeux.

– C'est pas une réponse.

Elle ricane.

– Tu ne te souviendras même pas de la réponse, de toute façon. C'est Gunnar qui m'a donné les numéros. Il a ses sources. Ces messages, c'était juste pour que les choses avancent un peu. Gunnar voulait te mettre dans le même bain que les autres et raconter que tu étais soumis à une pression injuste. Mais tu as tout fait foirer.

– Mouais, juste pour que ce soit clair, c'est *toi* qui m'as soumis à une pression injuste.

– On montait un récit, Trey. Tu t'en serais sorti blanc comme neige si tu avais bien voulu m'écouter.

– Ne m'appelle pas comme ça.

Elle fronce les sourcils.

– Comment ?

– Ne m'appelle pas Trey. Ce n'est pas mon nom. Ce n'est même pas un surnom.

– C'est celui que je te donne.

– Ouais ouais.

Je me lève sur des jambes chancelantes en regrettant de ne pas avoir les idées plus claires, parce que, une fois que je lui aurai dit ce que j'ai à lui dire, je ne lui adresserai plus jamais la parole.

– Tu as menti devant une caméra, tu as dit que j'avais le meurtre dans le sang en échange de dix mille dollars, alors tu sais quoi ? T'auras plus l'occasion de m'appeler par mon surnom ni autrement. T'as juste le droit d'aller te faire voir.

Je me dirige vers la porte, Lisa Marie sur les talons.

– Il aurait suffi que tu m'écoutes ! s'écrie-t-elle. Mais c'est plus fort que toi, il faut toujours que tu te butes, que tu regardes les gens de haut, comme si tu avais vraiment ta place dans ton petit lycée de snobs. Tu ne m'as même pas demandé pourquoi j'avais besoin de ce fric. J'ai des problèmes de santé, Trey. Avec une assurance pourrie et des cartes de crédit qui ont explosé le plafond, et je ne peux pas compter sur Junior pour m'aider. Alors, avant de retourner te bourrer la gueule et juger tout le monde, tu pourrais peut-être réfléchir à *ça*.

Je croyais en avoir fini avec elle, mais il me reste un truc à lui dire. J'ouvre la porte, je me retourne en m'appuyant au chambranle pour me donner du courage et je lui fais face une dernière fois.

– Essaie les larmes, dis-je avant de claquer la porte derrière moi.

CHAPITRE VINGT-CINQ

Brynn

Ça fait presque une semaine qu'on a découvert le cadavre de M. Solomon, mais je n'ai toujours pas de nouvelles de Tripp. Il n'est pas revenu au lycée, ce qui me donne une raison de plus de m'angoisser, et ne répond ni à mes messages ni à mes appels.

En revanche, mon portable croule sous ceux de Charlotte.

On ne trouve Tripp nulle part.

Je te tiens pour responsable.

Shane et moi, on voudrait passer chez lui, mais on ne sait pas où c'est.

C'est où ?

Ce n'est pas parce que je te demande un service que je ne te tiens plus pour responsable.

Je range mon portable sans lui répondre. Purée, comment peut-elle ignorer où il habite alors qu'ils sont amis depuis quatre ans ? Si ça n'était pas aussi bizarre, je serais presque tentée de lui donner son adresse, vu qu'il n'a pas ouvert quand moi, je suis passée. Mais j'aurais le sentiment de le trahir de nouveau ; s'il avait voulu qu'elle l'ait, il aurait pu le lui donner des milliers de fois.

En plus, je suis censée bosser.

Il s'en est fallu d'un cheveu que je perde mon stage. J'ai une longue liste de règles à respecter : je ne peux plus m'impliquer dans de nouvelles affaires, j'ai perdu tous mes accès à part celui à mon propre disque dur et je n'ai plus le droit d'entrer dans la Mine. Pire, l'appel à informations à propos de M. Larkin a été supprimé du site d'*Alibi*.

Quand j'ai voulu répéter à Carly que M. Larkin avait postulé à Saint Ambrose pour y retrouver son frère, elle m'a interrompue au bout de deux mots.

« On arrête tout de suite. Cette histoire a causé assez de dégâts. On aurait dû suivre l'avis de Ramon et enterrer ce dossier pour de bon. »

Je n'ai pas osé protester. Mes seules tâches consistent désormais à mettre le site à jour et à compiler les articles de presse. C'est sans aucun intérêt, je m'ennuie à mourir, mais c'était ça ou être virée. Je dépends d'un nouveau tuteur, Andy Belkin, le responsable des relations publiques. Gideon m'avait dit un jour dans la Mine que ses assistants l'appelaient Blandy, le Fadasse.

– À propos de ces coupures de presse…

Le fameux Andy m'a fait sursauter en surgissant derrière la paroi de mon box, comme si mes ruminations amères l'avaient invoqué. C'est le genre chemise à manches courtes, et celle d'aujourd'hui est jaune pâle. Le front plissé, il brandit l'une des liasses d'articles agrafés que j'ai posées sur son bureau il y a un quart d'heure.

– Pour les prochains, je préférerais un agrafage en coin.

– Pardon ?

Il me désigne l'agrafe, qui est parallèle à la bordure de la feuille. Puis il se saisit de mon agrafeuse et la positionne de manière que l'attache forme un triangle avec le coin.

– Tu vois ? Comme ça. Mais plus près du bord, parce que, là, j'ai été gêné par la première agrafe.

Tue-moi. Tue-moi, Andy, et qu'on en finisse.

– D'accord.

– Tu veux que je te la laisse comme modèle ?

– Non, merci, Andy. Je crois que ça va aller.

Il disparaît et je me penche pour me taper doucement la tête sur mon bureau.

Ça ne fait que trois jours, et j'ai l'impression d'avoir déjà passé une vie entière à mon nouveau poste. Une vie morne, triste et solitaire. Lundi m'a apporté un court répit, vu que c'était la journée Martin Luther King. Mais dès le mardi, en retournant au lycée, j'ai eu la sensation de passer en jugement (Saint Ambrose contre Brynn Gallagher). Tout le monde me regardait de travers dans les couloirs. L'insulte la plus modérée étant « sale espionne ». Je suis allée me réfugier à la bibliothèque à tous mes moments libres, pauses déjeuners comprises.

Il y a eu une légère amélioration mercredi. Alors que je fourrais mes livres dans mon casier, Nadia est arrivée derrière moi et m'a tapé sur le bras.

« Pourquoi t'as déjeuné à la bibliothèque hier ? T'as cru qu'on ne voudrait pas de toi à notre table ?

– Mm. »

C'était très exactement ce que j'avais cru, oui.

« Je ne voulais pas vous mettre mal à l'aise... »

Nadia a levé les yeux au ciel.

« Tu es la cible des ragots du jour, mais tout le monde sera vite passé à autre chose. C'est comme ça que ça marche par ici. Mason et moi, on ne s'occupe pas de ces trucs-là. Mais ce serait sympa de faire un petit effort, autre qu'envoyer un petit texto, pour nous montrer que tu regrettes de nous avoir caché des choses. »

Elle avait parfaitement raison. Ça me touche qu'ils ne m'aient pas lâchée, mais la spontanéité détendue de notre camaraderie me manque, et je ne sais pas comment la retrouver.

Bref, j'ai sans doute mérité le purgatoire qui consiste à agrafer des dizaines de liasses de coupures de presse selon les indications millimétriques d'Andy. De là à m'en réjouir...

Une fois expédiée une nouvelle liasse, je me rends dans une salle de réunion inoccupée et sors mon portable. Cette histoire de frère hypothétique de M. Larkin me démange. Je tape sur le nom d'un contact et j'attends, jusqu'à ce qu'une voix me réponde :

« Quoi encore, nièce bien-aimée ? »

Je demande à mon oncle de but en blanc :

– Est-ce que M. Larkin avait un frère à Saint Ambrose ?

« Hein ? Un frère ? Non, pourquoi ? »

– J'ai parlé à un prof du collège où il travaillait avant, et M. Larkin lui aurait dit qu'il avait postulé ici pour être dans le même établissement que son frère. C'est bizarre, non ? Première nouvelle.

« T'es sérieuse, Brynn ? Après tout ce qui s'est passé, tu continues à fouiner à propos de Will ? »

J'ai la bouche sèche, tout à coup. Habituée à parler librement à oncle Nick, je l'ai appelé sans réfléchir.

– J'avais contacté son ancien collège avant la mort de M. Solomon et ils m'ont rappelée, c'est tout…

« Mais t'es incroyable, toi. »

Je me tais piteusement, et il ajoute :

« Je me suis mouillé pour toi, je te signale. »

– Écoute, je suis désolée…

Mais je parle dans le vide, parce qu'il a raccroché. Mon oncle, d'humeur toujours si égale, a fini par péter un plomb.

J'aurais dû le prévoir. Je lui ai déjà causé assez de problèmes avec mes parents. Ma mère en particulier était furieuse qu'il ne lui ait pas raconté que Colin m'avait frappée. Elle a passé la moitié du week-end à lui jeter des regards noirs en maugréant des trucs comme : « Je ne me souviens pas d'avoir signé pour héberger un troisième ado dans cette maison, mais apparemment, j'y ai eu droit quand même. »

Je reviens à mon box par le chemin le plus long, qui passe devant le bureau de Lindzi. Je ne peux pas m'empêcher d'espérer que, si elle me voit, elle me fera signe d'entrer comme elle le faisait avant. Je peux me tromper, mais quand

Lindzi est passée devant chez mademoiselle Rose pendant que Carly fixait les nouvelles règles, le regard qu'elle m'a lancé m'a paru compatissant. Une oreille amicale ne me ferait pas de mal, ces jours-ci. Mais en approchant de son bureau, je l'entends qui parle au téléphone. Je ralentis, au cas où elle serait sur le point de raccrocher.

– Donc, tu ne veux même pas aborder le sujet ? demande-t-elle.

Puis, après une pause :

– Je sais bien, Carly. Je ne te dis pas le contraire, mais le tuyau a l'air solide. Imagine que toute l'affaire Larkin ait été envisagée sous le mauvais angle, y compris par la police ?

Je dresse l'oreille quand elle ajoute :

– Écoute, laisse-moi juste te l'envoyer, d'accord ? Et on en rediscute.

Envoie-le-moi, à moi aussi, me dis-je tandis qu'elle raccroche. Il y a encore une semaine, elle l'aurait fait. J'entends cliqueter des touches d'ordinateur, puis elle jaillit de son bureau et file dans la direction opposée, trop vite pour me voir. Je la regarde s'éloigner avant de tourner les yeux vers son bureau.

Son ordinateur est à quelques mètres de moi. Il n'a même pas eu le temps de se verrouiller.

Je m'assure d'un coup d'œil que le couloir est désert, et je fais deux pas vers le bureau de Lindzi. Puis deux autres. Puis…

– Ah, tu es là, Brynn.

La voix nasale d'Andy m'a encore fait tressaillir.

– C'est du bon boulot, reprend-il en agitant une liasse de feuilles agrafées. Je pensais juste t'avoir précisé qu'il me fallait du recto verso.

Il me rend le tout avec un air rempli d'attente. Je n'ai pas le souvenir qu'il m'ait dit ça.

– Ces documents sont très importants. Le service marketing en a besoin pour analyser l'environnement concurrentiel. Il faut qu'ils soient nickel.

Je prends les feuilles mécaniquement, sans pouvoir détacher les yeux de l'ordinateur de Lindzi ; si près et pourtant si inaccessible.

– Désolée.

– Ce n'est pas grave, mais on va recommencer, OK ? Tu n'as qu'à venir avec moi pour que je te montre où sont les stocks de papier.

Je m'apprête à le suivre, les épaules voûtées par le découragement. Mais à la dernière seconde… impossible. Je ne peux pas laisser passer une telle occasion. Alors je lâche, le souffle court :

– Andy, on peut se retrouver à mon box ? À vrai dire, j'allais aux toilettes.

– Oh. (Il pince les lèvres, juste une fraction de seconde.) Bien sûr.

– Merci. Je me dépêche.

J'attends qu'il ait disparu à l'angle du couloir pour foncer dans le bureau de Lindzi. Je tourne l'ordinateur vers moi et je navigue dans sa boîte mail jusqu'à son dernier envoi, adressé à Carly et intitulé *Larkin (?) – antécédents*. Je le transmets à l'adresse Gmail dont je me sers quand je ne veux pas donner mon adresse réelle. Soudain, j'entends des voix, bien trop proches à mon goût, dont celle de Lindzi. Trop tard pour effacer mon envoi. Je n'ai plus qu'à prier pour qu'elle ne le remarque pas.

Trop tard aussi pour quitter son bureau.

Vite, je remets l'ordinateur comme je l'ai trouvé – j'espère –, je récupère mes papiers et je m'éloigne de la table.

– Salut ! lancé-je en agitant mes feuilles à l'instant où Lindzi entre. Andy m'a demandé de te déposer ça.

– Ah ! Brynn ! Tu m'as fait peur ! lâche-t-elle, une main sur le cœur.

Elle prend les docs et fronce les sourcils.

– Qu'est-ce qu'il veut que je fasse de ça ?

– Il… (*C'était quoi, déjà ?*) Il a dit que tu en avais besoin pour analyser l'environnement concurrentiel.

Lindzi lève les yeux au ciel.

– Il fait du zèle. Mais OK, merci.

– Je t'en prie.

Puis je file de là et je reprends mon agrafage jusqu'à ce qu'il soit l'heure de rentrer chez moi consulter ma boîte Gmail.

* * *

Le rapport sur le passé de Larkin est concis et va droit au but. Du Lindzi pur jus.

La plupart des renseignements envoyés sur notre site sont sans intérêt, mais il y en a un qui dit : « Cette photo me rappelle un gars que j'ai connu, mais il s'appelait Billy Robbins. » J'ai recontacté l'auteur, qui a confirmé avoir grandi dans le New Hampshire avec ce Billy Robbins sosie de Larkin. J'ai pensé à un changement de nom officiel et consulté les bases de données dans les six États de Nouvelle-Angleterre, et je suis tombée sur une forte probabilité : un certain William Dexter Robbins qui a pris le nom de William Michael Larkin il y a onze ans. Puis j'ai lancé une recherche sur William Robbins, et j'ai fini par trouver un article (ci-joint) sur un type du New Hampshire du nom de Dexter Robbins.

Lis-le et dis-moi ce que tu en penses.

Lindzi

Je clique sur le doc joint, un article du *New Hampshire Union Leader* vieux de quatorze ans.

À LINCOLN, UN HOMME SIGNALE LA DISPARITION DE SA FEMME ET DE SON FILS

La police de Grafton a lancé une alerte au sujet de Lila Robbins, 26 ans, et son fils Michael Robbins, 3 ans, après que le mari, Dexter Robbins, 42 ans, a constaté leur

disparition. Il revenait d'un week-end de chasse avec son fils de 15 ans, issu d'un premier mariage.
Dexter Robbins a déclaré avoir vu Lila et Michael pour la dernière fois le vendredi 5 mars à leur domicile, juste avant son départ avec son fils aîné pour un chalet dans les White Mountains, prêté par un ami.
Celui-ci ne disposait pas de photo de sa femme plus récente que celle de l'annuaire de son lycée. Un voisin du couple, qui a préféré garder l'anonymat, témoigne :
« Dexter tient sa famille d'une poigne de fer. On ne voyait presque jamais Lila. Le plus étonnant est qu'il l'ait laissée seule tout un week-end. Elle avait le droit de sortir uniquement pour aller à la messe. »
Les Robbins sont membres d'une église fondamentaliste située à Cross Creek, New Hampshire, qui rejette les traitements médicaux. « Michael est asthmatique, mais Dexter refuse qu'il soit soigné, a précisé le voisin. Ce pauvre gamin est toujours essoufflé. Si Lila a vu dans l'absence de Dexter une occasion de s'échapper, personne ne peut lui reprocher d'en avoir profité », a-t-il conclu.

Adossée à mon lit, j'examine les deux photos qui illustrent l'article. L'une, granuleuse, représente une jeune fille lourdement maquillée aux cheveux peroxydés, et l'autre, un petit garçon brun dans les bras d'un ado. La légende de la première dit : *Lila Robbins à 18 ans*. La seconde, *Michael Robbins, 3 ans, avec son demi-frère William*. Les visages des garçons sont flous, mais je pourrais presque imaginer que, si l'ado était souriant, il aurait des ressemblances avec M. Larkin.

Le fils aîné de Dexter Robbins, William, avait quinze ans à la parution de cet article. Il y a quatre ans, il en aurait eu vingt-cinq. Pile l'âge de M. Larkin quand il est mort. Le petit garçon qui a disparu avec sa mère en aurait eu treize, et serait âgé de dix-sept ans aujourd'hui. Le même âge que moi et mes copains de classe.

« Pour être dans le même collège que mon frère. »

CHAPITRE VINGT-SIX

Tripp

L'enterrement de M. Solomon a eu lieu hier et je n'y suis pas allé.

Et il y avait cours aussi, mais je n'y suis pas allé non plus. Ni en cours ni au boulot. C'est drôle de voir que le monde continue à tourner même quand tout s'arrête pour nous. Ça m'aurait arrangé de le savoir avant de gaspiller mon énergie sur des choses qui, au final, n'avaient pas la moindre importance. J'aurais pu ne rien faire pendant tout ce temps.

Je suis quand même allé au magasin d'alcools ce matin, mais la femme qui tenait la caisse m'a foutu dehors en rigolant. J'ai bien rigolé aussi, cela dit, parce qu'un mec avec qui j'ai parlé sur le parking ne demandait pas mieux que d'acheter tout ce que je voulais contre une com de vingt dollars.

« Tiens, m'a-t-il dit. Mais bois pas tout, le preppy. »

Je porte la veste de Saint Ambrose en guise de manteau, maintenant. Le froid ne me dérange pas. Et je ne sais pas où est passé mon vrai manteau.

Le mec aussi, il me fait marrer, parce que j'ai *tout* bu d'un coup.

Mon père me laisse des petits mots. Je ne les lis pas. Je lui ai dit que j'avais de la fièvre.

Quelquefois, je regarde la vidéo de Lisa Marie et les captures d'écran de ses messages et j'ai envie de les envoyer à Shane pour que son père démolisse ma mère et Gunnar Fox d'un coup d'un seul. Je me dis que c'est peut-être le seul truc qui pourrait me faire du bien, sauf que M. Delgado entendrait ce qu'elle a dit sur moi.

« Déjà quand il était tout petit, je sentais bien que Noah n'était pas comme les autres enfants. »

Même si elle mentait, elle n'avait pas entièrement tort. C'est vrai, quel ado normal continuerait sa petite vie pendant quatre ans comme si de rien n'était après avoir fait ce que j'ai fait ? Je ne me souviens toujours pas d'avoir vu le cadavre de M. Solomon, mais c'est sans doute ce qui m'a sorti de mon déni pour me jeter tout droit en enfer.

Lisa Marie m'a juste rappelé que c'était ma vraie place.

Dans l'immédiat, je me roule en boule sur le canapé et je dors, histoire de rattraper tout le sommeil dont j'ai manqué ces quatre dernières années. Personne ne nous prévient de ça quand on se retrouve impliqué dans un meurtre : ça a tendance à vous empêcher de dormir.

* * *

– Tripp. Tripp ! Debout ! Bouge-toi les fesses !

On me secoue l'épaule. Fort. J'entrouvre un œil avec un grognement, et le referme aussitôt quand la lumière frappe mes rétines. De toute façon, je n'ai pas besoin de voir. Je connais cette voix.

– Tu sens aussi fort qu'une brasserie à toi tout seul, et tu as une tête qui fait peur, me dit Regina.

– Moi aussi, chuis content de te voir, marmonné-je.

– La fièvre mes fesses. Je savais que c'était un mensonge. *Assieds-toi.*

Elle m'oblige à me redresser.

– J'ai fermé la boulangerie à cause de toi. Tu peux au moins t'asseoir, merde.

– Je t'ai pas demandé de faire ça.

– Non, tu m'as juste laissée me débrouiller toute seule pendant une semaine pour pouvoir te soûler.

Elle me gifle, mais pas assez pour me faire mal.

– Écoute. Je sais que tu as vu une chose terrible la semaine dernière, et que ça a fait remonter une autre chose terrible. Je sais que ta mère est déséquilibrée et toxique, et que ton père a baissé les bras depuis longtemps. Tout ça est un beau gâchis. Mais tu n'es pas le premier à avoir la poisse et à avoir traversé des moments difficiles, Tripp Talbot. Tu as un toit au-dessus de ta tête, tu vas dans un bon lycée et tu es tout sauf idiot. Beaucoup de gens ne peuvent pas en dire autant. Alors lève-toi et avance. Si tu tiens à rester couché toute la journée, tu peux toujours le faire dans la réserve à la Ruche et nourrir Al, tant que tu y es.

Elle s'écarte en plissant le nez.

– Et va prendre une douche, pour commencer.

Là-dessus, elle a raison. La douche s'impose. Alors je monte à l'étage, je retire les fringues que je porte depuis des jours et je me glisse sous l'eau bouillante. Pendant quelques minutes, tandis que l'eau me tambourine le crâne et les épaules et que je baigne dans l'odeur du savon et du shampooing, je me dis que je peux arriver à faire ce qu'elle me dit. Je me sèche, je me brosse les dents et je mets des vêtements propres. Malgré le martèlement dans ma tête et mes mains qui tremblent, je me sens un peu plus normal. Puis je regarde mes cernes et ma mâchoire mangée par la barbe, et je ne vois rien que *lui*.

« Déjà quand il était tout petit, je sentais bien que Noah n'était pas comme les autres enfants. »

Regina est quelqu'un de bien. La meilleure personne que je connaisse. Elle ne devrait pas avoir affaire à *lui*. Alors, quand je l'entends qui va aux toilettes, j'enfile ma veste d'uniforme et je sors.

Une fois de plus, je ne sais pas où je vais. J'habite sur une des grandes artères de la ville. Alors que je m'engage sur la chaussée sans regarder, une voiture fait une embardée pour m'éviter en klaxonnant.

– Va te faire foutre, dis-je entre mes dents, même si c'est de ma faute.

Une deuxième voiture arrive dans l'autre sens, plus lentement, et me fait des appels de phares.

Je connais cette Range Rover ; je suis monté dedans des dizaines de fois. La personne derrière le volant baisse sa vitre et Charlotte sort la tête à l'extérieur. Elle arbore un manteau blanc à col en fausse fourrure, un rouge à lèvres rouge vif et une expression exaspérée.

– Shane et moi, on te cherche partout ! Monte !

CHAPITRE VINGT-SEPT

Brynn

Le samedi soir, lorsque Ellie entre dans la cuisine en mettant sa boucle d'oreille, je suis en train de touiller de la pâte à la spatule de toutes mes forces parce que je n'ai pas trouvé le batteur électrique. La moitié de notre matériel de cuisine est encore dans les cartons.

– Tu prépares quoi ?

– Des cookies aux pépites de chocolat.

Je m'essuie le front en étalant de la pâte dessus et je repars à l'attaque.

– Je pensais en déposer chez Nadia et chez Mason demain. Tu sais, comme offrande d'amitié.

Je chasse Ellie d'une tape lorsqu'elle s'approche furtivement pour plonger un doigt dans la préparation.

– C'est sympa, mais je croyais que Nadia mangeait sans gluten.

Je continue à touiller le temps d'enregistrer le sens de ses paroles.

– Merde, dis-je en lâchant la spatule. T'as raison. Argh. Je suis une amie trop nulle !

Ellie arrête mon geste alors que je soulève le saladier à deux mains comme pour le crasher par terre.

– Ça ne t'empêche pas de les garder pour Mason. Et non, tu n'es pas une amie nulle. C'est juste que tu ne penses pas à ce genre de trucs.

– Ben c'est un tort. Les détails, ça devrait être mon point fort. Comment je peux prétendre devenir journaliste si je n'arrive pas à me souvenir que l'une de mes meilleures amies est allergique au gluten ?

Ellie hausse les épaules.

– Bah, comprendre les choses n'implique pas forcément de comprendre les gens.

– Depuis quand es-tu aussi philosophe ?

En attendant, elle a raison pour Mason ; des cookies ne lui feraient pas de mal. Hier, il a pleuré sur l'épaule de Nadia comme s'il avait le cœur brisé tout le long de l'enterrement de M. Solomon. Quand je l'ai regardée d'un air interrogateur, elle m'a murmuré : « Ils étaient proches. »

Encore une chose que j'aurais dû savoir.

– Oh, ce n'est pas nouveau chez moi, me répond Ellie d'un ton léger. C'est juste que tu n'y as jamais été sensible, avant que ton cercle de relations se réduise à… (elle balaie la cuisine d'un regard rempli d'attente, comme si un invité devait faire son apparition) moi.

Je la fouette d'un coup de torchon. Elle s'échappe dans un mouvement qui fait tournoyer sa jupe, et je remarque que ma sœur a fait des efforts vestimentaires.

– Pourquoi tu t'es sapée ?

– Je vais au cinéma avec Paige Silverman, dit-elle avec un coup d'œil à l'horloge du micro-ondes. Elle passe me prendre en voiture avec sa mère, elles ne vont pas tarder.

– C'est un date ?

– Peut-êêêêtre, réplique-t-elle d'un air faussement timide. Si elle a de la chance.

À ce moment-là, un klaxon retentit dehors. Ellie se jette sur le saladier et chope une grosse lichée de pâte avec le doigt avant que j'aie pu l'arrêter.

– Ça doit être elles, déclare-t-elle.

Elle fourre son doigt plein de pâte dans sa bouche, puis fait la grimace et recrache dans l'évier.

– Brynn, tu as mis quelle dose de sel là-dedans ?! C'est horrible !

– J'ai suivi les indications du paquet, dis-je en récupérant l'emballage pour vérifier dessus. Une cuillerée à soupe.

– Montre.

Elle me prend le paquet et secoue la tête.

– *C.c.*, ça veut dire « cuillerée à café », nunuche. Tu as mis le triple de la dose.

– Ah, c'est pas vrai ! dis-je dans un accès de colère dont je me rends bien compte qu'il n'est pas justifié par la situation.

Je balance rageusement le saladier dans l'évier et, cette fois, Ellie n'essaie pas de m'en empêcher.

– Achète-leur un paquet de cookies ! Là-dessus, je te souhaite une bonne soirée ! lance-t-elle en se dirigeant vers la porte.

Je m'affale sur une chaise à la table de la cuisine et je songe à tous les mauvais choix que j'ai opérés ces derniers temps, et qui m'amènent à me retrouver seule un samedi soir avec de la pâte à cookie salée pour unique compagnie. Je consulte mes messages sur mon portable au cas où j'en aurais raté un, mais non. Alors j'ouvre ma boîte Gmail et je relis l'article du *Union Leader*, bien que je le connaisse par cœur.

Si M. Larkin est vraiment William Robbins du New Hampshire, Michael Robbins, le petit garçon disparu, doit être le frère dont il a parlé à Paul Goldstein. Celui pour qui il a postulé à Saint Ambrose… Dans ce cas, il y a des chances pour qu'il s'agisse de quelqu'un de ma classe. Mais il n'a pas dû entrer en contact avec lui, parce que aucun garçon ne s'est manifesté après la mort de M. Larkin.

Je n'arrête pas de retourner à la photo de classe de Lila Robbins, tiraillée entre l'impression que son visage a quelque chose de familier et le soupçon que ça m'arrange de penser ça. Elle était jolie à dix-huit ans, mais à quoi peut-elle ressembler maintenant ? Si elle avait vingt-six ans au moment de sa disparition il y a quatorze ans, elle en a quarante aujourd'hui.

J'ai cherché des infos sur Dexter Robbins hier, sans rien trouver d'autre que le compte-rendu d'une réunion de conseil municipal datant de trois ans où il s'est opposé avec véhémence à une augmentation de la taxe foncière. Lila Robbins est un fantôme ; je n'ai trouvé son nom nulle part ailleurs que dans l'article du *Union Leader* qui parlait de sa disparition. Si Dexter continue à les chercher, il ne s'est plus adressé aux médias depuis que ce premier article l'a présenté sous un si mauvais jour. Lila et Michael sont restés introuvables. Peut-être, comme l'a suggéré ce voisin, parce qu'ils *veulent* le rester.

Puis je consulte les photos des preuves que j'ai prises dans les fichiers d'*Alibi* quand j'y avais encore accès. Il y a la pierre ensanglantée qui me donne toujours la chair de poule. La chaîne en argent qui continue à me laisser perplexe, parce que je n'ai jamais vu M. Larkin porter aucun bijou. Et l'enveloppe turquoise couverte d'autocollants qui…

Oh. C'est pas vrai.

Le souvenir s'abat sur moi comme une lame de fond, et me coupe le souffle avec la même violence. Je sais où j'ai vu cette enveloppe, et ce n'était pas à Saint Ambrose. Je me lève d'un bond et j'attrape mes clés au vol. *Enfin*, j'ai quelque chose à faire.

* * *

Quand Charlotte m'ouvre, on ne peut pas dire qu'elle manifeste une grande joie de me voir.

– Pas de fête ce soir, dit-elle.

On dirait, pourtant. Mais nos conceptions respectives des tenues du samedi soir à la maison n'ont rien en commun, et j'en déduis que Shane est là. Elle porte un top noir à paillettes et un jean, sa bouche est laquée de rouge vif et ses paupières illuminées par une poudre scintillante. De mon côté, je me rends compte que j'ai toujours de la pâte à cookie sur le front, que je m'empresse d'essuyer quand ses yeux se posent au-dessus des miens.

– Et quand bien même... reprend-elle.

Je mets un pied dans la porte avant qu'elle ait pu la refermer.

– Je cherche Tripp.

– Pas vu.

Elle ment bien mieux que lui, et j'aurais pu la croire si Regina ne m'avait pas dit qu'elle l'avait vu monter dans une Range Rover noire cet après-midi. Je connais la voiture de Charlotte, et on ne croise pas des dizaines de Range Rover dans le quartier de Tripp.

– Charlotte, s'te plaît. C'est important.

Elle hausse un sourcil.

– Ah oui ? Ça l'était aussi quand je t'ai demandé son adresse, et tu n'as pas voulu me la donner.

– OK. Mais franchement, tu n'étais pas censée la connaître ?

– Bonne soirée, Brynn.

Elle essaie de refermer et j'avance encore mon pied.

– Tu peux juste lui dire que je suis là ?

– Envoie-lui un message.

Je commence à perdre patience.

– Je l'ai *fait*. Il ne répond pas.

– Eh bien tires-en les conclusions qui s'imposent.

Cette fois, elle réussit à me fermer la porte au nez. Puis, la façade étant entièrement vitrée, j'ai le privilège de voir sa queue-de-cheval s'éloigner en oscillant, avant que sa silhouette ne disparaisse à l'angle du couloir.

– Pfff, fais-je en donnant un coup de pied dans la première marche du perron.

Je savais que ce n'était pas gagné, mais j'espérais vaguement que Tripp viendrait à la porte.

À mi-chemin de ma voiture, je me retourne vers la maison, poings sur les hanches. La dernière fois que j'ai cherché Tripp chez Charlotte, ce n'est pas à l'intérieur que je l'ai trouvé. Ça me donne une idée.

Je gagne discrètement le côté de la maison pour entrer dans le jardin, mais il est clôturé. Après avoir déambulé sur quelques mètres, je repère une lumière dans l'abri de jardin chic de Charlotte. À moins que ce ne soit pas un abri de jardin.

Pour grimper sur la colonne sur laquelle il était perché l'autre nuit, Tripp a dû passer par-dessus la clôture. S'il a réussi, il n'y a pas de raison que je n'y arrive pas.

Cela dit, je ne vois pas comment escalader la partie en fer forgée coiffée de piques. J'ai toutes les chances de m'y empaler. La colonne me semble plus praticable, mais son socle n'est pas assez haut pour me faire gagner beaucoup de centimètres. Les mains agrippées en haut du pilier, je cherche une prise pour mes orteils dans la pierre mais ne parviens qu'à me hisser d'une quinzaine de centimètres. À chaque nouvelle tentative, je redescends.

Le seul moyen semble être d'exécuter une traction géante, et force est d'admettre la faille dans mon plan : Tripp mesure une tête de plus que moi et a bien plus de force dans les bras. Enfin, rien ne m'empêche d'essayer. À cet instant, toujours agrippée au haut du pilier, les muscles bandés, j'entends une voix déclarer d'un ton brouillé par l'alcool :

– Mais *putain*, qu'est-ce que tu fous ?

CHAPITRE VINGT-HUIT

Brynn

— Je te cherchais, dis-je, le souffle court.

Je lâche ma prise et me laisse retomber lourdement par terre. Tripp se tient de l'autre côté de la grille dans sa veste de Saint Ambrose, pas rasé et les cheveux en bataille.

– J'ai pensé que je te trouverais peut-être dans ce… cet abri ou je ne sais quoi, alors j'essayais d'escalader.

Je me frotte les mains avant d'ajouter :

– Mais cette partie-là, je pense que tu l'avais devinée.

– As-tu envisagé de passer par le portail ? me demande-t-il, du ton prudent qu'il adopte quand il veut paraître moins soûl qu'il ne l'est.

Il tend la main pour tirer sur quelque chose qui se trouve à un mètre de moi et une section de la grille s'ouvre vers l'extérieur. Une chance qu'il fasse trop sombre pour qu'il voie le rouge me monter aux joues.

Vu ce qui m'amène ici, comment Tripp peut-il encore me faire rougir ?

J'entre avant qu'il ait le temps de m'en empêcher.

– Tu sais que je n'aime pas les portails.

Il me détaille de la tête aux pieds sous ses longs cils.

– Je suis en colère contre toi, déclare-t-il lentement, le front plissé. Mais je ne sais plus pourquoi.

– Ça ne devait pas être si grave, alors,

– Qu'est-ce que tu viens faire là, Brynn ?

Je pourrais lui retourner la question, mais je ne sais pas de combien de temps je dispose avant qu'il décide de lâcher Shane et Charlotte sur moi ou qu'il ne sache plus ce qu'il dit.

– Il faut que je te parle. Tu veux qu'on aille dans la cabane ? Tu as l'air d'avoir froid.

– Ce n'est pas une cabane, dit-il en se retournant vers l'abri. C'est une maison d'ami. Et je n'ai pas froid.

Puis il me regarde frissonner quelques secondes et ajoute :

– Mais si toi, tu as froid, OK.

Une fois à l'intérieur, je ne peux pas croire que j'aie pu qualifier cet endroit de cabane. C'est magnifique. Presque toute la surface est constituée d'un espace de vie, meublé d'un canapé d'angle flanqué de fauteuils en cuir et d'une lourde table basse en chêne. Une bibliothèque couvre tout un mur et un grand lampadaire en bronze jette un cercle de lumière d'un jaune crémeux sur le tapis aux couleurs profondes.

Tripp retire sa veste en vacillant légèrement et s'affale dans un coin du canapé. J'enlève mon manteau et je m'assois à mon tour, bien droite, à deux mètres de lui. Je suis un peu étonnée par son absence de résistance, mais je pense qu'il ne blaguait pas en disant qu'il avait oublié pourquoi il m'en voulait. Il ne va pas bien, c'est certain, et ça me serre le cœur, même si je sais enfin pourquoi je n'arrivais pas à lui faire totalement confiance.

– Bon, dis-je. Il faut que je te parle parce que je me suis souvenue d'un truc. À propos de l'argent du voyage de classe qui a disparu quand on était en quatrième.

Je guette un indice révélant qu'il voit de quoi je parle, et il me semble qu'il se raidit un peu.

– Il y avait deux enveloppes. Une petite, qui contenait l'argent et qu'on a retrouvée dans le casier de Charlotte. Et une grande enveloppe turquoise couverte d'autocollants, dans laquelle il y avait la petite et la liste des donateurs. Celle-là n'est jamais réapparue. Sauf que je me suis souvenue de l'avoir vue, *après* que l'argent a été volé.

Je guette une réaction, mais n'en détecte aucune, cette fois.

– Dans ta chambre, un jour où on faisait nos devoirs.

– Tu te trompes, me dit-il aussitôt.

Puis il se frotte le pouce et je savoure mon triomphe. *Menteur. Je t'ai eu.* Mais mon sentiment de victoire s'éteint aussi vite qu'il est venu, parce que, du coup, ça lui donne un mobile pour le meurtre de Larkin, non ? Le faire taire. S'il a volé cet argent et que le prof l'a découvert…

Non. Je brûle les étapes. Je n'ai pas creusé assez, et puis il y a cette phrase que Tripp a dite chez M. Solomon alors qu'il paraissait revivre le jour de la mort de Larkin. « Qu'est-ce que tu as fait ? » Pas « Qu'est-ce que *j'ai* fait ? » Je pense que c'est l'écho de sa voix écorchée, horrifiée, dans ma tête qui m'a fait venir sans hésiter, sans craindre une seconde que la recherche de la vérité me mette en danger. Je suis à peu près sûre que la seule personne pour qui Tripp peut présenter un danger, encore plus maintenant, c'est lui-même.

– Je sais ce que j'ai vu, dis-je, la gorge nouée. C'est toi qui as pris l'argent, Tripp ?

Il passe la main sur sa tempe, puis sur sa mâchoire pas rasée, puis sur sa nuque.

– Je suis fatigué, déclare-t-il pesamment.

– De quoi ?

– De tout.

– C'est toi qui as pris l'argent ?

Il laisse retomber sa main.

– Oui, c'est moi. Qu'est-ce que je peux dire ? Je suis désolé. C'était une connerie.

Puis, à mon grand soulagement, il se frotte de nouveau le pouce. Plus de mobile.

– Ce n'est pas toi.

Ses yeux s'agrandissent de surprise.

– Je viens de te dire que si.

– Et je dis que je sais que ce n'est pas vrai. C'était Charlotte ?

On doit pouvoir procéder par élimination.

– Bon, d'accord, c'était elle. J'essayais juste de la couvrir. Elle ne voulait faire de mal à personne.

De nouveau, il remue les doigts. C'est dingue qu'il ne se rende pas compte qu'il fait ça. *Chaque* fois.

– Non. Pas elle non plus.

Il fronce les sourcils.

– À quoi tu joues, Brynn ? Tu me demandes, je te réponds, et tu me dis que je mens. À quoi ça te servait de venir si tu ne me crois jamais ?

– Je sais quand tu dis la vérité.

Il lâche un rire sans joie.

– Ah ouais. Parce que toi, t'es une magicienne.

Qui protège-t-il ? L'enveloppe était chez lui, et la liste de personnes qui ont pu la déposer là est limitée. Je pourrais passer ses amis en revue, mais il est sans doute plus logique de commencer par des gens plus proches.

– C'était Lisa Marie ?

Je ne pense pas qu'il serait prêt à mentir pour sa mère, et elle était à Las Vegas, en plus. Mais je veux observer sa réaction.

– Non, dit-il aussitôt, sans que sa main bouge.

– C'était ton père ?

– Non, répète-t-il en se frottant le pouce.

– Bingo, dis-je doucement.

Tripp, qui, contrairement à moi, ne rougit pas facilement, s'empourpre et reste bouche bée.

– C'est dingue, comment tu fais ? lâche-t-il, trop estomaqué pour songer à donner le change.

Puis, tentant de se ressaisir, il bredouille qu'il déconnait, mais il est bien trop ivre pour être crédible.

J'ai un coup au cœur, parce que résoudre l'énigme du vol fournirait peut-être la clé du mystère entourant la mort de M. Larkin.

– Je ne balancerai pas ton père, Tripp.

Mais une chose est extrêmement claire pour moi : il a besoin de parler de ce qui s'est passé à l'époque.

– Je veux juste savoir. Comment l'argent a-t-il atterri dans le casier de Charlotte ?

Il enfouit la tête dans ses mains et garde le silence une longue minute. Alors que je m'apprête à répéter la question, il me regarde et demande :

– Tu jures que tu ne le répéteras pas ?

– Je te le jure.

– Je suis tombé dessus le week-end qui a précédé la mort de M. Larkin, en cherchant un marteau dans le sous-sol. Il était sous l'établi. J'ai tout de suite compris ce que c'était. Mon père avait dû le voler pendant le psychodrame autour de la bibliothèque de Grizz, tu sais, quand il est allé la démonter en douce. J'ai emporté l'enveloppe dans ma chambre. Je me suis demandé quoi en faire et j'ai fini par décider de la rapporter au lycée pour la remettre dans le bureau quand personne ne regarderait. Mais le lundi, je me suis dégonflé et je l'ai laissée chez moi. C'est ce jour-là que tu l'as vue.

Il croise les mains, en serrant si fort que les veines saillent sur ses avant-bras.

– Le mardi et le mercredi, je n'ai pas eu le courage non plus. Le lendemain, M. Larkin est mort, et je ne suis pas allé au collège. J'ai eu l'impression que cette putain d'enveloppe me dévisageait toute la soirée. Du coup, le vendredi je me suis dit : « OK, assez tergiversé, il faut que je me débarrasse de ce foutu truc », et je l'ai prise. Je pensais réussir à la remettre dans le bureau de Grizz quand il n'y aurait personne. J'y étais presque, quand j'ai vu le flic qu'il avait fait venir pour fouiller les casiers. Je ne savais pas que c'était pour ça, mais j'ai paniqué. Alors j'ai sorti la petite enveloppe de la grande pour pouvoir la glisser dans le premier casier venu, qui s'est avéré celui de Charlotte. Et j'ai passé la grande à la broyeuse dans la salle de dessin.

– Et tu ne l'as jamais dit à Charlotte ?

– Je ne l'ai jamais dit à personne.

Les pensées se bousculent dans ma tête. C'est horrible que son père soit le voleur, mais… ce n'est quand même pas pour ça que Tripp part en vrille, si ? Ce n'est pas une raison suffisante. Il y a autre chose. Alors que je cherche la meilleure méthode pour continuer à lui tirer les vers du nez, il se place bien en face de moi sur le canapé et déclare :

– C'est pour ça que je t'ai dit tous ces trucs.

– Ces trucs… ?

Puis je comprends.

– Dans le gymnase ?

– Ouais, confirme-t-il d'un air mortifié. Je savais que tu avais vu l'enveloppe chez moi. J'avais peur que tu en parles dans le *Saint Ambrose Sentinel* et que mon père se retrouve en prison. Alors j'ai essayé d'inventer une histoire qui ferait que plus personne ne te croirait. Pour qu'ils pensent que tu racontais ça pour te venger de moi. Mais avec un peu de chance, tu serais tellement gênée que tu préférerais ne pas en parler du tout.

– Je n'avais même pas compris ce que c'était que cette enveloppe.

– Super, dit Tripp en baissant le nez. Ravi de m'être brouillé avec toi pour rien.

– Tu aurais pu m'en parler. On était amis, je te rappelle.

Il hausse les épaules.

– Ouais. Mais le journal du collège passait avant moi.

Je proteste, piquée au vif :

– Ce n'est pas vrai !

Il se contente d'émettre un petit bruit de gorge sceptique et je veux argumenter, mais… le truc, c'est que je ne faisais pas dans la nuance dans ma façon de raisonner, au collège. Je n'aurais peut-être pas privilégié le journal, mais j'aurais eu une furieuse envie de creuser cette affaire. Je me serais sans doute convaincue que, le bon choix étant objectivement celui de la vérité, tout finirait par s'arranger. Je m'en tiens prudemment à :

– T'aurais pu être moins brutal, au gymnase.

– Je ne me souviens même pas de ce que j'ai dit, marmonne-t-il, les yeux sur le cercle de lumière dessiné sur le tapis.

Puis il se frotte le pouce.

– Tu t'en souviens très bien.

Il se laisse aller contre le dossier du canapé et demande d'une voix plaintive :

– Mais comment tu fais ça ?

– Pourquoi ce mensonge-là plutôt qu'un autre ?

Il a un rire amer.

– Au point où j'en suis, autant que je te le dise. Tu finirais par le deviner, vu que tu es une espèce de sorcière de la vérité. J'étais raide dingue de toi, Brynn, et je me suis dit que, si je ne m'arrangeais pas pour que tu me détestes, je finirais par tout t'avouer. Il y avait un petit bout de moi totalement stupide qui avait presque *envie* de te balancer ce gros scoop, parce que ça t'aurait fait super plaisir. C'est tordu, hein ? Alors il fallait que j'élimine ce risque-là.

Ses doigts se tiennent tranquilles.

Je me tais, et il a de nouveau son petit rire sarcastique.

– J'ai enfin réussi à te clouer le bec, là.

– Tu étais... Tu n'as jamais rien dit.

– Je n'avais pas de raison. Ce n'était pas réciproque. Et puis, n'oublions pas que j'avais treize ans et que j'étais une catastrophe ambulante. Et voilà, Brynn. Tu l'as, ta vérité. Satisfaite ?

– Non.

Il soupire.

– Excuse-moi, Tripp, mais rien de ce que tu viens de me dire n'explique... (j'agite la main dans sa direction) ça. Tu n'as pas mis les pieds au lycée ni au boulot depuis une semaine, et je parie que tu as passé tout ce temps à boire. Tu fais peur à voir.

Ça, sincèrement, ce n'est pas vrai, mais ça *devrait* l'être et c'est ce qui compte.

– Tu te planques dans la maison d'ami de Charlotte. Ce n'est sûrement pas uniquement parce que ton père a volé de l'argent ni parce que tu as coupé les ponts avec moi alors que… que tu m'aimais bien. Qu'est-ce que tu me caches ?

Je n'ai pas réussi à dire : « que tu étais amoureux de moi » ; il parlait sous l'effet de l'alcool, et puis c'était il y a quatre ans et on n'était que des gamins.

« Qu'est-ce que tu as fait ? » À qui s'adressait-elle, cette question ? C'est la clé de tout et, dans l'immédiat, je ne vois que trois possibilités : Shane, Charlotte et son père.

– Non, dit Tripp, doucement, mais fermement.

– Non quoi ?

– Il n'y a rien d'autre.

– Tripp, je crois vraiment que tu devrais…

– Non. (Son regard s'est durci, soudain.) Ça y est, je me souviens pourquoi je t'en veux. Tu travailles pour cette émission, là. Tu n'as pas arrêté de m'utiliser.

– Non. Je te jure que non. Je suis sincèrement désolée de ne pas t'avoir parlé d'*Alibi*. J'aurais dû. Mais je ne leur ai jamais rien répété de ce que tu m'avais dit.

Comme il continue à secouer la tête, je poursuis :

– Je vais démissionner, Tripp. Je leur envoie un mail et je démissionne tout de suite, si tu me dis ce qui te met dans cet état.

– Tu ne le feras pas.

Je vais sur l'adresse mail de Carly et je tape : *Je suis désolée, mais en raison d'un conflit d'intérêts, je ne peux plus travailler comme stagiaire pour* Alibi. *Un grand merci de m'avoir donné ma chance. J'ai beaucoup apprécié cette expérience et je vous en serai toujours reconnaissante.*

Je montre l'écran à Tripp et il pince les lèvres.

– Tu ne l'enverras pas.

J'inspire à fond – *Bon, ben voilà. Au revoir, mon stage. C'était bref, mais super, du moins jusqu'à la phase Blandy* – et j'appuie sur envoi. Puis je vais dans le dossier des messages envoyés pour le lui montrer.

– Tu vois ?

– C'est idiot, grommelle-t-il. Je n'ai jamais dit que je te parlerais.

– Je sais. Mais je veux que tu saches que tu peux me faire confiance.

Il détourne les yeux.

– Il n'y a rien d'autre à dire.

Je n'ai pas besoin de regarder ses mains pour savoir qu'il ment.

– Donne-moi une chance, Tripp. S'il te plaît. Tu ne crois pas que ça t'aiderait à te sentir mieux ?

– J'en sais rien, me répond-il d'une voix sourde. Je ne crois pas que je pourrai me sentir mieux un jour, en fait. Je ne crois pas que j'ai le droit.

Je ne vois pas ce que je pourrais dire pour le convaincre, mais je ne peux pas baisser les bras. Je me rapproche jusqu'à être tout à côté de lui et je sens les arêtes de ses pommettes et le duvet sur sa mâchoire en prenant son visage entre mes mains. Je plonge mon regard dans le sien.

– Tripp, si tu ne laisses pas sortir ce qui te ronge, j'ai réellement peur que ça te tue. Et vite.

Il se libère d'un mouvement brusque et son regard me vrille.

– Ne fais pas ça, dit-il d'une voix rauque. Ne… tu ne peux pas me toucher comme ça en sachant que je… Merde.

Puis il se tasse au fond du canapé, les yeux fermés, et j'enfouis la petite voix qui voudrait demander : « En sachant que tu quoi ? » Ce n'est pas le moment.

– Je suis tellement fatigué de tout ça.

Je ne dis rien, parce que je ne sais pas quoi dire. J'ai utilisé tous les outils de mon arsenal restreint de persuasion. Alors je reste là, en silence, si longtemps que je finis par me demander si Tripp s'est endormi. Puis, alors que je suis sur le point de lui toucher le bras, il dit sans rouvrir les yeux :

– Ça a commencé juste avant le projet sur les feuilles.

Tripp

Il y a quatre ans

Je m'apprête à sortir du lycée pour rejoindre Shane dans les bois quand je les entends.

– Il n'y a pas de doute possible ; quelqu'un a tout vu. Un jeune l'a dit à ses parents et ils me l'ont répété.

C'est M. Larkin, qui parle à quelqu'un dans sa salle de classe. Alors que je vais m'éloigner, une voix familière m'arrête net.

– Et vous êtes sûr qu'il ne mentait pas ?

Instinctivement, je me plaque contre le mur, même si personne ne peut me voir. Je suis resté après les autres pour le cours de soutien de maths et le lycée est désert. Mon père ne m'a pas prévenu qu'il venait, et je ne vois pas *pourquoi* il serait là, à moins que…

– C'est une source fiable, reprend M. Larkin.

Puis, après un long silence :

– Vous allez nier ? Dans ce cas, je peux informer la police…

– Non, dit mon père d'une voix rauque.

Il ajoute après une pause :

– Je ne nie pas. Je vous le rapporterai, d'accord ? Jusqu'au dernier cent.

Merde. Merde. Merde. Mon cœur me martèle la poitrine et je crispe la main sur la bretelle de mon sac à dos – foutu sac à dos, dans lequel, aujourd'hui non plus, il n'y a pas l'enveloppe turquoise. J'ai attendu trop longtemps, et maintenant, M. Larkin sait. Il *sait*.

– Ce n'est pas aussi simple, dit-il.

– Pourquoi ? demande mon père.

– Parce que c'est du vol. L'administration a le droit de savoir et la police aussi.

Non, non, non, non, non.

– Vous venez de dire que vous ne parleriez pas à la police si je…

La voix de mon père s'est durcie.

– Je n'ai jamais dit ça, le coupe le prof.

– Allez, Will, reprend mon père d'un ton où couve la colère, avant de continuer plus calmement : Ça ne peut pas rester entre nous ?

– Non.

La réponse est abrupte, dédaigneuse, sans appel.

– Vous ne vous rendez pas compte des conséquences que ça aurait pour Tripp. Ce n'est pas juste la question de l'argent. C'est…

– Ce que cela implique pour Tripp ne me concerne pas, réplique M. Larkin d'un ton glacial.

Je ne l'ai jamais entendu parler comme ça. On dirait presque une autre personne.

La discussion se poursuit jusqu'à ce que M. Larkin déclare :

– Tout ça c'est vous que ça regarde, Junior. Pas moi. Maintenant, si vous voulez bien m'excuser, je dois y aller.

J'ai juste le temps de me glisser derrière la vitrine des trophées avant qu'il sorte en trombe.

– Vous ne comprenez pas, Will, lui lance mon père d'une voix enrouée, presque implorante. Vous ne pouvez pas faire ça !

Il apparaît dans le couloir et regarde le prof s'éloigner, les poings sur les hanches.

– Vous ne pouvez pas faire ça, répète-t-il plus bas.

Le cœur battant à tout rompre, je recule lentement jusqu'à l'angle du couloir sans que mon père me voie et je sors par une porte de service. Une fois sur le parking, je suis confronté à une vision déplaisante : M. Larkin qui se dirige précisément vers les bois où je devrais déjà me trouver. Je m'immobilise, indécis. Après ce que je viens d'entendre, je ne veux pas tomber sur lui. Je devrais peut-être rebrousser chemin pour aller parler à mon père ? Mais cette pensée me donne trop la nausée pour que je l'envisage très longtemps, et je me remets en marche.

M. Larkin prend l'option adulte classique : au lieu de sauter par-dessus la clôture, il fait le grand tour jusqu'à la lisière du lycée, où il y a un passage entre notre terrain et un jardin voisin. J'emprunte le raccourci des élèves, un endroit où la clôture s'est affaissée. Après avoir balancé mon sac de l'autre côté, j'attends un peu pour être sûr que M. Larkin est bien parti.

« Ce que cela implique pour Tripp ne me concerne pas. »

Ça ne devrait pas me faire aussi mal, d'autant que j'ai un souci bien plus grave : dès demain, tout le lycée saura que mon père est un voleur.

La sonnerie annonce la fin des cours de soutien et je l'interprète comme un signal pour franchir la clôture. Puis je file au bois de bouleaux où j'ai rendez-vous avec Shane.

Il est en retard, bien sûr. On se dispute et je finis par le planter là. Ça me soulage de me retrouver seul à ramasser des feuilles en écoutant de la musique, jusqu'à ce que je me rende compte que je me suis perdu. Ôtant mes écouteurs, je finis par me repérer sur la crête qui borde Shelton Park et je repars vers Saint Ambrose.

C'est là que j'entends le cri.

Je fonce dans sa direction, et m'arrête net en distinguant une tache bleue au milieu du vert et du brun de la forêt. Le manteau de Charlotte. Elle a plaqué ses mains sur sa bouche, mais ça atténue à peine ses hurlements. Shane est à côté d'elle, une grosse pierre à la main et une expression hagarde sur le visage. Il a le regard rivé par terre, sur…

Oh mon Dieu.

M. Larkin est allongé sur le dos, immobile, les yeux grands ouverts sur le vide. Autour de sa tête, les feuilles sont teintées de rouge.

– Il est… ?

Je m'approche sans finir ma phrase, bien que chaque fibre de mon corps me crie de fuir.

– Je ne sais pas, me répond Shane d'une voix enrouée.

Il tient toujours la pierre, qui… c'est pas vrai, elle dégouline carrément de sang. Il y en a aussi sur ses mains, et je regarde horrifié les gouttes qui éclaboussent son pantalon d'uniforme.

Peut-être que le prof a trébuché. Il a trébuché et il s'est cogné la tête sur cette pierre. Mais ce n'est pas l'impression que ça donne. Ça n'a pas du tout l'air de ça.

– Shane, dis-je sur le ton posé que je prends pour ne pas effrayer le chihuahua névrosé des voisins. Qu'est-ce que tu as fait ?

– Je… C'était par terre à côté de lui.

Quelque chose scintille près de la tête de M. Larkin. Je m'accroupis, et mon cœur bondit dans ma gorge. Je ne peux plus respirer, plus rien faire d'autre que regarder le petit disque en argent niché dans les feuilles. « Mes médaillons porte-bonheur », dit toujours mon père en enroulant son porte-clés autour de son index.

Pourquoi y a-t-il un de ses médaillons à côté du cadavre de M. Larkin ? Parce qu'il est forcément mort. Je n'ai pas osé prendre son pouls, mais personne de vivant ne reste aussi longtemps sans bouger.

Charlotte hurle toujours.

– Arrête de hurler, dis-je nerveusement. Je n'arrive pas à penser quand tu hurles comme ça.

Alors elle se met à hyperventiler, luttant visiblement pour se ressaisir. Je me dépêche de ramasser le médaillon que je glisse dans ma poche. Je jette un coup d'œil vers Shane, mais il fixe la pierre ensanglantée qu'il tient dans la main et n'a rien remarqué.

– J'ai entendu des voix, comme une dispute, dit-il tout à coup. Et puis plus rien, et… et j'ai vu M. Larkin. Il était là, par terre.

Je les ai entendues, moi aussi.

Une succession d'images défile dans ma tête. Des scènes que j'ai vues et entendues : mon père et M. Larkin en train de se disputer, le prof qui l'interrompt et qui part vers les bois. Et d'autres que j'imagine : mon père qui le suit, qui le rattrape, qui perd son sang-froid et qui commet un acte horrible.

Irréparable.

Il va se passer quoi, maintenant ? J'ai besoin de réfléchir. Mon père… il n'a jamais voulu ça, je le sais. Il essayait seulement de… Bon Dieu, il essayait seulement de me protéger ! Il l'a dit à M. Larkin : « Vous ne vous rendez pas compte des conséquences que ça aurait pour Tripp. » Il a dû le suivre pour continuer à plaider sa cause, et péter un plomb au mauvais moment.

C'était un accident, je n'en doute pas une seconde. Mais qu'est-ce que ça change, une fois que quelqu'un est mort ? Ils vont l'envoyer en prison.

J'enfonce le médaillon dans ma poche en scrutant le sol au cas où mon père aurait perdu autre chose. Une fois certain qu'il n'y a rien d'autre, je me tourne vers Shane. On se fixe tous les deux, et son regard retrouve soudain son acuité.

– J'ai entendu des voix, répète-t-il.

Mon ventre se noue. A-t-il compris ce qu'il a entendu ? Sait-il *qui* il a entendu ? Je ne peux pas le laisser le formuler, ça rendrait les événements trop réels.

– Non, dis-je.

C'est sorti tout seul, mais je suis aussitôt convaincu que c'était la bonne chose à faire. Enfin, bonne, non – il n'y a rien de bon là-dedans –, mais c'est la seule. Shane ne sait pas penser par lui-même. Il est du genre mouton, toujours content de se laisser guider par quelqu'un d'autre, et dans l'immédiat, il faut que ce soit moi.

Comme il cligne des paupières d'un air dérouté, j'ajoute :

– Tu sais de quoi ça a l'air, Shane ? Tu tiens la pierre qui a dû servir à tuer M. Larkin. Il y a tes empreintes partout sur l'arme du crime.

Je n'ai plus qu'à espérer qu'elle ne porte pas aussi celles de mon père. Mais… non. Il avait des gants quand je l'ai vu dans le couloir et, en toute logique, il a dû les garder pour sortir. En principe, rien ne le relie au crime tant que j'arrive à maintenir Shane sous contrôle.

– Je n'ai pas… Elle était…

Shane lâche la pierre, qui heurte le sol avec un bruit sourd. Charlotte est tellement surprise qu'elle en arrête de pleurer et s'essuie les yeux en reniflant.

– M. Larkin était déjà comme ça, reprend Shane. J'ai juste ramassé la pierre.

– Je te crois, dis-je. Mais si tu commences à raconter partout que tu as entendu une dispute que personne d'autre n'a entendue – je glisse un coup d'œil vers Charlotte pour voir si elle va me contredire, mais elle continue à s'essuyer les yeux – alors que tu avais les mains pleines de sang, tu vas passer pour le coupable. On croira que tu l'as inventée pour te disculper.

Shane déglutit péniblement, les yeux sur ses mains. J'enfonce le clou :

– Tu pourrais te retrouver en prison pour le meurtre de M. Larkin.

– Tu crois ? murmure Charlotte, blême.

– Ça arrive tout le temps, dis-je, avec l'assurance d'un expert en criminologie, alors que je ne suis qu'un gamin terrifié.

Charlotte agrippe le bras de Shane et le tire vers elle.

– On ne peut pas laisser faire ça, lâche-t-elle d'un ton pressant.

Je remercie le ciel qu'elle soit aussi accro à Shane. Avec n'importe qui d'autre, elle ferait sa petite cheffe et pinaillerait – et elle chercherait peut-être aussi à savoir pourquoi j'insiste à ce point. Mais tant qu'il s'agit de Shane, elle ne demande qu'à le protéger.

– Mais non, dis-je d'un ton apaisant. Il nous faut juste une version simple, et une seule. On va raconter qu'on est entrés dans les bois ensemble, qu'on n'a ni vu ni entendu personne et qu'on a trouvé M. Larkin comme ça. Shane a ramassé la pierre sans réfléchir, et ensuite, on s'est rendu compte qu'on devait appeler à l'aide. OK ?

Ils hochent la tête tous les deux.

– Bon. Maintenant, écoutez-moi bien, parce que les détails sont super importants et que nos versions doivent être identiques. Voilà ce qu'on va dire.

CHAPITRE VINGT-NEUF

Tripp

Je n'en reviens pas de lui avoir tout raconté.

J'ai réussi à garder ce secret presque quatre ans, et maintenant Brynn Gallagher, *Brynn Gallagher*, sait que mon père a tué M. Larkin et que je l'ai couvert. À l'aide d'un plan naïf, débile, qui n'en a pas moins *marché*. Pendant des semaines après les événements, j'ai eu peur que Shane ne craque sous la pression. Ou que Charlotte, après que le fric a été retrouvé dans son casier, ne modifie sa version pour détourner les soupçons.

Mais il ne s'est rien produit de tel. On est passés pour des témoins malheureux, presque des héros, et personne – sauf peut-être le lieutenant Patz – n'a jamais soupçonné qu'on n'était qu'un trio de menteurs bien rodés.

« On raconte notre histoire à la police, avais-je dit aux deux autres, et on n'en reparle plus jamais, jamais. Ni entre nous, ni à qui que ce soit. Comme ça, on est sûrs de ne pas dire ce qu'il ne faut pas. »

Je me demande encore parfois comment on a réussi à s'en tirer. À ne jamais gaffer, ni à en avoir assez de faire semblant, ni à atteindre le stade où la vérité serait remontée à la surface malgré tous nos efforts pour l'enfouir.

Jusqu'à aujourd'hui.

Je n'arrive pas à regarder Brynn, incapable d'affronter son expression. Puis l'effroi s'insinue dans tout mon corps, enveloppe mon cœur et mes poumons, au point que j'ai du mal à respirer. Elle va le dire à quelqu'un ; forcément. Comment pourrait-elle s'en empêcher ? Qu'est-ce que j'ai fait, qu'est-ce que j'ai fait, qu'est-ce que j'ai...

– Non, Tripp !

Elle me secoue le bras et je me dégage, toujours incapable de la regarder.

– Ça ne s'est pas passé comme ça. Ce n'est pas possible.

– Ta boussole de vérité s'est cassée, Brynn, dis-je d'un ton amer.

– Non, répète-t-elle en me secouant plus fort. Il faut que tu m'écoutes. Mon père et moi, on était au collège ce jour-là. J'avais travaillé tard au journal et il était venu me chercher. Sauf que, quand on est montés dans la voiture, elle n'a pas voulu redémarrer. (Les mots se bousculent dans sa bouche.) Alors il est parti essayer de trouver des câbles de démarrage. Comme il n'y avait personne sur le parking, je suis retournée au collège en espérant tomber sur un prof, et j'ai vu ton père.

– Et il faisait quoi ? dis-je, le cœur battant.

– Il était dans le couloir, à côté de la vitrine des trophées. Je lui ai demandé de l'aide, on est allés chercher des câbles dans son coffre et il a branché les pinces sur notre batterie.

– Mais… il était quelle heure ?

– Je te l'ai dit, c'était après les cours.

– Mais combien de temps après ?

Mon père tient plutôt la forme, physiquement, et il peut être rapide quand il veut. Quand il le *faut.* Si la voiture du père de Brynn est tombée en panne même une demi-heure après sa dispute avec M. Larkin, ça ne change rien.

– À quelle heure *exactement* ?

– Je ne sais pas, mais…

Brynn plisse le front pendant quelques instants qui sont une vraie torture, avant de s'illuminer.

– Oui ! La dernière cloche a sonné alors qu'on ressortait du collège avec ton père. Du coup, il devait être… Elle sonne à quelle heure ? Trois heures et demie ?

– La dernière cloche a sonné, répété-je.

Les yeux sur mes baskets, je me revois en train de sauter par-dessus la clôture juste après la sonnerie, quelques minutes après un M. Larkin bien vivant.

– Tu es sûre ?

– Certaine. Même que ton père a lancé : « On dirait que vous avez été sauvés par le gong », ce qui n'était pas terrible comme blague.

Elle s'essaie à un sourire que je ne suis pas encore en état de lui retourner et ajoute :

– Finalement, ce n'était pas la batterie, et mon père a dû appeler le dépanneur pendant que le tien me ramenait à la maison. Il a pris un café chez nous, jusqu'au retour de mon père. Il était encore là quand la police a appelé. C'est dingue, Tripp ! (Je la regarde enfin, et elle me fixe d'un air mi-compatissant, mi-horrifié.) Comment tu pouvais ignorer ça ? Il ne t'a pas dit où il était ?

– Il… Il a dit qu'il était passé au collège pour déposer une facture, et puis il a commencé à raconter un autre truc, mais… je l'ai interrompu.

Dès que mon père tentait d'intervenir au poste de police, quand ce n'était pas à propos de moi, je l'arrêtais.

Je ne pouvais pas empêcher la police de l'interroger séparément, bien sûr, et il leur a certainement parlé de cette histoire de batterie. Mais je n'ai jamais posé de questions. Pendant des mois, chaque fois que mon père abordait le sujet, j'ai coupé court. Je le voyais à travers un prisme si déformant que tout chez lui me semblait faux et fuyant. Et je mettais toute mon énergie à m'assurer que Shane, Charlotte et moi, on garde des versions cohérentes, qu'on ne laisse jamais fuiter que mon père s'était disputé avec M. Larkin juste avant sa mort et que personne ne découvre l'histoire de…

– Le médaillon. Le disque en argent que j'ai retrouvé à côté du corps de M. Larkin. Je pensais… J'aurais juré qu'il était à mon père.

– Ben, c'est possible, dit Brynn. Il a pu le perdre avant, même si c'est bizarre que tu l'aies trouvé justement ce jour-là à cet endroit-là.

Une lueur s'allume dans ses yeux.

– Attends une minute. M. Larkin portait une petite chaîne autour du cou au moment de sa mort. Alors... peut-être que le médaillon était dessus et qu'il est tombé quand la chaîne s'est brisée.

Elle se tortille sur le canapé en s'animant.

– Tu l'as toujours ?

– Je ne sais pas.

Une fois chez moi ce jour-là, dès que j'ai eu une minute seul, j'ai fourré le médaillon au fond d'un tiroir sans le regarder. Je n'y ai pas touché depuis et, en toute logique, il y est encore. Mais ce n'est pas la question la plus urgente.

– Brynn, écoute, j'ai besoin que tu... Il faut que tu sois cent pour cent sincère, d'accord ? Tu es sûre que mon père est resté tout le temps avec vous ? Il ne s'est absenté à aucun moment ?

– Sûre et certaine. J'étais avec lui, et mes parents aussi. Mon père s'est présenté à la police pour dire qu'il était sur le parking cet après-midi-là et raconter l'histoire de la panne. En gros, il a fourni un alibi au tien. Remarque, personne ne pensait qu'il lui en fallait un. Ah, c'est pas possible...

Elle m'a pris les mains et les presse très fort.

– C'est dingue que, pendant tout ce temps, tu aies cru que ton père avait tué M. Larkin. Il aurait suffi que tu *poses la question*. Si on avait continué à se voir, à l'époque, je t'aurais dit qu'il nous avait aidés. C'est peut-être un voleur, mais pas un assassin.

Pas un assassin.

L'histoire que j'ai tissée il y a quatre ans n'était que cela : une histoire. Pas la vraie vie. Je devrais être envahi par la joie et le soulagement, mais tout en moi est comme ankylosé. Je ne me sens pas mieux. Je me sens toujours maudit.

– Mais j'ai couvert cette version-là. Ou j'ai cru le faire. J'étais prêt à… J'ai laissé enterrer M. Larkin sans jamais dire…

Alors que je m'affale de nouveau, Brynn m'oblige à me redresser.

– Non, déclare-t-elle d'un ton ferme. Ne commence pas à te torturer à l'idée d'un nouveau délit avant même d'avoir intégré que le précédent n'a jamais existé. Tu avais treize ans, tu aimais ton père et tu étais terrifié. En plus, tu n'avais que lui. C'est une situation horrible pour un enfant. Alors arrête de boire jusqu'à l'abrutissement parce que tu as décidé de le protéger. Ça ne fait pas de toi quelqu'un de mauvais. Et puis… (Elle me lâche les mains, comme si elle était soudain gênée de les tenir.) On a un nouveau problème.

– Ah ouais ? dis-je avec un rire qui n'en est pas un. Plus grave que d'avoir menti à propos du meurtre de mon prof ?

– Oui. Le voilà, le problème : si Shane n'a pas été inquiété alors qu'il y avait ses empreintes plein l'arme du crime, c'est parce que vous avez tous dit que vous étiez arrivés dans les bois ensemble, que vous aviez découvert M. Larkin ensemble, et que vous ne vous étiez jamais perdus de vue.

Le sens de ses paroles commence à se préciser dans mon cerveau embrumé, et j'écoute la fin de sa démonstration bouche bée.

– Celui que tu as protégé dans tout ça, c'est Shane.

Il y aurait sans doute beaucoup de choses à répondre à ça, mais, sur le coup, je n'en vois qu'une :

– Ben merde.

À cet instant, la porte est agitée par des secousses et on sursaute. Puis elle s'ouvre en grand avec un grincement. Un souffle d'air glacé de janvier s'engouffre dans la pièce et je sens le froid pour la première fois de la semaine. Une forme apparaît et, en entrant, se transforme en une silhouette familière qui s'adosse au chambranle. Son regard papillonne entre nous deux avant de s'arrêter sur moi.

– Qu'est-ce qui se passe, T. ? demande Shane.

CHAPITRE TRENTE

Tripp

– Salut, dis-je dans un croassement, tandis que Brynn recule vivement.

J'ai la bouche sèche comme de la toile émeri, mal à la tête et des courbatures. Comme si tous les abus que j'ai infligés à mon corps cette semaine me rattrapaient d'un seul coup.

Shane désigne Brynn d'un coup de menton.

– Pardon, la bonne question serait plutôt : « Qu'est-ce qu'elle fait là ? »

– Je suis venue m'excuser, dit-elle en ramenant une jambe sous elle.

Je n'avais même pas pris le temps de remarquer qu'elle était pratiquement sur mes genoux, jusqu'à ce qu'elle n'y soit plus.

– À propos de l'émission, précise-t-elle. Et dire à Tripp que j'avais démissionné. Je ne travaille plus pour *Alibi*.

– Sage décision. En admettant que ce soit vrai, réplique Shane en croisant les bras.

Son visage est un masque, à l'expression froide et hostile. Qu'est-ce qu'il a entendu ?

– Ça n'explique pas ce que tu fais encore ici alors que ma copine t'a demandé de partir.

– C'est de ma faute, dis-je.

Mon esprit tourne peut-être au ralenti, mais j'ai peu de doutes sur ce point-là. À peu près tout est de ma faute.

– J'allais partir, déclare Brynn en se levant. Tu ferais mieux de venir avec moi, Tripp. Ton père va s'inquiéter.

– Son père est à son boulot, réplique Shane. Et Tripp est très bien là où il est. Charlotte et moi, on veille sur lui, alors occupe-toi de tes affaires.

– Hé ! dis-je.

Mais Brynn riposte déjà.

– Ah oui ? Vous « veillez sur lui » en le laissant tout seul avec un bar plein ?

– C'est lui qui voulait être seul, se défend Shane.

Sa mâchoire tressaute et, l'espace d'une seconde, j'ai devant moi le Shane d'il y a quatre ans, plus petit mais déjà l'un des plus grands de la classe, le regard vitreux et les mains couvertes de sang. « J'ai juste ramassé la pierre. » Toutes ces années, j'ai cru que je me servais de lui comme d'un bouclier pour protéger mon père. Il ne m'a jamais traversé l'esprit que ça pouvait être l'inverse, et l'idée a du mal à se frayer un chemin dans mon cerveau. Il se comporte comme un con dans l'immédiat, mais ça reste mon ami.

Pas vrai ?

– Ce n'est pas le point le plus problématique dans ce que je viens de signaler, riposte Brynn.

Shane s'avance, une lueur menaçante dans le regard.

– Tu en as, des choses à dire, pour quelqu'un qui n'a rien à faire là.

Elle recule instinctivement et je parviens enfin à me lever.

– Fous-lui la paix, Shane. Elle essaie juste de m'aider.

– Tu te fais mener par le bout du nez, T., me jette-t-il avec dédain. Elle t'utilise.

– Je ne… Tu ne sais pas de quoi tu parles.

J'aurais préféré qu'il ait raison. Si Brynn et moi, on était ensemble, même si elle m'utilisait, ce serait un bien meilleur moyen de noyer mon chagrin.

– Écoute, Shane, c'est cool d'être venu me chercher et de m'avoir donné un endroit où me planquer. Mais… faut que je rentre chez moi. Je dois parler à mon père.

Une chance que Shane n'ait pas les pouvoirs de Brynn pour détecter les mensonges, parce que c'en est un. Enfin, il faudra bien que je finisse par parler à mon père, mais… je ne sais même pas par où commencer. Notre relation a subi un énorme changement il y a quatre ans et vient de reprendre sa place initiale il y a cinq minutes. Et il ne sait rien de tout ça.

– Pour lui dire quoi ? demande Shane.

Il y a du défi dans sa voix. Qu'est-ce qu'il a entendu ? Ce n'est toujours pas clair.

– Je veux juste le voir. Il s'inquiète.

Shane hausse les sourcils.

– Et tu t'en soucies tout à coup parce que… ?

Parce qu'il n'est pas un assassin. Surprise ! Toi, en revanche, peut-être.

Non. C'est du délire. Ce n'est pas parce que mon père n'a pas tué M. Larkin que c'est Shane le coupable. Je suis épuisé, et si je m'attarde ici, je finirai par dire une partie de ces trucs à voix haute.

– J'y vais. Remercie Charlotte pour moi.

Soudain, en quelques pas rapides, Shane se dresse juste en face de moi, les poings serrés. On a presque la même taille, si ce n'est que je suis un peu plus grand et lui un peu plus baraqué. Je ne sais pas qui gagnerait dans une bagarre parce que ça ne s'est jamais présenté.

– T'es sérieux ?

– Tu oublies qui sont tes amis, me dit-il à mi-voix.

– Pas du tout. J'en ai juste plus que deux.

– On t'a accueilli quand personne n'en avait rien à foutre de toi, siffle-t-il.

– Vous m'avez *accueilli* ?

Ça me ferait rire s'il n'était pas aussi énervé.

– Je ne suis pas orphelin.

Ses lèvres se retroussent dans un rictus méprisant.

– C'est bien imité.

– Arrêtez ! ordonne une voix sur le seuil.

Shane recule avant que son dernier commentaire arrive jusqu'à mon cerveau et que je pense : « OK, ça, ça mérite que je le défonce. » Charlotte s'avance, et je devrais la remercier, parce que le regard noir qu'elle me jette me fait taire.

– Je vois que tu as choisi ton camp, me dit-elle d'un ton glacial.

– Il n'y a pas de camps, Charlotte.

Elle lâche un bruit trop poli pour être qualifié de grognement. Une sorte de *hmph*.

– Il y a toujours des camps. Et j'aimerais qu'elle sorte de chez moi, ajoute-t-elle sans regarder Brynn.

Ça m'embête de partir comme ça, mais je ne vois pas d'autre façon de le faire, surtout après cette avalanche de révélations. Pendant une seconde, alors que Shane et moi nous dressions l'un en face de l'autre, j'ai eu la certitude paranoïaque qu'il *n'allait pas* me laisser partir.

– Merci pour tout, marmonné-je en passant devant eux.

Nouveau soupir de colère distinguée en provenance de Charlotte.

– Rendez-vous la prochaine fois que tu t'effondreras.

Brynn attend qu'on ait atteint le portail pour rouvrir la bouche.

– Wouah, murmure-t-elle, tandis qu'on sort. C'était du lourd.

Comme je ne réponds pas, elle me demande en jetant un coup d'œil par-dessus son épaule :

– Tu crois que Shane nous a entendus ?

– Je ne sais pas.

– Je suis garée dans le…

Avant qu'elle ait fini sa phrase, je me prends le pied dans une racine et je m'étale. Brynn essaie de me rattraper, mais ne réussit qu'à tomber avec moi.

– Ouille.

Elle roule sur le côté avec une grimace et se redresse en position accroupie. Je reste comme je suis, trop sonné pour bouger.

– Rappelle-moi de ne pas t'emmener la prochaine fois que je dois m'enfuir. Allez, relève-toi, dit-elle en me tendant la main. Je sais que tu as besoin de te reposer, mais ce n'est pas l'endroit.

Je lui saisis la main pour m'asseoir, puis l'attire à moi au lieu de la laisser me relever.

– Merci. Sincèrement. Je ne suis pas… Je ne sais pas si je pourrais un jour te remercier convivialement pour ce que tu as fait ce soir.

– Convivialement ?

– Oui.

– Tu veux dire *convenablement* ?

– J'essaie de marquer le coup, là, Brynn, grommelé-je.

– Le jardin de Charlotte n'est peut-être pas l'endroit idéal, me signale-t-elle d'un air amusé.

– Mm. OK, dis-je en m'aidant de sa main pour me relever. Je voulais juste te dire que je t'étais très reconnaissant. Tellement que je pourrais t'embrasser.

Brynn se fige, les yeux écarquillés. Ah. J'oubliais. Je lui ai peut-être dit – enfin, je lui ai *carrément* dit que j'étais amoureux d'elle au collège, et il n'est pas exclu qu'elle s'imagine que je parlais de l'embrasser vraiment. Il n'est pas exclu non plus que ce soit ce que j'ai voulu dire.

Elle se ressaisit avec un petit sourire ironique.

– Commence par dessoûler, OK ? Après, on discutera.

CHAPITRE TRENTE ET UN

Brynn

– Tu en reprends, ma douce ? me propose Regina en s'approchant avec une cafetière, Al sur les talons.

– Avec plaisir, merci.

Elle me ressert sans se préoccuper de la tasse vide de Tripp.

– Écoute, lui dit-il d'un air piteux. Je tiens à te répéter que je suis vraiment désolé.

– Al et moi, on te pardonne, mais ce n'est pas pour autant qu'on est prêts à te parler, répond-elle froidement.

Al pose le museau sur la jambe de Tripp pour exiger des caresses.

– Traître, lance-t-elle au chien.

Elle se décide quand même à le servir avant de retourner derrière le comptoir.

– Merci de ne pas m'avoir viré !

On est dimanche matin, et aujourd'hui, exceptionnellement, Tripp est un client comme un autre à la boulangerie.

Regina refuse de le laisser travailler jusqu'à ce que – je cite – « il tienne vingt-quatre heures sans faire de conneries ».

Il a le menton rasé, l'œil clair, des vêtements propres et une bonne odeur de savon aux agrumes. Depuis mon retour à Sturgis, je ne l'avais jamais vu aussi détendu, et ça dissipe tous mes doutes sur la démarche qui m'amène. Je m'éclaircis la gorge.

– Écoute, Tripp. Après tout ce qui s'est passé hier, j'ai réfléchi, et… je voudrais te parler de mes dernières réflexions à propos de M. Larkin. Mais uniquement si ça te va. Tu préfères peut-être que je laisse tomber.

– Laisse tomber quoi ?

– M. Larkin. L'affaire. Tout, quoi.

Il fronce les sourcils.

– Tu proposes… qu'on ne parle plus jamais de lui ?

Présenté comme ça, ça ressemble beaucoup à un certain pacte conclu dans les bois. Mais ce n'est pas le sujet.

– Je ne parlerai plus de lui à personne si c'est ce que tu souhaites.

Alors que j'essayais en vain de trouver le sommeil, hier soir, les paroles de Tripp dans la maison d'ami de Charlotte se sont mises à tourner dans ma tête. « Le journal du collège passait avant moi. » Il le pensait, et j'ai songé avec un sentiment de regret cuisant que je ne voulais plus être cette fille monomaniaque que Tripp a connue à treize ans – ni celle qui a déboulé à Sturgis comme un bulldozer il y a un mois, résolue à faire ses preuves. Je ne m'étais jamais sentie aussi seule que quand les gens se sont retournés contre moi parce que je leur avais caché ma collaboration avec *Alibi*. Mais le pire a été de me rendre compte à quel point mon idée fixe a blessé mes amis, ma famille, et, surtout, Tripp.

C'est cette question-là que je dois clarifier.

– Tu comptes bien plus pour moi qu'une enquête pour une émission, Tripp, je suis désolée de ne jamais te l'avoir montré.

Il se tait un moment, les yeux rivés au sol.

– Moi aussi, je suis désolé. Pour ce que je t'ai dit dans le gymnase, bien sûr… mais aussi… pour tout le reste. Je suis allé sur la tombe de M. Larkin plusieurs fois par an pour lui demander pardon de l'avoir empêché d'obtenir justice. Mais même à ces moments-là, alors que je lui parlais, je savais que ce n'était que des mots creux. Qu'ils ne changeraient rien.

– Tu es allé sur la tombe de M. Larkin ? dis-je avec un pincement au cœur en visualisant la scène. Ça a dû être dur.

– C'était le moins que je pouvais faire. Écoute, rien ne te force à laisser tomber l'affaire, Brynn. Vas-y, dis-les-moi, ces réflexions.

– OK. Alors voilà. (Je prends une grande inspiration en affichant l'article du *Union Leader* sur mon portable.) Tu te rappelles quand je t'ai dit hier soir que ton mensonge protégeait Shane, et pas ton père ?

Il hoche la tête et je lui explique tout ce que j'ai découvert : que M. Larkin avait un frère à Saint Ambrose, que son vrai nom était peut-être William Robbins, et, dans ce cas, qu'il était peut-être le fils d'un tyran dont la deuxième femme était partie avec son fils pour ne jamais réapparaître.

– Je me dis que le petit garçon qui a disparu, Michael, est peut-être un de nos camarades de classe. Il aurait le bon âge. Alors j'ai cherché parmi ceux qui pourraient coller et j'ai pensé… à Shane.

Je souffle sur mon café tandis que Tripp prend mon portable pour lire l'article.

– Shane ? répète-t-il, le regard sur l'écran.

– Ouais. On ne le connaît que depuis la maternelle et il n'habite pas à Sturgis. Du coup, on ne sait rien de sa vie d'avant, quand il était tout petit.

– Il a été adopté.

– Ouais. Ou c'est juste la version officielle et Laura Delgado est en réalité Lila Robbins, qui voulait cacher leurs identités à tous les deux. Elle aurait le bon âge, elle aussi, la petite quarantaine.

– C'est le cas de la moitié de nos parents, signale Tripp. Et il y a des tas d'élèves à Saint Ambrose qui viennent d'autres villes et qui ont des familles dont on ne sait rien.

– C'est vrai, mais… (je m'en veux d'imposer ce constat au nouveau Tripp qui reprend enfin du poil de la bête, mais on ne peut pas y couper) il n'y en a qu'un qui a été retrouvé devant le corps de M. Larkin avec l'arme du crime dans la main.

Tripp observe la photo de Lila Robbins, le front plissé.

– Ce n'est pas Mme Delgado, dit-il, d'une voix un peu hésitante. En tout cas, je ne pense pas. Même en admettant qu'elle se teigne les cheveux, cette fille a un nez plus grand.

– Un nez, ça s'opère. Et « Laura », ce n'est pas très éloigné de « Lila », si tu cherches à changer de nom en gardant les mêmes sonorités.

– Mais ce petit garçon, Michael Robbins, il ne souffrait pas d'asthme ? Shane n'en a pas.

– Tu en es sûr ? Tu sais tout sur lui ?

Trip remue les mâchoires avant d'admettre :

– Non. On ne… on n'est pas le genre d'amis qui se parlent de ces trucs-là. Mais je ne l'ai jamais vu avec un inhalateur. Et il joue à la crosse. Ce n'est pas possible si on a de l'asthme, si ?

– Ça l'est si on arrive à gérer les crises. Des tas de grands athlètes souffrent d'asthme. Et ça peut passer totalement inaperçu. Du coup, ce n'est sans doute pas un critère pertinent. Et ce n'est pas tout. Mon oncle m'a raconté qu'à l'époque où il donnait des cours de soutien dans notre classe, il a entendu M. Larkin et Mme Delgado s'engueuler.

– Ah bon ? À propos de quoi ?

– Il ne savait pas.

Tripp relâche longuement son souffle.

– Donc, tu crois que Shane est un gamin qui a disparu tout petit du New Hampshire et qu'il a tué son propre frère ?

– C'est une hypothèse.

– Et Charlotte, là-dedans ? Elle jouerait le jeu sans moufter ?

– Elle n'a peut-être rien vu. Tu ne sais pas depuis combien de temps elle était là quand tu es arrivé. Et même si elle a tout vu, il ne serait pas impossible qu'elle l'ait couvert. Et qu'elle continue.

Charlotte a toujours été loyale à Shane, ce n'est pas nouveau. Ce qui l'est, du moins pour moi, c'est l'énergie qu'ils mettent à garder Tripp sous leur aile. Sauf qu'après être allés le repêcher quand il n'allait pas bien, ils l'ont laissé tout seul. D'un côté, on peut supposer qu'ils voulaient juste lui ficher la paix. De l'autre, on peut les soupçonner d'avoir surtout cherché à l'empêcher de parler. J'ai l'impression que chaque fois que Tripp est « dans un de ses mauvais jours », comme dit Charlotte, ils s'arrangent pour qu'il se taise.

– Mais rappelle-toi les mots de Shane ce jour-là, argumente Tripp. Il a entendu une dispute. J'ai cru qu'il parlait de mon père et de M. Larkin, mais… peut-être qu'il y avait un vrai vagabond et que ça s'est passé précisément comme le pense la police. Enfin, en dehors des éléments que j'ai fait disparaître, nuance-t-il d'un air penaud.

– Tu as dit à Shane qu'il ne pouvait pas prouver cette dispute, rectifié-je. OK, tu l'as fait pour protéger ton père, mais, si ça se trouve, il l'a vraiment inventée ! C'est typiquement le genre de mensonge qu'on raconterait pour détourner les soupçons. Tu les as entendus, toi, ces cris ?

– J'avais mes écouteurs presque tout le temps. Je n'entendais rien du tout. Jusqu'à ce que je les enlève et que j'entende Charlotte hurler.

– Et elle, elle a entendu quelque chose ?

– Je ne sais pas. J'ai directement mis fin au sujet pour qu'ils adoptent ma version des faits.

– Mais il est possible que Shane ait cherché à se couvrir. Il était sur place quand M. Larkin est mort. Carly le dit toujours : « La proximité est un critère. »

– OK, mais vu comme ça, tout le lycée était à proximité.

Comme je hausse les sourcils, Tripp développe :

– Ces bois se trouvent juste derrière Saint Ambrose. Les gens du lycée s'y baladent tout le temps, même les profs. Mais personne n'a jamais soupçonné… Grizz, par exemple. Ni Mme Kelso.

– Mme Kelso ? Sérieux ?

J'avoue que j'ai suivi une piste semblable quand j'ai mis à plat tout ce que je savais de l'affaire. Je me suis notamment demandé s'il n'existerait pas entre M. Larkin et un collègue des tensions que j'ignorais.

– Ou ton oncle, dit Tripp.

– Oncle Nick ? Pourquoi on le soupçonnerait ?

– À cause de la proximité. Il travaillait, ce jour-là ?

Je n'ai pas envie de laisser Tripp s'égarer sur une fausse piste juste parce qu'il refuse de creuser la mienne. Alors je reprends mon portable pour agrandir l'article du *Union Leader*.

– Ma théorie, c'est que Shane était peut-être terrifié. D'après le portrait que les médias ont tracé de Dexter, ce type était un control freak qui dominait sa femme et qui laissait son gamin sans soins. Maintenant que Shane avait cette nouvelle vie géniale, en sécurité avec sa mère et M. Delgado, il a pu avoir peur que M. Larkin permette à Dexter de retrouver leur trace et que tout explose.

Tripp a un peu verdi.

– Pitié, pas ça… Les ados tueurs qui s'en tirent blancs comme neige… T'es en train de me dire que Gunnar Fox avait peut-être raison ?

– Enfin, c'est bien plus complexe que ça, mais… c'est possible, non ?

Hier soir, quand je l'ai ramené de chez Charlotte, Tripp m'a parlé de la vidéo de Lisa Marie, dans laquelle elle feint de croire que son fils a pu tuer M. Larkin. En arrivant chez lui, je l'ai forcé à envoyer un texto à sa mère pour lui dire que, si jamais cette vidéo était rendue publique, il contacterait *Alibi* pour montrer les messages où Gunnar proposait de la payer pour son mensonge.

– Lisa Marie t'a répondu ?

– Pas encore, me répond Tripp avec une grimace. C'est trop chelou, ton histoire. Tu crois vraiment que ça se peut ? En plus, Delgado est un vrai chien de garde pour sa famille. Il lui suffisait de lancer une meute d'avocats sur Dexter Robbins, non ? Ce type n'aurait jamais obtenu le droit de garde ni même le droit de visite sur Shane.

– Ça, ce n'est pas une certitude. On ne rigole pas avec les droits parentaux, et le fait que Lila Robbins soit partie avec son fils peut être considéré comme un enlèvement d'enfant, même si elle avait de bonnes raisons. Par ailleurs, si Mme Delgado est Lila Robbins, on ne sait pas ce qu'elle a raconté à son mari. Si ça se trouve, il est persuadé qu'elle a adopté Shane. Je me demande si… (je repense à tous les portraits de M. Larkin qui ont subi des dégradations) si ce n'est pas Shane qui aurait gribouillé le visage de M. Larkin sur les affiches. Comme s'il ne supportait pas de voir sa tête dans les couloirs du lycée, après le traumatisme dans les bois.

– Shane n'est pas du genre à faire des graffitis, objecte Tripp. Si une affiche le gênait, il l'arracherait.

– Admettons. De toute façon, c'est un point annexe. L'important, c'est…

J'hésite à aller plus loin, de peur qu'il croie que je n'ai jamais envisagé sérieusement de lâcher l'affaire. Mais il a exprimé tellement de regrets tout à l'heure à propos de M. Larkin que je tiens à ce qu'il considère toutes les possibilités.

– À un moment ou à un autre, il faudrait que tu dises à quelqu'un que tu n'étais pas tout le temps avec Shane et Charlotte dans ce bois.

J'ai failli dire « à la police », mais on n'a pas encore abordé le dossier de la donation de deux cent cinquante mille dollars de Delgado Immobilier à la Fondation de la police de Sturgis. Je ne sais pas trop sur qui on peut compter pour se montrer objectif dans ce dossier, mais je miserais en priorité sur Carly.

Tripp a rougi violemment.

– Je sais, marmonne-t-il en baissant la tête. Mais je ne suis pas encore prêt. Ça m'obligerait à dire que mon père a volé l'argent, alors que je n'en ai même pas parlé avec lui et que…

– Tout va bien, dis-je, rassurée qu'il n'exclue pas de le faire. Tu n'as pas besoin d'agir maintenant.

Je prends sa main, qui tressaille nerveusement, et je la relâche aussitôt en me reprochant d'avoir oublié ce qu'il m'a dit hier : « Tu ne peux pas me toucher comme ça en sachant que je… »

Ce n'est toujours pas le bon moment pour lui demander de compléter cette phrase, et rien ne dit qu'il se présentera un jour, mais j'aimerais bien savoir ce qui allait suivre.

– On en a déjà appris beaucoup plus que je ne l'aurais espéré sur M. Larkin. Et si on arrive à obtenir des réponses sur un événement qui s'est produit il y a aussi longtemps…

Je me redresse sur ma chaise, saisie par une pensée.

– Si on arrive à faire *ça*, on peut même en obtenir sur…

Je m'arrête là en me rendant compte que j'allais encore évoquer un autre sujet douloureux.

– … sur d'autres trucs, dis-je platement avant de prendre une gorgée de café tiède.

Tripp me regarde dans les yeux.

– Sur d'autres trucs ? Ce n'est pas ce que tu allais dire.

Nouvelle gorgée de café, et même une grande lampée.

– Ben, si.

– Allez, Brynn. On a décidé d'être sincères à partir de maintenant, oui ou non ? Quels autres trucs ?

Comme je ne réponds pas tout de suite, il ajoute :

– Aurais-tu le sentiment que je ne suis pas capable d'encaisser les choses parce que je suis en mode pétage de plomb depuis ton retour à Sturgis ?

– Ça se peut.

– C'est bon, c'est réglé. Je suis d'attaque, maintenant.

Je lui lance un coup d'œil inquiet. « Il n'est pas aussi solide qu'il en a l'air », m'a dit Charlotte l'autre jour lors de notre bras de fer. Mais je ne suis pas d'accord. Elle n'a aucune idée du fardeau qu'il porte depuis quatre ans.

– Je viens juste de réaliser qu'il y a un sujet dont on n'a pas parlé concernant M. Larkin : M. Solomon.

– M. Solomon ? Pourquoi on les relierait ?

Tripp a un mouvement de recul, mais ça ressemble plus à de l'incompréhension qu'à une réaction provoquée par le souvenir du cadavre de notre ancien gardien.

– Parce que la police ne peut pas dire s'il s'est cogné la tête en tombant ou s'il a été poussé. Et s'il a craché sur M. Larkin devant nous, il a pu le faire devant d'autres gens. Y compris ceux qu'il ne fallait pas.

Tripp bat des paupières.

– Mais c'était un cambriolage.

– À moins que ce soit une diversion.

– Tu veux dire… (Tripp secoue la tête énergiquement.) Écoute, Shane ne s'en serait jamais pris à un vieux bonhomme sans défense, d'accord ? Impossible.

– Je ne dis pas ça. (Et non, je ne sous-entends pas que Tripp a pu répéter à ses amis les paroles de M. Solomon, même si je sais qu'il a parlé de notre visite à Charlotte. Je n'ai aucune intention de lui causer une rechute de culpabilité.) Simplement qu'il est mort dans des circonstances obscures peu de temps après avoir parlé de M. Larkin. Du coup, c'est important qu'on continue à s'échanger nos infos.

Après un silence, Tripp plonge la main dans sa poche.

– OK, bon, à ce propos... je l'ai retrouvé. Le médaillon. Celui qui était à côté de...

C'est plus fort que moi, je lâche un petit cri étouffé lorsqu'il pose un disque en argent sur la table.

– Du corps de M. Larkin, murmuré-je.

Je prends l'objet. Il mesure environ deux centimètres et demi de diamètre, avec un petit trou près du bord, sans doute pour être glissé sur une chaîne. Il porte l'emblème d'un chien qui montre les dents, avec les mots *Taverne du Chien Enragé.* Le nom « Billy » est gravé en grosses majuscules au revers.

– Tu avais raison, me dit Tripp. C'est le nom de M. Larkin. Ça devait être à lui. (Il s'assombrit.) Si seulement j'avais regardé à l'époque, ça m'aurait épargné beaucoup de problèmes, et aux autres aussi.

– Shane et Charlotte t'ont vu le ramasser ?

– Je ne crois pas.

J'examine le médaillon.

– Je n'ai jamais entendu personne appeler M. Larkin « Billy ». Mais ça colle avec le témoignage du gars qui l'a reconnu sous le nom de « Billy Robbins » sur le site d'*Alibi.*

Je passe un doigt sur l'emblème du chien.

– Tu as cherché la Taverne du Chien Enragé sur Internet ?

– Non, réplique Tripp avec un petit sourire. Je n'ai pas voulu te priver de ce plaisir.

Je prends mon portable pour taper le nom dessus.

– Il y a plusieurs résultats. Dont un à North Woodstock, dans le New Hampshire. Hmm, ce n'est pas très loin de Lincoln, la ville où habitaient les Robbins. Et si... wouah. Et si Dexter s'était trouvé dans les bois le fameux jour ? Si c'était lui que Shane a entendu se disputer avec M. Larkin ?

– S'il y était, ça commence à faire du monde dans ces bois, dit Tripp en retournant le médaillon pour l'examiner. Enfin, je peux toujours en parler à Shane. Tu penses que je devrais ?

– Et briser le pacte de silence ? Pas sûr qu'il faille ouvrir la boîte de Pandore, surtout après la façon dont il a réagi hier soir. Il vaut sans doute mieux creuser la piste d'abord.

Puis je vais sur Google Maps.

– La Taverne du Chien Enragé dont je te parlais n'est qu'à deux heures de route. Alors...

– Alors quoi ? demande Tripp avec un demi-sourire.

Soudain, j'ai des papillons dans le ventre. J'ai fouillé mes souvenirs, sans trouver d'autres sentiments pour lui que de l'amitié ; je l'aimais beaucoup, mais sans ambiguïté. On dirait que ça a changé, et pas seulement parce que je perds le fil de mes pensées dès qu'il sourit. Malgré tout ce qu'il porte depuis quatre ans – sans parler d'avant –, il n'est pas aigri. Il travaille dur et garde espoir, il est loyal, et drôle, même si c'est le plus souvent à mes dépens.

Je lui prends le médaillon pour le glisser sur la chaîne de mon porte-clés et je le balance sous son nez.

– Que dirais-tu d'une petite virée en voiture ?

CHAPITRE TRENTE-DEUX

Tripp

Le paysage désolé de janvier défile derrière ma vitre sur la route du New Hampshire. Perdu dans mes pensées, je m'efforce d'absorber tout ce que Brynn vient de me dire sur Shane, mais je crois que j'ai besoin d'intégrer la vérité sur mon père dans un premier temps.

Jamais je n'ai eu peur de lui au cours de ces quatre années, ni qu'il fasse du mal à quelqu'un. Malgré ma conviction qu'il avait tué M. Larkin, j'avais aussi la certitude qu'il s'agissait d'une erreur gravissime, horrible, mais unique, et qu'il ne recommencerait jamais. Il n'empêche que l'idée de sa culpabilité – et le sentiment d'être devenu son complice par mon silence – a empoisonné l'ensemble de notre relation, au point que j'ai passé ces quatre ans à essayer de l'éviter.

Ce matin, avant d'aller retrouver Brynn à la Ruche, je me suis préparé en faisant plus de bruit que d'habitude, dans le vague espoir de réveiller mon père. Pour la première fois depuis des années, j'avais envie de lui parler. Je ne sais même pas ce que je lui aurais dit – comment annonce-t-on à quelqu'un qu'on l'a cru capable de *ça* ? Je ne suis pas sûr d'y arriver, mais ce serait cool de… je ne sais pas. De le regarder autrement, quoi.

Mais il en faut beaucoup pour le réveiller et ce matin n'a pas fait exception. Alors je lui ai écrit un texto : *On peut trouver un moment pour se parler cette semaine ?* Puis je l'ai effacé. Il ne saurait pas du tout comment prendre ça. Ça le ferait flipper.

Du coup, en toute logique, je ne reçois pas de messages de mon père tandis qu'on file sur la 93 en direction du nord. En revanche, Charlotte est intarissable.

Tu as été super grossier hier.

Tu es quand même le bienvenu au bal d'hiver avec Shane et moi.

Sauf si tu prévois d'amener Brynn.

Je ne sais pas quoi penser de Charlotte, ni si elle a des choses à cacher sur ce qui est arrivé dans les bois. Je ne sais même pas si Shane et elle étaient ensemble lorsqu'ils ont découvert le corps. Je suis toujours parti du principe que oui, mais je me suis trompé sur beaucoup de points. En attendant, elle garde son ton habituel dans ses textos : un peu impérieux, un peu petit chef, et beaucoup trop investie dans les activités sociales de Saint Ambrose. Et comme j'ai mes repères avec cette personne-là, dans l'immédiat, je vais prendre ses messages au premier degré.

Je n'avais pas prévu d'aller au bal d'hiver, du moins pas de m'y rendre accompagné, mais…

Je jette un coup d'œil vers Brynn, perdue dans ses pensées. On roule depuis presque une demi-heure en écoutant de la musique en silence, mais un silence tranquille, qu'on ne se sent pas obligés de briser par des conneries de peur que l'autre se mette à poser des questions auxquelles on ne veut pas répondre.

Brynn connaît mes pires secrets, maintenant. C'est même elle qui me les a soutirés, pour les éclairer sous un jour que je n'aurais jamais soupçonné. Et elle ne se contente pas de me tolérer ; elle me jette des petits regards en coin craquants, qui m'envoient des sortes de petites décharges électriques. Je me répète depuis des semaines que ces regards ne veulent rien dire, vu que les trucs sympas ne sont jamais pour moi. Mais peut-être que si, ils veulent dire quelque chose et que, moi aussi, j'ai droit à des trucs sympas.

« Tu comptes bien plus pour moi qu'une enquête pour une émission, Tripp. » Pour quelqu'un qui ne connaît pas Brynn, ça peut paraître un peu léger comme ouverture, mais comme je la connais…

– Ça y est, Charlotte me reparle.

Ce n'est pas la direction que je comptais donner à la conversation, mais tant pis.

– Bonne nouvelle, dit Brynn. J'espère qu'elle ne t'en veut pas pour hier.

Le ton est sincère, malgré les tensions qu'il y a entre elles.

– Elle m'envoie un message à propos du bal d'hiver. (Bon changement de cap, Tripp.) Tu y vas ?

Elle se rembrunit.

– Ah. Euh, je pensais y aller avec Nadia et Mason et leurs cavaliers, mais je ne sais pas si ce serait très marrant. Pour eux, je veux dire. Ils ne m'ont pas vraiment pardonné de leur avoir caché mon stage à *Alibi*.

– Tu n'as qu'à redémissionner. Ça, ça avait du panache.

Elle lâche un petit rire et j'ajoute :

– Ou tu peux y aller avec moi.

J'ai un petit pincement de culpabilité, parce que Charlotte me soutient depuis des années et que je n'ai pas envie de la braquer. Mais ce n'est pas à elle de choisir mes amis – ni ma petite amie.

Les yeux de Brynn quittent brièvement la route pour croiser les miens.

– C'est une proposition ?

– Il faut que je redemande ?

– Non. Pour la seconde question. Oui pour la première. Si tu en as envie.

– J'en ai envie.

J'ai mis un peu trop d'intensité.

– OK, parfait, commente-t-elle avec un sourire éclair.

Puis elle s'arrête :

– On est arrivés.

La Taverne du Chien Enragé est une bâtisse trapue, grise avec une porte bordeaux, ornée d'une enseigne sur laquelle figure le même chien hargneux que celui du médaillon.

Il y a tout un bataillon de Harley sur le parking ; presque deux fois plus que de voitures. Ce parking est bien plein pour un dimanche après-midi.

– Un bar de bikers ? suppose Brynn d'un ton hésitant.

– On dirait.

Une chance que j'aie troqué ma veste d'uniforme pour mon manteau, que j'ai fini par retrouver. On va déjà se faire repérer assez comme ça, en admettant qu'on nous laisse entrer.

– Tu es sûre de vouloir y aller ?

– Je viens de me taper deux heures de conduite, alors oui, me répond Brynn en éteignant le moteur. Et j'ai besoin de faire pipi.

– À tes risques et périls.

Tandis qu'on sort de la voiture, deux gars émergent du bar et s'arrêtent devant la porte pour discuter. Ils ont le look du biker type : baraqués et vêtus de cuir, avec des barbes fournies et des coupes mulet très marquées. Je regrette l'absence de Shane, tout à coup. Or, dès qu'on s'approche, l'un d'eux pousse la porte et s'écarte.

– Mademoiselle, dit-il avec une politesse exagérée, qui pourrait paraître ironique sans le sourire amical qui l'accompagne. Et mon bon monsieur.

– Fais gaffe à ta copine, là-dedans, ajoute l'autre avec un clin d'œil.

On dirait des gamins de douze ans qui se trouvent à mourir de rire.

– On s'en tire à bon compte, me souffle Brynn tandis que la porte se referme derrière nous.

Je cligne des paupières le temps que ma vision s'adapte à la pénombre. Le seul éclairage est la lumière pâlotte du soleil qui filtre à travers les fenêtres et s'étale sur le plancher rayé. La moitié de la salle est occupée par des billards, presque tous pris. L'autre est un assemblage de box et de petites tables hautes, disposés devant un comptoir en longueur sur la façade duquel sont gravés les mots *Mords le premier*.

– Même pas en rêve, nous déclare la serveuse campée derrière le bar.

Elle est boulotte, avec des cheveux sillonnés de gris, et porte un tee-shirt noir moulant qui expose des tatouages de pro. Celui de son bras droit dit *Fiona*, dans un cocon de lianes et de fleurs.

– Vos papiers peuvent dire ce qu'ils veulent, vous êtes mineurs.

– On ne vient pas pour boire, dit Brynn avec un sourire charmeur. Vos tatouages sont superbes. C'est vous, Fiona ?

– C'est ma fille. Moi, c'est Rose, la patronne. Et vous êtes ?

– Je m'appelle Brynn, et voici Tripp.

– Qu'est-ce que je peux faire pour vous, Brynn et Tripp, si vous n'êtes pas là pour boire un verre ?

Brynn s'accoude au bar.

– J'aurais voulu parler à quelqu'un de Dexter Robbins.

Rose hausse les sourcils.

– Il a revendu le bar, ma belle.

J'échange un coup d'œil avec Brynn en tâchant de masquer ma surprise. L'instinct de Brynn a eu beau mettre dans le mille régulièrement, je ne m'attendais pas à ce que notre expédition soit fructueuse, encore moins à peine franchie la porte.

– Oh, ce n'est pas grave, répond Brynn, un peu déstabilisée. Je ne voulais pas nécessairement le voir en personne…

– Alors qu'est-ce que vous voulez ? demande Rose en croisant les bras sur le comptoir.

– Euh…

Brynn prend une grande inspiration et je la vois presque se préparer pour se jeter à l'eau.

– Je suis en stage dans une émission de faits divers qui s'appelle *Alibi*, et on enquête sur la mort d'un certain William Larkin.

Elle a l'art d'arranger la vérité de manière très convaincante, à mes yeux, en tout cas. Et je ne comprends toujours pas comment elle a réussi à repérer mes mensonges aussi facilement hier.

– William Larkin ? répète Rose. Connais pas.

Brynn prend son téléphone pour lui montrer une photo de M. Larkin – son portrait officiel du lycée.

– Il a peut-être changé de nom. C'est lui. Enfin, c'était, il y a quatre ans.

Rose, qui naviguait entre l'amusement et l'ennui depuis le début, se raidit soudain. Elle écarquille les yeux et ses traits se crispent.

– C'est une mauvaise blague ?

– Pas du tout, s'empresse de répondre Brynn. Ce ne serait vraiment pas drôle. Cette personne s'appelait William

Larkin, c'était notre prof au collège Saint Ambrose à Sturgis, dans le Massachusetts. On a appris qu'il portait autrefois le nom de William Robbins.

Elle arrive assez bien à donner l'impression de maîtriser son sujet, sauf à la fin, où sa voix monte d'un cran.

– Billy, dit lentement Rose. Billy est mort ?

– Vous le connaissiez ?

Rose lui rend son portable.

– C'est moi qui lui ai offert cette cravate quand il était gamin, répond-elle d'une voix altérée. C'était une blague. « Quand la vie vous donne des citrons… » Il a fini par avoir l'âge de la porter…

– Il l'appelait sa cravate porte-bonheur. (Rose ferme brièvement les yeux.) On… Vous pensez qu'on pourrait vous parler de lui ?

– Donnez-moi une minute, dit Rose en se retournant vers les rangées de bouteilles alignées derrière le bar. Vous, vous n'avez pas le droit, mais moi, je peux prendre un verre.

* * *

– J'ai acheté ce bar à Dexter, nous explique Rose quelques minutes plus tard. Quand il est tombé dans la religion et qu'il a décrété que boire de l'alcool était un péché. (Elle lève sa canette comme pour trinquer.) Le Jésus auquel je crois, moi, il prendrait une bière avec nous.

On s'est installés dans un box avec une corbeille de tortillas huileuses et des boissons, bière pour elle et Coca pour nous.

– Amen, dis-je.

Brynn me balance un coup de pied sous la table, tandis que Rose pointe sa canette sur moi.

– Je ne parle pas de vous deux, précise Rose. Jésus respecte l'âge minimum.

– Vous étiez amis, avec Dexter ? demande Brynn.

– On fréquentait les mêmes gens. Les bikers se serrent les coudes, par ici, et Dexter en faisait partie à l'époque. J'ai toujours trouvé son gamin plus sympa que lui. C'était un chouette môme, Billy. Assez solitaire. Pas de mère. Elle est morte quand il était bébé. Il vénérait son père, mais Dexter ne donnait pas l'impression de se soucier beaucoup de lui. Pour un crétin de sexiste comme lui, s'occuper des gosses, c'était un boulot de femme. Du coup, Billy était pas mal livré à lui-même.

Elle croque dans une tortilla.

– Et puis Dexter s'est remarié, il est devenu dévot et il a décidé de revendre le Chien Enragé. Je ne l'ai presque jamais revu, après ça. Mais Billy passait de temps en temps. Je crois qu'il se sentait toujours seul. Dexter avait eu un autre enfant, et mettait un point d'honneur à être le guide spirituel de sa nouvelle famille. On raconte qu'il aurait poussé le zèle trop loin. Beaucoup trop loin.

– Vous parlez de ça ?

Brynn lui montre l'article du *Union Leader* et Rose hoche la tête.

– La disparition de Lila et Mikey a choqué tout le monde dans la région, jusqu'à ce qu'on entende dire que

Dexter empêchait presque cette pauvre femme de sortir de chez elle et refusait de faire soigner Mikey. À partir de là, les gens ne les ont plus tellement cherchés. C'est triste que Lila n'ait pas emmené Billy. Mais elle ne pouvait pas, je suppose. Ce n'était pas son fils.

C'est Brynn, la journaliste, mais moi aussi, cette histoire m'intrigue.

– Vous disiez que vous aviez continué à voir M. Larkin ?

Ça me fait un peu bizarre d'employer un nom que Rose ne connaît pas, mais l'appeler « Billy » le serait encore plus.

– On s'est perdus de vue, comme ça arrive souvent quand les gamins grandissent et se mettent à vivre leur vie. La dernière fois qu'il est passé, il était étudiant. Il était en route pour je ne sais où. Il m'a annoncé qu'il avait coupé les ponts avec son père, ce qui avait l'air d'être une bonne nouvelle, même si je me suis demandé combien de temps ça tiendrait. J'étais contente de le voir, mais… (Elle s'interrompt, mordille une cuticule.) Il avait changé. Il m'a paru endurci.

– Comment ça ? demande Brynn.

– Il était absolument charmant, comme toujours, mais sans le côté gentil. C'est peut-être la vie qui l'a maltraité. Ou bien Dexter.

J'échange un regard horrifié avec Brynn, et Rose ajoute aussitôt :

– Pas physiquement, hein. Mais de toutes les autres manières possibles. Billy a passé sa vie à chercher l'approbation de son père sans en gagner une miette, encore moins après la naissance de Mikey. Il devrait avoir… ben, le même âge que vous, maintenant.

Elle nous observe pensivement.

– Autrement dit, bien jeune pour travailler pour une émission de télé.

– Je sais, dit Brynn. En réalité, j'ai été embauchée en partie parce que je leur ai proposé l'histoire de M. Larkin au cours de mon entretien.

Elle me glisse un petit regard coupable et je hausse les épaules. De l'eau a coulé sous les ponts.

– Mais c'est compliqué de se faire une idée de ce qu'était sa vie, reprend Brynn. À sa mort, on ne lui a trouvé ni famille ni amis. Cela dit, je ne sais pas à quel point la police a cherché. Nous, finalement, on n'a pas eu tellement de mal à découvrir qu'il avait changé de nom.

Rose pousse un gros soupir, encore sous le choc de la nouvelle.

– Mort… Quel gâchis. Je n'étais pas au courant. Je n'en ai jamais entendu parler, ni dans les médias, ni par Dexter. Je me demande même s'il le sait. Mais si personne n'a réussi à identifier sa famille, qu'est-ce qui vous a menés au Chien Enragé ?

– Ça, répond Brynn en sortant ses clés de son sac pour lui montrer le médaillon. Ça appartenait à M. Larkin, mais, euh… (elle me glisse un nouveau coup d'œil) on ne l'a retrouvé que récemment.

Rose tend la main pour toucher le médaillon, et le retourne.

– C'est Lila qui l'avait fait faire pour les treize ans de Billy. Elle savait qu'il adorait ce bar. Elle en a aussi prévu un pour Mikey, mais elle a demandé à Billy de le garder jusqu'à ce qu'il soit assez grand pour le porter. Vous l'avez retrouvé aussi ?

– Non, dis-je. Seulement celui-ci.

Et j'ai bien regardé, pourtant. Est-ce que j'aurais pu passer à côté ? Sans doute, mais dans ce cas, la police serait tombée dessus ensuite.

– Excusez-moi de vous poser cette question, reprend Brynn en se penchant en avant, mais y a-t-il une possibilité pour que Dexter soit coupable de la mort de M. Larkin ?

– Oh, mon Dieu. J'aimerais vous dire que non, mais... Dexter était capable de choses terribles. Je n'aurais jamais cru qu'il pouvait traiter Lila comme il l'a fait.

– Et qu'est-ce qu'il est devenu ? demande Brynn.

– Aucune idée. Je ne l'ai pas vu depuis des années. La dernière fois que j'ai eu de ses nouvelles, il était toujours à fond dans la religion, mais il travaillait chez un prêteur sur gages. Pas sûr que ce soit beaucoup plus chrétien qu'un bar, mais passons. Je serai étonnée qu'il ait changé. Lila a eu bien raison de ne pas réapparaître.

Elle prend une tortilla et ajoute en la pointant sur nous :

– Les hommes comme Dexter sont de vrais nids de frelons. Autant ne pas s'en approcher si on peut l'éviter.

CHAPITRE TRENTE-TROIS

Brynn

— Tu as raté l'embranchement pour la 112, remarque Tripp.

– Je sais.

Il tambourine des doigts sur ses genoux.

– Laisse-moi deviner. Tu l'as fait exprès.

– Tant qu'on y est, je me suis dit que…

Je vire sèchement à gauche pour entrer sur le parking d'un centre commercial et me dirige vers une boutique que j'ai remarquée à l'aller.

Prêt sur gages Experts.

– Enfin, Brynn, c'est quoi, l'idée ? me demande-t-il quand je me gare devant.

– C'est peut-être l'endroit où travaille Dexter Robbins. C'est à cinq minutes du bar dont il a été le patron, au bout de la rue.

Tripp me foudroie du regard.

– T'es dingue ? Tu as entendu ce qu'a dit Rose ? Ne va pas remuer le nid de frelons !

– Je ne vais pas lui parler. S'il est toujours aussi religieux, il ne doit même pas travailler le dimanche, c'est le jour idéal pour se renseigner sur lui. Je pourrais toujours le voir plus tard en cas de besoin.

– Pour quoi faire ? Même si tu crois Shane coupable, tu ne peux pas mettre ce type sur sa piste ! En plus, tu l'as dit toi-même : si ça se trouve, Dexter était dans les bois ce jour-là et on a carrément intérêt à garder nos distances.

– C'est bien mon intention. Je veux juste en savoir plus sur lui.

Tripp n'a pas l'air convaincu, mais il se contente de dire :

– Ben ce sera sans moi. Je te suivrai pas dans cette galère.

J'hésite, en me demandant s'il regrette de m'avoir donné le feu vert pour creuser l'histoire de M. Larkin. Mais il sourit et me donne un petit coup d'épaule.

– Allez, qu'est-ce que t'attends ?

– Je me dépêche.

Je ne suis jamais entrée chez un prêteur sur gages, et l'ambiance chez celui-ci est plus sympa que je ne l'aurais imaginé. C'est une pièce étroite et tout en longueur, meublée de vitrines de chaque côté et d'une sorte de cabine au fond, surmontée d'un néon indiquant PRÊTS. L'un des murs est couvert de guitares et l'autre, d'étagères remplies d'appareils électroniques divers. Une demi-douzaine de personnes inspectent les vitrines, tandis que deux employés vêtus de tee-shirts bleu marine *Prêt sur gages Experts* se tiennent derrière les comptoirs : une femme et un gars bien trop jeune pour être Dexter. Mes épaules, – dont je n'avais pas réalisé qu'elles étaient aussi crispées – se détendent. Je m'approche de la femme.

– Bonjour.

– Bonjour. J'aurais voulu savoir si Dexter Robbins travaille ici.

– Non, dit-elle sans manifester de réaction.

– Il y a d'autres prêteurs sur gages dans les environs ?

– Si on est en voiture, oui.

La sonnerie de l'entrée tinte et ses yeux se tournent vers la porte.

– Mais on ne me paie pas pour donner les adresses de la concurrence.

– Pas faux, dis-je en me demandant combien de boutiques de prêteurs sur gages je peux visiter avant d'épuiser la patience de Tripp.

* * *

La réponse est *trois*.

– Bon, dit Tripp quand je regagne la voiture. Maintenant, ça suffit, j'ai des trucs à faire et tu perds ton temps. Ça irait bien plus vite d'appeler tous les prêteurs sur gages du New Hampshire depuis chez toi.

Il n'a pas tort. Je viens d'avoir une conversation amicale mais totalement infructueuse avec le patron de *Mise en gage musique*. Il y a une heure, je n'imaginais pas le fric que se font les boutiques de prêt sur gages en vendant des guitares.

– OK. On peut juste s'arrêter une dernière fois ? Il y en a une autre au bout de la rue.

Tripp se tasse sur son siège.

– Si cette journée compte comme notre premier rencard, je souhaite signaler qu'elle est nulle.

Il a droit à un grand sourire, parce qu'il est craquant quand il est grognon. Et le reste du temps aussi.

– Ça ne compte pas.

– Bien, dit-il en fermant les yeux. Du coup, je n'ai plus de scrupules à te demander de me réveiller quand ce sera fini.

Je mets moins de cinq minutes à arriver au bien nommé *Prêt de la Dernière Chance*, dont le parking est nettement moins rempli que les autres. Le seul véhicule en vue est un pick-up rouge délavé garé juste devant l'entrée. Je me range quelques places plus loin, et Tripp rouvre les yeux tandis qu'un grand type barbu en sweat-shirt gris, coiffé d'une casquette de base-ball rouge vif, sort chargé d'un gros sac-poubelle. Il le balance dans une benne à ordures, se frotte les mains et regagne la boutique.

– C'est la folle ambiance, ici, commente Tripp. Ça doit être le bureau de prêts sur gages le moins fréquenté de l'État.

– Ouais, dis-je, saisie d'une étrange répugnance à la perspective de sortir de la voiture.

Il y avait quelque chose de rassurant dans l'activité qui régnait dans les autres ; ici, je me sens exposée. Mais bon, c'est mon dernier…

– Je reviens tout de suite.

Il n'y a pas de sonnerie à la porte, mais elle s'ouvre avec un long grincement. Le barbu, qui est la seule personne présente, se tient derrière un comptoir vitré crasseux qui contient toute une collection de montres.

– Oui ? dit-il en arrangeant sa casquette sur ses cheveux bruns grisonnants.

Je n'ai pas réussi à trouver de photos de Dexter Robbins sur Internet, mais ce type a le bon âge, ce qui me met sur mes gardes.

– Bonjour. Je, euh…

Mon cerveau ne répond pas ; je saisis la première perche qui se présente.

– Je me demandais si vous achetiez des bijoux.

Casquette rouge a un sourire ironique.

– L'enseigne géante dans la vitrine ne vous donne pas une idée de la réponse ? me réplique-t-il en désignant un point derrière moi.

Je n'ai pas besoin de me retourner. La phrase ICI ON ACHÈTE VOTRE OR au néon a clignoté dans ma figure quand j'ai ouvert la porte.

– C'est vrai, pardon, dis-je avec un sourire forcé auquel il ne répond pas.

Je remonte ma manche gauche pour montrer mon bracelet à breloques.

– Je pourrais en avoir combien, vous pensez ?

– Faites voir.

Je croise enfin son regard. Il est froid et inexpressif, et passe sur mon visage sans marquer d'intérêt. Il doit déjà savoir que je ne vendrai rien, tout comme je sais que je n'apprendrai rien d'utile ici. On n'a rien à s'apporter l'un l'autre, et je n'aime pas les ondes qu'il émet. Mais je lui tends mon poignet.

Il lâche un bruit à mi-chemin entre un soupir et un ricanement et me fait signe de lui passer le bijou.

– Va falloir que je le voie de plus près.

À contrecœur, j'enlève mon bracelet pour le déposer dans sa main. Il le met à plat sur le comptoir et prend une loupe de bijoutier sur une étagère. Tandis qu'il se penche dessus, je jette un coup d'œil sur les papiers qui traînent à côté. On dirait des reçus, pour des objets que les gens ont déposés ou achetés, mais j'ai du mal à lire à l'envers. Le type relève la tête juste au moment où je m'approche.

– Quatorze carats, dit-il avec des petites étincelles dans les yeux.

Des yeux noisette ; comme ceux de M. Larkin. Mon cœur bondit dans ma poitrine.

– Il est plutôt léger. Je peux le peser, mais, à mon avis, il n'y a pas plus de dix grammes d'or là-dedans. Autour d'un gramme vingt-cinq, à la louche.

– Ah… C'est moins que ce que j'espérais.

Soudain, tout ce que je veux, c'est avoir ce bracelet au poignet. Alors tant pis si ce n'est pas poli, mais je le ramasse tandis que le gars a encore sa loupe dessus et je pose mes clés sur le comptoir pour le remettre.

– Merci pour l'évaluation, mais je crois que je vais le garder.

Il hausse les épaules.

– C'est vous qui voyez.

Le fermoir est petit, difficile à manipuler. Casquette rouge bâille tandis que je m'escrime dessus. À l'instant où je réussis à l'attacher, mes yeux tombent sur mes clés et je me rappelle avec un sursaut que j'ai glissé le médaillon sur la chaîne. Il est posé à plat sur le verre de la vitrine, avec le nom de Billy bien visible. La main figée sur mon poignet, je jette un coup d'œil vers Casquette rouge en priant pour qu'il se soit replongé dans sa paperasse.

Mais non. Il a les yeux rivés sur le médaillon, qui brille sous l'éclairage fluorescent.

– Mais qu'est-ce que… commence-t-il en plissant le front.

Je saisis mes clés à toute vitesse. Il fixe le vide un instant puis relève les yeux, qui ne sont plus que deux fentes. Chaque ride de son visage paraît soudain taillée dans la pierre. Mes poils se hérissent sur mes bras.

– Où t'as eu ça ? crie-t-il d'une voix rauque. Qui tu es ?

Il n'y a pas à hésiter. Un comptoir nous sépare, et je vais faire bon usage de ce bouclier, parce que je refuse tout net d'avoir cette discussion. Je fonce à la porte, je l'ouvre à la volée et je cours à ma voiture. Le temps qu'un cri retentisse derrière moi, je suis déjà au volant.

Tripp, qui a incliné son dossier pour somnoler, rouvre les yeux dans un sursaut quand je claque la portière.

– Qu'est-ce qui se passe ? demande-t-il en se redressant.

Dès que j'ai mis le contact, je pars en marche arrière, beaucoup trop vite. Casquette rouge s'élance vers nous tandis que je passe la première. Cette image suffit à me faire donner un coup de volant, le pied sur l'accélérateur. Je traverse le parking en trombe.

– C'est quoi, ce sketch, Brynn ? me demande Tripp tandis que je mords le trottoir. Qu'est-ce qu'il te veut, ce type ?

Ma gorge est si nouée que je ne peux pas parler, jusqu'à ce qu'un coup d'œil dans le rétroviseur me rassure : il ne nous poursuit pas. Ça ne m'empêche pas de dépasser largement la vitesse autorisée, pressée de mettre un maximum de distance entre ma voiture et le *Prêt de la Dernière Chance*.

– Je crois que c'était peut-être bien Dexter Robbins.

– Hein ? Mais comment tu… ?

Et merde. J'ai les boules de devoir admettre ma négligence, mais…

– J'ai posé mes clés sur le comptoir, et il a vu le médaillon du Chien Enragé. Et, euh, il a eu l'air de le reconnaître.

– Il a réagi comment ?

– Il m'a demandé où je l'avais eu.

– Peut-être qu'il lui a plu. Il est plutôt sympa, ce médaillon.

– Ouais, sauf que…

Mon pouls me martèle la tempe. Je voudrais pouvoir effacer les quinze dernières minutes – ne jamais être entrée au *Prêt de la Dernière Chance*, ou, au moins, avoir laissé ce foutu porte-clés au fond de ma poche.

– Il était posé sur l'envers, avec le nom de Billy apparent. Il a tout de suite réagi. Et il était… en colère.

– Ah, merde. Ça, c'est mauvais. Au moins, il n'a pas l'air de nous suivre, précise Tripp tandis que je m'engage sur la 112. On est tout seuls à part une Lexus et…

La voiture nous dépasse et Tripp reprend :

– C'est une femme qui conduit et il n'y a pas de passager. Il ne connaît pas ton nom ? Tu n'as pas laissé de papier ni rien ?

Mon rythme cardiaque commence à s'apaiser.

– Non. Je lui ai juste donné mon bracelet parce que je faisais semblant de vouloir le vendre, mais je l'ai récupéré.

– Alors tout va bien, dit Tripp.

Puis il ajoute après un silence :

– Tu as ce que tu voulais, non ? Si c'était bien lui, tu sais où le trouver, maintenant.

– Ouais.

Mais je sais que je n'en ferai rien. Même si j'ai mis des dizaines de kilomètres entre Casquette rouge et moi et que les battements de mon cœur sont revenus à la normale, je sais que j'ai eu le bon réflexe en prenant la fuite. J'ai le sentiment d'avoir échappé à un prédateur, parce que c'est précisément de quoi il avait l'air quand il a vu le médaillon. Son attitude a changé du tout au tout, passant du désintérêt pas très poli à la menace pure et simple. Quelle que soit mon envie de découvrir ce qui est arrivé à M. Larkin, il y a une limite au prix que je suis prête à payer pour ça.

CHAPITRE TRENTE-QUATRE

Brynn

— Qu'est-ce que c'est ? me demande Mason le lundi midi quand je dépose le carton entre Nadia et lui sur la table de la cafète.

– Un diorama. Qui date du CM2. Vous vous souvenez ? M. Hassan nous avait demandé de recréer une scène d'un livre en y mettant les personnages avec qui on voudrait vivre une aventure. J'avais choisi *Le Lion, la Sorcière blanche et l'Armoire magique*, et vous deux comme personnages.

– C'est dingue ! s'exclame Nadia en riant. Tu l'as gardé ?

– Eh ouais. T'imagines pas tous les trucs de Saint Ambrose qu'il y a dans mon grenier.

J'ai sorti le diorama d'un carton hier à mon retour du New Hampshire, décidée à exploiter au moins une partie de mon énergie encore vibrante pour faire un truc positif au lieu de semer la pagaille.

– Oh, j'étais trop chou, dit Mason en scrutant le mini Mason. J'ai des cheveux qui ont du ressort !

Puis il plisse le front.

– Mais il n'y avait pas Katie Christo et Spencer Okada, aussi ?

– Si, mais la figurine de Spencer a disparu en cours de route, et j'ai dégagé Katie quand elle s'est mise à m'appeler « Trippstalkeuse » en quatrième.

J'extirpe deux boîtes en plastique de mon sac à dos et je pose celle au couvercle rouge devant Nadia et celle au couvercle bleu devant Mason.

– Et ça, c'est des cookies aux pépites de chocolat. Sans gluten pour toi, Nadia. Avec une quantité normale de sel.

– D'accord, dit Mason d'un air perplexe. J'en prends bonne note.

– C'est pour quoi, tout ça, Brynn ? me demande Nadia en prenant sa boîte.

– Pour m'excuser. Je sais que je ne suis pas la personne la plus attentionnée qui existe, mais votre amitié est super importante pour moi. Depuis toujours. Je suis désolée de ne pas avoir été cash avec vous au sujet de mon stage – dont j'ai démissionné, à ce propos – et j'espère que vous me pardonnerez.

– Oh, si c'est pas mignon, cet accès de maturité.

Mason passe un bras autour de mon cou, et décroche accidentellement au passage Mini Mason du socle du diorama.

– Oups. Dis, je pourrais le garder ? J'adore le sweat-shirt.

– Tu es tout à toi.

Puis je me tourne vers Nadia avec espoir et elle se retient de sourire.

– Si je te dis qu'on ne t'en veut plus depuis une semaine, on a quand même le droit de garder les cookies ?

– Oui, dis-je, en sentant se relâcher l'un des gros nœuds que j'ai au ventre. Ça veut dire qu'on peut toujours aller au bal d'hiver ensemble ?

Nadia lève les yeux au ciel.

– Il n'a jamais été question qu'on n'y aille plus. Il faut toujours que tu dramatises. Mais pourquoi tu as arrêté ton stage ?

Pouh. Moi qui ne demande qu'à être sincère, je ne peux pas lui expliquer ça sans entrer dans un tas de détails que j'ai promis à Tripp de ne pas révéler.

– C'est une longue histoire. Au fait, j'ai un date pour le bal. Enfin, un genre de date.

Immédiatement, Mason hausse les sourcils.

– Ça n'aurait pas un rapport avec la réapparition de Tripp dans les sacro-saints couloirs de Saint Ambrose ?

– Possible. Je suis allée le tirer de sa tanière.

Plusieurs personnes posent leurs plateaux à côté de nous et je pousse le diorama pour leur faire de la place.

– Le tirer de sa tanière ? répète Nadia.

L'un des nouveaux arrivants nous jette un regard interrogateur et je pose un doigt sur mes lèvres.

– Tu as eu tort de te débarrasser de Katie, déclare Mason en fourrant sa figurine dans la poche de son sac à dos. En fait, c'était une voyante !

* * *

Deux jours plus tard, après les cours, je mets de l'ordre dans mes notes sur M. Larkin, assise en tailleur sur mon lit. Je me sens beaucoup plus calme que juste après ma rencontre avec le possible Dexter. J'en arriverais presque à me reprocher d'avoir dramatisé. Presque. Je n'irais pas jusqu'à appeler le *Prêt de la Dernière Chance* pour m'assurer qu'il s'agit bien de lui. Ellie vient s'affaler sur mon lit et jette un bras en travers de son visage dans une grande démonstration de désespoir.

– Maman fait le chaperon samedi au bal, gémit-elle.

– Hein ?

Elle soupire.

– Comme ils étaient à court de surveillants, les parents d'élèves ont lancé un appel et elle s'est portée volontaire. La honte !

– C'est vrai ? dis-je, soudain intéressée.

Mes parents et oncle Nick ont été plus lents que les autres à accepter mes excuses ; voilà peut-être le signe que ma mère, au moins, se détend.

– C'est super ! Qu'est-ce qu'elle a dit ?

– Ben, qu'elle y allait, répond Ellie avec une grimace. Il n'y avait pas grand-chose à dire. J'ai coupé court pour venir quémander un peu de compassion, mais ta réaction guillerette totalement incongrue me déçoit. Tu fais quoi de si passionnant ?

Elle se soulève sur un coude pour regarder mon écran.

J'affiche la photo de Lila Robbins à dix-huit ans.

– Tu ne trouves pas qu'elle ressemble à Mme Delgado ? Ne serait-ce qu'un petit peu ?

Ellie roule sur elle-même pour regarder l'écran.

– Sa tête me dit vaguement quelque chose, déclare-t-elle au bout d'un moment. Mais c'est le cas de plein de gens. Ça *pourrait* être Mme Delgado, j'imagine, mais je ne l'ai pas vue depuis longtemps... Tu as parlé de tout ça à Carly ?

– Non. Elle propose qu'on se voie la semaine prochaine, mais c'est compliqué. Je te rappelle que je n'étais pas censée tomber sur l'article du *Union Leader*. En plus, Tripp n'est pas prêt à avouer que son père avait pris l'argent, mais tant qu'il ne le dit pas, il ne peut pas non plus révéler qu'il ignore ce que Shane et Charlotte ont pu faire à M. Larkin avant son arrivée.

J'ai expliqué toute l'histoire à Ellie – avec la permission de Tripp – parce qu'elle en savait déjà tellement que j'avais peur de gaffer en discutant avec elle. J'avais vendu l'idée à Tripp en argumentant que ça lui ferait un entraînement : une nouvelle personne connaît la vérité et le monde continue de tourner. Fidèle à elle-même, ma sœur a accueilli le scoop sans sourciller, et elle m'aide à échafauder des hypothèses depuis.

– Un vrai sac de nœuds, conclut-elle.

Je repousse mon ordinateur.

– C'est bien résumé.

– Ça pourrait nous avancer de savoir qui a vandalisé les portraits de M. Larkin ? demande-t-elle en tirant sur sa natte.

– Sûrement, oui. Mais Mme Kelso a pratiquement laissé tomber. Elle ne placarde même plus les affichettes du comité.

– Hmm.

Je n'aime pas la façon dont les yeux d'Ellie pétillent ; mais avant que j'aie pu la cuisiner, elle se lève d'un bond et se dirige vers ma commode.

– Tu n'aurais pas des croix, ou bien des chapelets ? Je suis partie sur le thème Madonna années quatre-vingt pour le bal.

– Non.

– Des bijoux mastoc ?

– Regarde ce qui t'intéresse.

Puis je reprends mon ordinateur pour retourner à la photo de terminale de Lila Robbins.

C'est un peu devenu une manie de cliquer dessus, de la refermer, de la rouvrir, parce que, chaque fois, j'espère que celle-ci sera la bonne – celle où je pourrai dire avec une certitude absolue que c'est bien la mère de Shane. Mais la certitude ne cesse de m'échapper. Pourtant, en étudiant son visage une énième fois, je suis plus convaincue que jamais que je le connais.

Je ne sais simplement pas *d'où*.

CHAPITRE TRENTE-CINQ

Tripp

— Tripp !

La voix qui m'accueille chez moi à mon retour de cours le mercredi après-midi me fait sursauter, parce que je suis habitué au silence quand je rentre à la maison.

– Tu veux bien amener tes fesses et m'expliquer ?

Je n'y tiens pas, non. Je ne sais pas pourquoi mon père est réveillé ni pourquoi il crie, mais ça n'annonce jamais rien de bon.

– Qu'est-ce qui se passe ?

Je pose mon sac dans l'entrée, je vais vers la cuisine, je cale une épaule contre le chambranle de la porte et je me fige, parce que mon père disparaît presque derrière la forêt de bouteilles vides alignées sur la table : toutes celles que j'ai éclusées la semaine dernière et fourrées dans le placard sous l'évier, en me promettant de les remplacer un de ces jours, sûr qu'il n'y verrait que du feu. Je n'ai pas touché à la bière qu'il garde au frigo.

– Ce qui se passe, c'est que je suis tombé là-dessus quand j'ai voulu prendre du déboucheur ce matin. Et ce n'est pas moi qui ai bu tout ça.

– Aah, ouais… Ça… dis-je en me frottant la nuque.

Je ne trouve pas quoi dire d'autre, parce que mon père a l'air prêt à exploser.

– C'est tout ce que tu as à dire ? Tu dévalises mes stocks d'alcool, maintenant ?

Comme je ne réponds pas, il s'assombrit encore davantage.

– Bon Dieu, c'est quoi, ton problème, Tripp ? Elles étaient pleines il y a une semaine. Tu as organisé une fête, ou bien… ?

Soudain, je lis dans ses yeux qu'il a compris.

– Ou tu as bu tout ça tout seul ? Tu as passé la semaine sur ce foutu canapé. Si ça se trouve, t'étais même pas malade !

J'ai repoussé l'épreuve autant que j'ai pu, mais cette fois, je crois qu'on y est.

Je me laisse tomber sur une chaise en face de lui.

– Je n'étais pas malade. Et ouais, j'ai bu tout ça tout seul.

– C'est pas vrai, Tripp. Mais pourquoi ?

Il a toujours l'air en colère, mais aussi vaguement inquiet.

– C'est pas l'éclate ces temps-ci, dis-je.

Il passe la main sur sa mâchoire avec un petit rire amer.

– C'est le moins qu'on puisse dire. Mais je ne savais pas…

Il prend une bouteille qu'il fait tourner dans sa paume en examinant l'étiquette comme si elle pouvait lui apporter une réponse.

– Qu'est-ce que je ne savais pas ?

J'ai du mal à avaler ma salive.

– Tu te rappelles quand M. Larkin est mort ?

Mon père bat des paupières, dérouté. Il ne s'attendait pas à celle-là.

– Évidemment.

– Il se passe des tas de trucs autour de ça, en ce moment. Un projet de jardin commémoratif au lycée, et deux programmes de télé qui s'intéressent à l'affaire…

– Attends, quoi ? C'est vrai ?

C'est encore un autre sujet, mais il faut bien commencer par là.

– Ouais. Du coup, j'ai beaucoup repensé à ce qui s'était passé. Et le truc, papa, c'est que… (Je le fixe dans les yeux, qui expriment un mélange de lassitude et de confusion.) Je suis au courant pour l'argent du voyage de classe.

– L'argent du voyage de classe…

Puis il comprend, et je vois passer sur son visage une émotion qui m'échappe.

– D'accord. L'argent volé.

– Oui. Je l'ai, euh, je l'ai retrouvé ici, sous ton établi.

Je baisse les yeux sur les fissures dans le lino, incapable de continuer à le regarder en face.

– Alors j'ai voulu le rapporter au collège, mais j'ai paniqué et je l'ai planqué dans le casier de Charlotte. C'est comme ça que Grizz est retombé dessus.

– Aah, lâche mon père, la voix chargée de regret. Je me suis demandé si c'était toi, mais comme tu ne m'as jamais rien dit, j'espérais que c'était… Enfin. Il ne faut pas rêver non plus.

Je relève les yeux, surpris par sa réaction, et il reprend :

– Mais pourquoi ça te perturbe autant, après toutes ces années ?

– Il y a eu l'histoire de M. Solomon, et…

– Mais oui, ce que je suis bête !

Mon père rougit et, pour la première fois depuis le début de la conversation, il paraît avoir honte.

– Bien sûr ! Bon sang, tu as vu ce pauvre gars mort dans son salon, et moi qui te laisse te dépatouiller tout seul, après ça… Je suis désolé, Tripp. Moi aussi, à ta place, j'aurais vidé toutes mes réserves d'alcool.

Pendant un bref instant, je suis sur le point de lui avouer ce qu'est le vrai problème, ce que j'ai cru à propos de lui pendant quatre ans. « En fait, papa… » mais je laisse l'instant passer, parce que je ne vois pas comment il pourrait ne pas être détruit par cette information, quelle que soit la manière dont je la présente.

– J'ai besoin de comprendre pourquoi, papa. Pourquoi tu as pris le fric ? Je sais bien que ça n'aurait pas été du luxe, mais on n'est pas…

– Tripp, ce n'est pas moi qui l'ai pris.

Je n'y comprends plus rien.

– Mais tu viens de dire que…

Il n'a pas dit qu'il l'avait pris. Seulement : « Je me suis demandé si c'était toi, mais comme tu ne m'as jamais rien dit, j'espérais que c'était… Enfin. Il ne faut pas rêver non plus. »

Bien sûr. *Bien sûr.*

– Lisa Marie ?

Mon père hoche la tête.

– Elle l'a piqué le jour du concert de printemps au collège. Je ne l'ai pas su tout de suite, évidemment. Elle devait repartir le lendemain, mais elle s'est incrustée chez Valerie. Je suis tombé sur elle une semaine plus tard au supermarché, et ça m'a énervé, parce qu'elle n'avait presque pas passé de temps avec toi. Je suis allé chez Valerie pour lui dire ma façon de penser, et il y avait cette foutue enveloppe qui dépassait de son sac. Elle n'essayait même pas de la cacher, alors que tous les parents étaient au courant du vol.

Je ne sais pas quoi dire.

– Alors je l'ai rapportée à la maison. Mais le temps que je réfléchisse au meilleur moment de la rendre, elle s'est volatilisée et a reparu au collège. Je me suis dit que ta mère avait dû avoir des remords, qu'elle était venue s'excuser alors que je n'étais pas là, et qu'elle avait récupéré l'enveloppe pour la rendre.

Mon père lâche un rire sans joie devant mon expression.

– Ouais, je sais. C'était aussi probable que de voir des poules avec des dents. Mais je me suis accroché à cette idée. Surtout parce que l'autre option était que c'était toi et que je n'avais vraiment pas envie d'avoir à t'expliquer tout ça.

Il pousse un grand soupir.

– J'en ai esquivé un paquet, des discussions difficiles avec toi, depuis le temps…

– Mais…

Je passe mes souvenirs au crible afin de leur donner un sens.

– M. Larkin… Il a commencé à enquêter sur le vol et…

Non. Je ne peux pas dire à mon père que je les ai entendus se disputer. Ça nous amènerait trop près de la version que j'étais prêt à croire.

Mais il enchaîne sans que j'aie besoin de finir :

– Il savait que c'était ta mère. Un élève l'avait vue et il était allé le voir. J'ai essayé de convaincre Will de se taire. Pas seulement parce que ça deviendrait l'enfer pour toi au collège si les gens savaient, mais aussi… Je ne pouvais pas imaginer ce que ça te ferait d'apprendre qu'elle était restée à Sturgis sans passer te voir. Sauf que Will s'est montré intraitable. Sur le coup j'étais furieux contre lui, mais au fond, il avait raison. Et puis il est mort avant d'avoir pu parler, et je me suis tu lâchement.

Il s'est tu. C'est sa faute la plus grave ; pas le meurtre, ni même le vol. Il s'est tu pour me cacher à quel point ma mère n'en avait rien à faire de moi. Ce qui ne s'ajoute même pas à ma *Liste des raisons pour lesquelles ma vie craint*, vu que Lisa Marie me l'a déjà prouvé elle-même la semaine dernière. Le seul point surprenant est qu'elle ne m'ait pas menti en disant qu'elle était à Sturgis au moment de la mort de M. Larkin.

– Je suis désolé, papa. Je n'aurais pas dû penser que c'était toi.

– Et pourquoi pas ? Je ne t'ai jamais raconté ce qui se passait. Qu'est-ce que tu pouvais croire, en tombant sur cet argent chez nous ? Tu vois, Tripp, ça fait longtemps que je ne sais plus quoi te dire à propos de ta mère. Je ne la comprends pas. Je n'ai jamais pu m'expliquer son comportement, et j'ai arrêté de chercher. Ensuite, ce renoncement s'est étendu à presque tout le reste entre toi et moi... et voilà où ça nous a menés.

Il tambourine des jointures sur une des bouteilles vides.

– Tu sèches une semaine entière, tu vides un placard entier de bouteilles d'alcool fort, et moi, je ne vois rien. Tu n'as pas à t'en vouloir pour quoi que ce soit. Moi, oui. Et je m'en veux.

– Moi aussi, en fait.

En fait. Revoilà l'occasion. *En fait, papa, je t'ai cru coupable de bien plus grave qu'un vol, et c'est pour ça que je t'ai quasiment ignoré pendant quatre ans, et que je passe tout mon temps à chercher comment quitter cette ville et partir le plus loin possible de toi.*

– Non, Tripp, tu n'as aucune raison ! s'exclame-t-il, le regard plus animé que je ne l'ai vu depuis longtemps. Je refuse que tu te sentes coupable de quoi que ce soit. C'est moi l'adulte, dans l'histoire. Au moins un de tes deux parents doit te permettre d'être l'enfant. Mieux vaut tard que jamais, pas vrai ?

Je ne me suis plus senti enfant depuis ce jour-là dans les bois, et je ne suis pas sûr qu'on puisse retrouver ces sensations-là après coup. Mais je le regarde dans les yeux pour répondre :

– OK.

– Bien.

Il se lève et rassemble toutes les bouteilles vides.

– Je propose de les jeter à la benne de recyclage et qu'on commande le repas au Palais d'or. T'en dis quoi ?

Il m'adresse un sourire fatigué, hésitant, et je lui réponds de même.

– Super.

Et, de nouveau, l'instant est passé. Peut-être pour de bon.

CHAPITRE TRENTE-SIX

Brynn

— Comment tu me trouves ? me demande Ellie en prenant la pose à la porte de ma chambre.

– Craquante. Et, bizarrement, assez crédible en Madonna, habillée comme ça.

Elle porte une robe noire froufroutante avec des bottines et une montagne de colliers en argent et elle s'est crêpé les cheveux.

– Pourquoi Madonna, déjà ?

– J'ai écouté les vieux vinyles qu'oncle Nick a sélectionnés pour sa soirée des années quatre-vingt, et ça m'a donné envie. En plus, quand t'es Madonna, les gens s'attendent à ce que tu danses avec eux.

Avant que je puisse demander ce que ça change – ma sœur n'a jamais eu peur de danser avec qui que ce soit –, elle s'avance et ajoute :

– Ça te va super bien. On a un peu l'air d'être des opposés. Le bien et le mal.

J'ai mis une robe courte, d'un ton pailleté argenté, et j'ai lissé mes cheveux. Alors non, on ne risque pas de nous confondre, même si je suis à peu près sûre que personne ne confondrait Ellie avec la méchante sœur Gallagher. J'ai essayé de me faire oublier toute la semaine, mais Saint Ambrose a une mémoire plus tenace que ne le croit Nadia. Au moins, je n'ai pas à affronter le bal d'hiver toute seule.

– T'es sûre que tu ne veux pas venir avec nous ?

Tripp ne devrait pas tarder et Mason passe nous prendre dans le minivan de sa mère avec Nadia, Pavan et le légendaire Geoff.

– Non, oncle Nick va me déposer.

Ma mère a un gros rhume et une sale toux et Nick a renoncé héroïquement à ses projets de soirée pour jouer les chaperons à sa place. Puisqu'il me l'a annoncé en me faisant tourbillonner dans une danse idiote, j'en déduis qu'il a peut-être fini par me pardonner.

– Il faut qu'il y aille tôt, et moi, ça me permet d'aider Paige à finir d'installer. Elle fait partie du comité.

Elle m'envoie un baiser, ramasse son sac par terre et se retourne pour partir.

– À toute.

– Salut, dis-je en rallumant mon fer à cheveux pour peaufiner mon lissage.

Quand je descends, je tombe sur mon père qui rôde dans l'entrée.

Comme Ellie et moi, mon père et oncle Nick se ressemblent tellement qu'on pourrait les confondre s'ils avaient le même âge. Autrement dit, oncle Nick est la version plus jeune de mon père, avec davantage de cheveux, du même ton roux que les miens, et des lunettes plus branchées.

– Je n'ai pas vu Tripp depuis un moment, dit-il en remontant ses lunettes sur son nez. Je serai content de bavarder avec lui.

Pitié. Pour mon père, bavarder avec mes amis consiste à sortir des blagues de sciences qui ne font rire que lui.

– On a prévu que je le rejoigne dehors.

Tripp vient de s'engager dans notre allée – il a pris la voiture de son père – et Mason doit arriver dans quelques minutes.

– Je vais juste dire bonjour, reprend mon père en m'emboîtant le pas vers la porte.

– Papa…

Le bruit de la sonnette interrompt mes protestations.

– J'ai toujours dit que ce garçon était très bien élevé, approuve mon père avec un grand sourire.

Il ouvre la porte sur un Tripp en costume bleu marine, mieux coiffé que je ne l'ai jamais vu.

– Bonjour, Tripp. Entre ! Ça fait plaisir de te voir.

Ça fait *très* plaisir, parce que, wouah, il a la classe. Shane Delgado est peut-être le roi du lycée, mais, avec un costume pareil, Tripp est un concurrent redoutable. Ses yeux bleus brillent en se posant sur moi, avant de se tourner vers mon père.

– Bonjour, monsieur Gallagher. Vous allez bien ?

Puis il revient sur moi.

– T'as un super look, Brynn.

Je rougis en prenant mon manteau.

– Toi aussi.

Mon père lui demande des nouvelles du sien, et du lycée, et la situation est tellement naturelle que je ne suis même pas tentée de me précipiter dehors quand je vois des phares clignoter derrière la voiture de Tripp.

– Mason est là, dis-je. On devrait y aller.

– Amusez-vous bien. Et soyez prudents, dit mon père. Va voir ton oncle si tu as besoin de quelque chose.

Et il ajoute alors qu'on descend les marches du perron :

– Ah, que dit un atome à son ami qui a perdu un électron ?

– Papa, pitié, grogné-je.

– Quoi donc ? demande Tripp.

– « Ce n'est pas si grave ! Reste positif ! », réplique mon père avant de fermer la porte d'un air content de lui.

Je soupire.

– On a *failli* y échapper.

– Figure-toi que ses vannes scientifiques m'ont presque manqué, dit Tripp.

Puis il me prend la main, ce qui me surprend agréablement, tandis que la porte du van s'ouvre et que Pavan passe la tête à l'extérieur.

– Désolé, les gars. Ce sera à l'arrière, pour vous.

– Vous n'avez pas été ensemble à une époque ? me glisse Tripp à l'oreille. Je devrais être jaloux ?

– Absolument. Et il savait y faire, pour un garçon de douze ans.

– Mieux que moi, c'est sûr, dit-il.

Il continue à me tenir la main pour m'aider à monter dans le van, un peu trop haut pour moi.

Mason et Geoff se retournent tandis qu'on s'assoit en se serrant à l'arrière avec Nadia.

– Ils sont pas mignons, tous les deux ? dit Mason. Vous connaissez Geoff ?

– Bien sûr.

Je fais signe au dénommé Geoff, qui me rappelle une version ado de Chidi dans *The Good Place*. Je croise le regard entendu de Nadia, qui sourit jusqu'aux oreilles, et je mime le geste de me fermer les lèvres parce que ce ne serait pas cool de mettre Mason mal à l'aise le jour de son premier rencard.

– On m'appelle aussi Gorff, précise Geoff.

Je ravale un rire étonné, tandis que Mason fait marche arrière dans l'allée en décrétant :

– Ça va être une chouette soirée.

Espérons. Je me sens détendue et légère pour la première fois depuis un moment, et aussi un peu fébrile chaque fois que mes yeux rencontrent ceux de Tripp. Il a repris ma main et promène son pouce sur ma paume tout en blaguant avec Nadia et Pavan. J'ai la chair de poule, bien qu'il ne fasse pas particulièrement froid dans le van.

Bon, tout n'est pas brusquement devenu idyllique. J'ai un peu peur qu'en allant au bal avec moi, Tripp ne mette en danger des amitiés qui comptent pour lui, et j'appréhende de me retrouver face à Shane et Charlotte. Mais je vais essayer de ne pas y penser, ni à toutes mes théories, et de profiter de l'instant. Ce serait un crime de gâcher la soirée, quand je vois Tripp aussi beau dans son costume.

Le parking de Saint Ambrose est presque plein et Mason doit piler pour éviter un pick-up rouge qui nous fait une queue de poisson pour prendre une place libre. Puis il doit rouler au pas derrière une longue file d'élèves qui sortent du parking à pied.

– Ah, d'accord, grommelle-t-il. Je n'avais pas prévu que ça allait être un pugilat pour se garer.

– Là-bas, s'exclame Nadia en désignant une Volvo qui libère un emplacement.

Mason se faufile dans l'espace disponible et éteint le moteur avec un gros soupir de soulagement.

– Allez, les gars, on va se fabriquer des souvenirs !

Pavan ouvre la porte et tout le monde descend. Alors que je prends la main de Tripp pour suivre les autres, il me tire à lui.

– Attends un peu. Tu peux m'accorder cinq minutes ?

Il s'adosse à la carrosserie et glisse les mains autour de ma taille.

– À quel sujet ? dis-je tandis que mon estomac effectue un salto arrière.

Il se mord la lèvre et je suis son geste avec un frisson. Ça paraît idiot, tout à coup, qu'on ait passé tout ce temps ensemble sans s'être embrassés une seule fois.

– Pavan est peut-être un beau parleur, mais c'est moi qui t'ai repérée le premier.

J'ai des picotements partout, et je me rappelle soudain que, Nadia et moi, à l'époque, on avait instauré le rituel de s'envoyer un GIF de Michael Scott de *The Office* en train de hurler « C'est pour maintenant ! » chaque fois qu'il se produisait enfin un truc qu'on attendait.

C'est pour maintenant. Je n'ai peut-être pas attendu aussi longtemps que Tripp, mais c'est quand même l'effet que ça me fait.

Vu sa taille, ça tombe bien que j'aie mis des talons.

– La cinquième, c'est avant la quatrième, je te signale.

– Tu me plaisais déjà en sixième.

– Ah oui ?

J'attrape les revers de sa veste. Il ne fait pas très chaud et Tripp n'a pas mis de manteau, mais il ne semble pas sentir le froid.

– Et en trois ans à faire nos devoirs ensemble, tu n'as jamais rien dit.

J'ai pris un ton moqueur, mais son regard est grave lorsqu'il me répond :

– Ça a été une torture.

Je voudrais continuer à parler pendant des heures, et en même temps, je voudrais… autre chose. C'est la tension la plus horriblement délicieuse que j'aie jamais éprouvée.

– Penser à quelqu'un qui nous plaît toutes ces années sans agir, ça doit être long, dis-je.

Ses yeux se plissent.

– Bah, il y a eu un répit après ton déménagement.

J'essaie de mimer une moue, mais je rate mon coup. Ma bouche refuse d'exécuter le mouvement.

– Un répit, hein ? Jusqu'à quand ?

– Je dirais, jusqu'au jour où on s'est retrouvés à la serre.

– La fois où Wade Drury s'est moqué de mon nom ?

– Non, avant. Quand Mme Kelso nous a mis dans le même sous-comité. Ce qui devait être (il fait semblant de regarder l'heure à son poignet) la première fois qu'on s'est reparlé.

Je commence à avoir un peu de mal à respirer.

– C'était du rapide.

– Que veux-tu que je te dise ? On ne peut pas me reprocher de manquer de constance.

Son regard s'adoucit tandis qu'il m'attire encore plus près, ce que je n'aurais pas cru possible. J'étais pourtant sûre d'avoir éliminé tout espace entre nous.

– Brynn, je peux... ?

– Oui.

Et, sans lui laisser le temps d'ajouter quelque chose, je pose ma bouche sur la sienne. Mes bras s'enroulent autour de son cou tandis que ses mains me soulèvent jusqu'à ce que mes pieds quittent le sol. Notre baiser s'intensifie et j'en ai le souffle coupé. Tripp ne m'embrasse pas juste comme quelqu'un qui attendait cela depuis des années, mais comme s'il n'avait jamais rêvé que de ça. Les mains dans ses cheveux, je lui réponds avec la même fièvre, et chaque nouveau baiser est si chargé et si enflammé que c'est presque trop. S'il me lâchait, je suis sûre que je ne tiendrais pas sur mes jambes.

Mais il ne me lâche pas. Du moins pas avant qu'un klaxon retentisse et qu'une voix braille :

– Y a des chambres pour ça !

Tripp me repose doucement par terre, juste à temps pour que je voie s'éloigner les phares arrière de la Range Rover de Charlotte. Bien sûr. Personne n'a le talent de Charlotte Holbrook pour gâcher un moment précieux. Même si, pour être honnête, ce n'est pas elle qui a crié.

– Désolé, me dit Tripp, aussi essoufflé que moi, en passant la main dans ses cheveux d'un air un peu sonné. Je ne voulais pas… Wouah, c'était…

– Moi, je ne suis pas désolée.

Un sourire s'épanouit sur son visage.

– Moi non plus.

Je me force à faire un pas en arrière parce que, en reprenant conscience de mon environnement, je réalise que notre public ne se limite pas à Charlotte et son passager. À croire que la moitié du lycée est arrivée au cours des cinq dernières minutes. La plupart nous dépassent avec un petit sourire.

– On ferait peut-être mieux d'entrer, tu ne crois pas ?

– S'il le faut, me répond Tripp en écartant une mèche de cheveux de mon visage.

Puis il me reprend la main et je flotte à ses côtés jusqu'à ce qu'on entre dans le bâtiment et que ma nature terre à terre me rattrape. L'émotion plus les cheveux en bataille et la nécessité probable d'une retouche de maquillage exigent un passage aux toilettes.

– On se retrouve dans la salle ? Je vais aux toilettes.

Je tends le pouce pour essuyer la pellicule rose qui lui teinte la bouche.

– OK.

Il dépose sur mes lèvres un rapide baiser, qui ne devrait pas me mettre dans cet état. Je suis vraiment accro, moi.

* * *

Il y a la queue aux toilettes, envahies par des filles survoltées qui y viennent surtout pour jacasser et se remaquiller. Quand mon tour arrive, je me lave les mains, je me passe un coup de brosse et je remets une couche de gloss.

De retour dans le couloir, je suis assaillie par la musique en provenance du gymnase. Soudain, un détail arrête mon œil : une affiche de M. Larkin au bout du couloir, barrée des éternels coups de feutre rouges rageurs.

Juste avant d'arriver devant, je contourne une table, ce qui, à la réflexion, est un peu étrange. Il n'y a jamais eu de table dans ce couloir. Encore plus curieux, un feutre rouge est posé dessus, décapuchonné, comme si quelqu'un s'en était servi pour vandaliser l'affiche et avait filé à la hâte.

– Ah, te voilà !

Ellie arrive derrière moi en dansant dans un grand tintement de bijoux. Puis elle s'arrête devant l'affiche, les poings sur les hanches.

– Ah, parfait ! Regarde ça.
– J'ai vu. Qu'est-ce que ça a de parfait ?
Elle prend le feutre et me décoche un clin d'œil.
– Mon piège a fonctionné.

CHAPITRE TRENTE-SEPT

Tripp

Adossé au mur du gymnase, j'attends que mes yeux s'accoutument à la pénombre. Des lumières noires disposées aux quatre coins de la salle éclairent un immense paysage urbain en papier fluorescent qui couvre l'un des murs. Le comité du bal distribue des bandeaux fluo à l'entrée et presque tout le monde en porte un, enroulé autour du cou ou du poignet. Tous ceux qui sont habillés en blanc ou en couleurs vives luisent. Les ballons fluo qui flottent dans l'air renforcent encore l'effet irréel. Mais je suis distrait : je guette l'arrivée de Brynn, parce que je crois que je ne tiendrai plus longtemps sans l'embrasser.

Ces cinq minutes sur le parking sont peut-être bien les meilleures de ma vie.

Enfin, je repère sa robe claire qui se dirige vers moi et je me mets à sourire comme un idiot, avant de m'apercevoir qu'elle n'est pas seule. Je n'ai rien contre Ellie, mais, dans l'immédiat, je la préférerais si elle se trouvait ailleurs.

À mesure que Brynn approche, je me rends compte que son sourire est un peu crispé.

– Ellie fait un test, m'annonce-t-elle en arrivant à côté de moi.

Dans la foulée, Ellie me saisit la main droite et la retourne comme pour me lire les lignes de la main, puis la lâche et recommence avec la gauche.

– C'est bon, déclare-t-elle.

Je la fixe sans comprendre.

– Tu m'expliques ?

Elle me montre sa paume droite, sur laquelle luisent les résidus d'une espèce de produit vert vif.

– Je cherche mon alter ego.

– T'es quand même gonflée de contrôler Tripp, intervient Brynn en croisant les bras. Je t'avais dit qu'il était clean.

– Désolée, mais je ne peux pas te croire sur parole. Tu n'es pas un modèle d'objectivité en ce qui le concerne.

– Quelqu'un va m'expliquer ? répété-je.

– Vas-y, Ellie, reprend Brynn avec un petit coup de tête vers sa sœur. C'est toi qui as eu l'idée de ce plan génial.

– Tu dis ça comme si tu pensais le contraire, proteste Ellie. Alors, j'ai pris de la poudre UV dans mon vieux kit de magie pour en mettre sur un feutre rouge, que j'ai laissé sur un bureau près d'une affiche de M. Larkin.

Du coup, celui qui s'en est servi pour gribouiller son visage se retrouve avec une main verte si elle est exposée aux ultraviolets ou à la lumière noire.

– Mais... C'est vrai que c'est assez génial, dis-je.

Ellie jubile. Puis je me rends compte de ce que ça implique.

– Une petite minute. T'es en train de dire que tu as envisagé que ça puisse être moi ?

– Je ne fais pas d'exceptions. D'ailleurs, à ce propos...

Elle se tourne vers Brynn, qui la foudroie du regard.

– Tu plaisantes, j'espère !

– Pas de favoritisme, persiste Ellie d'un ton grave en retournant les mains de sa sœur. OK, c'est bon.

– Tu as des suspects en tête ?

Son idée m'amuse, même si j'avais prévu de passer autrement mes premiers moments sur la piste de danse avec Brynn – qui, par ailleurs, est terriblement craquante quand elle s'énerve contre quelqu'un d'autre que moi. Je l'enlace en déposant un baiser sur son crâne et elle se laisse aller contre moi.

– Berk, les hétéros, lâche Ellie avec une grimace.

– On ne te retient pas, riposte Brynn.

– L'ennui, c'est que je suis un peu bloquée. J'ai besoin de Tripp pour être introduite à la cour royale.

Son regard s'est posé sur Shane et Charlotte, cernés par plusieurs rangées de leurs amis. De *nos* amis.

– Les voilà, nos premiers suspects. Mais c'est la crème du gratin, là-bas.

Il y avait longtemps.

– Brynn sait ce que j'en pense, dis-je. Ce n'est pas le style de Shane de gribouiller sur des affiches.

– Parce que tu le voies comme Shane Delgado, objecte-t-elle. Pas comme Michael Robbins.

– Chuut, fais-je, bien que personne ne se tienne assez près pour nous entendre par-dessus la musique.

Je n'arrive toujours pas à adhérer à l'hypothèse délirante de Brynn. L'idée que Shane, le golden boy attitré de Saint Ambrose, puisse être le fils de Dexter Robbins, le demi-frère de M. Larkin… c'est absurde.

– De toute façon, on ne peut pas dire qu'ils me parlent en ce moment.

– Oh, c'est bon, grogne Ellie en levant les yeux au ciel. On sait tous que ces gens s'écarteraient devant toi comme la mer Rouge.

Brynn glisse ses doigts entre les miens.

– Présenté comme ça, quel pouvoir tu as ! me taquine-t-elle avec un battement des cils.

Et je me retrouve soudain incapable de lui refuser quoi que ce soit.

– Très bien ! Mais attends-toi à ce qu'on se fasse jeter.

Ellie ne se laisse nullement abattre.

– Tu vois, quand tu veux ?

Il s'avère qu'elle avait raison ; la force de l'habitude écarte tout le monde sur mon passage dès qu'on approche du groupe qui entoure Shane et Charlotte, jusqu'à ce que Charlotte elle-même se retourne, et nous toise.

– Tiens, tiens, qui voilà ? dit-elle.

Elle a mis une robe blanche qui luit sous la lumière noire et s'est fait une coiffure compliquée, une torsade mi-tresse mi-chignon, maintenue par une multitude de pinces scintillantes. Ses yeux passent sur Brynn et moi sans même enregistrer la présence d'Ellie.

– Le nouveau couple iconique de Saint Ambrose.

– Salut, Charlotte. On pourrait faire la paix ? Désolé si j'ai été désagréable l'autre jour. Je n'étais pas en forme. Ça va beaucoup mieux.

Je n'essaie pas seulement d'aider Ellie. Indépendamment des derniers événements, ou de ce que Charlotte sait ou ne sait pas, on est amis depuis des années.

– Moi aussi, je suis désolée, renchérit Brynn. Je n'aurais pas dû débarquer chez toi comme ça.

Charlotte, qui s'était très légèrement adoucie, redevient glaciale sur-le-champ.

– Non, tu n'es pas désolée, rétorque-t-elle, les yeux sur mon bras toujours passé autour des épaules de Brynn. Tu as obtenu exactement ce que tu voulais.

– Oh, j'adore cette chanson ! s'exclame soudain Ellie.

Et, avant que quiconque ait pu réagir, elle s'est accrochée à Shane et soulève sa main gauche, puis sa droite.

– Allez, viens danser ! ajoute-t-elle en retournant les paumes de Shane dans les siennes.

Charlotte, arrimée au bras de Shane, le tire en arrière.

– Ça va pas, toi ? siffle-t-elle à Ellie. Ne le touche pas !

– Toi aussi, tu devrais danser, réplique Ellie.

Elle fond sur sa main, mais elle aurait plus de chances d'ouvrir un étau en acier que de séparer Charlotte de Shane.

– Mais arrête ! Va-t'en ! piaille Charlotte d'un cri suraigu totalement exagéré, même s'il faut avouer qu'Ellie est passée en un clin d'œil d'un comportement excentrique à des actes franchement déroutants.

– Relax, bébé, intervient Shane.

Ellie semble se rendre compte qu'elle a perdu la partie et lâche le poignet de Charlotte.

– Pardon ! Je me laisse parfois emporter par mon amour de la danse.

Puis elle passe devant nous en coup de vent en murmurant « C'est pas lui » avant de se fondre dans la foule.

– Désolée. Elle a été secouée un peu trop fort quand elle était petite. Et trop souvent, commente Brynn.

On regarde Ellie se diriger vers son oncle et lui saisir la main. Elle ne plaisantait pas quand elle affirmait qu'elle ne faisait pas de favoritisme.

Je m'éclaircis la gorge, et cherche comment rompre le silence qui s'est abattu sur nous quatre. Enfin, si l'on peut dire, parce que la musique continue de brailler. Mais la situation n'est vraiment pas confortable.

– Alors… dis-je, vous vous amusez bien ?

Charlotte lance des regards noirs en direction d'Ellie.

– C'était cool… jusqu'à ce que cette petite tarée arrive.

– Hé ! proteste Brynn.

Quant à Shane, il dégage vivement son bras.

– Oh, ça *va*, Charlotte ! C'est qu'une gamine !

Il a parlé fort, et mange un peu ses mots. Son visage est rouge et en sueur. Il a bu, ce qui lui arrive dans les fêtes ; mais se rebiffer contre les conneries de Charlotte, c'est nouveau. Elle le fixe en clignant des paupières, trop interloquée pour réagir.

– Moi, j'en ai marre, grogne-t-il avant de tourner les talons.

– Marre de quoi ? demande-t-elle.

Il se dirige vers un groupe de joueurs de crosse rassemblés dans un coin, et elle le suit.

– Marre de *quoi* ?

– Leur soirée est mal barrée, dis-je.

– Je suis désolée, me répond Brynn. Ellie a de ces idées, parfois…

– Pas de problème. C'était plutôt malin, à vrai dire. Et je suis rassuré de savoir que ce n'est pas Shane qui bousille les affiches. Je sais, ça ne prouve rien pour le reste, précisé-je avant qu'elle ait pu objecter quoi que ce soit. Ni qu'il n'a pas une *autre* identité. Mais ça me rassure quand même.

– Je comprends.

Brynn continue à observer le groupe des joueurs de crosse, où Shane et Charlotte se disputent.

Je la pousse à se tourner face à moi et l'attire dans un slow, même si c'est un rap qui passe.

– Allez, viens. Arrête de regarder Shane comme si tu voulais le soumettre à un interrogatoire. Ton pouvoir de détection de mensonge ne marchera pas sur lui.

– Je sais. Il ne marche qu'avec toi.

– Ah bon ? C'est quoi, ton secret ?

J'aimerais sincèrement qu'elle me le dise ; sinon, je crois que, dans un coin de ma tête, je vais tout le temps craindre qu'elle reste à l'affût du moindre bobard.

Elle lève la main et se frotte le pouce et l'index.

– Tu fais ce geste quand tu mens.

Je cligne des paupières, interloqué.

– C'est vrai ?

– À chaque fois. Depuis toujours.

– C'est dingue !

Ça l'amuse, de toute évidence.

– C'est pas du jeu.

On se balance encore une minute, puis elle se hausse sur la pointe des pieds pour déposer un baiser léger sur ma bouche et ses mains se glissent dans ma nuque. Je l'embrasse à mon tour, plus intensément, en savourant l'idée que je sais maintenant comment nos corps s'emboîtent. Mes mains se promènent dans son dos, s'arrêtant chaque fois au creux de sa taille, mais seulement parce que son oncle est dans les parages et qu'on est entourés de gens et que…

– Trouvez-vous une chambre, nous lance quelqu'un, sur un ton plus poli que celui qui l'a gueulé tout à l'heure sur le parking.

Brynn s'écarte et on voit Mason en train de danser avec Geoff à côté de nous. On est passés du rap à une musique latino et ils s'en sortent très bien, mais plus je les observe, plus il me semble que Geoff est meilleur.

– Tu danses bien, Gorff, dit Brynn en souriant.

– Mes grands-parents ont appris à danser à toute la famille. Mademoiselle ?

Elle prend la main qu'il tend et il la fait tournoyer avant de lui faire exécuter un renversé.

– Oh, s'exclame-t-elle, le souffle court. T'es *vraiment* bon !

– Allez, ne sois pas jaloux, me glisse Mason. Il n'a d'yeux que pour moi.

– Oh, pas de danger, dis-je sans conviction tandis que Geoff entraîne Brynn plus loin. C'est votre timing qui craint.

– Ils vont revenir. En attendant, viens, on va danser.

Il me tend la main en haussant les sourcils, comme pour me mettre au défi. Je souris, prêt à le relever, quand… *merde*.

Putain de merde.

Je reste figé, incapable de bouger, jusqu'à ce que Mason se raidisse et laisse retomber sa main.

– Ah, OK, marmonne-t-il.

Il me prend pour un abruti, et il se trompe. Je ne comprends pas ce que je viens de voir. Ou, plus exactement, je le comprends trop bien.

La paume de Mason est vert vif, comme celle d'Ellie.

CHAPITRE TRENTE-HUIT

Brynn

— Ton nouveau petit ami est un connard, m'informe Mason tandis que je l'entraîne hors du gymnase.

– En vrai, non.

Je ne peux pas lui en vouloir de le croire. Je n'ai pas compris ce qui se passait quand Geoff m'a ramenée à notre point de départ et que j'ai retrouvé Tripp et Mason plantés côte à côte sans se parler ni même se regarder, super mal à l'aise. Puis Geoff a entraîné Mason et Tripp m'a tout expliqué. J'ai rattrapé Mason, inventé une excuse que j'ai déjà oubliée pour qu'il me suive, et nous voilà.

J'inspecte le couloir. Où peut-on aller pour… pour tenir tranquillement la conversation qui nous attend, quelle qu'elle puisse être ? On passe devant l'affiche de M. Larkin et je ne peux pas me résoudre à me tourner vers Mason pour observer sa réaction. Qu'est-ce qui se passe ? Qu'est-ce qui s'est *passé* ? J'oscille entre me dire qu'il y a une explication toute bête, qu'il s'agit d'une pure coïncidence, et essayer de relier Mason à tout ce que j'ai appris depuis deux semaines.

– Tiens, viens, dis-je en ouvrant la porte de l'auditorium.

On dirait une grotte, mais au moins, l'endroit est désert, et clos. Je me dirige vers les premiers rangs, près des marches de la scène, d'où on peut voir n'importe quelle porte s'ouvrir si quelqu'un entre.

– Et tu comptes me dire de quoi il retourne d'ici demain, ou… ?

– Oui.

Je m'assois sur une marche et Mason plie sa grande carcasse à côté de moi.

– Bon, voilà ; tu sais que quelqu'un dégrade les affiches de M. Larkin ?

Mason ne sait pas masquer ses émotions. Il ouvre de grands yeux, puis, même après s'être ressaisi, ne peut pas s'empêcher de cligner des paupières.

– Euh, ouais. Bien sûr.

Ah, merde. Les battements de mon cœur s'affolent, et j'inspire à fond pour les ralentir.

– Ellie a décidé de découvrir qui c'était. Alors elle a mis une de ces affiches dans le couloir et laissé un feutre couvert de poudre UV sur une table juste à côté. Comme ça, si quelqu'un s'en servait pour taguer l'affiche, ça laisserait des résidus visibles à la lumière noire sur sa main.

Alors, je prends celle de Mason pour la retourner, même si elle ne révèle rien ici, sous les néons de l'auditorium.

– Comme sur la tienne tout à l'heure dans le gymnase. C'est pour ça que Tripp a flippé.

Mason la retire vivement.

– Tripp a rêvé.

– Je l'ai vu aussi, avant qu'on sorte.

Il serre les dents.

– Bon, qu'est-ce que tu veux que je te dise ? J'ai pris un feutre, et alors ?

Et alors ? Je donnerais cher pour que ce soit une vraie question, mais elle ne se pose même pas. Tout ce qui m'a échappé est si énorme que j'en ai le tournis. Je prends mon portable et je le déverrouille avec des mains tremblantes.

– Tu vois, j'ai cherché ce qui avait pu arriver à M. Larkin. Dans mon coin, maintenant que je ne travaille plus pour *Alibi*. Et j'ai découvert qu'il avait changé de nom, qu'il avait une belle-mère, et un demi-frère de notre âge, et…

C'était quoi, déjà, la formule d'Ellie ? « Comprendre les choses n'implique pas forcément de comprendre les gens. »

En ce qui concerne les gens, je suis vraiment lamentable.

– C'est ta mère ?

Je lui montre l'article du *Union Leader* sur Lila et Michael Robbins, et je vois ses traits se décomposer.

Je suis allée chez lui des tonnes de fois entre le CM1 et la quatrième. Mais sa mère n'avait plus dix-huit ans depuis longtemps et elle était brune au lieu de blonde décolorée. Mme Rafferty porte des lunettes, ne se maquille jamais, et s'est peut-être bien fait refaire le nez. N'empêche que j'aurais pu remarquer les points communs, si je ne m'étais pas focalisée sur Shane Delgado. Cela dit, jusqu'à cette seconde, j'ignorais que le père de Mason n'était pas son père biologique.

– Ouais, avoue-t-il, les yeux embués, en me rendant mon portable. Je… Je n'en ai jamais parlé parce que c'est vieux, tout ça, et que…

– Que tu ne voulais pas qu'on sache que M. Larkin était ton frère ?

– Demi-frère, rectifie Mason d'un ton amer.

– Tu peux me raconter ce qui s'est passé ?

J'ai les mains crispées sur mon portable et le cerveau en ébullition. Des détails me reviennent, maintenant – notamment le fait que Mason et sa famille étaient en Floride chez ses grands-parents quand M. Larkin est mort. Ils n'étaient pas là pour les funérailles. Aussi acculés qu'ils aient pu être il y a quatre ans, ça ne peut pas être eux. Même si je ne peux pas croire une seconde que Mason soit capable de faire du mal à quelqu'un, je suis assez ébranlée dans mes certitudes pour être soulagée qu'il ait été absent à cette date-là.

– Je ne sais même pas par où commencer, dit-il avec raideur, les mains serrées entre ses genoux.

– Tu te souviens de… de ton père ?

– Évidemment, réplique-t-il dans une bouffée de colère. Je vis avec lui depuis quatorze ans. Mon père, c'est mon père.

– Je sais bien, je veux dire… de Dexter.

– Non. Je n'ai aucun souvenir. Je sais juste ce que ma mère m'en a raconté. Elle était très jeune et très naïve, et il n'avait pas l'air méchant, au début. Mais ça a vite dégénéré.

Elle n'avait même pas le droit de sortir de la maison sans lui. J'étais tout le temps malade et il refusait qu'on me soigne.

– Tu es asthmatique.

C'est une information sans importance, comparée aux autres, mais voilà encore une donnée que j'ai laissée passer.

– Ça fait un moment que je n'ai pas eu de crise. Je ne pense pas que mon problème aux poumons soit réglé, mais ça me gêne beaucoup moins qu'avant. J'ai un inhalateur. Mais je ne m'en sers pas souvent.

– Tu avais trois ans quand vous êtes partis, c'est ça ?

– Oui. Elle m'a raconté qu'il l'enfermait littéralement quand il sortait. Il avait transformé la maison en forteresse, avec cadenas sur les portes et barreaux aux fenêtres. Sauf sur une, parce qu'il croyait qu'elle était trop petite. C'est par là qu'on est sortis. À part moi, elle a tout laissé sur place.

Il pousse un long soupir haché.

– Ma mère n'avait plus de famille. Ses parents étaient morts quand elle était au lycée. Mais M. Solomon était un ami de son père. Alors elle l'a appelé et il…

– Quoi ? M. Solomon de Saint Ambrose ?

– Oui. Il est venu nous chercher, nous a amenés à Sturgis et a aidé ma mère à trouver un logement et un boulot. C'est même lui qui lui a présenté mon père. J'ai pris son nom quand ils se sont mariés. Et tout s'est très bien passé pendant des années.

– Jusqu'à l'arrivée de M. Larkin ?

– Et moi qui le trouvais génial ! dit Mason, d'une voix brisée. Le prof cool qui s'intéressait carrément à moi !

Qui me posait toujours plein de questions. Jusqu'au jour où il m'a demandé de passer dans sa salle de classe après les cours pour qu'on parle de ma dissert sur Shakespeare. C'était une semaine avant sa mort. J'étais vachement content parce que je pensais que j'avais fait un truc super, que j'allais peut-être recevoir un prix ou quelque chose comme ça. (Il secoue la tête.) Alors que c'était pour me dire qui il était.

– Et toi, comment tu as réagi ?

– J'étais incapable de parler. Je suis resté assis à ma table sans rien dire. Au début, j'ai pensé que ce n'était pas forcément une mauvaise nouvelle, parce qu'il s'excusait en boucle pour la vie qu'on avait eue quand j'étais petit. Il se reprochait d'avoir laissé faire Dexter. Mais il n'arrêtait pas de m'appeler Mikey, et il voulait absolument que je prenne un médaillon avec un nom gravé au verso. Moi, je ne voulais pas. Je ne *pouvais* pas. J'étais pétrifié. Je crois que c'est ça qui l'a rendu dingue. Il l'a fourré dans mon sac en disant que j'étais un Robbins, et que ma mère n'avait pas le droit de me cacher à son père.

J'ai bien vu la façon dont Mason a serré les poings quand il a prononcé « *son* père ».

– Il a dit… Il a dit que l'anniversaire de Dexter tombait la semaine suivante et qu'il allait lui signaler où me trouver. T'imagines ? C'est le dernier truc qu'il m'ait dit avant de partir. « Tu seras le plus chouette cadeau d'anniversaire que papa ait jamais reçu. »

Je glisse ma main dans la sienne.

– Oh, Mason. Je suis vraiment désolée. Tu devais être terrifié.

– Oui, me répond-il à mi-voix. J'ai dû rester là une heure sans bouger, totalement sous le choc. J'étais paumé. J'ai parlé à mes parents, qui sont allés voir M. Solomon, et il leur a dit qu'on avait intérêt à disparaître de nouveau. Mais tout recommencer de zéro une deuxième fois, ça devenait encore plus difficile…

– M. Solomon savait qu'il t'avait menacé, alors ?

Je comprends enfin la petite phrase balancée rageusement par notre vieux gardien : « Ce salopard n'a eu que ce qu'il méritait ». Il ne l'aurait peut-être pas dite s'il avait eu toute sa tête, mais ça paraît nettement moins à côté de la plaque, maintenant.

– Il nous a accompagnés en Floride quand on est allés voir mes grands-parents paternels. Je vous ai raconté qu'on avait décidé de partir sur un coup de tête, mais en fait c'était une stratégie hyper bétonnée mise au point avec un avocat. Là-dessus… M. Larkin est mort.

– Et il n'a pas parlé de toi à son père ?

– Je suppose qu'il n'a pas eu le temps. Au début, on a attendu que la bombe nous tombe dessus, mais il ne s'est rien produit.

Je lui presse la main et il ajoute :

– Je croyais que tout ça était derrière moi, et globalement, c'est le cas, mais… (Ses yeux balaient l'auditorium.) Un jour, j'étais ici avec l'assoce pour réaliser les affiches de la pièce de notre classe, et le feutre rouge ne marchait plus. Je suis allé en prendre un autre en coulisse et, à ce moment-là, j'ai vu le chevalet avec le portrait drapé de M. Larkin. Comme j'étais curieux, j'ai soulevé le voile et… je ne sais pas. J'ai vu tout flou pendant quelques secondes et… ça a été plus fort que moi.

– Et tu as continué, dis-je. Sur toutes les affiches de Mme Kelso.

Mason se raidit, puis retourne sa main libre pour exposer sa paume, comme s'il y cherchait le résidu vert qu'on a vu dans le gymnase.

– Crois-moi, je n'en suis pas fier. C'était nul de faire ça à Mme Kelso. Et… (Il avale sa salive.) Et à M. Larkin. Je n'ai jamais souhaité sa mort, et j'aurais voulu que ça se passe autrement entre nous. Mais quand on a passé sa vie à se cacher, parfois, la pression devient dure à supporter.

Il laisse retomber sa main sur ses genoux et me regarde.

– Tu ne te doutais vraiment de rien avant ce soir ?

– Non. J'avais même échafaudé toute une théorie comme quoi Shane était Michael Robbins.

Il tressaille en entendant son ancien nom, mais réussit à rire.

– Shane ? C'est bien la première fois, et sûrement la dernière, qu'on me confond avec Shane Delgado.

Puis il ajoute pensivement.

– Remarque, c'est drôle que tu dises ça, parce qu'il était là.

– Hein ? Shane ? Il était où ?

– Dans la salle, quand M. Larkin m'a dit qui il était. Enfin, dans le vestiaire. Il faisait sa sieste habituelle. Alors que j'étais resté là, complètement sonné, tout à coup, il est sorti en bâillant, il est passé devant moi et il est parti. Je ne crois même pas qu'il m'ait vu.

J'ai mal à la tête, brusquement.

– Mais… attends. Il vous a entendus ? Il est au courant ?

– Je me le suis toujours demandé. Au début, ça m'inquiétait. Il était *juste à côté* ! Mais il n'a jamais rien dit, ni changé de comportement avec moi. (Il rit doucement.) Il a continué à m'ignorer, quoi.

Je ne suis pas en mesure de traiter cette info pour le moment. Je viens à peine de rayer Shane de la liste des suspects et je découvre qu'il connaît peut-être l'identité de M. Larkin. Mais… en quoi ça le concernerait ? Quelle différence pour lui ? Avant que je m'embarque sur cette question, Mason me demande :

– Qu'est-ce que tu vas faire ?

– À propos de quoi ?

– De… tout ça. Tu vas… le dire à quelqu'un ? reprend-il d'une voix un peu étranglée. Je vais avoir dix-huit ans, je ne crois pas qu'on puisse encore m'obliger à voir Dexter contre mon gré. Mais ma mère… Je ne sais pas ce qu'elle risque pour s'être enfuie, et…

– Bien sûr que non, Mason, dis-je en hâte. Je ne dirai rien. Ça regarde ta famille.

À cet instant, je me revois en train de montrer le médaillon de Billy au présumé Dexter dans sa boutique. Je devrais sans doute en parler à Mason, mais son visage exprime un tel soulagement que je n'en ai pas le cœur.

« Les hommes comme Dexter sont de vrais nids de frelons, m'a dit Rose. Autant ne pas s'en approcher si on peut l'éviter. » Si seulement je l'avais écoutée…

– Et Ellie et Tripp ? s'inquiète Mason.

– Pas de risques. Ellie est une tombe et Tripp… Tripp a ses démons à lui, concernant cette journée.

Mason hausse les sourcils, intrigué malgré son semi-état de choc, et je le pousse doucement d'un coup d'épaule.

– Ne me demande pas. C'est son histoire, à lui de la raconter.

– Tu en détiens, des secrets, dis donc. Fais attention à toi. Ça peut miner, à la longue. Je sais de quoi je parle.

Je me contente de lui répondre par un petit sourire crispé.

– Et on fait quoi, maintenant ? questionne-t-il.

– Maintenant, tu retournes au gymnase et tu danses avec ton amoureux.

Mason a un pseudo-rire étranglé.

– Ouais, c'est cela. Je vais danser jusqu'au bout de la nuit.

– T'as une meilleure idée ?

Il se lève en soupirant.

– Pas vraiment.

Je me lève à mon tour.

– Je peux te prendre dans mes bras ?

– Ça me ferait du bien, me répond-il, tout ému.

On s'étreint et j'attends qu'il décide de s'écarter de lui-même.

– OK, fait-il en s'essuyant les yeux. Je vais aller retrouver Geoff. Tu viens ?

– Je te rejoins.

– À toute, me dit-il avec un dernier sourire.

Je le regarde s'éloigner avant de consulter mon portable, rempli de textos inquiets de Tripp et d'Ellie. Mon cerveau saturé est trop épuisé pour leur répondre autre chose que `Tout va bien. Je vous expliquerai.` C'est alors que j'entends un bruit. Un léger bruissement qui vient du rideau. Je me fige, le cœur battant, puis, sans me laisser le temps de me dégonfler, je fonce sur les rideaux et je les écarte.

Un éclair de blanc disparaît à l'angle de la scène.

– Charlotte !

Je manque de trébucher sur un carton vide.

– Arrête-toi ! Je sais que c'est toi !

Elle s'est immobilisée, un pied sur la première marche de la volée qui mène aux coulisses. Les pinces à strass qui maintiennent ses cheveux étincellent à la lumière.

– Qu'est-ce que tu as entendu ?

Question idiote. Tout, bien sûr.

Elle tourne vers moi son visage sans défaut, si dénué d'expression qu'on dirait une statue.

– *Mason* est le frère de M. Larkin ?

– Il ne faut pas le dire. S'il te plaît, Charlotte. Ça le mettrait en danger.

Je bafouille, les mots se bousculent dans ma bouche tandis que je m'approche lentement, les mains jointes comme dans une prière.

– Tu comprends ça, pas vrai ? Son père biologique est un monstre et…

Je m'arrête en distinguant des traces de larmes sur ses joues.

– Mais… qu'est-ce que tu faisais là ? Ça ne va pas ?

– Ce n'est rien. J'avais juste besoin d'être seule.

Elle croise énergiquement les bras, sans pouvoir empêcher une nouvelle larme de couler. Puis ses traits s'affaissent et elle déclare :

– Shane a rompu.

– Oh, Charlotte, je suis désolée.

Et je suis sincère. Si nos relations n'étaient pas aussi mauvaises, je la serrerais contre moi. Mais je suis sûre qu'elle détesterait.

– C'est peut-être juste une crise ? Il a l'air d'avoir beaucoup bu.

– Je ne crois pas, non, dit-elle avec une profonde tristesse. Je serais prête à tout pour lui – vraiment tout –, mais il dit qu'il en a marre. Marre d'être prisonnier d'une relation. À mon avis, ce qu'il veut dire, c'est qu'il en a marre de moi.

– Je peux faire quelque chose ? On peut partir, si tu veux. Aller prendre un café, ou…

Elle secoue la tête avec véhémence, comme si rien que l'idée l'horrifiait, et je me félicite de m'être retenue de l'étreindre.

– Je vais rentrer chez moi. Et je ne dirai rien pour Mason, je le jure.

Je suis si soulagée que mes jambes flageolent. Puis, alors que je vais la remercier, elle ajoute :

– Mais tu devrais lâcher l'affaire, Brynn.

– Quelle affaire ?

– Tout ce… tout ton truc à la Veronica Mars, dit-elle en balayant l'air de sa main. C'est dangereux. Et si tu continues, tu pourrais découvrir des choses que tu préférerais ignorer.

– Comme quoi ?

Elle se retourne pour s'en aller.

– Charlotte ! Comme quoi ?

Pour toute réponse, je n'entends que le claquement de ses talons sur le carrelage et le grincement des gonds de la porte qu'elle ouvre pour partir.

CHAPITRE TRENTE-NEUF

Tripp

— C'est un gros morceau à digérer, commente Ellie quand Brynn a fini de nous raconter sa discussion avec Mason.

– C'est le moins qu'on puisse dire, fais-je.

Mon regard dérive vers le milieu de la salle, où Mason danse un slow avec Geoff, la tête sur son épaule. Son exubérance du début de soirée s'est envolée, et je me sens très con d'avoir tout déclenché en remarquant le résidu sur sa main.

De là à imaginer qu'il était le frère caché de M. Larkin… Pendant tout le temps que Brynn a passé avec lui dans l'auditorium, je me suis dit qu'il avait peut-être simplement une dent contre le prof. Ou qu'il avait dégradé les affiches dans le cadre d'un défi…

– Mais vous ne devez pas en parler, précise Brynn. Je lui ai juré qu'on se tairait et Charlotte a promis qu'elle ne dirait rien non plus. Espérons qu'elle était sincère.

– Si elle l'a dit, elle le pensait, assuré-je.

Comme Brynn garde un air sceptique, j'insiste :

– Écoute, je sais qu'elle n'est pas toujours sympa, mais on peut la croire. Elle ne m'a jamais trahi. Elle n'a pas brisé le pacte qu'on a passé dans les bois.

– Bref, retour à la case départ, sans la moindre piste sur qui a tué M. Larkin, reprend Brynn. Ce n'est pas Mason, ce n'est pas M. Solomon et ce n'est sûrement pas Shane, vu qu'il n'a pas de mobile. (Elle me regarde avec un sourire en coin.) Ce n'est pas toi non plus…

– Merci pour le vote de confiance.

– … et ce n'est pas ton père. Ça nous laisse qui ? Dexter, j'imagine, ou…

– C'est peut-être le moment de faire un break, Brynn, la coupe Ellie. Tu pourrais passer une petite partie du bal d'hiver à danser. Je sais, c'est un concept révolutionnaire, mais je te recommande d'essayer.

– J'ai dansé avec Geoff et regarde où ça nous a menés, objecte sa sœur.

– Ouais, tu ferais mieux de t'en tenir à moi, dis-je en lui tendant la main.

À cet instant, quelqu'un derrière moi fait mine de me tacler.

– Qu'est-ce que… ?

C'est Shane, qui passe un bras autour de mes épaules.

– T., dit-il d'une voix avinée en m'entraînant vers le coin des joueurs de crosse. Je t'ai à peine vu de la soirée. T'es fâché ? Je voulais pas t'rentrer dedans, hein, chez Charlotte. C'était juste le stress, tu vois ?

– Je sais. Ça roule.

Je le laisse m'embarquer, parce que c'est sa façon d'exprimer qu'il a besoin de parler.

– Ça va, toi ?

– J'ai rompu avec Charlotte.

Il s'arrête.

– Elle est rentrée chez elle, et je m'en veux, mais… je m'sens plus léger, tu vois ?

– Ouais, je comprends. Elle va s'en remettre.

Je ne peux pas lui reprocher d'avoir envie d'être célibataire une fois dans son adolescence. Ou de vivre une histoire avec quelqu'un d'autre que sa première et unique copine à ce jour.

– Ouais, c'est mieux comme ça. Nouveau départ.

– Ouais. Ça ne vous fera pas de mal.

– C'est juste que… c'était tellement le bordel ce jour-là dans les bois ! Et t'as dit qu'on pouvait pas en parler, à cause de la règle, quoi. Comme dans le Fight Club, sauf qu'on n'est pas le Fight Club. Nous, on est le Club du Mort.

Shane lâche un long soupir imbibé de whisky.

– Quel nom à la con…

– Je suis désolé, Shane. Je n'ai jamais voulu…

Je n'ai jamais voulu te museler. Je voulais juste épargner à mon père d'être accusé de meurtre.

– Il y a un truc dont tu voudrais parler ?

– J'aurais peut-être dû parler de la dispute. C'est vrai, c'est p't-êt' important, tu vois ? Mais j'ai rien dit, et maintenant y a ce connard de Gunnar Fox qui…

Il agite un bras, assez fort pour qu'on manque de se casser la figure.

– Quelle dispute ? dis-je en le redressant.

– Celle que j'ai entendue juste avant. Je l'ai jamais dit à la police.

La voilà, l'occasion de lui demander ce qu'il a entendu. Brynn m'a recommandé de ne pas ouvrir la boîte de Pandore, mais il est déjà pratiquement en train de cracher le morceau, et, franchement, j'ai envie de savoir. Alors...

– Qu'est-ce qui s'est passé ? T'as entendu la voix de M. Larkin ?

– Ouais. Il gueulait sur quelqu'un, à propos du fric du voyage de classe.

Je regarde Shane, abasourdi. Le fric du voyage de classe. C'est exactement ce que je redoutais qu'il déclare il y a quatre ans, parce que j'étais persuadé que l'autre personne était mon père. Mais alors qui ? Sans doute pas Dexter Robbins.

– Qu'est-ce qu'il disait ?

– J'ai pas tout saisi. Je voulais pas trop m'approcher. Après, ça s'est arrêté et j'ai vu quelqu'un partir, et c'était pas M. Larkin.

– Tu as vu qui c'était ?

– Je crois, ouais. Enfin, j'étais loin, mais je suis presque sûr que je l'ai reconnu.

– Qui ?

À ce moment-là, je songe que je devrais d'abord aller chercher Brynn, parce qu'elle voudrait être là pour entendre la réponse. Mais je n'ai pas le temps d'arrêter Shane.

– Nick Gallagher.

Mon cœur manque un battement.

– Quoi ?

Au même instant, il y a un cri étouffé derrière moi. Je me retourne, et…

Je n'ai pas besoin d'aller chercher Brynn. Elle est juste là.

Ses yeux écarquillés mangent son visage pâle. Avant que je puisse ouvrir la bouche, elle a fait volte-face et disparaît dans la foule.

– Brynn, attends !

Je veux la rattraper, mais Shane a toujours le bras autour de mes épaules. Puis je vois Ellie à quelques mètres, l'air assez perplexe.

– Oups, dit Shane. Je fais que des conneries, moi, ce soir, hein ? Faut que j'boive un coup. Allez, viens. Toi aussi, t'en as b'soin.

Et il essaie de nouveau de m'entraîner vers ses potes.

– Écoute, mec, pas maintenant.

Mais quand je parviens enfin à me libérer, Brynn n'est nulle part. Ellie zigzague sur la piste bondée en tendant le cou pour la repérer.

Je n'arrive pas à réaliser ce que Shane vient de me dire. Quand Brynn a demandé qui ça nous laissait comme suspects, je n'aurais jamais pensé à son oncle. OK, j'ai été un peu lourd une fois à propos de son alibi, mais c'était juste pour illustrer que n'importe qui au lycée aurait pu se trouver dans les bois ce jour-là. Et je n'ai jamais imaginé que Nick Gallagher avait une raison de tuer M. Larkin.

En plus, pourquoi se seraient-ils disputés à propos de cet argent, puisque c'est ma mère qui l'a pris ?

Rien ne tient debout là-dedans. Il faut que je retrouve Brynn, que je me débrouille pour faire dessoûler Shane et que je… Pour la suite, je ne sais pas. Je verrai plus tard.

– Non, dis-je tout haut en m'arrêtant.

Même de loin, je reconnais ce visage et il est totalement hors de son contexte.

Tu n'as rien à faire ici. Qu'est-ce que tu fous ?

Mais ce n'est pas le moment de poser des questions. Ellie a gagné le couloir. Elle tourne à droite, sans doute pour voir si Brynn se trouve dehors. J'accélère dans la foule pour la rattraper, parce que la personne qui n'a rien à faire ici lui a emboîté le pas.

CHAPITRE QUARANTE

Brynn

Je repère oncle Nick alors qu'il ouvre la portière de sa voiture et je traverse le parking à toute allure.

– Où tu vas comme ça ? crié-je, en évitant de justesse une plaque de verglas pour ne pas m'étaler.

La rudesse de mon ton lui fait hausser les sourcils.

– Je rentre. Tu aurais dû mettre ton manteau, il gèle, dehors.

Je ne sens pas le froid. Je ne sens rien du tout.

– Pourquoi tu rentres ? Le bal n'est pas fini.

Il remonte ses lunettes sur son nez.

– Je suis un peu fatigué. Eh oui, c'est plus de mon âge, tout ça.

Il me sourit, mais je n'arrive pas à l'imiter.

– Oncle Nick, il faut que…

Quelqu'un rit quelque part derrière nous. C'est juste un couple qui court vers la serre mais, je ne sais pas pourquoi, ça me dérange assez pour me pousser à me réfugier dans la voiture d'oncle Nick.

– Il faut que je te parle.

– OK, me répond-il, désarçonné.

Il s'installe derrière le volant, claque sa portière et met la clé sur le contact.

– Je vais allumer le moteur pour mettre le chauffage.

– Bon…

Il n'y a pas de bonne manière de présenter ça ; autant aller droit au but.

– Oncle Nick, est-ce que tu t'es disputé avec M. Larkin le jour de sa mort ?

Il se fige.

– Pardon ?

Je laisse passer quelques secondes, pour rester encore quelques instants dans un monde où je n'ai pas à vivre avec une réalité horrible. Pendant que j'arpentais le gymnase à sa recherche, des souvenirs ont défilé dans ma tête : mon oncle me conseillant de ne pas trop m'impliquer dans cette enquête, m'encourageant à m'intéresser à d'autres faits divers ; disant que M. Larkin avait parfois tendance à « pousser les gens à bout ». Tout ça me paraissait innocent, si typique d'oncle Nick en mode « moi aussi, je peux parler comme mon grand frère », que je n'ai jamais soupçonné qu'il puisse avoir quelque chose à cacher.

Et, si Nick s'est réellement disputé avec M. Larkin ce jour-là… Si Shane ne s'est pas trompé et qu'il n'a pas menti… alors, qu'a-t-il fait *d'autre* ? Ma voix tremble lorsque je réponds :

– Shane dit qu'il t'a entendu et qu'il t'a vu. Il vient de l'avouer à Tripp.

– Ahh.

Oncle Nick soupire longuement avant de se tourner vers moi, et j'enfouis le visage dans mes mains dès que je vois son expression.

– Brynn, dit-il d'une voix étranglée. Qu'est-ce que tu… ? S'il te plaît… Laisse-moi t'expliquer.

– Je ne p-p-peux pas… hoqueté-je.

Je n'arrive pas à finir ma phrase, parce qu'un regard sur mon oncle a suffi. Je *sais*.

Je sais qu'il n'a pas attaqué M. Larkin, et le soulagement me coupe la respiration.

– Écoute, Brynn, je suis désolé. Je n'ai jamais pensé que… J'aurais dû en parler, à l'époque, mais c'était super bizarre. J'avais donné rendez-vous à Will parce que, enfin, j'avais reçu une lettre anonyme la veille…

Quelque chose de doux me frôle la main. Je prends les mouchoirs qu'il me passe et je m'en tamponne les yeux, même si je ne pleure pas.

– Une lettre ? De qui ?

– Comme je t'ai dit, une lettre anonyme. Et elle ne m'était pas adressée. Elle avait été glissée par erreur dans mon casier au collège – « Gallagher » au lieu de « Griswell ». Quand je m'en suis rendu compte, j'avais déjà ouvert l'enveloppe. La lettre accusait Larkin d'avoir volé l'argent.

– *Quoi ?*

– Ouais. L'auteur disait qu'il l'avait vu le prendre et qu'il méritait de se faire virer. Je ne savais pas comment réagir… Sérieusement, c'était *Will* lui-même qui menait l'enquête ! J'étais presque sûr que c'était un mensonge…

– Et tu avais raison, dis-je. C'est la mère de Tripp qui l'avait volé.

Oncle Nick prend un air stupéfait et j'ajoute :

– C'est encore une autre histoire. Mais vas-y, continue.

– Je n'en ai pas dormi de la nuit. Le lendemain, j'ai décidé de parler à Will en dehors du collège et je lui ai proposé qu'on se retrouve près de Shelton Park, pour y faire un tour. Au bout d'un petit moment, je lui ai parlé de la lettre. Et il a – c'était dingue, brusquement, on aurait dit une autre personne. Il s'est mis à me crier dessus, en disant que je voulais lui piquer son poste et que j'avais dû écrire cette lettre moi-même. Que c'était *moi* qu'il fallait virer. Impossible de le calmer ou d'en placer une. Alors je suis parti.

– Comme ça ?

– Ben oui, tu me connais, j'ai horreur de l'affrontement.

Je le crois sans peine. Il n'est même pas capable de tenir tête à mon père. Alors, face à M. Larkin dans un mauvais jour…

– Je pensais laisser passer quelques jours, le temps qu'il se calme… et là-dessus, j'apprends qu'il est mort ! J'étais paumé. La police ne m'a pas interrogé tout de suite, et entre-temps, l'argent avait été retrouvé. Du coup, la lettre avait l'air d'une mauvaise plaisanterie. Je regrettais d'en avoir parlé à Will, et si je disais à la police qu'on s'était engueulés juste avant sa mort, j'avais peur que…

– Qu'on t'accuse.

– Eh ouais. Pas très courageux de ma part, je sais.

Oncle Nick soupire bruyamment, comme si son aveu l'avait soulagé d'un poids.

– Je ne savais pas que quelqu'un nous avait entendus. Pourquoi Shane n'a jamais rien dit ?

Je suis trop épuisée pour lui parler du pacte qui lie Shane, Tripp et Charlotte.

– Tu l'as gardée, cette lettre ?

À cet instant, la portière arrière droite s'ouvre à la volée.

– Hé ! glapit oncle Nick tandis que je me retourne d'un bloc.

Sans voix, je regarde Tripp se jeter sur la banquette, le souffle court et l'air hagard. Sur le coup, je pense qu'il m'a suivie et qu'il a tout entendu. Mais dans ce cas, pourquoi a-t-il cet air terrifié ? Il devrait plutôt se réjouir.

– Il faut foncer, lâche-t-il à la hâte en frappant le dossier d'oncle Nick du plat de la main. On peut la rattraper. Ils viennent juste de partir.

– Rattraper qui ? dis-je.

Mais Tripp se contente de frapper le siège de Nick encore plus fort en criant :

– Démarre ! *Allez !* Fonce !

– Pour aller où ? demande oncle Nick d'un ton inquiet. Tripp, il faut que tu te calmes une seconde. Explique-nous ce qui se passe.

Tripp inspire à fond et réussit à se ressaisir.

– C'est Ellie. On doit la rattraper. Ils sont partis à gauche en sortant du parking.

J'ai l'impression qu'un gouffre s'ouvre dans ma poitrine.

– Ellie ?

Tripp me regarde enfin, et la peur que je lis sur son visage me retourne l'estomac.

– Il était là, Brynn. Je ne sais pas comment il est arrivé ici ni pourquoi, mais il était là, et il l'a enlevée. Il l'a poussée dans son pick-up et il est parti.

Soudain, oncle Nick retrouve ses esprits. D'un geste fluide, il enclenche la première, appuie sur l'accélérateur et file droit vers la sortie tandis que je demande :

– Qui l'a enlevée, Tripp ?

Mais je crois que je connais déjà la réponse.

Un vrai nid de frelons.

Tripp serre les mâchoires.

– Le type du bureau de prêteur sur gages.

CHAPITRE QUARANTE ET UN

Tripp

— Quel prêteur sur gages ? demande Nick Gallagher en sortant du parking en trombe. Et on va où ?

– Je le savais. Je savais que c'était Dexter Robbins, gémit Brynn. Tout ça, c'est de ma faute.

– Qu'est-ce qui est de ta faute ? Qu'est-ce qui se passe ? Qui est ce Dexter ? répète Nick.

– Ah, c'est pas possible, grogne Brynn en lui agrippant le bras. Roule, s'il te plaît, Nick.

Malgré les circonstances, l'énergie qui circule entre eux deux me semble positive, et j'en déduis que Nick lui a fourni une bonne explication de sa présence dans les bois avec M. Larkin. Mais ce n'est pas notre priorité ; inutile de déconcentrer Nick. On doit retrouver Ellie, et vite, avant que Dexter ne s'en prenne à elle et que je passe le reste de ma vie à me haïr de ne pas être arrivé à temps.

Je n'aurais jamais dû m'arrêter, même pas une seconde, quand j'ai vu le type du *Prêt de la Dernière Chance* dans le gymnase. Et quand il a commencé à suivre Ellie, j'aurais dû écarter de mon chemin tous ceux qui se dressaient entre elle et moi. Parce que là, le temps que je sorte, monsieur Prêteur sur gages était déjà en train de la pousser dans son pick-up. Je n'ai rien pu faire d'autre que courir derrière eux, bien trop tard, avant de retourner vers le gymnase pour chercher de l'aide. C'est là que j'ai repéré Brynn dans la voiture de Nick.

– Elle a activé sa localisation Snapshat, déclare Brynn, le nez sur son téléphone. *A priori*, ils sont sur Binney Street.

– Mais bon Dieu, qu'est-ce qui se passe ? s'énerve Nick. Ellie est en danger ?

Sans lui répondre, Brynn se retourne vers moi d'un air dévasté.

– C'est de ma faute, répète-t-elle. Je n'aurais jamais dû y aller. Il… Il m'a sûrement identifiée grâce à mon numéro de plaque. Oh, c'est pas vrai. Oh mon Dieu… (Elle colle une main sur sa bouche.) C'est lui qu'on a vu sur le parking en arrivant. C'est sa voiture qui a coupé la route à Mason. Et je ne m'en suis même pas rendu compte. Mais pourquoi enlever *Ellie* ?

– Quelqu'un me dit ce qui se *passe* ? aboie Nick.

Il conduit bien trop vite dans les petites rues de Sturgis. Heureusement qu'il n'y a presque pas de circulation.

– Dexter Robbins est le père de M. Larkin. C'est un type violent, et, apparemment… (Sa voix se craquelle.) Apparemment, il vient juste d'apprendre que son fils était mort.

– Le père de Will ? dit Nick. Je ne comprends pas.

– Contente-toi de rouler, dit Brynn.

On débouche dans Binney Street et je distingue devant nous des phares arrière qui encadrent une plaque commençant par un six. C'est tout ce que je me rappelle du pick-up qui nous a fait une queue de poisson tout à l'heure. Je me penche entre les deux sièges avant pour mieux voir tandis qu'on se rapproche.

– C'est lui.

– Ah, merci mon Dieu ! s'exclame Brynn.

La tête d'Ellie est visible à la place du passager, aussi déportée vers la vitre qu'il est possible.

– Je fais quoi, maintenant ? demande Nick, en ralentissant pour laisser l'espace de deux voitures devant nous. Qu'est-ce qu'il veut, ce type ?

– Je n'en sais rien, répond Brynn, qui semble au bord des larmes. Il faut le forcer à s'arrêter.

– Et je fais comment ? Je ne peux pas… Je ne *veux* pas provoquer ce gars. Pas avec Ellie à côté de lui.

– J'appelle les flics, dis-je.

Je prends mon portable, ce que j'aurais dû faire depuis longtemps, sauf que je ne raisonnais pas du tout clairement.

– Bonne idée, approuve Nick.

– Ne te laisse pas semer, dit Brynn tandis que je compose le 911.

– Il accélère, signale Nick alors que le pick-up prend un virage en épingle à cheveux. Je crois qu'il m'a repéré.

« Ici le 911, quelle est votre urgence ? » demande une voix dans mon oreille.

– Euh, il y a… quelqu'un a enlevé mon amie. Dans sa voiture. Un pick-up. On les suit et…

Nick prend un nouveau virage sur les chapeaux de roue et je manque de lâcher mon téléphone.

« Vous êtes dans un véhicule en marche ? »

– Oui, dis-je en regardant les feux arrière zigzaguer devant nous.

Je ne sais pas trop où on est. On ne doit pas se trouver bien loin du lycée, mais il fait noir et les lampadaires sont rares. Je ne distingue que des silhouettes d'arbres qui bordent la route.

– Je pense qu'on est à Sturgis, ou peut-être à Stafford, mais…

« Monsieur, je vais vous demander de vous garer pour poursuivre cette conversation. »

– Ce n'est pas moi qui conduis. On suit un pick-up Ford rouge, immatriculé 6370…

On passe à fond de train sur un énorme nid-de-poule et, cette fois, mon portable s'envole.

– Merde, dis-je en me penchant pour le récupérer.

– C'est trop dangereux, déclare Nick. Il va trop vite et on n'y voit rien. Il faut qu'on s'arrête.

Je racle le sol avec mes doigts. Je vais devoir enlever ma ceinture.

– Non ! proteste Brynn. On ne doit pas les perdre de vue ! S'il te plaît, oncle Nick. S'il te plaît, ne le laisse pas nous échapper. Tu ne peux pas…

Puis elle pousse un cri.

Il y a un crissement de pneus, et Nick braque violemment. Projeté en avant, je bute contre ma ceinture de sécurité. La voiture part dans un tonneau, avant de percuter quelque chose avec tant de force que mes os vibrent. Brynn crie toujours, et il me semble que moi aussi, à moins que ce ne soit Nick, mais… non.

Il n'émet pas un bruit.

Notre voiture s'est arrêtée. Le moteur ronronne. Les phares illuminent l'écorce noueuse d'un arbre à travers le pare-brise intact. Les airbags ne se sont pas déployés. Soit la voiture de Nick est si vieille qu'elle n'en est pas équipée, soit le choc n'a pas été assez violent. Ce qui semble impossible, mais bon, je suis entier. Je me penche en avant ; Brynn paraît entière aussi. Mais Nick…

Nick Gallagher est affalé sur son volant, inerte.

– Brynn, ça va ? dis-je en enlevant ma ceinture.

– Moi, oui, répond-elle d'une petite voix. Nick, je ne sais pas…

Elle se tourne vers moi d'un air angoissé avant de poser doucement la main sur le bras de son oncle.

– Oncle Nick ? Ça va ?

Il réagit par un faible grognement, mais ne bouge pas. Je n'en éprouve pas moins un immense soulagement. Je me remets à chercher mon portable.

– J'étais en ligne avec le 911. Il faut que je…

– Tripp, reprend Brynn de sa petite voix. Regarde.

CHAPITRE QUARANTE-DEUX

Tripp

Je relève la tête, et je ne vois d'abord que de l'écorce. Puis je distingue un mouvement à droite des phares et la silhouette d'un homme se découpe devant le pick-up rouge garé au bord de la route.

L'homme que nous pensons être Dexter Robbins se tient face à nous derrière le pare-brise. Il agite son arme pour nous faire signe de sortir.

Merde. Un *fusil.*

« Sortez », signifie le geste.

– J'y vais, dis-je à Brynn. Reste là.

– Non, réplique-t-elle en ouvrant sa portière.

On se rue hors de la voiture, bien trop vite pour des gens confrontés à la menace d'un homme armé. À l'instant où je rejoins Brynn, le type braque sur nous la torche de son portable.

– Vous êtes deux, déclare-t-il. (Sur le coup, je pense qu'il parle de Brynn et moi.) Vous êtes jumelles ?

– Sœurs, répond Brynn. Elle va bien ?

Elle frissonne dans sa robe sans manches et je voudrais pouvoir glisser un bras autour de ses épaules ou lui donner ma veste, mais je n'ose pas faire de geste brusque. Contrairement à l'autre jour avec M. Solomon, je ne pense pas que le fusil de ce gars soit juste destiné à nous intimider.

Il ignore sa question et continue à braquer sur nous le rayon de sa torche, qui m'aveugle complètement.

– C'était toi, à la boutique, reprend-il. Pas elle. Normal qu'elle ne soit pas foutue de répondre à quoi que ce soit.

J'éprouve un élan d'admiration pour Ellie. Elle aurait pu lui avouer beaucoup de choses et elle ne l'a pas fait.

– On veut lui parler, dis-je.

Dexter abaisse sa torche, assez pour que je puisse voir Ellie bouger dans le pick-up. Mais le mouvement a quelque chose d'un peu tordu, comme si elle était attachée.

– Je me fous de ce que vous voulez, crache-t-il.

– Vous êtes Dexter Robbins ? lui demande Brynn.

– C'est moi qui pose les questions. T'avais le médaillon de Billy. Pourquoi ?

On a notre réponse.

– Je… Ahhh, dit Brynn en se tordant les mains.

Elle jette un coup d'œil désespéré à son oncle, toujours inerte derrière son volant.

– C'était l'un de mes professeurs. On le connaissait sous le nom de William Larkin. Je ne sais même pas si vous êtes au courant, mais… il est mort il y a quatre ans.

Elle se tait dans l'attente de sa réaction.

– Ouais, ouais, grogne-t-il. Le jour où t'es venue me mettre ce médaillon sous le nez, j'ai relevé le numéro de ta plaque et je l'ai donné à un pote qui travaille au service des immatriculations. Après, je me suis rencardé sur toi, pour essayer de comprendre ce que tu me voulais, et je suis tombé sur le site de ton lycée de petits bourges. C'est là que je suis tombé sur lui – *William Larkin*. Qui va être honoré par un putain de jardin du souvenir.

Je suis choqué par le dégoût qui imprègne sa voix, sans la moindre trace de chagrin ni de regret.

– Bon débarras, poursuit-il. Un traître qui coupe les ponts et qui renie son nom n'est plus mon fils. Mais c'est autre chose qui m'intéresse...

Cette fois, sa voix se fait pensive.

– Il y a quatre ans, alors qu'on ne s'était pas parlé depuis une éternité, d'un coup, il m'envoie un mail pour me dire qu'il a retrouvé son petit frère dans le collège où il travaille. Il a dit qu'il me l'amènerait pour mon anniversaire. Et là-dessus, plus rien ! J'ai plus jamais eu de nouvelles. J'ai cru que c'était des salades, comme d'habitude, déjà qu'il m'avait jamais dit qu'il était prof. Mais non, il avait pas menti là-dessus. Alors j'ai pensé qu'il disait peut-être la vérité sur Mikey.

Depuis le début de son discours, Dexter garde les yeux rivés sur Brynn. Il continue :

– Mikey, c'est le petit. Il a à peu près ton âge, et si je sais un truc à propos de sa mère, c'est qu'elle aime pas le changement. Alors, si Mikey a grandi par ici, il doit encore y être. J'ai vu sur Internet qu'il y avait un bal ce soir et je suis venu. Je pensais que, si je voyais Mikey, je le reconnaîtrais tout de suite, mais il y avait trop de monde. Ou ça fait trop longtemps qu'il est parti. (La voix de Dexter s'est teintée d'amertume.) Là-dessus, je t'ai vue, toi, et j'ai pensé : « Cette fille-là, elle va me donner des réponses. » Bon, comme ta sœur était pas trop d'accord pour m'aider, je l'ai emmenée faire un petit tour pour lui montrer que j'étais pas là pour rigoler. Et nous voilà. Maintenant, je vais te poser la question à toi : il est où, mon garçon ?

– Je... Je n'en sais rien, répond Brynn d'une voix étranglée. Si j'ai ce médaillon, c'est parce que je préparais un sujet sur M. Larkin pour une émission de faits divers. Je ne savais même pas qu'il avait un frère.

– Je te crois pas, dit Dexter.

– C'est la vérité.

Ils se fixent pendant plusieurs secondes dans un silence glaçant, jusqu'à ce que Brynn ajoute :

– Est-ce que je peux voir ma sœur ? Et il faudrait appeler les secours. Je crois que mon oncle est blessé.

– T'en as, des choses à dire, toi, hein ? réplique Dexter en penchant la tête sur le côté.

– Écoutez, lancé-je, on ne pourrait pas... ?

D'un geste de la main armée du fusil, Dexter m'intime le silence, puis ramène son attention sur Brynn.

– Bon, on va faire autrement. Je pose une question et si j'aime pas la réponse, ta sœur se prend une balle. On va commencer doucement, par une main, par exemple, et puis on va remonter.

– Non ! hurle Brynn tandis qu'il se met à reculer vers le pick-up. Arrêtez ! Je vous dirai tout ce que vous voulez !

J'ai la nausée, tout à coup, parce que, forcément, elle va le faire, elle n'a pas le choix, mais ça veut dire exposer Mason. Et quoi qu'il se passe ensuite, elle ne se le pardonnera jamais.

– Je vais perdre patience, la môme, gronde Dexter, qui recule toujours. Ta sœur et toi, vous allez comprendre ce qui arrive quand on se fiche de moi.

L'espace d'une seconde, en s'approchant de la portière du passager, il abaisse son arme, et je me demande : « Est-ce que j'aurais le temps de me jeter sur lui ? » Je vois tout de suite que non, mais, alors que je suis encore en position de prendre mon élan, un rugissement m'emplit les oreilles. Je distingue un mouvement en bordure de mon champ de vision, et Brynn lâche un cri étouffé tandis que la voiture de Nick, partant en marche arrière, se détache de l'arbre et bondit en avant. Bien qu'on ne soit pas du tout sur sa trajectoire, par pur réflexe, je tire Brynn en arrière et on roule par terre. On entend un bruit sourd qui me donne un haut-le-cœur, puis c'est le silence, hormis le ronronnement du moteur.

– Oh, mon Dieu, souffle Brynn, le visage enfoui au creux de mon cou. Qu'est-ce qu'il… Qu'est-ce qui s'est passé ?

Un bras autour de ses épaules, je m'assois lentement en essayant de comprendre ce que je vois. La voiture de Nick s'est arrêtée quelques mètres devant nous, les pneus drapés dans une brume de gaz d'échappement. Le pick-up est toujours au bord de la route, et Ellie toujours à l'intérieur.

Dexter Robbins, lui, a disparu.

CHAPITRE QUARANTE-TROIS

Tripp

Mme Gallagher m'accueille avec un sourire hésitant.

– Entre, Tripp. Oh, elles sont magnifiques, s'exclame-t-elle en découvrant le bouquet de fleurs que je tiens à la main. Je vais chercher un vase et je l'apporte en haut. Brynn est dans sa chambre.

Puis elle baisse la voix pour ajouter :

– Je suis contente qu'elle ait accepté de te voir. Elle a déjà passé bien trop de temps claustrée.

J'aurais voulu offrir les fleurs à Brynn moi-même, mais sa mère semble déborder d'une énergie nerveuse qui ne demande qu'à être dépensée et je lui tends le bouquet sans discuter.

– Comment va Nick ? dis-je en enlevant mes baskets dans l'entrée.

Les yeux de Mme Gallagher s'illuminent.

– Les signes sont très encourageants.

Ça fait une semaine qu'on a suivi le pick-up de Dexter Robbins jusqu'en bordure de Stafford, où il est mort percuté par la voiture défoncée de Nick. Celui-ci a perdu conscience presque aussitôt après, et il est toujours hospitalisé. Il a subi les effets du choc bien plus violemment que nous parce qu'il n'avait pas pensé à mettre sa ceinture en s'élançant à la poursuite de Dexter. Il a ensuite retrouvé ses esprits assez longtemps pour foncer sur Dexter, mais ce deuxième impact a provoqué un tel traumatisme que les médecins l'ont plongé dans un coma artificiel le temps que sa commotion cérébrale se résorbe.

Ce qui ne doit pas encore être le cas.

Après l'intervention de Nick, j'ai sorti Ellie du pick-up et coupé le ruban adhésif qui lui liait les poignets à l'aide d'une de mes clés.

« Je vais bien, m'a-t-elle assuré, d'une voix étonnamment calme. Et Brynn ? »

Alors je me suis retourné et je l'ai vue, debout, les bras ballants et le visage sans expression.

« Je ne sais pas. »

Et je ne le sais toujours pas.

Ce soir-là, la police nous a emmenés nous faire examiner à l'hôpital et Brynn était dans le même état que moi quand on est tombés sur le corps de M. Solomon : un état de sidération. Ça m'a effrayé, parce que j'ai eu peur qu'elle ait été blessée dans l'accident et qu'ils me le cachent.

« Elle n'a rien, m'a assuré l'infirmière. Elle est juste infiniment triste. Elle dit que tout est sa faute. »

Là, j'ai compris ; c'est un sentiment que je connais bien.

Brynn doit gérer la responsabilité d'avoir amené Dexter à Saint Ambrose. Elle se juge également coupable de toutes les catastrophes qui en ont découlé, y compris que Dexter ait été tué par Nick.

C'est du moins ce que m'a expliqué Ellie. Je ne l'ai pas entendu de la bouche de Brynn parce qu'elle refusait de me parler. Comme à tous les autres.

Elle se terre dans sa chambre depuis samedi. Dans un sens, ce n'est pas plus mal, parce que c'est le cirque à Sturgis depuis le bal d'hiver. Il y a des cars régie partout et des nuées de journalistes dans le centre ville et à Saint Ambrose, qui analysent chaque détail et rebondissement de l'affaire. *Alibi* a une longueur d'avance, bien sûr, et Carly Diaz est constamment à l'antenne. Je n'ai regardé qu'un épisode, celui où Rose, du Chien Enragé, explique quel genre de mari et de père était Dexter Robbins. Mason et sa mère ont révélé leur identité dès qu'ils ont appris la mort de Dexter, et Rose a l'air décidée à tout faire pour que Mme Rafferty ne subisse pas de retour de bâton pour s'être enfuie avec son fils il y a quinze ans.

Mais ça ne m'inquiète pas trop. Maintenant que Dexter n'est plus là, il n'y a plus personne pour souhaiter qu'ils soient punis.

Brynn a raconté la dispute entre Nick et M. Larkin à Ellie, qui en a informé la police. Ce qui tombait bien, je suppose, parce que, au même moment, Shane en a eu marre de se taire et a tout déballé. Quand le lieutenant Patz m'a de nouveau interrogé, je lui ai avoué ce que je pouvais sans avoir à parler de mes soupçons sur mon père. J'ai dit que j'avais trouvé le médaillon au nom de Billy dans les bois mais que je ne savais pas à qui il était, et qu'on avait inventé qu'on ne s'était pas quittés tous les trois parce qu'on avait eu peur.

Comme ces deux affirmations sont exactes, je n'ai donc menti que par omission. Coup de chance, le lieutenant n'a pas le don de Brynn pour détecter mes mensonges, ou alors il s'en moque.

« Vous n'étiez que des gamins », a-t-il déclaré quand j'ai eu fini.

Pour la première fois, j'ai songé qu'il l'avait peut-être toujours sincèrement pensé. Les ondes de suspicion qui m'avaient semblé émaner de lui n'étaient sans doute qu'une conséquence de mon sentiment de culpabilité.

Je voulais lui avouer que c'était Lisa Marie qui avait pris l'argent du voyage. Vraiment. Mais, le moment venu, je n'ai pas pu. Mon père m'a proposé de me ramener au poste un autre jour pour que je le fasse, mais je n'arrête pas de reporter. J'ai du mal à me concentrer sur quoi que ce soit tant que je m'inquiète pour Nick – et pour Brynn.

Tous les médias veulent nous parler à Shane, Charlotte et moi, mais on essaie de se faire oublier. En attendant, les journalistes s'éclatent à éplucher les dons de bienfaisance des Delgado, et ceux-ci clament, repris en chœur par la Fondation de la police de Sturgis, qu'il n'y a pas d'ambiguïté sur celle qu'ils ont versée à la police cette année-là. Je n'y crois pas un instant ; il est évident que les parents de Shane ont cherché à lui faciliter les choses, comme toujours. Ils n'auraient pas attendu qu'on retrouve les empreintes de leur fils sur l'arme d'un crime pour faire une exception.

Au moins tout cela aurait un effet positif si les parents de Shane le laissaient enfin se débrouiller dans la vie. Je crois qu'il a bien plus de ressources que les gens ne l'imaginent.

Alors que je monte l'escalier de chez Brynn perdu dans mes pensées, j'en suis tiré par la voix d'Ellie qui m'appelle. La porte de sa chambre est ouverte et elle est assise en tailleur sur son lit.

– Salut, dit-elle avec un sourire triste. Brynn vient de se réveiller.

Je jette un coup d'œil sur la porte de sa sœur, toujours fermée.

– Il vaut mieux que j'attende, ou… ?

– Non, non, vas-y. Elle a hâte de te voir.

Ellie me donne plus l'impression de vouloir y croire que d'en être convaincue, et ça me serre le cœur.

– OK, dis-je, sans bouger pour autant. Et toi, comment tu vas ?

– Moi…

Elle hausse les épaules.

– Comme d'hab.

– Une badass qui cache son jeu, quoi.

Elle rit doucement.

– Ouais, une badass qui s'est fait kidnapper sur le parking du lycée…

Elle ferme son ordinateur.

– Mes parents m'envoient chez le psy, histoire que je puisse revivre ça une fois par semaine. J'ai trop hâte.

– Ça pourrait t'aider de parler à quelqu'un.

– Peut-être, ouais.

Elle suit les motifs de son couvre-lit du bout de l'index.

– Ce n'est pas ce qu'a fait Dexter qui me tue le plus. D'ailleurs, je m'en souviens à peine. C'est comme si je m'étais dissociée tout le temps que je suis restée dans son pick-up. Mais ce qui s'est passé après… Oncle Nick qui a été blessé dans l'accident… (Elle déglutit péniblement et me regarde enfin.) Aah, désolée. Toi, t'es même pas *payé* pour entendre ces conneries.

– Ça ne me dérange pas.

– Va voir Brynn, marmonne-t-elle en agitant la main.

– Tu viens avec moi à la Ruche, après ? dis-je, sur un coup de tête.

Elle hausse les sourcils, un peu intriguée, et j'explique :

– Ma boss a plus ou moins fermé la boutique pour tenir les médias à distance, mais elle accepte les habitués. Du coup, il y a des tonnes de gâteaux à manger. Et elle a un chien super doux qui est le champion du monde des câlins.

– Je vois. Ouais, je crois que ça me plairait.

– Super. Je te fais signe en ressortant. Peut-être que Brynn voudra venir aussi.

Je n'y crois pas trop, mais on ne sait jamais.

Ellie me désigne un énorme bouquet de fleurs posé sur sa commode. La personne qui l'a choisi cherchait clairement à faire son effet.

– Ça vient de Paige ?

– Non. De Mikhail Powers.

– Qui ?

– Hou hou ! *Les Enquêtes de Mikhail Powers* ? Les Quatre de Bayview ? Je pourrais être la prochaine Maeve Rojas.

– Je ne comprends pas la moitié de ce que tu dis.

Elle lève les yeux au ciel.

– Franchement, Tripp, tu devrais regarder des émissions de faits divers de temps en temps.

– Je vais y songer.

Pour être honnête, je ne vois pas ce qui pourrait me tenter moins.

Je traverse le couloir pour aller frapper à la porte de Brynn.

– Entre, murmure-t-elle d'une voix à peine audible.

Elle est assise dans son lit, soutenue par une demi-douzaine d'oreillers. Elle porte un tee-shirt du lycée sur lequel ses cheveux retombent mollement, et son visage n'exprime rien.

– Salut, dis-je en refermant la porte. Comment ça va ?

– Ça va.

Son regard est moins éteint que le soir de la mort de Dexter Robbins, mais elle a toujours l'air… Comment a dit l'infirmière ? « D'une infinie tristesse ».

– Je peux m'asseoir ?

Elle hoche la tête et je me pose au bord de son lit. En venant, j'ai pensé que les mots me viendraient une fois que je serais sur place. Espérons que je n'aie pas été trop optimiste.

– Tu te sens un peu mieux ?

Wouah, brillant début, Tripp.

Elle me répond par un haussement d'épaules.

– Tu reviens bientôt au lycée ?

– Ouais, ouais, dit-elle en se mordillant la lèvre.

Je me collerais des baffes. Qu'est-ce que ça peut faire, la date de son retour ? En plus, je suis mal placé pour m'ériger en exemple pour ce qui est de retourner en cours après une crise. Pourquoi je lui ai demandé ça ? Sans doute parce que je n'arrive pas à lui parler normalement. J'ai trop peur de dire ce qu'il ne faut pas et d'aggraver les choses.

– Je suis encore épuisée, précise-t-elle. Je ne sais pas si on va pouvoir parler longtemps.

– Bien sûr, je ne te retiendrai pas, fais-je, comme si sa prochaine sieste était un rendez-vous à ne manquer sous aucun prétexte.

Puis on fixe tous les deux sa couette. Je ne suis là que depuis une minute et c'est déjà insoutenable. Je ne comprends pas trop pourquoi elle a accepté de me voir alors qu'elle n'en a clairement pas envie. Je devrais peut-être m'en aller.

Cette pensée m'emplit de soulagement, jusqu'à ce que je me dise : *Tu n'es qu'un lâche. Elle, elle n'a pas pris la fuite quand tu avais besoin d'elle.*

– Tu te rappelles ce que tu m'as dit dans la maison d'ami de Charlotte ?

– Euh, non. Enfin, j'ai dit beaucoup de choses. Laquelle ?

– Juste après avoir démissionné de ton stage, tu as dit : « Je veux que tu saches que tu peux me faire confiance. »

Pas de réaction. Rien.

– Pas sûr que ma démission de la Ruche à Miel aurait le même effet que la tienne, mais je veux bien faire n'importe quoi pour te prouver que tu peux avoir confiance en moi. Tu peux me dire tout ce que tu ressens, même les trucs les plus sombres. Il y a de grandes chances pour que je les aie pensés aussi au cours des derniers jours.

Ses yeux se remplissent de larmes, mais elles ne coulent pas. Pendant un instant atroce, j'ai l'impression qu'elle ne va toujours pas me répondre, voire, pire, qu'elle va me tourner le dos. Puis elle se pousse un peu.

– Tu peux… t'asseoir plus près ? me demande-t-elle d'une voix nouée.

Je m'installe sur le lit à côté d'elle en étendant les jambes et je passe doucement le bras autour de ses épaules. Elle s'agrippe à mon tee-shirt et se niche contre ma poitrine. On reste comme ça plusieurs minutes sans parler, jusqu'à ce qu'elle déclare d'une voix étouffée :

– Je voudrais n'être jamais revenue à Sturgis.

– Je comprends.

– Je voudrais n'avoir jamais pris ce stage à *Alibi*. Ni être allée chez M. Solomon, ni au Chien Enragé, ni au bal d'hiver. Il y a même des fois où je préférerais ne t'avoir jamais retrouvé. Ou en tout cas, qu'on ne se soit jamais reparlé.

– C'est logique, dis-je.

Et je le pense, parce que, après la mort de M. Solomon, j'ai pensé la même chose de mon côté.

– Je suis terrifiée pour oncle Nick, reprend-elle d'une voix qui se brise. Et super triste parce que, même s'il se réveille, il a tué Dexter Robbins. Il va devoir vivre avec ça, alors qu'il… il ne supporte même pas de tuer une araignée. Il les met toujours dehors.

– C'était pour protéger Ellie.

– Ça aussi, c'est ma faute. J'ai causé l'enlèvement de ma sœur pour une *enquête*. Parce que je me suis obstinée, même quand tout le monde me disait de laisser tomber.

– Moi, je t'ai dit de continuer.

– Pas pour Dexter. Tu m'avais prévenue que c'était trop dangereux.

– Tu ne pouvais pas prévoir ce qui allait se passer.

– N'empêche que c'est arrivé.

Elle pleure, maintenant, de vrais sanglots qui paraissent trop gros pour son corps frêle, et que je voudrais pouvoir absorber. Je la serre dans mes bras pendant ce qui me semble être une heure, bien que ça ne dure sans doute que dix minutes. Quelqu'un monte l'escalier – sa mère, peut-être, avec mon bouquet de fleurs – et repart sans avoir frappé à la porte. Finalement, les larmes de Brynn se tarissent et se changent en sortes de petits hoquets intermittents. L'une de ses mains lâche mon tee-shirt pour se poser sur ma poitrine. Elle soupire, mais paisiblement, comme si les battements de mon cœur la calmaient.

– Brynn, je peux te dire un truc ?

– Oui.

– Je ne sais pas grand-chose, mais ça, je le sais : tu n'as pas fait tout ça pour l'enquête mais pour aider des gens qui n'arrivaient pas à trouver la paix. Je sais que les secrets, ça peut te bouffer vivant, et que la vérité peut te briser le cœur, et que ce n'est pas toujours simple de décider lequel est le pire.

Mon tee-shirt est de plus en plus mouillé, mais elle pleure doucement, maintenant.

– Je sais qu'on peut aboutir au pire avec les meilleures intentions du monde. Et je sais que… (je pose le menton sur ses cheveux en la serrant plus fort) ce que tu ressens maintenant, ça passera.

– Je mérite de ressentir ça.

– Non. Je t'assure que non.

Elle se tait si longtemps que je finirais par croire qu'elle s'est endormie, si elle était moins tendue. Mais elle est si crispée, et sa respiration si rapide, que ma seule conclusion est que mes arguments n'ont servi à rien. Elle est résolue à se punir, et qui suis-je pour lui soutenir qu'elle a tort ? Je comprends ce sentiment. Il m'a habité pendant quatre ans. Peut-être qu'on est piégés dans une sorte de cercle impossible à briser.

Puis Brynn laisse échapper un long soupir saccadé.

– D'accord.

Après un autre silence prolongé, elle lève la tête et s'essuie les yeux avant de me regarder en face.

– Je ne pensais pas ce que j'ai dit. Je ne regrette pas qu'on ait recommencé à se parler.

Je tente de ne pas lui montrer qu'une grosse bulle de soulagement enfle dans ma poitrine.

– Enfin, tu aurais le droit de…

– J'essaie de marquer le coup, là, Tripp.

Bien que j'identifie aussitôt la référence à la fois où, totalement bourré, je l'ai remerciée de m'avoir soutiré la vérité, je ne sais pas si c'est volontaire de sa part, jusqu'à ce qu'elle m'accorde une esquisse de son sourire habituel. C'est la plus belle chose que j'ai vue de la semaine.

– Je ne le regrette pas, répète-t-elle. J'en suis reconnaissante. Je ne devrais peut-être pas, mais…

– Assez pour m'embrasser ?

J'ai demandé ça pour montrer que j'ai saisi l'allusion. Puis je fais une grimace, pour qu'elle ne croie pas que je cherche à profiter de la situation alors qu'elle pleurait sur mon épaule il y a cinq minutes.

– Pas tout de suite, répond-elle en laissant retomber sa tête sur ma poitrine.

Sa main est toujours sur mon cœur, qui se met à battre plus vite quand elle ajoute :

– Mais bientôt.

CHAPITRE QUARANTE-QUATRE

Brynn

« Bref, rappelle-moi », dis-je sur la boîte vocale de Tripp. Je pourrais très bien lui dire ce que j'ai à dire sur son répondeur – je voulais juste lui raconter mon rendez-vous chez *Alibi* –, mais il y a des moments où j'ai trop envie d'entendre sa voix.

Ça ne fait qu'une semaine qu'il est passé me voir dans ma chambre mais tout me semble différent. Plus tard ce soir-là, on a appris qu'oncle Nick allait assez bien pour que ses médecins diminuent son traitement. Il s'est réveillé il y a quelques jours et, même s'il va devoir subir une longue période de rééducation, il était si fidèle à lui-même quand je suis allée lui rendre visite que je n'ai pas arrêté de pleurer.

« Tu es en train de tremper ma couverture, nièce bien-aimée, m'a-t-il signalé d'une voix rauque.

– Je suis tellement désolée… », ai-je répondu en sanglotant de plus belle.

Il m'a tapoté faiblement la main.

« Il ne faut pas. Je vais bien, tu vas bien, Ellie va bien. Tout le reste... »

Il s'est endormi avant de finir sa phrase, mais *tout le reste*, c'est mon père qui le gère. Il est résolu à ce que, une fois vraiment remis, oncle Nick reçoive toute l'aide juridique nécessaire en ce qui concerne les événements avec M. Larkin et Dexter Robbins.

C'est sa manière de se faire pardonner d'avoir toujours été dur avec son frère. Je crois qu'on a tous pris conscience des raisons pour lesquelles oncle Nick n'a jamais réussi à tracer son sillon après la fac. Tripp et lui sont restés prisonniers du même purgatoire pendant quatre ans, terrifiés à l'idée d'avouer la vérité, à se demander en boucle s'ils auraient pu sauver M. Larkin en agissant autrement.

Je me tiens à flot de mes cours avec l'aide de Nadia et de Mason, qui passent me les déposer à la maison. La première fois que j'ai revu Mason, je n'ai pas arrêté de lui demander pardon, jusqu'à ce qu'il me dise gentiment de la fermer.

« Tu ne pouvais pas prévoir ce qui est arrivé », a-t-il déclaré.

Et même si Tripp me martèle le même argument à répétition, j'ai été soulagée de l'entendre de sa bouche.

« En plus, tu n'aurais jamais découvert qui j'étais si je n'avais pas joué au vandale de bac à sable. Alors, si tu veux mon avis, je suis mal placé pour te jeter la pierre. »

Puis il m'a rendu Mini Mason « pour me tenir compagnie », ce qui m'a fait pleurer, comme à peu près tout le reste en ce moment.

Cet après-midi, ma mère m'a conduite à Back Bay pour mon rendez-vous à *Alibi*. Je n'étais pas sortie de chez moi aussi longtemps depuis que tout a explosé le soir du bal. Je ne savais pas trop à quoi à m'attendre, mais ça a été génial. Carly avait prévu un buffet chez mademoiselle Rose et presque tout le monde est passé dire bonjour. Même Andy, qui m'a fait culpabiliser de l'avoir qualifié de « Blandy » en m'offrant un cactus en fleur.

Ensuite, je me suis excusée en privé auprès de Carly et de Lindzi de leur avoir piqué leurs fichiers.

« Je sais que je devrais t'en vouloir, m'a dit Carly. Mais en même temps, ça m'épate. Il y a une chance pour que tu aies envie de revenir ?

– Non, ai-je répliqué, si précipitamment que Lindzi a gloussé.

– Envoie-moi un message si jamais tu changes d'avis. »

J'ai bien failli le faire à peine arrivée devant l'ascenseur. Franchement, ça me rend dingue qu'après tout ce qui s'est passé – les mensonges, les traumatismes, les blessés et les morts –, on ne sache toujours pas ce qui est arrivé à M. Larkin. Il y a un truc qui tiraille dans un coin de ma tête, un fil qui dépasse et qui voudrait que je l'attrape, mais cette bribe de pensée disparaît dès que j'essaie.

Alors que je suis dans ma chambre en train de faire mes devoirs, mon téléphone sonne et mon cœur saute un battement quand je vois que c'est Tripp. Je décroche.

« Salut, me dit-il. Comment va Carly ? »

– Bien. Elle m'a proposé de reprendre mon poste.

« Tu m'étonnes. (Il en était sûr.) Tu as répondu quoi ? »

– À ton avis ?

« À mon avis, tu as refusé, et tu as eu tort. »

– Gagné. Euh, attends, tu crois ? Mais pourquoi ?

« Parce que tu as ce métier dans le sang. Et qu'il te manque. »

Il a raison, mais je ne suis pas prête à l'admettre.

– Et toi, tu fais quoi ?

« Du ménage dans ma boîte mail. Je n'ai pas eu la bourse Kendrick. »

– Oh non ! Je suis désolée.

Ça m'attriste vraiment.

« Bah, pas grave. Martina la méritait plus que moi. »

Il a l'air de prendre ça étonnamment bien, peut-être parce qu'il n'est plus aussi pressé de s'éloigner de son père.

– Tu veux qu'on fasse un truc cet aprèm ?

Il met tellement de temps à répondre que je m'apprête à répéter la question.

« Ben, je suis déjà un peu en train de faire un truc. »

Il a pris un ton grave.

– C'est quoi ?

Nouveau silence.

– Ce serait plus facile s'il y avait quelqu'un avec toi ?

Cette fois, il lâche un long soupir.

« Peut-être ? »

– Tu veux que je vienne ?

« Je ne suis pas chez moi », dit-il avant de m'envoyer l'adresse.

* * *

Je ne le vois pas tout de suite en arrivant devant la petite maison bleu vif qui se trouve en bordure du cimetière. Puis j'aperçois mon amoureux qui me fait signe depuis l'allée de sépultures la plus proche, sans manteau. Il s'est remis à porter sa veste de Saint Ambrose, ses cheveux blonds brillent dans le pâle soleil de février et il a les joues rouges de froid.

– Salut, dis-je par-dessus le muret de pierre qui sépare le cimetière de la maison bleue. Tu te promènes ?

– J'aime bien cet endroit. C'est paisible.

Une fois devant le muret, il se penche par-dessus pour prendre mon visage entre ses mains et m'embrasse.

– Moi aussi, dis-je, le souffle court. Mais je suis garée dans une allée privée qui n'est pas la mienne.

Sautant par-dessus le mur, il se dirige vers la porte de la maison bleue.

– Je sais, c'est là qu'on va, me répond-il. C'est ici que loge Lisa Marie, chez sa copine Valerie.

Je me force à le suivre, bien que ma première réaction ait été de m'arrêter.

– Tu es venu voir ta mère ?

– Non.

Il prend une expression stoïque, comme s'il se préparait à m'annoncer une mauvaise nouvelle.

– Il n'y a personne. Elles sont sorties boire un dernier verre avant que Lisa Marie reparte à Vegas demain.

Il monte les marches du perron à petites foulées puis, à ma surprise, plonge la main dans la boîte à lettres.

– Mais Valerie m'a laissé la clé.

Je le regarde ouvrir la porte sans comprendre.

– Pourquoi ? dis-je en entrant derrière lui.

– Pour que je puisse récupérer un truc.

On se trouve dans un salon impeccable, où on voit d'emblée que tous les éléments ont été soigneusement choisis pour s'harmoniser. Le ciel bleu d'un tirage de Thomas Kinkade s'accorde à la couleur de la moquette et les coussins semblent avoir été coupés dans le même tissu que les rideaux. Tripp laisse ses boots sur un paillasson en caoutchouc noir à côté de la porte et je l'imite.

– D'après Valerie, la chambre de Lisa Marie se trouve au bout du couloir, m'informe-t-il en tournant à droite.

Je suis curieuse de savoir ce qu'il est venu chercher, mais je suppose qu'il me l'aurait déjà dit s'il en avait eu envie. Je le suis docilement jusqu'à la dernière porte.

– Ouaip, ça a clairement l'air d'être la piaule de Lisa Marie, commente Tripp en entrant.

Comparé au reste de la maison, on est en zone sinistrée : lit défait, vêtements étalés partout, assiettes sales qui traînent sur la commode et le bureau, plus une pile de serviettes humides par terre à nos pieds. Tripp les contourne pour se diriger vers une grosse valise ouverte débordant d'habits et sort de sa poche une paire de gants en latex. Je n'y tiens plus.

– Qu'est-ce que tu vas faire avec ça ?

– Je ne veux pas laisser d'empreintes.

Troublée, je le regarde s'accroupir devant la valise.

– Je croyais que Valerie était au courant.

– Elle l'est.

Il ouvre la fermeture Éclair d'une poche intérieure de la valise, tâtonne dedans et recommence avec une autre poche. Je suis partagée entre un sentiment d'inutilité et un certain malaise.

– Je peux t'aider ?

Il se retourne brièvement pour me sourire.

– C'est déjà le cas, je t'assure.

Après avoir fouillé tout le contenu de la valise, il la referme et ouvre la poche extérieure. Cette fois, il en sort une liasse de billets froissés et les fixe si longtemps que j'en déduis qu'il a trouvé ce qu'il cherchait. Mais il les remet en place et pivote vers le lit.

– Je vais regarder là-dessous, marmonne-t-il en soulevant la couette.

Je le regarde fouiller méthodiquement toute la chambre – le lit, la commode, les tas de vêtements – avant de s'attaquer au placard. Il commence par l'étagère du haut, chargée d'une pile de couvertures, et se fige net à l'instant où je sens que je ne peux plus retenir mes questions.

– Qu'est-ce qu'il y a ?

– J'espérais… (Il déglutit.) J'espérais vraiment ne pas tomber dessus.

Il prend quelque chose sur l'étagère avant de me faire face, et j'étouffe un cri en voyant ce qu'il y a dans ses mains.

C'est une vieille boîte à pêche en plastique rouge, au fermoir rouillé, avec les lettres R. S. écrites dessus au feutre noir. Tripp la tient délicatement, comme s'il craignait de la briser.

– C'est celle de… ?

– De M. Solomon, oui.

– Mais comment tu as su… ?

Je cherche comment finir ma phrase, mais ce n'est pas nécessaire.

– Je n'ai toujours pas avoué au lieutenant Patz que l'argent a été volé par Lisa Marie, dit Tripp à mi-voix. Même si mon père me harcèle pour que je le fasse, maintenant que tout le reste est sorti. En fait, j'ai commencé à trouver ça bizarre qu'il y ait toujours du fric qui disparaisse quand Lisa Marie se trouve dans le coin. Alors je suis passé chez Mo, le salon de coiffure, pour parler à Valerie. Elle bosse là-bas. Franchement, elle est sympa, et elle commence à en avoir marre des conneries de ma mère. Ça nous donne un point commun. (Ça le fait rire doucement.) Je lui ai demandé si Lisa Marie savait que M. Solomon se servait de sa boîte comme d'une tirelire et elle m'a répondu que oui. C'est même elle qui lui a signalé qu'il payait comme ça chez le coiffeur.

– Oh, murmuré-je.

Oh non.

– Ouais. Elle m'a dit aussi que Lisa Marie avait arrêté de lui taper du fric, ce qui n'est pas son genre, vu qu'elle est toujours fauchée, soi-disant. Enfin bref, Valerie m'a proposé de regarder dans les affaires de ma mère, et j'ai demandé si je pouvais m'en charger, parce que… je ne sais pas, je crois que j'avais besoin de le constater par moi-même.

Il pose la boîte délicatement sur le lit en bataille.

– La police a dit quoi, déjà ? reprend-il. Que M. Solomon avait pu tomber… ou être poussé ?

Je lui prends la main en silence.

– C'est peut-être ma mère qui l'a tué, ajoute Tripp en fixant la boîte. Par accident ou pas. Alors… Alors, j'ai commencé à me demander… si elle aurait aussi pu agresser M. Larkin. Elle avait volé l'argent et elle était encore à Sturgis, mais elle a prétendu le contraire jusqu'à ce que Gunnar Fox propose de la rendre riche et célèbre. Et elle…

– Arrête, Tripp.

La journaliste qui sommeille en moi a déjà échafaudé quelques pistes de raisonnement, la première étant que Lisa Marie est trop maligne pour s'associer à un journaliste d'investigation dans son enquête sur un meurtre qu'elle aurait commis elle-même. Mais dans tous les cas, le pire serait que Tripp reparte pour quatre ans de torture sur l'hypothèse que l'un de ses parents ait commis un meurtre. Je pose la main sur sa joue pour tourner son visage vers moi et le forcer à détacher les yeux de cette boîte.

– Tu ne sais pas ce qu'il y a de vrai là-dedans, et ce n'est pas à toi de le découvrir.

– Ouais, t'as raison, admet-il en prenant son téléphone. J'ai déjà donné. J'avais juste besoin d'en parler pour mettre les choses à plat. Pour me rappeler pourquoi je m'impose de faire ça.

On se regarde dans les yeux encore une seconde, puis il prend une grande inspiration et tape sur son appareil. Mon cœur chavire, et les mots *Je t'aime* se précipitent dans ma tête avec une telle force que je manque de les prononcer. Je réussis à me retenir, parce que je ne veux pas qu'il les entende de ma bouche pour la première fois dans un contexte pareil. Alors j'attends en silence à côté de lui pendant qu'il lève son portable à l'oreille.

– Bonjour, lieutenant Patz. C'est Tripp Talbot. Je dois signaler un vol.

ÉPILOGUE

Brynn

J'`arrive`, dit le message.

Tant mieux. Ça fait un quart d'heure que je grelotte dans le froid de février devant la serre de Saint Ambrose en me demandant si on ne m'a pas posé un lapin.

J'enfonce mon bonnet sur mes oreilles et je fais défiler mes autres textos jusqu'à un message de Tripp. C'est une photo d'Al qui dort comme une marmotte dans la réserve de la Ruche, tellement craquant que je souris à tous les coups. Mais si j'y reviens aussi souvent, c'est pour le *Je t'aime* qu'il m'a envoyé juste après.

On se l'est dit de vive voix, mais celui-là est la première version écrite.

Puis je réponds par un cœur à une photo d'oncle Nick qui lève les pouces à la fin d'une séance de kiné. Son avocate est passée hier nous annoncer qu'il ne serait pas poursuivi pour la mort de Dexter Robins et que la police ne le considère pas comme suspect dans l'affaire Larkin.

« Le coupable était peut-être vraiment le vagabond », a-t-elle suggéré à la fin de sa visite.

Mais j'ai une théorie plus convaincante. Enfin, je crois.

Le vent me pique les yeux et me brouille la vue tandis que je scrute l'horizon en rentrant les épaules. Ce ne serait pas… ? Si ! Enfin ! J'agite la main, et j'obtiens un signe alangui en réponse.

– Désolée pour le retard, me dit Charlotte en s'arrêtant à quelques mètres.

Elle porte un manteau noir très classe, mais pas de bonnet. Lentement, elle jette un regard circulaire sur les alentours.

– Qu'est-ce qu'on vient faire ici ?

Je n'ai pas de réponse géniale, à part que, dans un sens, c'est ici que tout a commencé, avec la réunion du comité qui m'a permis de renouer le contact avec Tripp.

– J'aime bien ce coin, dis-je. Et je voulais un endroit tranquille pour parler. Mais pas trop privé.

Un grand coup de sifflet retentit à cet instant ; l'équipe de base-ball entame l'entraînement de printemps sur le terrain juste à côté.

– Un début intéressant, commente Charlotte en haussant les sourcils.

– Alors voilà : je ne peux pas m'empêcher de penser à M. Larkin…

– Première erreur.

– L'autre jour dans l'auditorium, tu m'as dit que je me mettrais en danger si je continuais à fouiner. Ce qui s'est révélé exact. Et tu as ajouté que je risquais de ne pas aimer ce que je découvrirais. Pourquoi tu as dit ça ?

Le regard sans chaleur de Charlotte se promène sur moi quelques secondes.

– À cause de ton oncle, tiens. De sa dispute dans les bois. D'ailleurs, ça m'étonne que la police ne s'y intéresse pas davantage.

– Mais Shane était seul quand il l'a entendue.

Il l'a avoué au cours de ses récents interrogatoires ; il était seul, séparé de Tripp et en route pour son rendez-vous avec Charlotte, quand il est tombé sur le corps. D'après sa version, elle a surgi des arbres quelques minutes plus tard et s'est mise à hurler. Je suppose que la police l'a interrogée aussi, mais même si c'est le cas, elle s'est gardée de le préciser.

– Tu n'étais pas avec lui.

Elle cligne des paupières, puis sourit poliment.

– Je l'ai entendue aussi.

– Ben voyons. Ça ne tient pas debout ! Tous ces mélodrames autour de M. Larkin, le père maltraitant, le frère parti, l'argent volé, la dispute avec mon oncle… ce n'est pas possible que *rien* de tout ça ne soit lié à son meurtre. Alors je me suis demandé : Et si *tout* l'était ?

– Ah chouette, ironise Charlotte. On discute hypothèses. Et qu'est-ce qui me vaut l'honneur d'avoir été choisie pour être ton Watson ?

– C'est à cause de ce que tu as dit dans l'auditorium.

– Écoute, Brynn, je passais une soirée horrible, réplique-t-elle avec un début d'impatience dans la voix. Je ne me souviens même pas de t'avoir conseillé d'arrêter de fouiner, mais…

– Il n'est pas là, le hic. Tu as dit : « *Mason* est le frère de M. Larkin ? »

– Et alors ? J'avais suivi votre discussion…

– Ce n'est pas la phrase en soi qui cloche. Mais tu as mis l'accent sur *Mason*. « *Mason* est le frère de M. Larkin ? » Si tu avais ignoré que M. Larkin avait un frère au collège, tu aurais mis l'accent ailleurs. Tu aurais dit : « Mason est le *frère* de M. Larkin ? »

Comme Charlotte ne porte pas d'écharpe, je la vois déglutir, et j'ai la chair de poule, tout à coup. Mais elle réplique sans rien perdre de son calme :

– Désolée, je ne vois pas ce que ça change. En plus, je parie que tu as mal entendu. Tu étais super stressée.

– J'ai parfaitement entendu. Et voilà ce que je crois : tu l'as dit de cette manière parce que tu savais que M. Larkin avait un frère à Saint Ambrose. Mais tu croyais que c'était Shane.

Petite étincelle de triomphe en la voyant déglutir de nouveau.

– En quatrième, tu le suivais partout, et son casier se trouvait juste à côté de la salle de M. Larkin. Le jour où le prof a annoncé la nouvelle à Mason, je pense que tu cherchais Shane et que tu t'es arrêtée dans le couloir en surprenant leur discussion. Plus exactement la voix de M. Larkin, parce que Mason n'a pas ouvert la bouche. Je crois que tu es restée pour écouter. Tu as vu sortir le prof, et ensuite Shane, qui se réveillait de sa sieste dans le vestiaire. Tu ne pouvais pas savoir que Mason était dans la salle, totalement sous le choc. Tu n'as vu que Shane, et tu en as déduit qu'il venait d'être confronté à son demi-frère qui voulait le livrer à un père biologique dangereux.

Charlotte, qui a retrouvé tous ses moyens, émet un petit rire dédaigneux.

– Ce n'est plus de l'imagination, à ce stade, Brynn. Franchement, laisse tomber le journalisme, c'est du gâchis. Écris des romans.

– Je crois que tu as voulu aider Shane. Tu serais prête à tout pour lui, pas vrai ? Alors tu as commencé par écrire une lettre anonyme à Griswell, dans laquelle tu accusais M. Larkin du vol de l'argent. Typiquement le genre de truc qu'on fait à cet âge-là : régler le problème en se débarrassant de la source. Sauf que c'est mon oncle qui l'a reçue par erreur. Du coup, il a retrouvé M. Larkin dans les bois... tout près de ton point de rendez-vous avec Shane. Alors, oui, c'est vrai, tu les as entendus toi aussi.

Je m'approche de quelques pas en regardant Charlotte dans les yeux.

– Et tu as compris à qui tu avais affaire. Larkin n'était pas le genre de type à renoncer à cause d'une lettre anonyme, ni à se laisser intimider par tes parents. Au contraire, il *aimait* le conflit. Tu m'as dit quoi, déjà, dans la bibliothèque ? « Il n'y a pas qu'une seule façon d'être quelqu'un d'horrible. » Et tu avais vraiment dû le trouver horrible avec Shane. Je crois que tu étais en colère et que... tu as frappé. Avant même qu'il ait eu le temps de te voir.

Je regarde ses mains gantées de cuir souple.

– Et comme tu portais ces gants, ou d'autres, tu n'as pas laissé d'empreintes.

Le vent agite les mèches de Charlotte aussi artistiquement que s'il avait été embauché dans ce but.

– Wouah. Tu te donnes vraiment à fond, quand tu t'y mets.

– Je ne pense pas que tu aies voulu le tuer.

Je visualise la Charlotte de treize ans, sidérée par ce qu'elle vient de faire. Elle a dû rester pétrifiée devant le corps de M. Larkin jusqu'à ce qu'elle entende Shane, puis se cacher – peut-être avec l'espoir qu'il s'éloignerait sans voir le corps. Mais ça n'a pas marché, et elle a dû choisir : rester planquée et dire ensuite qu'elle n'était pas venue au rendez-vous avec Shane, ou le rejoindre en prenant un air horrifié.

Comme toujours, elle a opté pour l'action qui la rapprochait le plus de lui.

– Tu n'as pas voulu le tuer, répété-je. Mais tu n'étais pas prête à assumer la responsabilité… et Tripp t'a tendu une perche. Tu ne pouvais pas savoir pourquoi, mais ça t'arrangeait bien. Et tu gardes l'œil sur lui depuis.

– Plus trop, ces derniers temps, laisse-t-elle échapper.

– Mais ce n'est pas ta décision.

Quand j'ai exposé cette théorie à Tripp, il y a d'abord résisté, et c'est normal. Par beaucoup d'aspects, Charlotte est une amie fiable. Mais au fil de nos discussions, il s'est laissé convaincre et, même s'il ne l'avoue pas, je pense qu'il est soulagé que Charlotte fasse une meurtrière plus crédible que Lisa Marie. Il voulait m'accompagner aujourd'hui, mais ça ne m'a pas paru une bonne idée. À mon avis, Charlotte n'aurait rien lâché devant lui.

On se dévisage en silence, jusqu'à ce qu'elle demande :

– C'est bon ? Tu as fini ?

Je me redresse pour résister à l'envie soudaine de m'affaler.

– Oui.

– Bien. Intéressant, ton petit délire, mais ce n'est rien de plus que cela, et tu n'as pas une miette de preuve pour affirmer le contraire.

Ses yeux d'un bleu de cristal fixent les miens.

– Je ne te conseille pas d'aller raconter ça à droite et à gauche. Tout le monde n'a pas ma patience.

Je hoche la tête, indifférente à la menace. Ce qui m'étonne le plus est qu'elle n'en ait pas fait usage plus tôt. Elle commence à s'éloigner.

– Au revoir, Charlotte.

– Tu devrais voir quelqu'un ! me lance-t-elle sans se retourner.

J'ai peut-être eu tort de jouer cartes sur table, mais avec elle, j'ai la nette impression qu'il vaut mieux l'avoir en face que dans le dos. Et elle n'a pas entièrement raison : j'ai une *petite* preuve.

Hier soir, munie d'une copie de la lettre anonyme qu'avait reçue oncle Nick – il l'avait gardée et a réussi à remettre la main dessus –, je suis montée au grenier fouiller dans ma boîte de souvenirs jusqu'à ce que je trouve ce que je cherchais : le classeur de mon projet sur les feuilles avec Charlotte en quatrième. Après tout ce qui s'était passé, on l'avait rendu en retard, et je m'étais cogné presque tout le boulot. Charlotte s'était bornée à réaliser la page de titre, sur laquelle elle avait soigneusement écrit nos noms.

La lettre anonyme qui accusait M. Larkin a été tapée à l'ordinateur, mais l'enveloppe est rédigée à la main, et l'écriture correspond. Le *G* de Griswell en particulier semble identique au *G* de Gallagher sur notre projet. On dirait plus le chiffre six que la lettre.

D'accord, ça ne mène pas loin. Et, au fond, je ne sais même pas si j'espère que Charlotte finira par être punie pour ce qu'elle a fait. J'étais sincère quand j'ai dit que je ne croyais pas à un meurtre délibéré. N'empêche qu'elle l'a tué et que beaucoup de gens ont subi les conséquences de son silence. Je ne trouverais pas juste qu'elle passe sa vie à n'en faire qu'à sa tête et à traiter tout le monde comme ça lui chante, sans jamais avoir de comptes à rendre. Quand ça se passe comme ça, à la longue, ça donne des Lisa Marie.

Ces *G* jumeaux ne prouvent pas que Charlotte ait tué M. Larkin, mais c'est un point de départ. L'étape un, si on veut. Après l'avoir regardée s'éloigner jusqu'à ce qu'elle ne soit plus qu'un petit point, je prends mon téléphone pour repêcher le message que Carly m'a envoyé hier.

`Tu nous manques toujours à` Alibi`. Je ne peux vraiment pas te convaincre de revenir ?`

Étape deux, me dis-je. Puis je tape :

`Si. Que dirais-tu de demain ?`

REMERCIEMENTS

Silence de mort est mon livre de la pandémie ; une histoire que j'ai commencé à écrire au printemps 2020, à partir d'une idée d'énigme qui datait de plusieurs années. Je me suis battue pendant des mois pour la faire décoller, en rejetant la faute sur le chaos du monde autour de moi, avant de comprendre que je n'avais pas centré l'histoire sur les bons personnages. Une fois que j'ai fait émerger du groupe mes deux protagonistes principaux, l'histoire a pris son envol et a été un vrai régal à écrire.

Ce livre est dédié à mes agentes Rosemary Stimola et Allison Remcheck, parce que ma carrière n'aurait jamais existé sans ces deux femmes formidables mais aussi parce que leurs conseils pour lancer l'écriture de *Silence de mort* m'ont été précieux. Toute l'équipe du Stimola Literary Studio est fantastique, et je suis particulièrement reconnaissante à Alli Hellegers pour son travail à l'international, et à Pete Ryan et Nick Croce pour leur soutien opérationnel.

Ce livre est mon sixième chez Delacorte Press, et je suis devenue une bien meilleure écrivaine grâce à ma super éditrice Krista Marino, qui élève toujours mes histoires à des niveaux que je n'étais pas sûre d'atteindre. Merci à mes responsables de publication, Beverly Horowitz, Judith Haut et Barbara Marcus pour leur soutien, et à la formidable équipe de Delacorte Press et Random House Children's Books, incluant Kathy Dunn, Lydia Gregovic, Dominique Cimina, Kate Keating, Elizabeth Ward, Jules Kelly, Kelly McGauley, Jenn Inzetta, Emma Benshoff, Adrienne Weintraub, Felicia Frazier, Becky Green, Enid Chaban, Kimberly Langus, Kerry Milliron, Colleen Fellingham, Alison Impey, Kenneth Crossland, Martha Rago, Tracy Heydweiller, Tamar Schwartz, Linda Palladino et Denise DeGennaro.

Merci à mes super partenaires chargés des droits internationaux de l'Intercontinental Literary Agency, la Thomas Schlueck Agency et Rights People pour avoir trouvé de nouveaux foyers à *Silence de mort.*

Je suis reconnaissante à mes éditeurs étrangers pour le soutien apporté à ce livre en particulier, et à ma carrière en général.

Merci à Kit Frick pour ses retours pleins de sagacité sur mon manuscrit, à mes parents pour leur soutien, et à ma sœur Lynne, ma première lectrice (merci aussi à Lynne et Luis Fernando pour m'avoir prêté leur chien Al pour son apparition rapide mais essentielle dans *Silence de mort*). Merci à mon fils Jack, à mes nièces Gabriela et Carolina, et à mon neveu Eric, soudain devenus mon public cible et, à l'occasion, mes consultants bénévoles en réseaux sociaux.

Ma reconnaissance infinie à ma nièce Shalyn pour ses superbes portraits de mes personnages. Merci aussi à mes deux clubs de lecture, qui m'ont aidée à fêter des dates clés cette année. Et, enfin, un énorme merci à mes lecteurs qui continuent à s'intéresser à mes livres avec une fidélité qui suscite toute ma gratitude et me rappelle l'importance de raconter des histoires.

L'AUTRICE

Karen M. McManus est diplômée d'une licence de littérature et d'un master de journalisme. Elle vit à Cambridge, dans le Massachusetts. Lorsqu'elle n'est pas en train de travailler ou d'écrire, elle adore voyager avec son fils. Ses romans figurent régulièrement sur la liste des best-sellers du *New York Times* et ont été traduits dans plus de quarante pays.

Composition et mise en pages
Nord Compo à Villeneuve-d'Ascq

Ce livre est imprimé sur du papier issu de forêts gérées durablement.

Imprimé en France
N° d'éditeur : 911891/10287509
Achevé d'imprimer sur Roto-Page en février 2025
par l'Imprimerie Floch à Mayenne
N° d'impression : 106324